D0346353

Ginette Carrier Simard

Le panier de boutons

Adrienne Roman

La Plume d'Oie
ÉDITION

Catalogage avant publication de Bibliothèque et Archives nationales du Québec et
Bibliothèque et Archives Canada

Carrier, Ginette, 1947-

    Le panier de boutons : Adrienne

    ISBN 978-2-89539-134-0

    I. Titre.

PS8605.A776P36 2007   C843'.6   C2007-941513-X
PS9605.A776P36 2007

ISBN : 978-2-89539-134-0

Dépôt légal – Bibliothèque nationale du Québec, 2007

Dépôt légal – Bibliothèque nationale du Canada, 2007

Conception de la page couverture : Jimmy Lachance, graphiste

La Plume d'Oie

É D I T I O N

155, des Pionniers Ouest
Cap-Saint-Ignace (Québec) G0R 1H0
Téléphone et télécopieur : **418.246.3643**
Courriel : info@laplumedoie.com
Site Internet : www.laplumedoie.com

À mon fils Marc

Le panier de boutons

Adrienne

Roman

Le cœur de l'homme, humble dans sa grandeur d'âme, petit par ses errements, est ciselé comme un diamant scintillant, dur et tranchant.

La souffrance, les désillusions, les renoncements labourent l'âme négligée, produisant les fruits de l'amertume.

Certains se réalisent en répandant l'amour, d'autres, assoiffés comme une plante privée d'eau, se dessèchent. Les uns traversent le désert de leur vie avec courage et espérance, tandis que d'autres cherchent déraisonnablement une oasis illusoire, inaccessible.

L'existence est un don, greffée de liberté à même la responsabilité. L'adversité n'excuse en rien le dérèglement; néanmoins, le pardon agit comme un baume cicatrisant les plaies.

Prologue

Adrienne, alors âgée de 90 ans, résidait depuis octobre 1988 au Centre d'accueil Saint-Benoît à Saint-Benoît. La vieille dame avait été transférée du Foyer Notre-Dame de Sainte-Agathe, où elle avait vécu quatre années. Sa vie durant, Adrienne avait résidé dans tant d'endroits différents qu'il serait illusoire d'essayer d'en faire la nomenclature. Elle était arrivée à la résidence Saint-Benoît plutôt confuse, atteinte des prémices de la maladie d'Alzheimer. Cependant, tout au long de sa vie, elle a joui d'une santé florissante, perdant doucement sa vitalité après avoir subi une fracture à la hanche à l'âge de 80 ans.

Le 5 décembre 1998, sa famille, composée de ses quatre petits-enfants — Michel, Pauline, Odette et Daniel — et de quelques-uns de ses arrière-petits-enfants, avait célébré son 100ᵉ anniversaire de naissance. Était absente de la petite fête sa fille Lucienne, décédée le 20 janvier 1994 à l'âge de 67 ans, ainsi que Lucien, son fils, qui n'avait pas donné signe de vie depuis plus de vingt-cinq ans. Adrienne avait survécu à tous ses frères et sœurs, à plusieurs de ses cousins et cousines et à quelques amis.

La célébration du 100ᵉ anniversaire avait eu lieu dans une petite salle prévue à cet effet. Après avoir reçu la bénédiction de l'aumônier de la résidence, on l'avait installée confortablement, vêtue de sa plus jolie robe, dans un fauteuil sur roues. Les bénévoles du centre étaient venues lui rendre hommage. Elles lui avaient offert des fleurs et une très jolie broche. Des certificats de félicitations des premiers ministres du Canada et du Québec, de la gouverneure générale du Canada et du pape Jean-Paul II lui étaient parvenus. De plus, le personnel de la direction lui avait offert une plaque murale soulignant son âge vénérable. On avait sablé le champagne, tandis qu'une musique d'ambiance choisie à son intention donnait le ton. Sa petite-fille Odette avait lu une adresse remémorant ce que la noble dame avait représenté pour eux. Une belle petite fête comme elle les aimait autrefois. Le gâteau d'anniversaire, les banderoles, les ballons, tout y était.

Au fond de leur cœur, petits-enfants et arrière-petits-enfants présents à la fête espéraient que, d'une certaine façon, « mémère » ressente l'amour qu'ils lui vouaient. Et lorsque Michel, tendrement, avait porté la coupe de champagne aux lèvres de la jubilaire, un sourire incertain, une étincelle au fond de ses yeux voilés avait fait jaillir la joie dans l'assemblée. Une fenêtre se serait-elle entrouverte, illuminant l'esprit embrumé de la chère dame ? Eux tous. Réunis. Que n'auraient-ils pas donné afin d'atteindre l'abysse de son jardin secret ?

⁕

La sonnerie du téléphone réveille Odette. Micheline Saint-Louis, responsable de rayon du magasin où elle travaille, lui demande de se présenter à son poste plus tôt. Avec regret, elle accepte. Pourtant, se lever de si bonne heure n'a jamais été sa tasse de thé. Elle s'étire lentement en pensant au café fumant qu'elle adore prendre au lever. L'appareil téléphonique résonne une seconde fois. Odette allonge le bras pour rejoindre l'acoustique en maugréant : « Qui c'est encore ? » Le réveille-matin affiche 7 h 30. La bouche pâteuse, la gorge éraillée, elle arrive à articuler :

– Allô.

Un heureux espoir l'envahit : peut-être que Micheline n'a plus besoin d'elle ce matin.

– Madame Gilbert ?

Le cœur battant, Odette comprend tout de suite d'où provient l'appel.

– Madame Gilbert, je m'appelle Sylvia Renaud du Centre d'accueil Saint-Benoît. J'ai le regret de vous apprendre le décès de votre grand-mère ce matin à 7 h 20.

– Oh !

Un silence lourd d'émotions traverse le fil de la communication. Après quelques secondes, l'employée du centre d'accueil croit devoir dire : « Votre grand-mère n'a pas souffert et… »

Odette met fin à la conversation, désirant se rendre au plus tôt auprès de la disparue.

– Merci. J'arrive tout de suite.

⁕

Depuis plusieurs semaines, la santé de la vieille dame avait régressé. La veille de son décès, la directrice du centre avait prévenu sa petite-fille que sa grand-mère se portait très mal. Odette était partie à son chevet séance tenante.

Elle imagine mal devoir être privée de la présence de sa très chère mémère, même amoindrie, vieille et malade. Cette femme a d'ailleurs laissé un souvenir indélébile dans la vie de chacun de ses petits-enfants, particulièrement les enfants de sa fille Lucienne. Adrienne a été moins présente pour les enfants de son fils, bien qu'elle les ait aimés tout autant. En fait, Lucienne et ses enfants ont accaparé une grande partie de sa vie. Il reste que le détachement de son fils a été pour la pauvre dame une épine au cœur. Vingt-cinq ans de silence lourd de ressentiments inavoués, de part et d'autre.

Assise sur une chaise droite près du lit, Odette se sent absente de tout sentiment. Elle retient sa peine, tentant de suturer la déchirure de son cœur. Olivier était allé retrouver sa mère à Saint-Benoît dès son retour du travail. Le jeune garçon refuse de laisser sa mère seule avec son chagrin. De plus, il voue une grande affection à son arrière-grand-mère. À 23 ans, il se souvient de son aïeule, de ses manifestations de tendresse, de ses petites attentions autant que de sa joie de vivre. Comme il aimait entendre son rire ou l'écouter chanter ces vieux refrains souvent croustillants lors de réunions familiales ! Assis près de sa mère, tout à côté du lit de la mourante, Olivier reste silencieux. Il se sent affligé. Le chagrin de sa mère lui fait peine à voir.

En dépit du fait que sa grand-mère soit malade et malgré son âge avancé, Odette ne peut concevoir son départ. Rupture déchirante. Elle sait qu'une partie d'elle-même partira avec cette femme, cette mère glissant doucement vers le terme de ses jours. Odette se refuse à couper le fil qui l'y retient. La présence à ses côtés de son fils lui est d'un grand réconfort.

Le geste lourd, Odette se lève. Elle aurait tant aimé rester auprès de celle qui lui a tout abandonné, mais un sentiment d'obligation dicte son retour vers son mari, son travail et la maison. Le cœur serré, elle se résout difficilement à ne partir qu'après une série de baisers sur les joues et le front chaud et humide de fièvre de la mourante. De tout son cœur, Odette espère l'embrasser encore une fois le lendemain. Elle s'éloigne d'un pas pesant au bras de son fils. Que ne donnerait-elle pas pour que sa chère grand-mère lui revienne comme avant ?

Avant toutes ces années de vieillissement ravageur. Étendue depuis tant d'années, comme une vieille poupée oubliée qui attend d'être lavée, nourrie, soignée. Le visage émacié, la bouche creuse, sans dents, ses yeux ne percevant que des ombres; depuis longtemps, elle attend que le bon Dieu se souvienne d'elle. Pauvre grand-mère, quelle pitié, quel chagrin !

Chaque visite était devenue pour Odette une épreuve, un sujet de tristesse et d'angoisse. Adrienne était alitée, insensible aux baisers et aux caresses de sa petite-fille, qui souhaitait éperdument que mémère entende ses paroles de réconfort et qu'elle ressente ses câlineries, comme de grattouiller son dos, une cajolerie tant appréciée avant.

La bonne grand-maman célébrerait ses 102 ans le 5 décembre 2000. Odette et les autres ne se font plus d'illusions : il n'y aura pas de fête pour l'anniversaire de mémère. Le médecin de l'établissement affirme que, malgré son grand âge, sa patiente possède un bon cœur, mais son corps vieillit et ne résiste plus au passage du temps. Il y a quelques décennies, à certains moments, la bonne humeur et la joie de vivre au milieu des siens égayaient ses jours, alors qu'en d'autres, la morosité l'accablait. Puis les nuits de brouillard étaient venues.

Adrienne Duhamel, née Tétreault, rend l'âme ce jeudi matin 24 août 2000. Elle cède son lit à une autre petite vieille en attente du repos éternel.

***

Le regard brouillé de larmes, Odette avait parcouru le trajet de Boisbriand vers Saint-Benoît, le cœur saisi par la tristesse et le regret. « Mémère, je t'avais demandé de m'attendre. »

Odette avait prévenu sa sœur, qui l'avait retrouvée à la maison. Elles s'étaient rendues ensemble auprès de leur grand-mère. Le cœur serré, elles franchissent le seuil de la petite chambre éloignée du poste de garde, au bout du couloir, où les résidents requièrent moins d'attention. L'anti-chambre.

Frappées d'un sentiment étrange devant la mort, pendant un long moment, le temps d'une vie, les deux sœurs demeurent silencieuses. Elles contemplent la disparue qui vient à peine de quitter ce monde de souf-france. Aucune larme, les yeux humides, les lèvres sèches, le cœur étuvé de sentiments contradictoires, leurs yeux se rejoignent. Elles pensent la même chose : « Comme c'est étrange; mémère n'est plus. » Puis Odette embrasse le front encore tiède de la centenaire. La vieille dame semble dormir paisiblement. Son visage est sans rides malgré une vie de préoccu-pations; ses mains au bout de ses bras émaciés à la peau translucide reposent tranquilles sur le drap blanc. Odette aurait encore tant de choses à dire à sa chère, chère mémère; le cœur serré, les yeux rivés sur le visage aimé, elle lui fait ses adieux.

« Pauvre mémère, tu mérites ton repos ! Tu as toujours affirmé que tu étais née pour un p'tit pain. Tu as goûté amplement à sa mie de chagrin et de souffrance. De ton petit doigt, tu as tiré et cueilli vers toi, comme tu le faisais à table après chaque repas, les miettes, miettes de joies et de bon temps. Je suis triste, mais à la fois soulagée de savoir que tu as enfin retrouvé ta famille au paradis. Je sais que tu aurais préféré t'endormir sur la troisième dizaine de ton chapelet, mais le bon Dieu s'est fait attendre. Tu as persévéré jusqu'à l'*amen*. Sois enfin heureuse, ma chère mémère ! »

Adrienne Tétreault a vu le jour au crépuscule des années 1800 et a chevauché le 20e siècle à une allure folle. Les malheurs et les guerres n'auront pas eu raison de cette femme déterminée. Témoin de l'incroyable poussée d'inventions au service de la modernisation ou de la destruction, Adrienne s'est confondue à ses millions de concitoyens dans sa quête de bonheur. Pourtant, souffrance, détresse et abnégation ont été ses compagnes insistantes tout au long de son existence. Elle s'éteint aux premières lueurs de l'aurore du 21e siècle. Époque inquiétante, paradoxalement chargée d'espoir pour une humanité en ebullition.

Première partie

Le hanier de boutons

Adrienne

Roman

Chapitre 1

Jours paisibles

Été 1898. Francis et Théonile se prélassent sur la galerie, assis chacun dans leur berceuse. Repu, Francis savoure sa pipe avec complaisance, se délectant encore d'un délicieux souper, convaincu que sa Théonile est la meilleure cuisinière à des milles à la ronde. L'air est doux, l'ondée de fin d'après-midi ravive les parfums de la nature et caresse l'odorat. La petite paroisse de Saint-Jean-Baptiste se repaît d'aisance, plus rien n'a d'importance sinon la douceur du moment. À l'horizon, le soleil reparaît vainqueur, éblouissant, à demi enfoui sous un édredon de nuages ombreux.

Les Tétreault habitent une maison modeste à cachet ancestral. Grande et chaude, elle loge confortablement la petite famille appelée à se multiplier. Une galerie s'étire joyeusement sur sa façade, pour se replier du côté ouest. Le paysage campagnard offre son visage tranquille au couple, qui le contemple paresseusement les soirs d'été. Trois marches fraîchement peintes mènent à la galerie devant l'entrée principale. La porte de côté ouvre directement sur la cuisine, d'où s'échappe un fumet de légumes fraîchement cueillis du potager et de viande mijotant lentement. Tous les jours, Théonile brasse une soupe qui répand son arôme appétissant dans toute la maison et ses alentours. Les effluves sucrés de tartes ou de gâteaux renversés aux fruits sauvages cueillis quotidiennement dans les champs avoisinants sont non moins alléchants. De tous ces plaisirs aromatiques, Francis préfère l'odeur du pain tout chaud sortant du four. Ah, la cuisine où s'affaire toute la journée sa Théonile est l'endroit le plus douillet qu'il ait jamais connu !

Cultivateur, charpentier à ses heures, François-Xavier Tétreault travaille dur du matin au soir avec l'unique ambition de bien faire vivre sa famille, qu'il aspire à multiplier. Le travail laborieux l'astreint à la chaleur étouffante de l'été comme aux rigueurs de l'hiver. Cependant, cet homme courageux ne se plaint jamais, faisant sien l'adage de sa mère : le travail, c'est la santé.

Ses larges mains calleuses témoignent de la rudesse des travaux de la ferme. Elles se font pourtant douces et caressantes sur la joue de Théonile lorsque, le soir venu, il lui témoigne son affection d'un geste hésitant, tendre. Elle réplique à ces expressions de douceur d'une œillade illuminée d'une myriade d'étoiles. Pudique et réservée de sa personne, pour la forme, elle dit :

– Francis, reste tranquille !

Quatre joyeux enfants entourent maintenant Théonile et Francis. Aussi, tous les jours, Francis remercie le ciel de l'avoir doté d'une bonne santé afin de pourvoir aux besoins de sa famille.

Ce père de famille, d'âme sereine, profite des débuts de veillées pour se détendre. Théonile fait de même, assise dans sa berceuse, quelques draps de lit pliés sous son séant, ayant préalablement séché au vent fort de l'après-midi. C'est sa façon de repasser les draps. L'entretien ménager d'une si grande maison l'occupe de l'aube au couchant. Tout comme son mari, jamais il ne lui vient à l'idée de se plaindre ou de rechigner.

Francis semble s'être assoupi, tandis que le regard de Théonile se perd au loin, revivant un flot de souvenirs, son chapelet accroché à ses doigts. Ses pensées vagabondes retrouvent l'époque où elle était jeune institutrice, au moment de sa rencontre avec François-Xavier Tétreault.

Sa profession lui procurait une vive satisfaction à l'idée d'inculquer son savoir à tous ces enfants désireux d'apprendre, malgré le caractère indiscipliné ou même récalcitrant de quelques-uns. La petite école, maisonnette de bois située au haut d'un vallon à l'écart du village, était devenue son domaine, son petit nid. La jeune maîtresse d'école s'appliquait à communiquer son savoir à « ses » enfants. De l'arrière de sa petite table, elle imposait le respect et n'avait qu'à lever un regard pénétrant, voire acéré, pour rétablir la discipline dans la classe. Le rigorisme dont elle faisait preuve était certainement un atout pour sa profession. Pourtant, mademoiselle Gélineau avait une personnalité tout à fait charmante, ses amis recherchaient sa compagnie et sa conversation.

Un moustique dérange le cours de sa rêverie, qu'elle reprend aussitôt. Théonile laisse glisser ses pensées encore plus loin, évoquant son enfance lorsque ses parents habitaient à Lewiston aux États-Unis. Lewiston est une ville du petit Canada, où plusieurs de ses frères et sœurs sont nés.

Vers les années 1880, la misère était telle qu'un grand nombre de gens avaient dû s'exiler, chassés de leur foyer sur leur terre des Cantons-de-l'Est, du Bas-Saint-Laurent ou de la Gaspésie. Attirées par les discours de gens peu scrupuleux, les familles végétant dans la pauvreté se laissaient tenter par l'aventure et l'espoir d'une vie meilleure. Théonile n'était âgée que de huit ans au moment où sa famille s'était rendue aux *States*. Malencontreusement, la pauvreté avait traversé la frontière avec eux, accablant tous ces exilés malgré de belles promesses. Tirant le diable par la queue, Dorina et Arthur Gélineau avaient imaginé un avenir meilleur pour leur fillette douée, dès son jeune âge, pour les études. À coup de petits miracles quotidiens, ils étaient parvenus à pourvoir à son instruction. Les salaires de misère des *factories*[1] n'auraient pu suffire, cependant toute la famille nourrissait la même ambition pour elle. Grâce aux efforts et à la générosité de toute sa famille, Théonile entretenait son rêve de devenir maîtresse d'école.

Un bruit de crissement sur le gravier éveille Francis. Il relève paresseusement la tête et pose sa main en visière.

Depuis peu, le soleil rougeoie au pied de l'horizon. L'astre l'éblouit et l'empêche de reconnaître la personne qui approche. Francis discerne une robe virevoltant au gré des pas de ce qui lui semble être Léontine. La femme colporte les nouvelles bonnes ou mauvaises, et bien sûr les potins. Pourtant non ! Maintenant, il le reconnaît : il s'agit plutôt du curé de la paroisse, Anselme Joanotte, arborant son plus beau sourire, à l'ombre d'un chapeau de paille qu'il soulève cérémonieusement.

Ayant aussi reconnu le prêtre, déjà Théonile se lève de sa berceuse. Elle défait les plis de sa robe et passe ses doigts dans ses cheveux lissés et ramassés vers l'arrière en un gros chignon. Ravie de voir un ami venir profiter de cette belle fin de journée en leur compagnie, elle tend une main sûre et amicale au prêtre. Francis soulève pareillement son chapeau, salue le nouveau venu d'un œil jovial et l'invite à s'asseoir à ses côtés. La visite de monsieur le curé ne tient pas du hasard, puisqu'il effectue depuis quelques semaines ses visites de paroisse. Il profite de cette occasion pour fraterniser avec ses paroissiens, les entretenant de leurs joies comme de leurs misères. Ces visites sont aussi l'occasion de faire connaissance avec les nouveaux venus. Le religieux bénit ses ouailles, les réconforte et prie avec eux. Il babille avec les enfants, puis leur distribue des médailles de la Vierge Marie, de saint Joseph et de la bonne sainte Anne.

Le curé accepte avec plaisir la limonade — qu'il qualifie de sans pareille — que lui offre Théonile. Cette dernière lui sourit modestement, puis jette un regard coquin à Francis. D'un pas léger, elle s'en va quérir le pichet de limonade et trois verres. Elle rapporte de la cuisine, en plus de la limonade, un morceau de tarte aux pommes tiède, dégageant un léger arôme de muscade.

— Une pointe de tarte aux pommes, M'sieur l'Curé ?

— Vraiment, Madame Tétreault, vous êtes trop bonne ! Je ne peux pas résister à un tel délice.

— Vous me faites là un grand plaisir, M'sieur l'Curé !

Le prêtre regarde Francis d'un air moqueur.

— Et vous, Francis ? Vous n'êtes tout de même pas au régime ?

Francis rit de son bon rire franc.

— Ben sûr que non, mais après le souper que ma femme m'a fait avaler, j'ai de la place que pour une tasse de thé avant de me coucher.

— Vous êtes sage, Francis ; la gourmandise est un péché de curé.

On rit de bon cœur de cette boutade sacristine. La bonne plaisanterie et la tarte aux pommes contentent le prêtre, qui ne manque pas de complimenter son hôtesse en lui tendant l'assiette vide. Elle la récupère avec les verres et se dirige vers la cuisine les épaules sautillantes.

— Où sont vos enfants ? Je vais leur tirer un peu les oreilles !

À ce moment, Théonile revient, suivie de sa progéniture. D'une légère poussée de la main à l'arrière de sa tête, elle fait passer Albert devant. On le devine déterminé du haut de ses cinq ans. Il a toutefois le regard taquin de sa mère.

— Bonsoir, Albert. Tu grandis de jour en jour, ma foi. Tu es presque un homme astheure !

— Bonsoir, M'sieur l'Curé.

Un sourire timide accompagne la salutation d'Albert, qui se retire de côté pour laisser passer sa petite sœur Albertine. Le prêtre se souvient qu'il avait eu juste le temps de baptiser un bébé, une petite fille née avant Albertine, du nom de Bernadette.

Les Tétreault avaient souhaité prénommer chacun de leurs enfants en suivant les lettres de l'alphabet : « A » pour Albert, « B » pour Bernadette, et ainsi de suite. Cependant, Bernadette était morte quelques semaines après sa naissance. Une douleur innommable avait terrassé les parents, inconsolables. Pour contrer le mauvais sort, Francis et Théonile avaient convenu que chacun de leurs futurs enfants porterait un prénom commençant par la lettre « A ».

Dès sa naissance, Albertine, maintenant âgée de trois ans, avait été une source de joie pour la famille Tétreault. Cette enfant était attachante, rieuse, pleine de drôleries, comme si elle était née pour rétablir la joie et le bonheur qui s'étaient enfuis de la maison au départ de Bernadette. La fillette dévore la vie comme un bonbon sucré. Heureuse et insouciante, elle papillonne, cueillant les fruits suaves de l'enfance. Théonile présente ensuite Arsène devant le prêtre. Le petit n'a qu'un an et demi.

— Tiens ! Voilà un p'tit bonhomme pas plus haut que trois pommes ! s'exclame en riant le curé, espérant ainsi amadouer l'enfant au regard ombrageux.

La curiosité du garçon l'emporte sur sa timidité. Sitôt installé sur les genoux de l'homme à la longue robe noire, sans gêne, Arsène entreprend de retirer le col romain. Ce petit carré blanc au col de la soutane noire l'intrigue. Le prêtre retire gentiment les petits doigts et dépose l'enfant à ses côtés. Le petit garçon court vers sa sœur, tandis que Théonile se lève de sa berceuse, portant dans ses bras la toute petite Alice, âgée de quelques mois seulement. Le prêtre se lève également puis dépose un léger baiser sur le front du bébé.

— Quelle délicieuse enfant vous avez là, Madame Tétreault !

Théonile regarde Francis, attendrie de la remarque du prêtre. « Approchez », ordonne le curé aux enfants, maintenant assis sagement sur la première marche de la galerie.

Les petits s'approchent, regardant tour à tour leur mère et le curé. Pour leur part, Francis et Théonile s'agenouillent devant le prêtre en jetant un petit coup d'œil à leurs rejetons. Comprenant le signe, les enfants les imitent. Le religieux les bénit, puis la famille se relève. L'homme de Dieu donne une médaille à chacun des enfants en leur recommandant de faire leurs prières et d'être sages.

Albert, Albertine et Arsène remercient timidement le prêtre puis, en rafale, s'enfuient vers l'arrière de la maison. Après avoir regardé un instant les enfants s'éloigner, le curé se tourne vers le couple Tétreault. Il les remercie vivement de leur accueil si chaleureux et les félicite pour leur belle petite famille.

Francis regarde le prêtre s'éloigner. L'éclat des rayons du soleil ne l'aveugle plus puisque depuis quelques minutes, il s'est tout doucement glissé derrière la montagne isolée dans la grande plaine. Il suit des yeux son visiteur jusqu'au bout de l'étroit chemin gravelé, au milieu duquel de rares touffes d'herbes jouent à saute-mouton. Le religieux contourne le vieux saule mélancolique épanchant ses longs bras comme pour retenir les passants.

Théonile entre dans la maison; une chaleur suffocante la retient quelques secondes sur le pas de la porte. Cette chaude soirée d'été en est passablement responsable, mais la chaleur que dégage le poêle chauffé tout l'après-midi pour la cuite d'une fournée de pain donne l'impression d'entrer directement dans le four. Longeant le poêle, elle admire, avec un brin d'orgueil et de délectation, les pains ronds à croûte dorée étalés sur le réchaud.

L'eau dans le *boiler*[2], à l'extrémité droite du poêle, est chaude pour le bain des enfants. Théonile décroche la grande cuve carrée suspendue au mur à l'extérieur de la cuisine, elle pompe de l'eau froide et la déverse dans la cuve. Puis, à l'aide d'un petit vaisseau[3], elle ajoute l'eau chaude. Elle se met ensuite en quête du savon et des serviettes. Campée comme une reine près de la fenêtre de la cuisine, la robuste armoire en bois de cèdre contient les serviettes, les nappes, les draps, les couvertures et autres articles de maison. « Albert, va chercher Bartine et Arsène, c'est l'heure du bain. » L'aîné traversait justement la cuisine en courant d'air. Mal lui en prit, car il ne voyait pas comment se dérober à la corvée du bain. Il est très difficile, sinon impossible, de se soustraire à la volonté de sa mère.

– Allez, on traîne pas. Arrive, Albert, pis j'veux pas entendre de régimbage.

Elle frotte la peau tendre de la tête aux pieds d'un bras énergique. Il n'y a pas de place pour le jeu ou le flânage. Et hop ! elle passe au suivant. Avant de commencer les bains, elle avait pris soin de remettre de l'eau dans le *boiler*; si le besoin s'en fait sentir, elle réchauffe l'eau dans la cuve. Après le bain des aînés, c'est le tour d'Alice. Le bébé est lavé dans le grand bol à mains de granit blanc. Ensuite, c'est l'heure de la tétée, réclamée à grands cris.

Plus tard dans la soirée, à l'heure où le soleil s'enveloppe de la nuit, les enfants sont couchés et endormis, la cuisine remise à l'ordre et les dégâts d'eau essuyés. Alors s'achève une autre journée pour Théonile. Entré à son tour depuis quelques minutes, Francis feuillette un journal sous la lueur timide de la lampe. Il lève les yeux du côté de sa femme et, de sa voix posée et grave, il dit :

— Tu t'démènes trop, ma femme ! Viens donc te r'poser un peu.

Satisfaite, ses tâches achevées, Théonile obéit. Elle s'assoit à sa place au bout de la table. Machinalement, elle ouvre le couvercle du panier de boutons laissé sur la table, en vue de recoudre un ou deux boutons tenant par un fil. Elle y plonge sa main et écarte les mille et un boutons de provenance aussi lointaine que le panier qui les contient, un panier de paille circulaire savamment tressé. Il y a toujours un bouton à recoudre, soit sur une chemise, une robe, un manteau. Aussi, elle collectionne les boutons de tous les morceaux de vieux vêtements qui passent entre ses mains. À l'occasion, une tante, une cousine ou même une connaissance lui donne des boutons. Théonile les dépose précieusement dans son panier. « Ça peut toujours sarvir ! » se dit-elle.

— Ça a été une bonne journée, han ! mon Francis ?

— Pour sûr, Théo ! Tiens, on va r'mercier l'bon Dieu de ses bonnes grâces.

Francis laisse tomber le journal sur la table. Il se recueille quelques instants, tandis que Théonile sort de la poche du long tablier blanc qui recouvre presque entièrement sa robe son chapelet à grains bruns. Elle tient à ce chapelet comme à la prunelle de ses yeux; sa mère le lui avait offert au moment de son départ des États pour venir enseigner à Saint-Jean-Baptiste.

Ensemble, ils récitent le chapelet puis se signent de la croix. Théonile pense qu'il serait bon d'intégrer les enfants à la prière du soir avant qu'ils aillent au lit. Dès demain, toute la famille priera ensemble. Elle pose cérémonieusement son chapelet, comme tous les soirs, au pied de la statue de saint Joseph qui veille sur une petite étagère de bois, sculptée par les mains douées de Francis. De son pas lent, coutumier, elle se dirige vers le poêle et tâtonne légèrement de ses doigts la théière en grès.

— Le thé est encore chaud. T'en veux une tasse ?

— Ouan ! Juste une goutte.

Il sirote lentement son thé en pensant au lendemain, à son travail dans les champs. Théonile boit à petites gorgées. Silencieuse, elle se laisse imprégner peu à peu de sensations bouillonnantes. Seul l'amour que lui inspire son cher mari a le pouvoir de la faire déroger à une éducation victorienne. De temps à autre, elle lève les yeux sur son mari, un coin de paradis au fond des prunelles. Francis capte et reconnaît ce regard. Un sourire indistinct creuse un léger rictus au coin de ses lèvres. Il fait passer sa pipe de l'autre côté de sa bouche; son regard ne quitte pas sa femme. Celle-ci se lève et dépose les tasses dans l'évier puis se dirige nonchalamment, sans un mot, vers la chambre. Le mari se lève à son tour. Il ferme le loquet de la porte et saisit la lampe qui repose sur la table, projetant des éclats feutrés tout autour de la pièce. D'un pas léger, Francis rejoint sa femme dans leur chambre à coucher. Le vieux poêle veille sur la maisonnée, laissant filtrer par ses orifices des lueurs vacillantes. Il enlève ses vêtements puis se glisse doucement sous la couverture. Il dépose un tendre baiser sur la joue de sa femme qui l'attendait...

Dans l'intimité de leur foyer, les époux Tétreault s'unissent à la flamme de leur amour qui n'a jamais tiédi depuis le premier jour de leur mariage. Ils s'enlacent, heureux qu'en décembre un autre enfant s'ajoutera à leur bonheur.

Plus tard, Théonile regarde son homme profondément endormi. Heureuse et comblée, elle se laisse bercer par le silence de la nuit, troublé par le ronflement léger de Francis. Comme en après-midi, son esprit glisse paresseusement vers de doux souvenirs. Elle se revoit enseignante à l'école de Saint-Jean-Baptiste de Rouville, un emploi obtenu grâce au précieux concours de sa cousine Georgianna Gélineau, qui l'avait recommandée pour le poste. En visite à Lewiston, la cousine avait proposé à la jeune Théonile de la ramener au Canada. Théonile avait été déchirée entre la joie d'enfin accéder au poste de maîtresse d'école et la tristesse d'être séparée de sa famille. Pourtant, elle n'avait pas hésité.

Au printemps de sa première année d'enseignement, une équipe de deux menuisiers, engagés pour de menus travaux d'entretien et de rénovation, se présente dans la cour d'école. L'un d'eux, un jeune garçon aux prémices de l'âge adulte, fringant, à la démarche souple, donne l'impression de se rendre à une quelconque fête de village. Une âme heureuse, que le printemps revigore et rend aussi légère que le souffle d'un vent d'été, interpelle Théonile.

Alors que ses élèves travaillent à leur composition ayant comme sujet « la magnificence du printemps », rêveuse, mademoiselle Gélineau admire de la fenêtre l'allure du jeune homme autant que son ardeur au travail. Le garçon sent ce regard posé sur lui. Il relève la tête, soulève sa casquette et essuie son front de son avant-bras, balayant du regard les alentours pour finalement s'arrêter à la fenêtre d'où la jeune fille l'observe depuis déjà un bon moment. Amusé, il soutient son regard puis lui décoche un clin d'œil polisson. Surprise et humiliée, Théonile retourne vivement à l'attention de ses élèves, qui travaillent toujours à leur composition. Le temps doux de cette matinée de printemps noyée dans la luminosité des rayons du soleil apporte une chaude sensation de bien-être. Le résidu d'un petit amas de neige, aux abords du sous-bois du côté nord de l'école, laisse à penser qu'enfin l'hiver s'en est allé. Un peu en retrait trône un gigantesque chêne plus que centenaire. À l'ombre de ses branches tordues habillées de jeunes feuilles, une vieille chaise de bois repose à ses pieds. Comme tous les jours à l'heure du dîner, Théonile s'y assoit.

Elle observe sans vraiment les voir les enfants assis un peu plus loin dans l'herbe nouvelle, occupés eux aussi à manger. Ils crient et rient, se laissant aller à la joie de ce court temps de liberté. Elle sourit devant leur insouciance. Le jeune homme qu'elle avait observé par la fenêtre le matin approche d'un pas lent et timide. L'audace qu'il avait démontrée précédemment lui pèse maintenant. La demoiselle est, à coup sûr, offusquée à cause du clin d'œil. Manquablement qu'elle le renverra à ses clous et à son marteau. Toutefois, bravement, il s'avance.

– Bonjour, Mam'zelle. Belle journée, pas vrai ?

La jeune fille sursaute.

– S'cusez, j'voulais pas vous apeurer. J'voulais seul'ment profiter de l'ombre. C'est chaud vrai aujourd'hui pis... euh ! J'peux m'asseoir là, sur l'herbe ?

Troublée, elle riposte :

– Oh ! Vous pouvez ben vous asseoir, l'ombre du chêne est pour tout l'monde. Vous savez, cette chaise est assez délabrée, un banc serait plus...

– Vous aurez vot'banc d'main midi !

Le jeune homme retire sa casquette et la dépose, d'un grand geste, sur sa poitrine.

– Euh ! J'me présente : François-Xavier Tétreault. À vot'service !

Vivement, il s'assoit sur l'herbe fraîche, s'adosse au vieux chêne, allonge les jambes et commence à mordre avec appétit à même son énorme sandwich. Souriant dans sa moustache, il se sent bien sans en chercher la raison. Néanmoins, il voit comme un heureux présage ce contrat de rénovation, et mieux encore, d'avoir appris à travailler le bois. Ce pouvoir, cette habileté de changer de simples planches selon le besoin, lui apporte contentement et fierté. L'arbre est la matière, lui, l'artisan et il en est fier.

Plongé dans ses pensées, il oublie la jeune fille, qui se relève et s'apprête à retourner vers l'école pour sonner la cloche de rassemblement. Nonchalamment, elle se tourne vers le jeune homme, toujours bêtement assis sur l'herbe. D'un air contrarié, elle le regarde et lui dit :

– J'vous remercie pour le banc. Ce sera plus avenant que cette chaise délabrée...

Négligemment, sans en avoir l'air, elle ajoute :

– Mon nom est Théonile.

Elle tourne les talons et va rejoindre ses écoliers avec qui elle est plus à l'aise. Néanmoins, ce jeune ouvrier aux yeux rieurs et au sourire chaleureux lui semble malgré tout, en faisant abstraction du geste fanfaron de la matinée, si « gentiment » timide.

Toujours adossé à l'arbre, une jambe croisée par-dessus l'autre, François-Xavier a souri à la demoiselle. Il suit maintenant du regard la gracieuse jeune fille qui s'éloigne. D'un geste lent, il se relève, secouant de ses larges mains les miettes de pain sur son pantalon. Ses yeux moqueurs chantent la joie de vivre par cette journée follement radieuse. De prime abord, la demoiselle lui a semblé un tantinet austère, à tout le moins sévère. Bien vite, le jeune homme a su déceler et reconnaître ce qui se dissimule sous le pelan : du bon bois tendre. Un artisan en menuiserie possède le don d'identifier la valeur et le caractère de ses « arbres ». La maîtresse d'école est assurément de l'espèce douce, de sève généreuse.

Tous les midis, les enfants regardent avec des sourires moqueurs leur maîtresse d'école et l'ouvrier manger ensemble à l'ombre du vieux chêne. L'arbre et les élèves sont complices d'un amour naissant entre une jeune institutrice de campagne et un fils de cultivateur, artisan-menuisier à ses heures.

Le sommeil tarde toujours à venir. Théonile observe tendrement son mari endormi près d'elle. Un bonheur simple la couvre; elle laisse son esprit voguer, survolant le jour de leur mariage. Jour béni, jour heureux. Elle se sentait enveloppée d'un bonheur lumineux, couronnée d'un soleil aux éclats cristallins inondant le perron de l'église, où parents et amis applaudissaient à leur bonheur.

Tournée du côté de son mari, les paupières lourdes, ces tendres évocations, comme de légères embarcations sur une mer lisse, dérivent vers l'inconscience d'un sommeil réparateur.

Petite enfance d'Adrienne

Le 5 décembre 1898, l'aurore glisse paresseusement hors des ténèbres de la nuit. Le coq de la ferme vient à peine de chanter l'éveil. Le soleil étire paresseusement ses rayons au pied de l'horizon, dévoilant ses pâles couleurs matinales. Le cri d'un nouveau-né retentit dans la maison des Tétreault. La famille entière se réjouit d'accueillir une petite fille : Adrienne. Francis et Théonile maintiennent ainsi la tradition de donner à leurs enfants un prénom commençant par la lettre « A ».

Adrienne traverse sa petite enfance comblée de l'amour de ses parents et de l'affection d'Albert. D'ailleurs, tous les membres de la famille dorlotent la petite dernière.

Plus tard, au long de ses quelque quatre années de scolarité, elle se montre une élève docile et attentionnée. La lecture, le catéchisme et l'histoire sont des matières qu'elle maîtrise; le calcul[4] demeure sa matière préférée.

À sa dernière année scolaire, un incident fâcheux porte atteinte à sa joie de vivre et lui fait découvrir des sentiments dont elle ne soupçonnait même pas l'existence. Tout commence quelques semaines avant la journée de la première communion. Ce matin-là, la révérende mère supérieure proclame devant toute la classe : « Adrienne, en récompense pour les meilleures notes de la classe en catéchisme, tu chanteras *C'est le grand jour* le dimanche de la première communion. » Adrienne est ravie. Un si grand honneur ! Elle connaît et adore ce chant si beau. Elle aime chanter et le fait souvent pour elle-même sans y penser. À l'annonce de cette nouvelle, ses yeux s'illuminent et son cœur se gonfle d'orgueil. Une curieuse sensation de pouvoir l'anime. Elle, la petite Tétreault, fille de cultivateur, allait avoir l'honneur de chanter devant toute la paroisse. Inconsciemment, l'enseignante avait suscité en elle toute une foulée de sentiments qui l'agitent et l'excitent. Durant des semaines, elle s'applique de tout son cœur à répéter son chant.

À quelques jours dudit dimanche, la mère supérieure fait demander la fillette à son bureau. Intriguée, pour ne pas dire alarmée, Adrienne s'y rend à pas de condamnée. Ses craintes se concrétisent lorsque la mère lui apprend une nouvelle qui lui brise le cœur. La religieuse lui annonce froidement que ce serait finalement Dorothée Lafrenière qui chanterait le chant de première communion. Meurtrie, humiliée, Adrienne se voit confrontée à la différence des classes. Hélas, de cela elle en est convaincue : Dorothée a été favorisée à cause de son rang social. Adrienne pleure, elle écume de colère devant l'injustice. Pourquoi l'avoir choisie pour ensuite l'évincer ? La fillette se sent bafouée, refoulée à sa condition de fille de cultivateur. Non qu'elle ait honte de ses origines ou de son père, mais la supérieure lui a préféré une petite-bourgeoise qui… chante faux. Jamais plus elle ne fera confiance aux religieuses. Une sourde rage envahit son âme trahie. L'affront ne sera jamais oublié.

Mais elle serre les dents et s'attache à son rêve le plus secret; lorsqu'elle sera grande, elle deviendra « garde-malade », comme ces jeunes filles qu'elle avait remarquées, un jour qu'elle avait accompagné sa mère à l'Hôpital Notre-Dame de Montréal.

Encore là, la vie joue un mauvais tour à cette enfant pourtant studieuse. La mort dans l'âme, la petite Tétreault ne peut poursuivre sa scolarité au-delà de sa quatrième année. François-Xavier n'est plus en mesure d'assumer les frais de scolarité de tous ses enfants.

Depuis la naissance d'Adrienne, les Tétreault se sont enrichis de trois autres descendants venus gonfler le patrimoine familial. Armand le facétieux joint les rangs le premier, puis arrive Anna, enfant douce et sage, et enfin Alma, qui complète la famille, un bébé au caractère un tantinet capricieux. Théonile a beaucoup souffert à la naissance de ce dernier bébé pesant pas moins de quatorze livres et qui, de plus, s'est présenté par le siège. Meurtrie, déchirée, la pauvre femme est restée sans force à la suite de douleurs intolérables et d'une trop grande quantité de sang perdu. Par miracle, la mère et l'enfant ont survécu à toutes ces souffrances.

À 16 ans, fougueux, Albert se sent à l'étroit à Saint-Jean-Baptiste. Il est donc très heureux d'apprendre que la famille déménage à Montréal. La ferme ne suffit plus à nourrir la famille de Francis. Les petits travaux de menuiserie pour l'un ou pour l'autre de ses voisins n'arrivent pas à combler le manque à gagner pour ses huit enfants. Il décide de tenter sa chance à Montréal, une ville en constante croissance. Au début de l'année 1908, la famille s'installe donc au pied du mont Royal, dans le quartier Côte-des-Neiges. À peine âgée de 10 ans, tout comme son grand frère, Adrienne apprend rapidement à se familiariser avec le quartier et l'adopte, entre autres la petite chapelle située en haut de la colline.

Adrienne fait la connaissance du frère Alfred Bessette. Le jeune homme, né à Saint-Grégoire d'Iberville le 9 août 1845, était entré en religion dans la congrégation des Frères de Sainte-Croix. Avant son noviciat difficilement obtenu en raison des réserves de la congrégation, le petit homme humble, frêle et maladif avait connu mille métiers, mille misères. On le retrouve dans les usines de textile de la Nouvelle-Angleterre durant quatre années, où il acquiert la maîtrise de la langue anglaise, mais il éprouve de la difficulté à lire et à écrire. Le jeune frère, nouvellement accepté, remplira pendant plus de quarante ans l'humble fonction de portier du Collège Notre-Dame; il exécutera également diverses tâches domestiques — lavage, ménage, entretien de la sacristie en plus des courses — qui fragiliseront une santé déjà précaire. Comme portier, le frère André côtoie des gens malheureux, angoissés, et des personnes malades. Il prie pour eux. Il obtient, grâce à sa dévotion à saint Joseph et à son amour pour le Christ en croix, des guérisons du corps et du cœur.

Afin d'aider le petit frère dans son ministère, de généreux donateurs permettent d'ériger une petite chapelle située sur le flanc du mont Royal.

Témoin de guérisons confondantes, Adrienne éprouve un respect sans mesure pour cet homme, tout comme la foule qui afflue à la petite chapelle. Reconnaissant sa douceur et sa bonté, de plus en plus de gens, en quête de soulagement à leurs maux, accourent vers le frère, doté d'une foi qui l'inonde d'autorité et de force.

Adrienne se souvient de ce jour où, comme tant d'autres, debout devant les portes du petit oratoire, le frère André accueille la foule qui espère une guérison du corps ou même de l'âme. Le grand-oncle d'Adrienne, qui se trouve ce jour-là parmi la foule, souffre d'une légère infirmité causée par un accident de cheval il y a de cela quelques années. Le personnage a la réputation d'avoir les doigts un peu trop longs. Théonile avait d'ailleurs averti ses filles de se tenir loin de ce vieil oncle concupiscent. Singulièrement, le grand-oncle exerce le métier de tailleur. Il confectionne et vend entre autres des soutanes pour les religieux dans un atelier sur le boulevard Gouin.

Debout devant le frère André, celui-ci le toise et, sans préambule, lui dit : « Retourne d'où tu viens, j'peux rien faire pour toi ! » D'un ton sévère, le religieux lui adresse cette remontrance : « Sache qu'on monte pas ici pour se moquer de la bonté de Dieu ! » D'abord abasourdi puis embarrassé, le bonhomme se trouve dépouillé de son air gouailleur; il repart honteux, se sachant coupable. Le bon frère avait compris la sournoiserie et la duplicité du bonhomme, l'ayant aperçu en train de se moquer en compagnie d'un compère.

Le religieux, doué d'un grand cœur, était reconnu pour sa compassion. Pourtant, à l'occasion, il pouvait se montrer irascible.

Dès 1909, une chambrette est aménagée sous le toit de la petite chapelle, dominé par un clocheton pointu. Le frère André y prie constamment. Il en oublie souvent de manger, trop occupé à intercéder pour les miséreux et les malades.

Au moment où Adrienne et sa famille habitent Côte-des-Neiges, un jeune garçon du quartier monte régulièrement sur la montagne pour apporter de la nourriture au frère. Conscients de son esprit de sacrifice, les paroissiens lui font parvenir des denrées à tour de rôle. Un matin d'hiver, une lourde bordée de neige qui n'avait cessé de tomber toute la nuit empêche le garçon d'accomplir sa « mission ». Malgré l'inquiétude de l'enfant, il est impossible de monter la côte, l'accumulation de neige étant trop importante. Trois jours plus tard, n'y tenant plus, enfonçant dans la neige jusqu'aux cuisses, le sac de nourriture à bout de bras, le garçon monte de peine et de misère pour rejoindre enfin la chapelle, imaginant trouver le frère affaibli, étendu sur sa couche. Il le surprend plutôt prostré, en train de prier devant la statue de saint Joseph. Intimidé, fasciné, l'enfant n'ose l'interrompre. Le religieux, percevant sa présence, fait son signe de croix puis se retourne. Il sourit au garçon et lui dit :

— Bonjour, Guillaume !

Il accepte la nourriture que le garçon lui tend, le remercie et ensuite le renvoie chez lui.

— Va, mon garçon, j'ai beaucoup à faire.

Ces trois journées ont été une occasion de jeûne. Le frère André est un homme de Dieu, le jeûne et la prière font partie intégrante de sa vie. En quelques rares occasions, Adrienne remplace son ami Guillaume et monte porter la nourriture au frère André. Tout comme son jeune ami, il lui est arrivé de le surprendre en prière, le dos courbé, frêle comme s'il portait toute la douleur du monde sur ses épaules. Depuis, la petite fille voue une profonde révérence au religieux qui aura au cours de son existence une influence déterminante sur sa vie spirituelle.

Triste mais résignée, Adrienne comprend les besoins de la famille. Elle rejoint au travail ses sœurs Albertine et Alice à la manufacture Fine, sur la rue Saint-Laurent. Adrienne n'a que 11 ans et demi lorsqu'elle s'y présente la première fois. La petite fille éprouve une certaine fierté à contribuer au pactole familial tout comme ses sœurs et ses frères, Albert et Arsène. Étant donné son jeune âge, au début, on lui demande de couper les fils de fin de couture des vêtements empilés auprès des machines à coudre. À la demi-heure du lunch, elle se rend à l'atelier de repassage voir ses sœurs. Adrienne regarde les filles presser les jolies robes, jupes ou blouses de couleurs et de tissus variés. À cet instant, sa décision est prise, elle sera presseuse. Ses compétences en la matière sont tout à fait conformes. Ne repasse-t-elle pas elle-même ses vêtements ? Lorsqu'elle fait part à la contremaîtresse de sa décision, la dame sourit devant l'énergie et la détermination de la petite nouvelle. Elle ne voit pas d'inconvénient à mettre à profit son habileté, malgré son jeune âge. Elle consulte néanmoins le *foreman*[5] qui consent à donner sa chance à ce petit bout de femme dynamique. Il donne cependant des directives à la contremaîtresse afin que la petite fasse son apprentissage sur de petits modèles faciles. Mais voilà que l'apprentie presseuse est trop petite pour les tables de presse. Qu'à cela ne tienne, on lui fabrique un marchepied.

Les plis et replis des vêtements s'effacent sous les mains agiles de l'ouvrière. Expéditive autant que minutieuse, la méthode du travail à la pièce lui sert bien; il lui suffit de quelques semaines pour réussir à gagner autant que ses sœurs. N'en demeure pas moins qu'elle n'est qu'une toute jeune fille, pour ne pas dire une enfant, vaillante, perfectionniste, mais aussi facétieuse. Un jour, n'eut été la tolérance toute paternelle du *foreman*, l'espièglerie d'Adrienne aurait pu avoir des conséquences désastreuses.

Ce matin-là, comme chaque matin, il est à effectuer sa tournée d'inspection d'usage. Méticuleux, il tient à s'assurer de la qualité du travail, avant la livraison de la marchandise. La jeune Adrienne ne l'entend pas ainsi.

Lorsque le *foreman* se présente devant elle et se prépare à faire l'inspection de chacune de ses robes sur le pôle, elle le foudroie d'un regard courroucé et lui dit :

– If you're not satisfied, go the hell !

Après quelques mois de travail à l'usine, elle parle de façon débridée la langue anglaise; à tout le moins, elle la maîtrise assez pour lui permettre d'éjecter sa colère sans trop de difficulté. Stupéfait, le *foreman* comprend à peine le sens de ses paroles. L'accent canadien-français n'est pas évident pour ce Juif anglais. Le visage crispé et quasi comique de sa jeune presseuse juchée sur son petit banc le pousse à passer outre son impertinence, qu'il devine en dehors des mots. Après tout, elle est bien jeune. De plus, il reconnaît la qualité de son travail. Comme si de rien n'était, il passe son chemin vers une autre presse. Très fière de sa manœuvre, Adrienne racontera à qui voudra l'entendre qu'elle a tenu tête au *foreman*, et qu'il n'avait qu'à bien se tenir.

Elle récidivera à une autre occasion, malgré elle cette fois.

La contremaîtresse a distribué l'ouvrage et les filles travaillent dans la bonne humeur. Selon le procédé courant, Adrienne remplit d'eau sa bouche et en asperge la robe étalée sur sa planche. Pendant ce temps, le *foreman* effectue sa tournée, comme tous les jours. Concentrée sur son travail, Adrienne ne l'a pas vu approcher devant sa table. Confondue, surprise, elle sursaute en éjectant de sa bouche le jet d'eau à la figure du patron. Durant quelques secondes, le temps s'arrête, le temps que le *foreman* reprenne ses sens. Contre toute attente, ce dernier essuie furtivement du revers de la main son visage et sa fierté, il redresse la tête. Un rictus se perd dans sa moustache aux extrémités pointant du haut de sa prestance puis... il passe son chemin. Nul doute que le patron apprécie sa jeune presseuse.

L'indomptable Adrienne s'étouffe avec l'eau qui lui reste en bouche. Le *foreman* hors de vue, toutes les filles s'esclaffent, n'en croyant pas encore leurs yeux et leurs oreilles. Adrienne n'oubliera jamais ce moment. La jeunesse excuse l'insolence et l'espièglerie de la jeune fille qui, en contrepartie, travaille ardemment. Manifestement en raison de la qualité de son travail, le *foreman* fait dorénavant confiance sans inspection au travail de sa jeune presseuse qui perçoit un vent de jalousie dans son entourage, mais elle n'y peut rien. Tous les jours, elle exécute son travail joyeusement et, à la fin de la semaine, elle touche son salaire avec contentement.

Le temps passe. Adrienne a relégué aux oubliettes son rêve de devenir garde-malade. Pour l'heure, son travail à la manufacture la satisfait. La fierté d'exécuter son travail à la perfection la stimule autant que le plaisir de voir se transformer sous ses doigts tous ces beaux vêtements. Tout comme ses frères et sœurs qui ont un emploi, elle confie une grande partie de ses gages à sa mère, qui voit au bon fonctionnement de la maisonnée. Maigre salaire oblige. La vaillance de Francis ne suffit pas à nourrir la famille. Sa bonne Théonile doit composer avec les multiples dépenses de la maison : le loyer, la nourriture, les vêtements, le charbon, l'huile à lampe, la glace pour la glacière et tant d'autres choses. Théonile manœuvre, avec un talent naturel, le maigre salaire de son mari et la rétribution des enfants. Elle parvient même à nourrir et à loger ses sœurs des États, en visite régulièrement et souvent pour quelques semaines à la fois, des semaines durant lesquelles le poêle de la cuisine ne dérougit pour ainsi dire jamais. Les soupes aux pois, les (bœufs) mirotons, les pâtés, les fèves au lard autant que les tartes et les poudings au pain nappés de sirop à la cassonade — sirop de poteau — composent le menu. Toutes ces victuailles se succèdent et sont englouties au gré des appétits de tous et de chacun. S'ajoute à cela la cuisson du pain de ménage dont la bonne odeur envahit la cuisine. Il est presque miraculeux que Théonile soit en mesure de combler tout son monde avec le peu dont elle dispose. Il faut dire que la mère Tétreault connaît ses marchands et qu'elle s'y connaît en marchandage.

Le soulagement des enfants accompagne toujours le départ de la parenté. Ils prennent enfin possession de leur maison et de tout ce dont ils ont été privés. Plus que les autres membres de la famille, Adrienne respire d'aise lorsque la parenté retourne aux États. Elle retrouve enfin ses habitudes. Demoiselle rangée, il lui est difficile de vivre dans un tel fouillis.

En ce matin du mois de mars, il lui en coûte de sortir le bout du nez de sous les couvertures. À ses côtés, Alice dort encore. Elle glisse pourtant sans hâte hors du lit. Les vitres de sa fenêtre sont givrées et elle frissonne à l'idée de la froidure du dehors. Aux portes du printemps, la température ne semble pas pressée de se réchauffer. Aujourd'hui, avant de se rendre au travail, Adrienne doit porter le dîner de son père sur le chantier de construction. Celui-ci, comme beaucoup d'autres ouvriers, travaille à la construction d'un tunnel qui passera sous le mont Royal à l'usage des trains qui se déplaceront d'est en ouest. Sa mère a préparé le dîner de Francis en même temps que le repas des petits qui vont encore à la petite école et celui des aînés. Ajouté à la froidure matinale et au détour jusqu'au chantier qu'elle aura à effectuer, un incident pour le moins fâcheux gâche la matinée d'Adrienne.

Son frère Arsène a omis sa corvée matinale qui est de vidanger la *cath'rine,* ainsi nommée dans la famille. L'origine de cette appellation se perd toutefois dans la nuit des temps. Adrienne s'en acquitte, non sans déplaisir. Après ses ablutions matinales et un bon petit déjeuner, elle se retrouve donc dehors, le dîner de son père dans une main et dans l'autre, la *cath'rine* qu'elle doit déverser dans les bécosses au fond de la cour.

La nuit précédente, il a fait un froid de canard. Le frimas a formé une mince couche de glace sur les huit marches qui donnent accès à la cour. Adrienne entreprend de descendre l'escalier. « Brrr ! Ce sera pas chaud au coin de la rue à matin pour attendre mon tramway », pense-t-elle. Et vlan ! Elle perd pied et tombe sur les fesses puis glisse jusqu'au bas des marches. Dans sa chute, la *cath'rine* et le dîner de son père s'envolent au-dessus de sa tête. Assise dans la neige, hébétée, elle ressent une vive douleur au croupion, ajoutée au dégoût qui l'envahit en voyant son manteau recouvert du contenu de la *cath'rine*. La pauvre fille se relève avec peine. Du haut de l'escalier, Albert avait été témoin de la scène sans pouvoir intervenir. L'aigrefin est mort de rire devant le ridicule de la situation. Albertine arrive à l'arrière de son frère, se demandant la cause de son hilarité. Choquée de cette attitude devant la douleur et l'humiliation de sa sœur, elle l'écarte avec rudesse et se précipite dehors, se tenant ferme à la rampe de l'escalier. Elle relève puis soutient solidement Adrienne pour l'aider à monter les marches enneigées et glissantes.

– Ayoye ! Ça fait mal ! se plaint la pauvre Adrienne.

– Ça va aller ! Tiens-toé à mon bras. Y reste trois marches à monter. Albert, enlève-toé du ch'min ! Tu vois pas que ça lui fait mal ?

– T'es ben fine, Bartine ! R'garde c'que j'ai l'air, pis je sens l'yable. J'savais pas que c'était si glissant dans l'escalier. Arsène me refilera pas son ouvrage une autre fois, je t'en passe un papier !

Sur le pas de la porte, Théonile comprend tout de suite la situation.

– T'as rien, ma Drienne ? Tu t'es pas fait mal toujours ? Entre en dedans, on va voir ça. Pis toé, Albert, mon chenapan, astheure que t'as ben ri, descends nettoyer le dégât !

Après s'être assurée qu'Adrienne n'avait vraiment rien de grave, sauf une douleur au coccyx et sa dignité qui en a pris pour son rhume, Théonile se met à rire en sourdine. Elle ne veut surtout pas vexer sa fille. Les premières émotions passées, les épaules sautillantes malgré elle, Albertine ricane tout bas. Adrienne les regarde, interloquée, puis réfléchit au ridicule de la situation. Elle ne peut s'empêcher de se joindre aux rires retenus de sa mère et de sa sœur. Pour un moment, la mère et ses filles s'accordent dans un ricanement délirant.

Adrienne demeure à la maison jusqu'à ce que la douleur s'estompe un peu. Pour les mois suivants, elle préfère ne s'asseoir que sur une fesse.

Toute jeune fille, Adrienne est une enfant naturellement disciplinée, ses gestes matinaux sont routiniers. Aux premières heures du jour, Francis veille à faire chauffer l'eau dans le *boiler* avant de se rendre au travail. Ainsi, Adrienne et les autres jouissent de l'eau chaude pour leurs ablutions matinales. Dans cette maison, l'hygiène personnelle ne se fait pas que le samedi matin, foi de Théonile ! Adrienne choisit ses vêtements en fonction de la température du jour et coiffe sa longue et abondante chevelure avant de se diriger vers la cuisine. Son père, Albert et Arsène ont déjà quitté la maison pour se rendre au travail. Albertine, Alice, Adrienne et les cadets : Anna, Armand et la toute jeune Alma, attendent avidement que la mère serve les galettes de sarrasin ou la soupane[6] qui constitue le plus souvent le menu du déjeuner. L'activité est grande autour de la longue table de bois. On discute, on se querelle, on se taquine. Armand tire sur les nattes de ses sœurs, celles-ci protestent et s'enragent. Les filles aînées se jalousent leur notoriété acquise auprès des patrons de la manufacture, ou gloussent au sujet de beaux garçons aperçus dans le tramway.

L'adolescence d'Adrienne se déroule doucement, sans anicroche. Les jours coulent tranquilles à l'abri des inquiétudes des adultes présageant, à l'écoute de la radio, des troubles plus terrifiants que leur misère courante. Afin de contrer ses états d'âme, parfois oppressants, Théonile amène ses trois filles aînées visionner un film ou assister à une pièce de théâtre. Dernièrement, un tout autre sujet d'intérêt titille la jeune Adrienne. Il suffit qu'un beau garçon lorgne de son côté et voilà qu'elle rougit de plaisir tandis que son cœur bondit anormalement. Le soir, au lit, elle s'abandonne à la rêverie.

Les garçons lui plaisent, elle ne s'en cache pas. Tout son être convoite les contacts physiques. L'odeur masculine, les fragrances que certains utilisent ont un effet délicieux sur ses sens. Qu'ils aient les cheveux blonds, noirs ou bruns, ils ont le pouvoir de l'affrioler. Par contre, un garçon obtiendra sa faveur s'il a de la conversation et surtout un sens de l'humour aiguisé. Adrienne est une fille engageante et enjouée. Sans être jolie, il émane de sa personnalité un je-ne-sais-quoi qui attire l'attention des garçons.

Jeune fille et plus tard jeune femme, Adrienne aura plusieurs prétendants. Pareillement aux enfants qui possèdent de nombreux jouets et qui vite s'en désintéressent, aucun de ces soupirants ne la retiendra. Ils passeront comme des jours heureux, sans complication, sans lendemain. La fille de Théonile se reconnaît un caractère indépendant et résolu. Malgré sa jeunesse, elle est déterminée à tenir les rênes de sa vie.

À l'approche de Noël, encore plus qu'en d'autres temps, la jeune Adrienne respire la joie. La pauvreté n'amoindrit en rien leur bonheur d'être ensemble et de fêter la naissance de Jésus. Fervente catholique, Théonile unifie les siens dans la prière et les chants tout autant que dans le partage du peu qu'ils possèdent avec les plus démunis. Ainsi, durant des heures, voire des jours, Théonile et ses filles s'adonnent à la préparation de pâtés à la viande, de tartes, de petits gâteaux et de biscuits. Elles préparent aussi des ragoûts qu'elles mettent en conserve. Ces conserves sont ensuite remisées dans une petite pièce froide adjacente à la cuisine. Tandis que les filles cuisinent, les garçons sont responsables du bois de poêle. À l'automne, Francis avait fabriqué une grande armoire qui avait été placée sur la galerie arrière pour y entasser les denrées périssables et tout ce qui doit être gelé. La rigueur des froids d'hiver se charge de conserver ces victuailles.

Le temps venu, Théonile, accompagnée des enfants, se rend à la Saint-Vincent-de-Paul. Ils partagent avec des familles frappées de misère une parcelle de ce que la Providence, dans sa grande bonté, leur octroie. Pauvre, la famille de Francis n'est pas moins consciente de la détresse, de la misère noire dans laquelle certaines autres familles végètent, sans travail, sans logis, sans espoir. Au temps de Noël, la misère pèse encore plus lourd sur les épaules de ces indigents. La maladie et le manque de travail peuvent en être la cause, mais il y a aussi la misère humaine : des pères de famille aux prises avec l'ivrognerie ou l'incapacité de réagir devant les difficultés. Ces miséreux sont destinés à réduire leur famille à une condition de dépendance totale. La générosité des gens procure une occasion, sinon de réjouissance, du moins de consolation ou d'un peu d'espoir pour ces familles. Tout naturellement, les enfants de Théonile apprennent la nécessité de venir en aide aux plus miséreux, de leur apporter une petite portion de bonheur. Cette femme de cœur leur inculque l'obligation morale d'aider Dieu à pourvoir au bien-être de tous « ses » enfants. Adrienne accepte le principe. L'idée de procurer, le soir de Noël, un bon repas chaud, et si possible un peu de gaieté dans le cœur saisi de froidure d'une jeune fille de son âge, envahit son âme de contentement.

Par ailleurs, elle ressent un pincement au cœur lorsqu'elle imagine la bourgeoisie anglo-saxonne installée au pied du mont Royal. Au sein de ce quartier proprement appelé Mille carré, l'Université McGill et l'Hôpital Royal Victoria figurent majestueusement. Cette bourgeoisie huppée descend en de très rares occasions au milieu de la population et déambule rarement dans les rues. On les rencontre néanmoins sur la rue Saint-Hubert, vêtus de fourrures coûteuses, plusieurs arborant un petit air de « regardez-moi », affichant un confort qui frôle l'indécence. C'est du moins ce que pense Adrienne lorsqu'elle croise et soutient du regard l'une de ces dames. La différence des classes hante toujours la petite fille de Saint-Jean-Baptiste. La démarche fière, la tête haute et le dos droit, du haut de ses quatre pieds dix pouces, pas une de ces richissimes dames ne lui fera courber l'échine.

Adrienne préfère déambuler sur la rue Sainte-Catherine, qui revêt ses plus belles parures en cette fin de journée de décembre. Que de beautés ! Comme un petit enfant, elle s'émerveille toujours devant cet enchantement saisonnier. Au long de sa promenade, les magasins ornés de milliers de petites ampoules étincelantes sont un ravissement. Les gens, plus pressés qu'en temps ordinaire, se faufilent, se heurtent ou, au contraire, demeurent fascinés devant les vitrines à la recherche du trésor inespéré qui ferait tant plaisir. Au hasard de leur course effrénée, la rencontre de connaissances ou d'amis qui, comme eux, se « régalent » de la corvée du magasinage du temps des Fêtes agrémente ces instants. De petits groupes conversent debout entre deux magasins ou au coin de la rue sous le lampadaire, les bras chargés de paquets. Pour mieux se réchauffer, les pères Noël campés devant la façade des grands magasins sonnent vigoureusement leurs cloches afin d'inciter les gens à la générosité. Ce soir-là, une petite chorale installée au coin de la rue, formée de femmes, d'hommes et de quelques enfants, interprète des airs joyeux et des cantiques de Noël.

En ce début de soirée, les sœurs Tétreault se promènent en ville en compagnie de leurs cadets : Anna, Alma et Armand. Le groupe se gave des charmes de la ville en fête. Les aînées rient comme de petites collégiennes; elles commentent tout ce qu'elles voient et s'amusent fort, oubliant la fadeur de leurs étrennes qui se limitent à quelques fruits et des noix mélangées. La cohue des passants et l'atmosphère fébrile de la rue Sainte-Catherine comblent de joie enfantine autant les aînées que les cadets de la famille Tétreault. Il n'empêche qu'Adrienne, Albertine et même Alice admirent avec un brin de jalousie le faste des dames arborant des chapeaux et des manchons de fourrure. Souvent accompagnées de messieurs alourdis d'un capot de poil ou d'un parka de chat sauvage, ces dames prennent d'assaut les grands magasins. Ce beau monde se mêle aux gens du peuple qui les côtoient, les croisent, les admirent ou les envient. Le gratin possède des voitures luxueuses qui les ramèneront vers les quartiers huppés de la ville. Le petit peuple utilise, quant à lui, les p'tits chars[7], ou marche d'un pas pressé vers les rues sombres des bas quartiers. À ce temps de l'année, chaque arrêt du tramway devient un événement pour les usagers. On s'y entasse, on s'y bouscule, tandis que les paquets virevoltent dans tous les sens. Un passager le moindrement attentif remarque des porte-feuilles passés furtivement d'une poche à une autre.

À la maison, le coin du salon abrite un énorme sapin qu'Albert, Arsène et Armand sont allés couper sur le mont Royal. Les filles de la maison ont joyeusement décoré l'arbre, chacune y allant de son refrain de Noël pré-féré. De minuscules boucles rouges confectionnées à la main et tout ce qu'elles ont pu trouver égayent l'arbre. S'ajoutent de petites bougies que Théonile permettra d'allumer seulement le soir de Noël.

Cette fin d'année 1913 demeurera ancrée à tout jamais dans le sou-venir des filles cadettes de la famille Tétreault. Né à l'aurore du nouveau siècle, Armand, le petit frère à l'esprit follet, passé maître dans l'art de jouer des tours, ne recule devant rien pour s'amuser et faire rire la galerie. Dépourvu de méchanceté, l'enfant demeure tout de même un vif irritant pour ses victimes.

Le beau jour de Noël est enfin arrivé. Tous les membres de la famille ont le cœur à la fête. Théonile cuisine un festin pour le souper, tandis qu'Armand a bien orchestré son coup. Attendant d'être seul au salon, alors que la famille se met à table dans la joie et la bonne humeur, quel-ques minutes lui ont suffi pour préparer son méfait. Il s'assied à la table, affichant un air curieusement facétieux et satisfait de lui-même. Le garne-ment regarde tous et chacun qui n'ont de cesse de jacasser, de rire, de passer les plats de l'un à l'autre et de complimenter la maîtresse de mai-son. Ses yeux rieurs croisent ceux de Francis, qui lui reconnaît ce regard excité dans l'anticipation du moment de triomphe. Son père se rit bien des espiègleries d'Armand, aussi longtemps qu'il n'ira pas trop loin. Après un repas à la canadienne et les grâces récitées, les parents des États, qui n'auraient pas laissé passer l'occasion de venir se régaler chez leur géné-reuse petite sœur Théonile, suivent la famille et se dirigent les uns à la suite des autres d'un pas alourdi vers le salon. Armand, qui s'y était déjà fau-filé, attend avec impatience, assis tout près de l'arbre. Albertine, Alice et Adrienne sont les premières à faire leur entrée dans la pièce, bousculées par Anna et Alma. Les grandes vérifient que le salon est impeccable. À première vue, tout semble parfait, lorsque Adrienne aperçoit un détail qui la fait frémir de honte. Oh ! Horreur ! Qu'est-ce qu'il a fait à l'arbre ? Les sœurs connaissent déjà le coupable. L'horrible garçon a pendu aux branches du sapin les morceaux de linge servant de serviettes hygiéniques aux filles. Horrifiées, indignées, honteuses, les trois sœurs portent un regard menaçant en direction de leur petit frère qui, à cet instant, ferait mieux de se trouver à mille lieues de là.

— Armand, espèce de cataplasme, on va t'arracher les yeux !

Les cousines rient à en avoir des crampes tellement c'est drôle. « Le p'tit cousin manque pas d'aplomb; quel vlimeux quand même ! » L'état de choc passé, malgré la gravité du geste, tous s'amusent bien de sa bouffonnerie. Même les filles, d'abord ulcérées, sont incapables d'en vouloir longtemps à leur petit frère, aussi taquin et malcommode soit-il. Armand s'en tire à bon compte. Il devra toutefois enlever ces « choses » de l'arbre de Noël.

Histoire de changer les vibrations, les instruments de musique s'accordent. Chez les Tétreault, comme dans la plupart des foyers, la musique est un mode de vie. Arsène, bon musicien malgré ses 17 ans, ne se fait jamais prier pour sortir son violon, appuyé fièrement sur son épaule. Bientôt, toute la maisonnée chante et danse au son joyeux de son instrument, accompagné allègrement au piano par sa mère. Les cantiques d'abord, puis quelques chants de Noël défilent les uns à la suite des autres. L'euphorie de Noël gagne tous et chacun. Lorsque la veillée prend le ton, les joyeux fêtards s'égosillent sur des chants folkloriques et enlevants. Puis, du coin du salon, un archet grince sur ses cordes. Une ou deux fausses notes, puis c'est l'harmonie qui s'installe. Un *reel*[8] endiablé s'ensuit et fait lever les jupes et claquer du talon. Oncle Arthur se ruine les babines sur sa bombarde, le cousin Aristide mord dans sa musique à bouche. Ceux qui ne sont pas au milieu de la place à danser tapent gaiement du pied et des mains. De ses longues jambes de gringalet, Armand y va d'une gigue, les pouces sous les bretelles, fier comme Artaban de sa belle gueule. En retrait dans un coin du salon, Francis, la pipe au coin des lèvres, s'égaye de voir tout son monde en fête. Lorsque l'envie lui vient, il les accompagne en claquant les cuillères sur ses genoux.

Appuyée au cadrage de la porte du salon, tout comme autrefois sa mère, Adrienne contemple sa famille. Une bouffée d'amour et de bien-être gonfle son cœur. Le bonheur la recouvre comme une couverture chaude un matin d'hiver. Ce soir, elle met en veilleuse ses rêves d'avenir.

Elle profite de ce moment, entourée des siens, y compris de la parenté des États et de plusieurs autres oncles et tantes venus se joindre à eux au long de la veillée. Par conséquent, le salon ne suffit plus. Francis, aidé d'Albert et d'Arsène, déplace les meubles de la chambre attenante au salon, séparée par un grand rideau pendu à la porte d'arche. Pendant ce temps, à la cuisine, il y a un va-et-vient constant de convives qui s'y rendent pour *picosser*[9] sur la table. Toute la soirée et une bonne partie de la nuit, tout ce beau monde rit, danse et chante; c'est la grande fête. Il en est ainsi d'aussi loin qu'Adrienne se souvienne. Toute petite, à Saint-Jean-Baptiste, au matin de Noël, entourée de ses frères et sœurs, elle ouvrait de grands yeux devant les bas suspendus au réchaud du poêle. Quelques noix, une orange et une ou deux friandises composaient leurs étrennes. Le soir de Noël, les réjouissances allaient bon train, tout comme ce soir à Côte-des-Neiges. Nostalgique, elle soupire et espère de tout cœur que Noël demeure à jamais un temps de joies et de promesses.

<hr />

Au printemps 1915, Francis déménage sa famille à Saint-Henri dans le quartier du parc Georges-Étienne-Cartier, dominé par l'imposante église Saint-Zotique sur la rue Notre-Dame. Au centre du parc, on aperçoit une fontaine enjolivée de fleurs. Des tournesols, des tulipes, des pivoines et des arbustes fleuris sont entourés d'une clôture de fer forgé. D'étroits sentiers serpentent à travers le parc de part en part. De robustes bancs de bois peints en vert ont été installés au profit des flâneurs qui s'y reposent à loisir, discutant entre eux ou rêvassant paresseusement.

Des bouleaux, des trembles, des chênes et même quelques pins et sapins représentent loyalement la forêt et font la joie des oiseaux, des écureuils et des promeneurs profitant de l'ombre. De chaque côté du parc, les maisons cossues à deux ou trois étages logent des familles qui jouissent à loisir de sa beauté. Lorsque l'été commande l'oisiveté, il est agréable de s'asseoir sur le balcon et d'attacher son regard sur le va-et-vient des promeneurs. La fontaine ravit par son chant mélodieux, non moins que la symphonie du gazouillement diversifié, ou le ballet d'une volée d'oiseaux virevoltant d'un bout à l'autre du parc. Parfois, l'un d'eux se perche sur le coin de la rampe du balcon, juste pour dire bonjour. La famille Tétreault a l'impression de revoir une petite parcelle de la campagne de Saint-Jean-Baptiste.

Le dimanche après la messe, le parc fourmille d'activités. Les hommes s'attardent et discutent des événements de la semaine tandis que les mères rattrapent leur marmaille, courant et riant devant elles. Pour certains, le parc est un havre de tranquillité et de fraîcheur au sein de ce quartier misérable. Les pauvres bougres oublient, le temps d'une promenade, la misère et la tristesse de vivre l'inconfort de leurs mansardes alignées le long des rues sales et sombres. Pour ajouter à leur détresse, ils vivent l'anxiété des retombées de la guerre en Europe, qui semble s'éterniser. La beauté et la quiétude du parc leur apportent, pour de courts instants, apaisement et oubli.

LA GUERRE D'ALBERT

La guerre fait rage en Europe depuis 1914. Comme du lierre envahissant, ses répercussions néfastes atteignent bientôt Saint-Henri. L'ambition et la folie des hommes arrachent des fils des bras de leurs mères affolées. Des enfants. De jeunes fiancés abandonnent tout derrière eux et partent à la guerre. Ils laissent leur famille déchirée par l'angoisse de devoir se séparer de l'être cher, souvent de leur soutien.

1917. Chez les Tétreault, Albert est en âge de s'enrôler. Sa jeunesse, sa fougue, son caractère intrépide le poussent tout autant que le désir de faire son devoir et, sans hésitation, il s'engage. Éplorée, Théonile n'a jamais tant souffert depuis la mort de sa petite Bernadette. Le cœur de Francis n'est pas moins déchiré. Pourtant, il éprouve une fierté pieuse pour son grand garçon. Arsène, cadet d'Albert de presque cinq ans, est pour l'instant épargné de l'appel au drapeau. Les frères et sœurs d'Albert comprennent la gravité des événements sans pour autant réaliser que leur frère pourrait ne plus jamais leur revenir. Avant son départ, Albert rend visite à son amie de cœur, Anna Chevalier. À l'annonce de la terrible nouvelle, Anna ne peut retenir ses larmes, sachant très bien qu'il n'existe aucun moyen de le retenir. Éperdue de chagrin, elle plonge son regard dans les yeux bleus d'Albert comme pour s'y réfugier afin qu'il garde dans son cœur une partie d'elle-même. Terrassée, Anna échappe un long soupir, puis murmure d'une voix étranglée :

– Reviens-moé vite, Albert !

Laissant derrière les siens qui l'aiment et le chérissent, Albert s'en est allé se battre pour la liberté. Leur liberté, de l'autre côté de l'Atlantique, ou la liberté de son pays, il n'en sait trop rien encore. Beaucoup ne se sentent pas concernés et rugissent contre la conscription. Pourquoi se battre pour défendre ces pays trop loin des misères et des besoins de leur propre patrie ? Rien ni personne ne les obligera à se faire tuer pour une guerre qui n'est pas la leur. D'autres comme Albert présument qu'en allant se battre, la guerre risque moins de traverser l'océan. Ce jeune homme simple, toujours joyeux, mordant dans la vie, croit que la gravité de la situation impose un besoin d'agir. Pour lui, il n'est pas question de se désister.

Sur tous les fronts, les combats rivalisent de fureur et de sauvageries. Une misère immonde règne dans les tranchées abritant les soldats qui, entre deux assauts, essaient de dormir au fond de ces trous boueux. Ils fument un dernier bout de cigarette, ils mangent une petite part de leurs rations quotidiennes espérant le prochain ravitaillement. Ces pauvres gueux blessés, malades, les pieds en sang grugés par le froid et l'humidité, souffrent le martyre. Encore et encore, armés d'un courage surhumain, se vautrant à plat ventre dans la boue ou la neige, ces soldats canadiens du 22e Régiment gagnent, pouce par pouce, l'aire de la Victoire. Beaucoup d'entre eux, baïonnette au poing, trouvent la mort, les yeux hagards et la peur aux tripes.

Aux abords d'une forêt française qui ressemble à tant d'autres, une bataille infernale qui s'était engagée peu avant l'aube trouve son dénouement. Le bataillon compte ses morts et ses blessés, déchiquetés, meurtris, étendus épars sur la terre froide du petit matin. L'épais brouillard a contribué à rendre la bataille encore plus meurtrière. Dans ce bourbier inextricable, Albert est allongé, face contre terre. Inconscient, il reprend lentement ses esprits. À l'exception des courbatures attribuables au combat, il ne ressent aucune douleur. Autour de lui, le calme règne, les tirs ont cessé. Quelque part du haut de sa branche, un oiseau chante joyeusement, indifférent au carnage. Un ordre émis en allemand retentit de la forêt, manifestement l'ordre de retrait. Son sang se fige dans ses veines. S'est-il avancé trop profondément en territoire ennemi ? L'angoisse l'étreint. Un regard à la ronde lui indique qu'il est fin seul. Le jeune soldat reste étendu quelques minutes encore sur la terre humide. Puis, lentement, il se redresse et s'assoit sur une souche, le dos courbé d'épuisement et de tristesse. Avec des gestes lents, la mort dans l'âme, il roule une cigarette entre ses doigts. Plus rien n'a d'importance à ses yeux outre ce court moment de répit. Albert pense à sa mère et à Anna; comme elles lui manquent ! Toute sa famille d'ailleurs lui manque de façon cruelle. Les rayons du petit jour filtrent du haut des arbres, sublimant cet endroit d'horreur. À en juger par les uniformes des corps allongés ici et là, l'escarmouche s'est avérée meurtrière dans les deux camps. Albert se dit qu'il devrait rejoindre son peloton ou ce qu'il en reste. Pour l'heure, il se sent vaincu, effondré. Rien ne lui importe. Il marmonne entre ses dents :

– Crisse de guerre ! Qu'y aillent toutes su'l'yable !

La bataille avait été brève, mais d'une cruauté sans égale pour tous ces hommes étendus inertes en sol étranger. Autant pour les alliés que pour l'ennemi. On n'allait plus les attendre, on n'allait plus les espérer. À combien de ces hommes a-t-il à jamais enlevé la vie ? Il grille sa cigarette, les coudes appuyés sur les genoux. Un craquement se fait entendre non loin de l'endroit où il se trouve. Sans tressaillir, il lève un regard las et aperçoit devant lui, issu du brouillard, tout juste à quelques pieds de distance, un soldat d'apparence très jeune, presque un garçon. Il croit avoir affaire à un compagnon venant à sa rencontre. Le personnage le fixe d'un air hagard, de ses yeux éperdus de fatigue et de peur, son corps en proie à des tremblements, en quête de… chaleur humaine. Empathique, Albert comprend vite la détresse de ce jeune soldat. Que l'uniforme de cet être sortant de l'enfance soit allemand, Albert n'y prête aucune attention. Sans prononcer une parole, il tend la main et lui offre une rouleuse[10]. Las, il hoche la tête tristement, puis marmonne entre ses dents : « Mon pauv'gars, t'es ben mal en point ! » Médusé, l'Allemand fixe l'uniforme d'Albert. C'est un uniforme canadien, il le reconnaît malgré l'état lamentable de l'habit, surtout à cause du casque de métal qu'Albert a déposé près de la souche.

Le jeune soldat allemand accepte timidement la cigarette; il aspire à pleins poumons, puis expire la fumée avec une satisfaction non dissimulée. D'un geste hésitant, il tend la main et effleure du doigt l'étoffe râpeuse de l'uniforme du soldat canadien. Il dit dans un français très correct :

– Vous avez raison. Je suis très mal en point et surtout consterné. Vous savez, j'aime la France.

C'est au tour d'Albert d'être surpris. Le soldat s'explique :

– Vous comprenez, ma grand-mère est de nationalité française. Avant la guerre, ma famille venait en vacances dans cette région et nous y passions des jours paisibles. Et voilà où nous en sommes rendus.

Le pauvre bougre hoche la tête. *Das ist zu schrecklich*[11] !

Albert perçoit une larme au coin de l'œil du jeune soldat. Elle glisse lentement le long de sa joue pour finalement choir dans l'herbe et se confondre avec la rosée du matin. En cet instant, le jeune Canadien ne ressent pas de rancune envers cet ennemi, malgré la mort de ses amis étendus autour. Le soldat lui parle de sa terreur de ce qui pourrait lui arriver, et surtout de sa peur de ne pouvoir rentrer chez lui, à Berlin. Pour ces deux hommes, le temps s'est figé. Assis là, sur un tronc d'arbre, on dirait deux bûcherons profitant d'une pause et se tenant des propos anodins, sauf qu'au lieu d'une hache, c'est un fusil qui est appuyé sur un arbre. L'un et l'autre exècrent ce massacre, mais la guerre, cette effroyable guerre, les contraint à commettre des gestes contre nature.

Un tir d'artillerie se fait entendre au loin, mais Albert le perçoit comme si la machine infernale se trouvait tout juste à quelques pieds. Son esprit revient soudainement à la réalité des choses, la réalité de deux soldats ennemis extirpés d'une bulle du temps, discutant et grillant la cigarette de l'amitié. Aujourd'hui, peut-être demain, la bêtise humaine les ramènera l'un en face de l'autre, et oubliant leur échange fraternel, un bout de cigarette entre les doigts, ils s'entretueront à la baïonnette. Le tête-à-tête n'aura duré que quelques minutes, greffant un souvenir impérissable dans l'âme de ces êtres de cœur.

Quelque temps plus tard, aux abords d'une forêt semblable, Albert est atteint par les tirs d'artillerie ennemie. Un éclat d'obus le cloue sur le champ de bataille durant trente-six heures. Son bataillon le retrouve finalement, inanimé, pratiquement mort. Un petit peloton le récupère et le transporte dans un hôpital de fortune. Jugé inapte à retourner au front, Albert est envoyé au camp des convalescents à Epsom, en Angleterre. Il y reçoit les soins que son état requiert, puis entreprend une longue convalescence.

À l'hôpital, le temps est long. Tous les jours, il écrit à sa famille et à sa fiancée, Anna. Les jours où il n'a pas trop mal, il joue aux dames en compagnie de son camarade, Raoul Brieux. Blagueur, Albert ne manque jamais une occasion de déballer son répertoire, toujours renouvelé d'ailleurs, d'histoires plutôt égrillardes, dans le but de distraire ses compagnons d'infortune. Toutefois, à l'occasion, la tristesse prend le dessus et son cœur s'y noie. Si loin de chez lui, il se sent désemparé dans cet hôpital où la souffrance et la mort sont omniprésentes. Le crayon à la main, les mots lui font défaut. Comment exprimer son désarroi et pourquoi inquiéter ceux qu'il aime ? D'ailleurs, ils ne comprendraient pas. Alors, il griffonne des mots, des phrases à l'image de sa mélancolie.

Ah ! Si vous saviez comme on pleure
De vivre seul et sans foyer,
Quelquefois devant ma demeure
Vous passeriez.

Si vous saviez ce que fait naître
Dans l'âme triste un pur regard
Vous regarderiez ma fenêtre
Comme au hasard.

Si vous saviez quel baume apporte au cœur
La présence d'un cœur
Vous vous assoiriez sous ma porte
Comme une sœur.

Si vous saviez que je vous aime
Surtout si vous saviez comment
Vous entreriez peut-être même
Tout simplement.

Chaque jour, Albert s'épand, aidé à l'occasion de son ami Raoul Brieux. Les deux amis agglutinent leur détresse en scribouillant de petits poèmes.

Pauvres couples à l'âme haute
Qu'une noble horreur de la faute
Empêche seule d'être heureux.

Baise sa main sans la presser
Comme un lis facile à blesser
Qui tremble à la moindre secousse.

Aux ivresses même impunies
Vous préférez un deuil plus beau
Et vos lèvres même au tombeau
Attendent le droit d'être unies.

L'infirmière assignée à son chevet est une femme plutôt menue; ses cheveux courts ondulés entourent son joli visage souvent trop pâle. L'amour qu'elle éprouve pour ces hommes de courage lui apporte l'énergie nécessaire pour transporter, s'il le faut, toute une armée. Elle éprouve un sentiment maternel envers ces soldats blessés dans l'âme comme dans le corps. Lorsque Albert est arrivé sur son service, la jeune fille a été troublée par ses yeux francs et rieurs. Un garçon énigmatique, ce jeune soldat canadien. Inlassablement, il entretient ses camarades de sa famille, là-bas au pays, à qui il semble porter une affection sans mesure. Lentement, le jeune soldat apprend à se confier à son infirmière, toujours attentive. Un jour, il lui dit dans un anglais imprécis :

– Vous savez, *nurse,* le bon Dieu a ben voulu m'garder en vie. J'suis ben content.

Une ombre passe devant ses yeux en pensant à ses compagnons d'armes, toujours au front. Une part de lui-même a l'impression de les avoir abandonnés, bien que les médecins refusent de le renvoyer au front.

L'infirmière s'interdit de prendre en affection l'un ou l'autre de ses protégés. Pourtant, elle éprouve de l'admiration pour ce sympathique jeune homme. Elle se plaît à lire ses petits poèmes qu'il qualifie de griffonnages. Poèmes empreints de tendresse ou d'amour fougueux, d'une écriture candide, ils n'en sont pas moins très touchants.

Depuis quelque temps, néanmoins, elle se surprend à attendre l'heure de son quart de travail. La tâche n'est pourtant pas de tout repos, car elle ne côtoie que douleurs physiques et morales. Dès l'arrivée du soldat Tétreault sur son service, elle l'a entouré de soins comme un nouveau-né, lui prodiguant le réconfort nécessaire à sa guérison. Ce garçon aux yeux bleus comme l'azur, au caractère fort et généreux, tourmente ses nuits. Dès son arrivée, Albert avait, quant à lui, remarqué le joli minois de son infirmière. Au milieu de ce cauchemar, elle lui est apparue comme un ange de douceur, d'une fragilité apparente égalant sa grandeur d'âme. La jeune infirmière anglaise commence à prendre infiniment de place dans la grisaille de ses jours. Il s'est vite habitué à sa présence de telle sorte qu'elle lui est devenue indispensable et, lorsqu'elle est absente, il ressent un grand vide.

L'amour fait tout doucement son nid entre ces deux êtres blessés par la tragique inconséquence humaine. L'euphorie des premières semaines d'un bonheur sans retenue consumée, la réalité les rejoint, implacable.

Albert est démobilisé. Il ne peut retourner au combat à cause de la nature de ses blessures. Par conséquent, il est renvoyé chez lui, au Canada. Il se sent déchiré entre le sentiment d'abandonner ses compagnons de combat et le plaisir qu'il ressent à l'idée de revoir les siens. Puis l'image du visage aimé de sa douce infirmière surgit, le blessant au cœur comme un dard à la pensée de ne plus la revoir. Lorna. Son amour, son oasis de bonheur.

La jeune infirmière aux yeux de braise avait, quant à elle, enfoui dans les derniers retranchements de sa conscience l'idée qu'un jour Albert puisse la quitter. Prisonnière de cette guerre interminable, Lorna se doit à sa famille, qui a irrémédiablement besoin d'elle. Deux petits frères et une sœur cadette de quelques années l'attendent anxieusement à la maison, ou ce qu'il en reste.

Ces enfants sont devenus orphelins le jour où leur père est tombé au combat en Italie, il y a de cela presque un an. Quelques mois avant ce drame, leur mère était morte dans le bombardement de l'édifice où elle travaillait. Lorna devint alors leur seul soutien. Jamais elle n'avait abordé le sujet de sa famille avec Albert, peut-être par pudeur. Maintenant qu'il va mieux, elle sait que le jeune homme ne retournera pas au front. Son amour profond saura le retenir en Angleterre. Bientôt, elle lui racontera pour sa famille et ensemble ils lutteront pour leur bonheur. Il l'aime, de cela elle est certaine.

Pourtant, par un matin brumeux comme l'humeur de ce pays, Albert monte à bord du navire, déchiré entre un bonheur légitime et une détresse profonde. Le jeune soldat canadien n'a pu se résigner à ne jamais revoir sa famille et son pays, malgré l'amour qu'il voue à Lorna. Interminable, le voyage sur une mer sans fin lui donne l'occasion de réfléchir. Les coudes appuyés sur la rambarde, la cigarette accrochée au coin des lèvres, il regarde le pays de son amour s'éloigner à jamais.

Deux visages, deux noms le hantent et s'imposent à son esprit lors de ses longues réflexions. Lorna… Anna. Anna et Lorna. Tour à tour, les deux jeunes femmes se livrent bataille dans ses pensées. Anna, issue d'un passé pourtant pas si lointain, l'attend, il le sait. Il l'avait quittée dans l'espoir de la revoir un jour afin d'en faire sa femme. Son cœur avait, pour un temps, relégué sa fiancée dans un compartiment secret et intime. La jeune femme demeure sa réalité, et cela s'impose de plus en plus dans son esprit troublé, déchiré. « Lorna ! Oh ! Lorna ! Comme tu me manques déjà ! » Il l'a quittée en pleurs sur le quai, voilà bientôt une semaine.

Aujourd'hui, il la quitte bel et bien alors que tout son être étreint encore ce bonheur inaccessible. Il entend son rire moqueur. Il ressent la douceur de ses mains lorsqu'elle les portait à son front brûlant ou, plus tard, lorsque ses caresses le faisaient frémir. « Lorna, mon amour. La guerre m'a montré sa laideur. J'ai le cœur et l'âme desséchés. Douce petite Anglaise, je me suis réfugié dans tes bras comme dans une oasis. Peut-être le temps effacera-t-il le souvenir de ton visage, mais je sais que mon cœur en gardera l'empreinte. »

Cette guerre qui a plongé le monde dans le chaos aura laissé sa marque, autant dans le corps que dans les profondeurs de l'âme d'Albert. Ses blessures à la hanche lui en seront un rappel constant et le feront souffrir sa vie durant. Au terme de cette traversée pour le moins déchirante, le soldat largue ce qu'il a vu et vécu « de l'autre bord », particulièrement l'horreur des combats. D'ailleurs, il ne fera pratiquement jamais plus allusion à cet épisode de sa vie.

Ce dimanche matin du mois de juin s'annonce comme beaucoup d'autres. Après la grand-messe, les paroissiens de la paroisse Saint-Zotique de Saint-Henri sortent de l'église dominant par sa stature le parc Georges-Étienne-Cartier. Beaucoup d'entre eux traversent la rue Notre-Dame pour s'attarder dans les allées du parc et se détendent un moment avant de retourner dans la grisaille des rues sales de la ville, vers leur foyer souvent exigu pour de grosses familles.

Francis et sa famille sortent de l'imposante église chapeautée de deux clochers pointant vers un ciel sans nuages. Ce matin, sans raison apparente, il flotte une impression de gaieté, sans rapport au sermon du curé. Théonile a le cœur léger malgré la réalité obsédante de la guerre et l'absence de son fils Albert. La radio ne cesse de donner des nouvelles des événements effroyables qui se déroulent en Europe. Albert n'a pas écrit depuis bientôt deux semaines. Elle sait toutefois, d'après sa dernière lettre, que sa convalescence se déroule très bien. Toute la famille se languit de son retour. Alma, la cadette, marche quelques pas à l'avant des autres, puis se tourne vivement pour interroger sa mère.

– M'man, quand y va revenir, Albert ?

Mélancolique, Théonile sourit à l'enfant. Elle espère ce moment depuis des mois et ne cesse de prier pour son retour.

– Betôt, j'pense ! Dans sa dernière lettre, y dit que sa santé va ben mieux pis...

Mais déjà, Alma repart en courant.

– Alma, où tu vas comme ça ? Cours pas... Qu'est-ce qu'elle a, à matin ? Une vraie girouette.

Arrivée devant la maison, la fillette est arrêtée dans son élan. Bouche bée, les yeux grands comme des trente sous, elle exécute une pirouette et revient sur ses pas.

– M'man... p'pa. Il est là, il est là !

– Pour l'amour, de quoi tu parles ? Alma, calme-toé, veux-tu ?

– Là, sur la galerie. Albert est là !

– Alma, ma p'tite vlimeuse, dis pas d'niaiseries ! Ton frère aurait écrit avant de revenir. Va-t'en à maison pis commence à éplucher les patates pour le dîner.

– Mais m'man…

Boudeuse, la petite fille obéit. « J'ai pas la berlue. Y vont ben voir. » Quelques minutes auparavant, lorsqu'elle était arrivée devant sa maison, elle avait remarqué un homme assis sur les marches de l'escalier. Un gros sac de couleur bizarre reposait à ses pieds. L'homme portait un uniforme de soldat comme ceux qu'elle aperçoit de temps à autre à l'église, le dimanche. Comme elle approchait de l'escalier, l'homme lui avait souri à pleines dents. Au moment du départ de son grand frère pour la guerre, Alma n'avait que dix ans, mais elle se souvient parfaitement de ses traits. Tendant les bras vers la fillette qu'il avait tout de suite reconnue, Albert lui avait dit :

– Hey, sœurette, on reconnait plus son grand frère ?

Alma, interdite, avait tourné les talons sans même répondre et était allée à la rencontre de la famille pour annoncer la nouvelle. Ses frères et sœurs approchent, puis s'arrêtent sur le trottoir, certains qu'Alma leur joue un mauvais tour. Albert est maintenant debout, il se tient droit comme un piquet malgré sa blessure à la hanche. Son baluchon à ses pieds, il interpelle sa famille en disant :

– Ben quiens... C'est tout l'effet que j'vous fais ?

« C'est lui, c'est Albert ! » Francis et Théonile accourent derrière les enfants, le cœur en chamade. « C'est vrai, il est vraiment là ! Albert est enfin revenu ! » Cris de joie et pleurs se succèdent. Chacun se l'arrache, l'embrasse, le presse contre son cœur, le regarde pour se convaincre qu'il n'est pas une apparition. Pour la famille Tétreault, la guerre est finie, Albert est finalement de retour.

Albert patiente quelques semaines avant de se présenter chez Anna. Il préfère mettre de l'ordre dans ses idées et dans son cœur. S'il va vers elle, ce sera pour de bon, sans arrière-pensées, sans regrets. La guerre et ses atrocités ont laissé leur empreinte dans l'âme du jeune homme. Jamais il n'a cessé d'aimer cette femme, il en est maintenant persuadé. Pour le reste, il compte sur le temps.

Lorsqu'il frappe à sa porte et qu'elle lui ouvre, leurs cœurs, à l'unisson, battent à tout rompre. Anna ne sait trop quoi penser et à quoi s'attendre. Pourquoi n'est-il pas venu la voir tout de suite ? Elle qui se languissait de le revoir ne comprenait pas. La jeune femme savait pour… l'autre. Forcément, ses lettres avaient changé; sans jamais le lui avouer ouvertement, elle avait compris. Mais aujourd'hui, il est là, plus rien ne compte. Il lui est revenu.

Quelques mois plus tard, Albert Tétreault prend pour femme Anna Chevalier, qui lui donnera deux garçons, Jean-Paul et Jacques (Jacquot).

À 20 ans, Adrienne mord à pleines dents dans la vie. Elle ne demande qu'à oublier les souffrances causées par le passage de la guerre dans sa famille, bien qu'un océan les ait séparés de ces horreurs. Comme tous les autres membres de la famille, le retour d'Albert l'avait comblée de joie. Elle avait entendu des récits plus horrifiants les uns que les autres à propos de ce qui se passait en Europe. À plusieurs reprises durant ces terribles années, elle avait surpris sa mère en train de pleurer lorsqu'elle se croyait seule. Depuis le retour au bercail de son frère, tout est rentré dans l'ordre.

L'humanité n'avait pas eu le temps de se remettre des déchirements d'une guerre qui avait coûté trop cher en vies humaines et en souffrances indescriptibles qu'un autre bouleversement l'atteignit, sans pitié.

La population de Saint-Henri, du grand Montréal et même de la province devint l'otage d'une épidémie foudroyante qui avait pris naissance en Europe peu avant la fin de la guerre, importée lentement mais sûrement, comme l'aurait fait un cyclone en formation. Plus tard, on nommera ce fléau la grippe espagnole.

Le mal commence à se propager dans le monde entier, les soldats étant porteurs bien malgré eux de ce virus fatal propagé à tout vent. Providentiellement, la famille Tétreault est épargnée. Pourtant, chaque jour on compte des milliers de nouveaux cas dont la plupart meurent, à Montréal comme partout ailleurs. Bientôt, c'est l'horreur. Tous les jours, dans la ville, deux tramways se rendent au cimetière de l'Est, transportant les dépouilles. Afin de limiter la contamination, tous les endroits publics comme les églises, les écoles, les théâtres, les hôtels et autres sont fermés, laissant les gens dans la consternation. Dans les villes, villages ou campagnes, les gens se terrent, désemparés. Les familles pleurent leurs morts et prient afin que cesse cette calamité. D'autres blasphèment. L'altruisme côtoie une poltronnerie désolante, comme dans tous désastres.

Par mesure de prudence, Théonile somme les siens de se laver les mains plusieurs fois dans la journée. La famille est aussi tenue de se masquer le nez et la bouche avant de vaquer à ses obligations. De plus, les enfants aussi bien que les adultes reçoivent tous les matins une *shot*[12] de gros gin. Elle compte que ces précautions sauront épargner sa famille.

La jeunesse et la vitalité d'Adrienne ont raison de ces moments aliénants. Elle en a assez de ces malheurs, la vie reprend ses droits sur la mort. Elle est, de plus, immensément reconnaissante de n'avoir perdu aucun membre de sa famille.

Ce petit bout de femme dans la jeune vingtaine, pas farouche pour un sou, se plaît en compagnie de ces messieurs. Elle accepte d'emblée les sorties au cinéma, au théâtre ou au restaurant. Lorsqu'elle ressent le besoin de se détendre, souvent elle déambule le long des allées verdoyantes du parc Lafontaine ou sur le mont Royal, escortée par l'une ou l'autre de ses sœurs. À l'occasion, elle se prévaut de la présence de mademoiselle Brodeur, une consœur de travail qui est devenue, avec le temps, une excellente amie. Eugénie Brodeur est une jeune fille timide, dotée d'un sens de l'humour aiguisé, bien que retenu.

Les regards de ces messieurs qui s'attardent sur sa personne émoustillent grandement Adrienne. Elle répond souvent par une œillade friponne. Son pouvoir de séduction se résume à sa poitrine opulente, soulignée d'une taille de guêpe qui suscite de nombreux regards approbateurs, ce qui la comble d'aise et de suffisance. Aussi, sa façon joviale et sa gaieté naturelle lui confèrent un charme certain. Sa longue chevelure savamment coiffée profile son visage délicat et lui vaut l'attention de plusieurs prétendants. Coquette, Adrienne a le chic pour choisir ses vêtements. Cependant, gare aux entreprenants. En colère, elle serre ses lèvres minces, le regard hautain. Du haut de ses 4 pieds 10 pouces, elle les remet froidement à leur place.

Ce dimanche après-midi, elle se rend au cinéma en compagnie d'Antoinette Picard, une autre de ses amies. Le film *Blood and Sand*, mettant en vedette le très séduisant Valentino, est à l'affiche. À l'écoute du film, éblouie devant le beau visage du héros, Adrienne n'a tout d'abord pas conscience de la main qui se faufile lentement, à l'abri de la pénombre, pour se poser effrontément sur son sein droit. Interloquée, elle se fige sur son siège tandis que la main intensifie la pression. Outrée, elle jette un regard fulminant à l'intrus, ce personnage effronté. Sans prononcer une parole et en un geste vif, elle tire une longue aiguille à chapeau de son sac à main. D'un coup énergique, elle pique l'impudent avec son arme et il déguerpit aussi vite que la douleur le lui permet. Après coup, Antoinette et Adrienne rient à en mourir. Antoinette interpelle son amie sans s'arrêter de rire.

– Adrienne, comment as-tu pu faire ça ?

– Entéka, c'te puant-là recommencera pas de sitôt son petit jeu !

Elles s'esclaffent de plus belle.

Quelque temps plus tard se produit un événement plutôt inattendu, inusité.

Adrienne déambule sur la rue Notre-Dame, effectuant au passage de menus achats. Un commerçant, familier de la famille Tétreault, aborde Adrienne et lui tient un discours plutôt surprenant.

– Bonjour, Mademoiselle Tétreault. Euh ! Accepteriez-vous de... euh ! Pourriez-vous... j'veux dire, accepteriez-vous de faire la pose, assise quelques heures par jour, dans ma vitrine, aux heures d'achalandage ? Voyez-vous, c'est à cause de vos cheveux !

Adrienne prend un soin constant et jaloux de ses cheveux, les brossant tous les jours. Une corvée assez difficile d'ailleurs, sa chevelure glissant jusqu'au bas de ses reins.

L'excentrique commerçant s'efforce de lui faire valoir son point de vue.

– Voyez ! J'imagine vos cheveux tombant sur vos épaules, libres, glissant comme une rivière d'eau profonde et sombre... (Le monsieur rougit. Il réalise que son plaidoyer peut paraître quelque peu extravagant, mais il ose toutefois ajouter :) Euh ! C'est que... votre magnifique chevelure suggère cette image.

Ces beaux compliments éprouvent le sens de l'humilité déjà oscillant de la demoiselle. Le commerçant pour le moins original souhaite, de cette façon, promouvoir un nouveau produit capillaire. La chevelure de la jeune fille, qu'il soupçonne abondante, très longue et en santé même si elle la porte toujours nattée selon la mode, serait parfaite pour faire valoir son produit.

Surprise mais surtout flattée de cette requête insolite, elle choisit d'en discuter avec sa mère avant de prendre une décision. Elle lui fait valoir l'avantage d'une rémunération acceptable. Adrienne pense d'ailleurs l'offrir à Théonile afin qu'elle se paie une petite gâterie. L'orgueil faisant partie de ses petits péchés mignons, l'idée d'étaler sa chevelure, dont elle est particulièrement fière, lui plaît assez. Elle se garde cependant d'analyser la motivation de sa décision : la rétribution ou sa coquetterie ?

Trois jours durant, à intervalles réguliers, les passants contemplent la demoiselle assise très droite dans la vitrine, étalant la splendeur de sa très longue et magnifique chevelure. À ses pieds, le boutiquier avait étalé des affichettes de publicité du produit capillaire. Cette innovation pour le moins audacieuse en matière de publicité lui valut des félicitations de la part des autres commerçants de la rue Notre-Dame.

À PROPOS DE LA FAMILLE

Les frères et sœurs d'Adrienne pivotent autour de sa vie, faisant leur petit bonhomme de chemin. La jeune femme se plaît à croire qu'elle a une famille « tricotée serré ». Elle s'intéresse au vécu des siens et aime les fréquenter.

Sur le point de fêter son cinquième anniversaire de mariage, Albert, qui avait quitté le nid familial depuis belle lurette, trône sur sa propre petite famille. Il demeure sur la rue Sanguinet à Montréal, avec sa femme Anna et ses deux petits garçons. Tout comme Adrienne et Alice, Albertine travaille encore et toujours à la manufacture Fine. Dans ses temps libres, elle s'adonne au dessin, activité qu'elle adore, et ce, depuis sa tendre enfance. La famille l'a toujours vue un crayon à la main. Ces dernières années, elle se spécialise en dessin de mode. Fière de sa personne, trait caractéristique notoire des filles Tétreault, elle recherche les belles toilettes[13]. Fascinée par les tenues élégantes, sa condition d'ouvrière ne lui permet cependant pas de les porter. Déterminée et inventive, elle a trouvé le moyen de s'habiller de belle façon sans que cela lui en coûte trop. Occasionnellement, et conséquemment à quelques privations, Albertine se rend en train dans la grande ville de New York, quelquefois en compagnie d'une copine. Son plaisir est de s'asseoir sur un banc des avenues chics de la ville. Elle y observe les dames de la bourgeoisie, puis exécute des croquis de leurs élégantes parures. De retour à la maison, elle les réalise pour son plaisir personnel.

Alice la ricaneuse, seconde fille de la famille, est mariée au beau Ernest Gagnon, musicien talentueux. Le violon d'Ernest chante sous ses doigts et fait vibrer les cœurs. Celui d'Alice s'était liquéfié sous les regards enjôleurs du musicien qui, lui, avait d'emblée été conquis par le sourire cajoleur de la jeune fille. Subjuguée par ses éclats de rire semés à tout vent, Alice était bien vite devenue l'élue du cœur d'Ernest.

Ernest avait étudié dix ans en musique sans pour autant avoir une carrière professionnelle. Cependant, il s'était produit un certain temps au théâtre de Cornwall. Sur l'affiche on pouvait lire : Cornwall Harmony Five *"The Imperial Theatre"* Open for Social and Dance Music. Ernest L. Gagnon Dir. and Mgr. En 1930, il produit également l'anthologie des *Chansons populaires du Canada*. Des extraits sont d'ailleurs publiés tous les samedis dans le journal *La Presse*, sous la rubrique « Les refrains d'antan », avec l'autorisation de la Librairie Beauchemin ltée. Ont paru des titres tels : *Isabeau s'y promène*, *La poulette grise*, *La légende du Petit Navire*, *Je ne veux pas d'un habitant*, *C'est la belle Françoise*, *Dans mon chemin j'ai rencontré*, et plusieurs autres titres qui font les délices des amoureux de la chansonnette. Les lecteurs peuvent aussi y lire l'historique de chacune des chansons.

Ernest Gagnon épouse en justes noces Alice Tétreault. Le couple n'aura point d'enfant. La vie de fête d'hôtel en hôtel sied parfaitement à la jeune femme. Les musiciens du petit groupe d'Ernest ont toujours beaucoup de succès auprès des gens dansant sous leurs rythmes endiablés. Le jeune couple valse au gré du temps, qui tourbillonne sur la piste de la vie. Puis un beau jour, la musique s'arrête. Étourdis, fatigués, les tourtereaux ne se voient plus de la même façon. Il n'est plus si beau, elle n'est plus si gaie. L'incapacité d'avoir des enfants alourdit la cadence, tandis que la stagnation du quotidien s'installe et donne le ton d'une mélodie inachevée. La séparation devient inévitable; Alice et Ernest ne s'aiment plus comme avant. L'amour, comme une fausse note, est biffé pour être remplacé par l'amitié. Ni les convenances de la bonne société ni les exigences d'une religion archaïque ne les tiennent en bride.

Durant les années de la prohibition, Ernest est gérant de l'Hôtel Le Méridien, situé au bord de la frontière américaine. Pour nombre de personnes, la prohibition devient l'occasion d'un coup d'argent. Le propriétaire de l'hôtel, aidé de son chef d'orchestre, passe la boisson en contrebande d'un côté à l'autre de la frontière. À cet effet, un tunnel servant de voie de passage a été creusé au sous-sol de l'hôtel. Ce soir-là, une activité fébrile s'y déroule. Vêtu de son habit de scène, en l'occurrence le smoking, Ernest surveille la procédure et, au besoin, il apporte son aide pour le chargement. L'humidité du tunnel et le froid du début de ce mois de décembre aggravent les symptômes d'un rhume persistant. Une toux intense ne le quitte plus. Soudainement, il étouffe, il a peine à respirer. Le visage crispé, il s'affaisse sur la terre humide.

Pendant ce temps, à l'étage, Adrienne passe une belle soirée en compagnie de son cavalier d'alors, Horace Chevalier. Le couple bavarde en prenant une consommation dans l'attente du retour de l'orchestre d'Ernest. Adrienne, tout comme sa sœur Alice, se complaît en compagnie masculine. En présence de ces messieurs, une impression de légèreté l'envahit. Son cœur palpite, ses yeux pétillent comme ceux d'une adolescente. Les regards inquisiteurs posés sur sa personne l'exaltent. Elle ne se qualifie pas de frivole, pourtant elle n'y peut rien : la présence d'un homme la trouble viscéralement. Quant à Horace Chevalier, il erre sur l'avenue de ses conquêtes, le temps qu'un autre regard séducteur croise le sien.

Le banjo prévient Adrienne du malaise de son ex-beau-frère. Sans réfléchir, Horace installe Ernest sur le siège arrière de son auto, puis le transporte à l'hôpital à toute vitesse. Le temps presse, la condition d'Ernest s'aggrave. Il a de plus en plus de difficulté à respirer. Quelque chose semble obstruer son conduit respiratoire. Le groupe se présente en trombe à l'urgence de l'hôpital. On fait subir un premier examen au malheureux Ernest. Le médecin décrète alors qu'il doit être opéré d'urgence. Le chirurgien, réveillé sur-le-champ, pratique une trachéotomie. Malheureusement pour Ernest, une erreur attribuable à la fatigue ou au manque de talent, selon certains, survient. À la suite de cette intervention, Ernest est affublé d'un appareil au fond de sa gorge, ce qui l'oblige, lorsqu'il désire parler, à presser de son doigt le mécanisme de l'appareil. Sa voix émet alors un son rauque, caverneux. Le chirurgien lui ayant tout de même sauvé la vie de justesse, Ernest demeure sur son quant-à-soi.

Pour sa part, Arsène a épousé Anna Gougé, « la grosse Anna », surnommée ainsi en raison de ses rondeurs et aussi pour mieux la distinguer des autres Anna de la famille, en l'occurrence Anna Chevalier, la femme d'Albert, et Anna Tétreault, sœur des filles Tétreault. Celle-ci épousera Alfred Deslauriers, un homme au cœur d'or; le couple aura un fils, Maurice.

Armand, le jeune frère enjôleur, facétieux, l'enfant terrible, en même temps tellement attachant, travaille depuis un certain temps au port de Montréal. Le jeune homme rêve d'aventure et de voyage. Pareillement à son frère Albert qui a traversé l'océan, lui aussi désire découvrir de nouveaux horizons. Il n'a vu la mer que dans les films ou les revues. Cette immensité, aux flots rageurs ou aux ondes ondulantes, le fascine et l'attire comme un aimant. Aussi, comme tout jeune homme, Armand ne déteste pas séduire les jeunes beautés de son entourage. Beaucoup de ses amis envient d'ailleurs son franc succès vis-à-vis des demoiselles. L'attirance qu'il suscite auprès des jeunes filles, et même des femmes au sourire aguichant et aux façons carrément invitantes, lui confère la spécificité de séducteur désinvolte. Une chevelure châtain, ondulée, une carrure d'épaule musclée, un maintien décontracté, un sourire à fendre les cœurs et des yeux brillants d'une joie de vivre communicative, voilà Armand au faîte de sa jeunesse, l'enfant chéri de Théonile et de François-Xavier.

L'attirance qu'éprouve le jeune homme pour la mer est d'un tout autre ordre. L'attrait du mystère, de l'inconnu et de l'inaccessible le séduit. À l'aube de ses 20 ans, la vie le convie, étalée devant lui, à prendre et à boire. Devenir marin, voilà son rêve, son aspiration profonde, bien que Théonile s'y oppose farouchement. Le souvenir du déchirement subi au départ d'Albert pour la guerre est encore trop à fleur de cœur. Elle avait tremblé jour et nuit à la seule pensée qu'il pourrait ne jamais lui revenir. Elle se refuse à revivre un tel supplice. Son pauvre cœur est trop fatigué pour une telle torture. Armand, qui adore sa mère et souhaite ne jamais la faire souffrir, se résigne. L'emploi au port lui est un dérivatif. Il va et vient sur les bateaux se disant qu'un jour, oui un jour, il voguera de par le monde.

À son corps défendant, la vie lui réserve un aller sans retour qu'il n'aurait pas imaginé entreprendre si tôt.

La lune rayonne dans un ciel piqueté de milliards d'étoiles. Elle veille au repos d'une partie de l'humanité endormie. Armand noie son insatisfaction d'une vie vide sans aspiration, étouffée dans l'œuf, assis au petit bar du coin en compagnie de compères, comme cela lui arrive de plus en plus fréquemment les samedis soir. Tard dans la soirée, il se retrouve à la sortie, seul, chacun étant rentré chez lui l'un après l'autre.

Il descend machinalement la petite rue sombre qui mène au port en titubant et en chantant à tue-tête *Le marin breton*, la chanson préférée de sa mère. Il arrive devant le bateau sur lequel il a travaillé en après-midi. Il décide d'aller y faire un tour pour jaser avec les gars. Il raffole des récits d'aventures, de batailles féroces contre une mer en furie ou d'images paradisiaques et d'infinité entre ciel et mer. À cette heure tardive, la passerelle reliant le bateau au quai est tirée. Qu'à cela ne tienne, ce n'est certainement pas ce petit détail qui l'empêchera d'aller voir les *chums*. Chancelant, il effectue une dizaine de pas à reculons pour mieux sauter sur le pont du bateau. « M'man s'ra pas contente… hic de son garçon. À l'aime pas ça quand je… hic j'me soûle ! À va comprendre, à comprend tout l'temps, hic. » Il recule d'un pas pour mieux sauter. « Bon, j'y vas ! » Armand saute. Un long saut. Il manque de peu l'appui sans parvenir à s'agripper au bastingage. Sa tête heurte le flan du bateau. Assommé, son long corps glisse dans l'eau infecte, entre le quai et le navire. Pas un cri. Seulement le bruit du corps tombant à l'eau. Puis le silence. Le ciel obscurci depuis peu laisse tomber sur le pavé une pluie fine. Un passant demain se souviendra qu'il était sur les lieux, à peu près au moment où s'est produit le drame.

Armand, le frère badin, le fils chéri de tous les siens, meurt noyé entre le quai et le navire, entre sa prison et sa liberté tant convoitée. Ironiquement, lui qui rêvait de périples fantastiques s'en est allé pour un sordide, un long, un dernier voyage.

Pour la seconde fois, Francis et Théonile subissent la perte d'un enfant. Douleur sans mesure, chagrin insondable. Ils s'accrochent à leur foi comme à une bouée, sachant dans leur cœur que le bon Dieu donne et reprend selon sa sagesse infinie. Le temps s'écoule sur leur peine et la gruge, comme l'eau d'un ruisseau rocailleux polit et rend moins tranchants les cailloux. Ces parents éplorés acceptent au sein d'une foi tranquille, avec humilité, le réconfort que Dieu leur apporte, l'espérance qu'un jour ils retrouveront leurs petits dans son paradis.

Pour sa part, Adrienne dénie la mort de son jeune frère, ce frère dans la force de l'âge, beau comme un ange, robuste, fort, animé d'un caractère joyeux et farceur, et… irritable. L'affection qu'elle lui vouait était sans mesure. Il la faisait souvent enrager par ses tours pendables, mais il la faisait aussi rire aux larmes avec ses facéties, ses histoires égrillardes. Armand, le boute-en-train. Partout où il se trouvait, un rayon de soleil illuminait la place. Il laissera un vide terrifiant, autant dans la vie d'Adrienne que dans celle de sa famille.

Il lui faut du temps. Tout comme ses parents, sa foi place son petit frère au paradis, avec le bon Dieu et leur petite sœur Bernadette. Les mois s'étirent, impitoyables. Puis le chagrin s'estompe comme une brume matinale. Tout comme le jour sur la nuit, la vie reprend ses droits. Le souvenir d'Armand sera néanmoins à jamais gravé au cœur d'Adrienne.

RENCONTRE

Au printemps 1924, brisée par de longues années de travail à la manufacture, Adrienne quitte son emploi sur la rue Saint-Laurent, où elle avait débuté à l'âge de 11 ans. Toute jeune, Adrienne confiait ses appointements[14] à sa mère. Depuis maintenant plusieurs années, elle les garde pour elle-même, bien qu'elle en donne encore une partie à Théonile pour le gîte et le couvert. Ainsi, elle a été en mesure d'amasser des économies et d'aller de l'avant dans son projet.

Maintenant âgée de 25 ans, la jeune femme décide qu'il est temps de quitter le domicile familial. Depuis peu, elle a réalisé son projet et fait l'acquisition d'une modeste maison de deux étages sur la rue Notre-Dame à Saint-Henri, non loin du parc Georges-Étienne-Cartier. Avec l'aide de Francis, des rénovations y sont entreprises pour en faire une maison de chambres. Adrienne s'adonne avec énergie au grand ménage : elle repeint des pièces, décolle la vieille tapisserie pour en coller de la nouvelle et étend même des prélarts. Une besogne de forcenée, mais rien ne la rebute. Il faut dire que travailler pour son compte est une motivation exaltante. Elle se sent fière d'exécuter d'aussi durs travaux. « Ce qu'un homme peut faire, j'peux l'faire aussi ! » se plaît-elle à rabâcher. N'est-elle pas dotée d'une santé de fer ? Indépendante, vivace, elle n'hésite pas à marchander afin de se munir de tout ce dont elle a besoin pour la rénovation de sa maison. Elle part à l'assaut des magasins et des *pawnshops*[15]. Elle y trouve la literie, les recouvrements de fenêtres, de menus articles de cuisine, la vaisselle et tout le nécessaire au bon maintien d'une maison de chambres.

Malgré que ce soit à l'encontre de ses principes, Adrienne se voit dans l'obligation d'effectuer un emprunt afin de pourvoir au surplus de dépenses. Elle se promet cependant de rembourser le tout aussitôt les premières entrées d'argent enregistrées avec l'arrivée des chambreurs. Femme de tête, elle ne s'inquiète pas. Maintenant installée dans « sa » maison, une joie ineffable l'envahit. Elle en fait le tour, effleure les meubles, les bibelots. Tout est à l'ordre, très accueillant. Adrienne respire d'aise. La tenue de sa maison est impeccable et les tarifs sont plus que raisonnables. Bien située, sa maison est entourée de magasins et le tramway passe à sa porte; elle ne tarde pas à recevoir ses premiers chambreurs. Logés et nourris, ils font leurs délices du fumet appétissant sortant de la cuisine. Adrienne préfère héberger des hommes, plus malléables et moins cancaniers. Elle en sait quelque chose, ayant travaillé entourée de femmes pendant plus de douze ans. Adrienne aime la compagnie masculine, mais elle sait aussi se faire respecter. Très à l'aise au milieu de coqs souvent grivois, elle sait rire de leurs boutades sans conséquence. Par contre, que l'un d'entre eux se montre grossier, il ne tarde pas à comprendre qui est le maître de cette maison et à quelle loi il doit se soumettre. De plus, la jeune femme ne se formalise pas de l'opinion publique; les critiques de ses amies, bien pensantes, ou les regards accusateurs de ces bonnes dames croisées sur la rue la laissent totalement indifférente. « Pensez don, une femme célibataire qui tient une maison d'chambres ! À part ça, elle loge seulement des hommes ! » Adrienne dédaigne ces cancans, elle vit sa vie comme elle l'entend.

Ce vendredi après-midi, la plupart des chambreurs sont retournés chez eux pour la fin de semaine. La vaisselle du dîner achevée, le souper prêt à mettre au four, elle décide de rendre visite à sa mère. Une journée radieuse drape sa promenade. Elle longe la rue Notre-Dame le cœur léger. Tenir une maison de chambres n'est pas de tout repos, bien que ce soit gratifiant. Elle travaille pour son compte et contrôle sa destinée : voilà bien une source de contentement extrême ! La jeune femme entreprend de traverser le parc et décide de faire une halte sur l'un des nombreux bancs faisant face à la fontaine. Le gazouillis des oiseaux l'enchante. Familiarisée avec les sons diversifiés de la faune du parc, elle sait reconnaître le chant de chaque espèce.

Quelqu'un s'assoit au bout du banc. Adrienne n'y fait pas attention. La tête dans les nuages, le cœur au large, elle rêvasse... « Bonjour ! Beau temps, hein ! » Un coup de vent soulève le bas de sa robe. Elle émerge de sa rêverie. Consciente de la présence de l'individu, elle tourne la tête puis, curieuse, elle le toise sans gêne. L'étranger lui sourit amicalement. Elle se fait coquette et lui rend son sourire d'un petit air faussement timide, l'œil

rieur comme toujours lorsqu'elle se trouve en présence de la gent masculine. Encouragé, le monsieur lui demande :

— Vous restez dans l'coin, peut-être ?

— Tout juste à côté. J'ai une maison de chambres là, plus bas sur la
rue. J'vas chez ma mère de c'côté-là du parc. Mais y fait si beau que…

Soudainement, elle se sent ridicule. L'homme particulièrement attirant
la trouble. Ce regard bleu, lumineux, projeté aux confins du monde éveille
sa curiosité. Le personnage dégage un certain mystère. En même temps,
sa jovialité la met en confiance. Elle risque une question :

— Vous êtes pas du boute ? J'vous ai jamais vu dans l'quartier.

— Non, j'suis icitte pour rencontrer… quelqu'un. J'suis arrivé en
avance. Moé aussi, j'ai voulu profiter du parc. Sacrée chance !

L'homme avait prononcé ces derniers mots avec un sourire malicieux
accroché aux lèvres. Adrienne rougit malgré elle. Le regard bleu de l'étranger affole son cœur. Elle décide d'abréger la conversation. D'un air détaché,
elle se lève et lui dit :

— Euh ! Y faut que je m'en aille, ma mère m'attend.

Elle tourne les talons et emprunte prestement l'allée du parc.

— Mam'zelle ! Mam'zelle ! Attendez une minute ! Votre nom serait… ?

Adrienne fait demi-tour d'un mouvement rapide qui fait voleter sa
jupe. Elle regarde innocemment l'inconnu, déployant toute sa coquetterie,
et du bout des lèvres, elle murmure : « Adrienne ! »

— Vous êtes logeuse, si j'ai ben compris. Y se peut que j'cherche à me
loger. J'pourrais aller chez vous, si c'est pareil pour vous ?

Le grand gaillard, tantôt si entreprenant, devient hésitant. C'est que
ce petit bout de femme l'a drôlement impressionné. Ce n'est pas qu'elle
soit si jolie, mais elle possède de belles moulures et une façon à vous faire
fondre le tempérament, et ne semble pas farouche pour un sou. Il risque
encore :

— J'peux savoir vot'adresse ? De toute façon, j'vas passer… vous
donner de mes nouvelles.

Deux jours plus tard, alors qu'Adrienne a pratiquement oublié l'étranger du parc, on frappe à sa porte.

— Bonjour, Mam'zelle… Adrienne. J'viens pour la chambre. Euh ! J'ai
trouvé une job à la *barber's shop*[16] au coin d'la rue.

— Ah oui ! Entrez. Entrez. Monsieur… ?

Elle réalise que, l'autre jour, au parc, l'homme n'avait pas mentionné son nom.

— Louis Lecompte. Si vous avez une chambre pour moé, vos conditions sont les miennes.

— J'ai ben une chambre de vide, Monsieur Lecompte. Je loue à la semaine ou au mois.

— J'vas louer à la semaine pour astheure.

Adrienne stipule les règlements de la maison, se demandant pourquoi son cœur bat la chamade. Lorsque tout est finalisé, il lui annonce qu'il s'installera le lendemain avec son grément. Elle lui tend la main, porteuse du torchon avec lequel elle était à nettoyer les cuvettes. Elle rougit de honte et lui dit :

— Vous savez, le travail manque pas ici ! Ah, j'oubliais : le monde icitte m'appelle Mme Tétreault. Bon, à demain, Monsieur Lecompte. Je suis certaine qu'on va ben s'entendre.

— À demain, Mam'zelle, euh ! Madame Tétreault.

Après son départ, Adrienne demeure perplexe. Cet homme est beau, grand, droit comme un chêne, très gentil, poli, et il lui semble avenant. Pourtant, ces qualités, d'autres hommes avant lui les possédaient tout autant. Néanmoins, celui-là a un je-ne-sais-quoi qui l'affriole.

Chapitre 2

Jeunesse de Louis

$\mathcal{L}$ouis Lecompte est né à Sainte-Barbe, près de Valleyfield, de mère indienne, issue de Caughnawaga[17]. Le père de Louis, Pierre Lecompte, est né en 1859.

Vers l'âge de 20 ans, Pierre, ce gaillard de 260 livres, décide de prendre fille à marier, mais il n'en trouve aucune dans le rang de Sainte-Barbe. Bougon, il se plaint : « Les deux seules filles en âge sont mariées aux deux cousins. » Un samedi soir, il se rend à Caughnawaga faire la fête. Le grand Pierre y rencontre une créature à sa mesure, « greyée d'une bonne selle ». D'ailleurs, d'un air narquois, son frère avait commenté : « Avec son gabarit, l'Pierre peut pas marier une échalote ! » De bon matin, Pierre était parti chercher sa future en boghei dans son village. Il l'avait ramenée à Sainte-Barbe sans jamais retourner dans ce village, de peur d'affronter le mécontentement des Indiens, à qui il avait ravi une des leurs.

Au fil des ans, sept enfants sont nés de leur union : Frank, Paul, Raoul, Louis, Julienne et deux autres filles. Comme beaucoup d'autres familles dans la province de Québec des années 1880, la famille Lecompte vit dans des conditions de pauvreté désolante. Pierre sait que beaucoup de ses voisins émigrent vers les États, pensant y trouver de meilleures conditions de vie. Lui ne se résigne pas à se déraciner de la terre de ses ancêtres. Les hivers, Pierre travaille au chantier situé à quelque 50 milles de chez lui. Malgré la distance qui le sépare de son village, il revient passer les fêtes de Noël à la maison.

Homme aux manières rudes, chef et pourvoyeur d'une famille de sept enfants, Pierre y fait régner la discipline et la bonne entente. Fier des traditions qui consolident sa famille, il en est une à laquelle il n'a jamais dérogé. Comme son père avant lui, il perpétue cette coutume du jour de l'An : en salutation à la nouvelle année, à minuit tapant, Pierre épaule sa carabine puis tire trois coups vers la voûte des cieux. Mais avant, durant la soirée, il astique son fusil : son arme doit reluire pour le rituel. Ce faisant, il entretient ses fils d'histoires de chantier et de façons différentes de chasser le petit gibier. Hâbleur, il se plaît à affirmer qu'il fait mouche à tout coup. Les garçons l'écoutent; ils sont captivés, fiers de leur père. La soirée se fait longue, mais les garçons insistent pour attendre le coup de minuit. Les trois coups de carabine du père Lecompte sont attendus de tout le village d'ailleurs. Railleurs ou inquiets, certains affirment : « Un jour, il va y avoir un accident avec ses manies de fou ! »

Raoul, le deuxième fils de Pierre, aspire à devenir un grand chasseur-trappeur. Il rêve de forêt, de gibier, de nature, de grands espaces à l'image des anciens coureurs des bois ou des ancêtres de sa mère. Mais le père lui a toujours interdit de se servir de sa carabine, arguant que cela est trop dangereux. « Tu te serviras de ça quand tu auras du poil au menton. » À 11 ans, Raoul ne voit pas le jour où il aura le droit d'apprendre à tirer du fusil.

Pierre a terminé d'astiquer son arme; il charge le magasin de trois balles puis l'appuie sur le chambranle de la porte, assuré que ni l'un ni l'autre de ses fils n'oserait la toucher du petit doigt. Il ouvre la lourde porte et sort prendre l'air. La neige tombe doucement à gros flocons. Une charrue délaissée près du hangar se couvre de blanc comme une mariée enfilant sa robe. Une belle soirée, se dit Pierre. L'air est doux et, sans vent, la nature célèbre à sa façon la nouvelle année 1898. Ses yeux, son cœur et son âme s'imprègnent de quiétude. Pauvre, certainement, pourtant Pierre Lecompte communie ce soir à ces richesses inégalables. Il se sent comblé. Il jouit d'une bonne santé, il a du travail et sa famille le rend heureux.

Quelques instants encore avant minuit, il lève les yeux vers le ciel. Les flocons se précipitent vers lui en une danse folle, se répandant comme une fraîche caresse sur son visage offert à tant de splendeur. L'homme ne connaît pas les mots, pourtant ce soir, son âme est en prière.

La mère, surnommée la Tinne, est allée se coucher tôt, suivie des filles. Une journée astreignante les attend le lendemain. Tout a été préparé pour recevoir les bambocheurs[18] qui passent de porte en porte souhaiter la « Bonne année ». La tête sur l'oreiller, la femme geint de déplaisir. « N'empêche. La maison pleine de monde du petit matin au soère, ça bardasse une constitution ! » La Tinne broie du noir, manque d'entrain et rechigne constamment sur sa besogne.

Rompus de fatigue, les garçons se sont assoupis, la tête appuyée sur leurs bras croisés sur la table de cuisine. Raoul sursaute. La lueur feutrée de la lampe sautille sur les murs de la petite pièce, le poêle crépite, chargé de bois sec. Tout est d'un calme irréel. L'enfant se frotte les yeux, ses membres sont ankylosés à cause de sa posture inconfortable. Il jette un coup d'œil à ses frères endormis. L'envie d'uriner le presse, c'est sans doute ce qui l'a éveillé. Il se lève puis se dirige vers la porte pour aller dehors aux bécosses, du côté arrière de la maison. Juste avant de sortir, il aperçoit la carabine en garde près de la porte. Fasciné, il la contemple avec envie. Il ne peut résister à la tentation, il prend l'arme dans ses mains. Il caresse le bois lisse de ses petits doigts tremblants. Oh, comme il aimerait être grand et aller à la chasse dans les bois ! Il soupire profondément puis entend des craquements de pas sur la neige durcie par le froid. Il allonge le cou et regarde par le carreau. Il aperçoit son père marcher le long de la clôture. Craintif, car il ne faut pas que son père le voie avec le fusil à la main, le petit garçon s'apprête à le replacer sur le chambranle de la porte, puis il se ravise. Il décide de montrer à son père qu'il est capable de tenir un fusil, qu'il veut apprendre tout de suite à tirer. Raoul sort à l'extérieur, l'arme en main. Courageusement, il interpelle son père : « Regarde, popa, j'chus capable de tenir le fusil ! » Surpris, tiré brusquement de sa méditation, Pierre se tourne. Horrifié, il aperçoit son fils tenant la carabine à bout de bras, balançant l'arme de tous bords tous côtés, en joue vers des cibles imaginaires. Pierre fait un pas vers l'enfant en tendant la main.

– Donne-moé ça, malheureux ! Le fusil est charg...

Pan ! L'écho du coup de fusil se perd sous la voûte du ciel. Un silence terrifiant s'installe.

Pierre Lecompte s'effondre. D'un geste nerveux, involontaire, le petit Raoul venait de tuer son père, d'un seul coup en plein cœur.

Au son du coup de carabine, plusieurs villageois tournent les yeux du côté de la vieille horloge ou plongent la main dans la petite poche de leur veste et en tirent leur montre. Minuit moins cinq. Intrigués, ils sortent les uns après les autres de leurs chaumières. D'ordinaire, le père Lecompte ne déroge pas d'une minute. À minuit tapant, les trois coups de carabine traditionnels retentissent dans tout le village. Un terrible pressentiment s'empare de Rodolphe Lebrun, le voisin immédiat. Il s'inquiète. Attrapant son mackinaw[19] au passage, il court chez son voisin. « Le Pierre a tiré jusse un coup d'carabine, cinq minutes trop tôt à part ça ! » Il a peur de comprendre. Dès son arrivée devant la maison, ses craintes se concrétisent. Pierre Lecompte est étendu dans une mare de sang, sinistre, sur la neige blanche. Les flocons de neige qui, il y a encore quelques instants, ravissaient le pauvre homme tombent silencieux sur son corps comme un rite funéraire. Tremblant de froid, l'appréhension s'immisçant doucement dans son esprit, le petit Raoul réalise à peine ce qui vient de se produire. Il désirait seulement démontrer à son père son habileté à manipuler le fusil. « Le coup est parti tout seul, je l'jure... (Pleurs) Y'est parti tout seul ! » Hébété, planté comme un poteau de clôture, l'enfant répète ces mots tout en fixant son père étendu dans la neige. Son regard est attaché au mackinaw ensanglanté duquel afflue beaucoup trop de sang.

Le coup de feu avait fait sursauter les autres garçons encore endormis autour de la table. Mécontents que leur père ne les ait pas éveillés, ils se hâtent vers la porte d'entrée. Là-haut, dans sa chambre, tirée de son sommeil par ce bruit pétrifiant, la Tinne se lève à la hâte. Extirpée de l'hébétude du sommeil, il lui revient à l'esprit la fâcheuse habitude de son mari de tirer trois coups de carabine la veille du jour de l'An. Curieusement, elle est certaine de n'avoir entendu qu'un seul coup. D'un pas alourdi, elle descend l'escalier, suivie de sa fille Juliette et de ses deux petites sœurs, éveillées en sursaut. La mère Lecompte déteste les armes, surtout celles qui se trouvent sous son toit. D'habitude, son homme laisse sa carabine au chantier, excepté pour son rituel de la veille du jour de l'An. La Tinne arrive à la cuisine vêtue de sa jaquette d'épaisse flanelle, chaussée de bas de laine du pays, quelques secondes après que les garçons se sont précipités à la porte d'entrée. Ils se tiennent debout, figés sur place sur le pas de la porte. « Qu'est-ce que vous faites là, la porte grande ouverte ? » Un coup d'œil à l'extérieur lui révèle l'horreur du drame. Elle tire précipitamment les garçons vers l'intérieur, leur interdisant de sortir, puis ordonne à Juliette de rester à la cuisine avec ses sœurs. Elle se précipite à l'extérieur sans prendre la peine de mettre un châle sur ses épaules. Elle contemple son mari un instant, comprenant qu'il est bel et bien mort. Elle ne peut s'empêcher de penser qu'elle le savait. Elle savait qu'un malheur se produirait inévitablement à cause de cette maudite carabine. Dans la confusion de ses sentiments, elle écume contre le père de ses enfants. Combien de fois l'avait-elle harangué ? « Pierre, j'veux pas de c'te carabine ici-dedans ! »

La Tinne se pose mille questions. Au moment où elle était allée au lit, à la même heure que ses filles, Pierre astiquait son arme. Les garçons s'étaient endormis entre deux histoires. « Qu'est-ce qui a ben pu s'passer ? D'ordinaire, c't'un homme précautionneux ! » Le regard effaré, elle se tourne vers son fils, toujours planté comme un piquet au pied de son père.

– Raoul, pour l'amour, qu'est-ce que tu viens de faire là ?

La femme de Pierre Lecompte est une personne qui fait son affaire sans s'encombrer de sensibleries. Elle ne rit presque jamais. Elle élève ses enfants avec rigidité, et si on le lui demandait, elle dirait qu'elle aime sa famille; mais compte tenu de la charge de travail, ajoutés à cela des tracas à la pelle, elle n'a pas le temps de dodicher. La femme réalise, du coup, l'effroyable réalité qui se présente à ses yeux. D'une main ferme, elle agrippe l'enfant qui ne cesse de pleurnicher. Sans un second regard au corps de son homme, elle se dirige vers la maison, arrimée de Raoul. Son mari est mort, cela est irrémédiable.

Aux funérailles, les villageois s'entassent dans la petite église de bois afin de réconforter la veuve éplorée et d'adresser un dernier adieu à leur ami et voisin. Que pourraient-ils faire de plus ? Chacun a son fardeau à porter et, ne possédant que le nécessaire à leur survie, les familles ne peuvent que compatir.

Louis, le plus jeune des garçons, Juliette, sa sœur aînée, et leurs deux petites sœurs entourent leur mère, qui ne cesse de broyer du noir, autant à cause de la mort subite de son mari que du départ de ses fils aînés pour le chantier. Elle se plaint et regimbe à longueur de journée, négligeant l'entretien de leur vieille maison délabrée. Amère, elle rebat de propos larmoyants les oreilles des enfants. Un soir de fin d'hiver, la mère est vraiment de mauvais poil. Elle apostrophe le petit Louis :

– Louis, tu vas r'joindre tes frères au chanquier[20]. Y faut que tu gagnes toé'si !

LOUIS AU CHANTIER

À l'hiver 1901, Louis Lecompte travaille, depuis quelques mois, dans un chantier de coupe de bois quelque part au nord-est de l'Ontario. Dès l'arrivée du jeune garçon au camp, le *foreman* l'assigne comme aide au cuisinier. Gros Pat, nommé ainsi depuis son enfance à cause de sa forte corpulence, aurait mieux accueilli une moufette dans sa cuisine que ce jeune freluquet. Louis, de son côté, est prêt à tout endurer; il se fait tout petit et obéit au moindre ordre vociféré par le gros bonhomme rébarbatif.

Assez grand pour ses douze ans, Louis est doté d'une stature plutôt frêle. Ses premières semaines comme aide-cuisinier et aide de camp lui sont en conséquence assez difficiles. Son travail consiste à fendre les bûches, à rentrer le bois pour le poêle, à apporter l'eau du ruisseau, à éplucher les patates, à aider à nettoyer les tables et la vaisselle, en plus de balayer le plancher de tout le bâtiment. Cela représente beaucoup de travail pour un si jeune garçon.

Comme tous les matins, il se dirige à pas lents jusqu'au ruisseau qu'il entend chanter bien avant d'y parvenir. Il puise l'eau nécessaire aux repas du jour. Le déjeuner se doit d'être très substantiel pour ces hommes qui, toute la journée, offrent un effort constant et colossal. Le menu se compose habituellement de fèves au lard, de grillades de lard, de patates, de grosses miches de pain et de café très fort. Il peut y avoir aussi au menu de la galette de sarrasin ou du gruau.

Le soir, sous l'éclairage ténu des lampes à l'huile, le garçon réfléchit, assis sur sa couchette. Il lui arrive aussi de se remémorer le temps heureux, le temps du vivant de son père. Sa mère, une femme austère, aimait toutefois la musique et ne demandait qu'à sautiller dès la première note. À la suite de l'accident qui avait coûté la vie à son mari, tout son monde avait basculé. Malgré qu'il fût très jeune, Louis se souvient cruellement de ce qui avait provoqué la mort de son père. Aujourd'hui il se sent heureux ici, entouré de ses frères Frank, Paul et Raoul, ainsi que des hommes qui le taquinent et qui l'aiment bien. Même Gros Pat ne crie plus et semble vouloir devenir son ami. Il met sa tête sur l'oreiller tandis que les lampes à l'huile agonisent. Puis il sombre dans le sommeil. « Si seulement y'avait pas ces détestables bestioles ! » Toute la nuit, elles écorchent vif les bûcherons sous leurs *longjones*[21].

Chaque automne, Louis retourne vivement au chantier, chez lui. La forêt est à ses yeux son école et sa religion, sa mère et son père. Il s'y retrouve en famille, parmi les hommes du campement, ces hommes rudes, gueulards, vulgaires, mais travailleurs et chaleureux.

Au fil des ans, Louis a amassé un petit magot. Au printemps de ses vingt-trois ans, il éprouve l'envie de voir autre chose. Durant ces années de réclusion, le jeune garçon a appris de lui-même à lire et à compter, motivé par son seul désir d'apprendre. Après avoir feuilleté des revues et lu des journaux, la ville présente de plus en plus d'attraits. Il ressent le besoin d'être en contact avec la réalité. Des femmes. Du monde.

TRAGÉDIE

Un après-midi du mois de mai de 1912, Louis met les pieds à Ottawa. Les cheveux longs, la barbe hirsute, l'attrait de sa personne avait été loin de ses préoccupations durant ses années de chantier. De l'avis général des hommes de bois, la barbe et les cheveux longs tiennent au chaud la tête et le visage. Certains bûcherons, avant d'aller rejoindre leur famille après avoir passé l'hiver en forêt, désiraient reprendre une allure normale. Une fois, pour rendre service, Louis avait coupé les cheveux et fait la barbe à l'un d'eux. La coupe était assez réussie et il était rasé de près, sans écorchures. À la suite de cet exploit, il est devenu le barbier du camp.

Installé sur un banc de parc à Ottawa, les passants le perçoivent comme un clochard. Cela l'amuse. Les uns l'observent avec dédain, d'autres lui jettent un regard de pitié, mais la plupart l'ignorent, pressés de continuer leur chemin. Le bûcheron contemple depuis quelques instants le *barber's shop* de l'autre côté de la rue. Il se lève nonchalamment, décidé, mais pas pressé. Il s'y dirige, ouvre la porte et jette un regard circulaire.

Le barbier l'examine, certain d'avoir là un client.

– Bonjour, Monsieur.

Pas habitué à parler pour ne rien dire, Louis va droit au but.

– Fais-moé une coupe de cheveux pis la barbe.

Le vieux barbier donne quelques coups de ciseaux dans la crinière ébouriffée de son client après avoir pris soin de lui faire un shampoing désinfectant. Attentionné à son travail, il préfère garder ses pensées pour lui-même et il s'exécute en silence. Louis reprend, comme s'il ne s'était jamais interrompu :« Pis j'veux acheter le *barber's shop* ! »

Abasourdi, le barbier lorgne l'individu d'un œil soupçonneux.

– Quoi ? Qu'est-ce que... ?

Elle est bien bonne, celle-là ! Ce costaud, qu'il situe dans la mi-vingtaine, ressemble davantage à un quêteux qu'à un homme d'affaires désirant faire l'acquisition d'un commerce. Il y a encore un moment, ce gars-là arborait une longue crinière et la barbe broussailleuse.

Amusé de la réaction du pauvre homme, Louis continue son discours.

– J'suis sérieux pis j'ai le *cash* ! J'veux acheter vot'*barber's shop*. À part ça, j'vous engage pour m'apprendre le métier, si ça vous convient naturellement.

– Ah ! En v'là une bonne ! Vous voulez rire, mon ami, mon commerce n'est pas à vendre ! Y'a pas de pancarte à vendre dans vitrine, par tous les diables !

Le monsieur dans la soixantaine avancée n'avait jamais imaginé « lâcher » son commerce, même si ses jambes le portent de moins en moins. Les rhumatismes ou l'arthrite; donner un nom à ses souffrances ne s'avère d'aucun soulagement. Les médecins... une engeance à éviter. De toute sa vie, il n'a eu affaire à aucun d'eux, ce n'est pas aujourd'hui qu'il va commencer. Afin de le convaincre de sa bonne foi, Louis fouille dans la poche de sa culotte en cotonnade et en sort une épaisse liasse de billets de banque, la petite fortune qu'il a amassée pendant ses quelque douze années passées au chantier. Le barbier n'en croit pas ses yeux. Bouche bée, il regarde le magot en pensant : « Ben, ça parle au y'able ! Veux-tu ben m'dire d'où sort cet hurluberlu[22] ? » Néanmoins, son esprit fonctionne à la vitesse de l'éclair. L'offre proposée pour son établissement comprenant le salon de barbier allongé du modeste logis à l'arrière s'avère honnête. L'idée de la retraite le saisit comme s'il l'attendait depuis longtemps. En deux temps trois mouvements, le marché est conclu. Satisfait de lui-même, Louis Lecompte embrasse le métier de barbier en plus de posséder « son » *barber's shop*.

Le métier de barbier convient parfaitement à Louis le bûcheron. Il adore discuter de tous les sujets tandis que ses clients s'abreuvent de ses histoires, qui les laissent souvent sceptiques. Parfois, lorsque la clientèle se fait rare, il sort de sa poche poussiéreuse son harmonica, qu'il secoue énergiquement dans la paume de sa main. Il joue pour lui-même des airs empreints de nostalgie ou il y va d'un rythme endiablé en tapant du pied. Musicien jusqu'au bout des doigts, Louis joue par oreille. Il lui arrive aussi d'inventer des airs qu'il rêve d'interpréter, un jour, sur son propre violon.

Louis Lecompte se plaît énormément à Ottawa, il y mène une vie intéressante. Les clients affluent, recherchant sa bonhomie peut-être plus que la qualité de son travail, selon certains de ses habitués, un brin narquois. Louis est établi. Il se sent comblé, d'autant plus qu'il vient tout juste de faire l'acquisition de son violon, déniché chez l'antiquaire au coin de la rue.

Son tout nouveau bonheur, bien qu'il lui aille comme un gant, est de courte durée. La fatalité le rejoint. Un drame effroyable vient changer le cours de son existence. La tragédie survient soudainement, sans crier gare. Très tôt, un matin frisquet de printemps, Louis s'éveille, reniflant une odeur qui le sort de son lit à l'épouvante. Une fumée dense envahit déjà le salon de barbier. Louis sait qu'il est trop tard pour sauver quoi que ce soit. Il attrape sa culotte, sa chemise et sa boîte à violon et, le feu aux fesses, il sort par la porte arrière qui donne dans la ruelle. Le feu rase entièrement le bâtiment et, du même coup, réduit sa vie en cendres. Jamais il n'aurait imaginé qu'une telle chose puisse lui arriver. Le feu lui a tout pris. Heureusement, un peu d'argent était caché dans le revers de sa culotte. Hébergé chez le vieux Simon, l'ancien propriétaire du *barber's shop*, maintenant un ami fidèle, Louis jongle. Ce soir-là, après le souper, Louis annonce son départ à son vieil ami.

– Simon, toé pis ta femme, vous êtes ben serviables, mais demain matin j'sacre mon camp ! J'vas voir ailleurs.

Louis reprend donc son baluchon et sa boîte à violon, qu'il a réussi à sauver du désastre. C'est tout ce qu'il lui reste de son passage à Ottawa.

FACÉTIE À SARNIA

Louis prend le train pour Sarnia, Ontario. Le jeune homme descend sur le quai de la gare de Sarnia. Il jette un regard à la ronde et reconnaît son habitat. Louis fait partie de ces hommes qui font leur demeure là où ils se trouvent. Il embrasse sa nouvelle existence, son violon sous le bras, quelques outils de barbier achetés à Ottawa avant son départ, une petite valise, et plus un sou. D'un pas décidé, il va à la rencontre de son destin. Louis prend sa petite valise puis s'engage dans la grande rue, optimiste, le pire étant derrière lui. Plus haut dans la rue, il entend jouer du piano. Curieux, il tend l'oreille. Cela provient de la deuxième maison à droite, coquette, dotée d'un parterre gazonné et de jolies fleurs longeant une clôture blanche fraîchement peinte. Toutes fenêtres ouvertes, la maison offre un cachet paisible et accueillant. Louis se laisse prendre au charme du son mélodieux de la musique. Il s'approche de la fenêtre. Il aperçoit une jeune fille assise devant son piano, un sourire irradiant son visage empreint de sérénité. Il contemple un moment la musicienne. Conquis, il l'interpelle sans crainte de se montrer intrus ou même d'effrayer la demoiselle. « Miss ! Miss ! Can I play music with you ? »

La jeune fille lève les yeux vers sa fenêtre, stupéfaite d'y apercevoir un parfait étranger qui, de surcroît, lui adresse la parole. Elle croit avoir affaire à un quêteux. Le cœur sur la main, les démunis lui font toujours pitié.

– Oh ! You're homeless.

Louis joue le jeu. Il n'a pourtant qu'un souhait : accorder son violon au piano de cette charmante enfant, qui joue si divinement. Il répond à la demoiselle dans un anglais respectable.

– Yes, and I play violin ! Can I play with you ?

Possiblement à cause de son attitude joviale et de ses yeux rieurs, l'étranger inspire confiance à la jeune fille. Elle le trouve… attendrissant. Sans réfléchir, elle l'invite à l'intérieur. L'homme dépose sa petite valise, qui a connu des jours meilleurs, retire son violon de l'écrin et sans ambages incite la demoiselle à continuer de jouer. D'emblée, il prend le ton, puis s'exécute à son tour. Agréablement surprise, la jeune fille observe son « invité », en laissant ses jolis doigts s'agiter sur le clavier. Reconnue et appréciée pour son caractère affable, la mère de la jeune fille, une femme corpulente aux joues roses, arrive de la cuisine, se demandant qui joue du violon dans son salon. Appuyée au cadrage de la porte, elle écoute sans intervenir. La femme ne se décide pas à interrompre l'harmonie musicale régnant entre sa fille et l'étranger. Elle est séduite. Sur les entrefaites, le père revient du travail, suivi de ses trois jeunes fils, non moins étonnés de trouver un étranger dans leur salon. Louis devient alors une curiosité. On lui demande son nom, d'où il vient, ce qu'il fait. La maisonnée est sous le charme, séduite par cet homme sans gêne, ce beau parleur. Recevante, la dame l'invite à souper; l'invitation est réitérée par le maître des lieux, content après tout de la présence de ce joyeux visiteur chez lui.

– Comme dit la femme, vous soupez avec nous autres.

Content de l'invitation, tant pour le repas que pour le plaisir de se trouver en bonne compagnie, Louis accepte.

– Marci ben. À condition que je vous fricote le repas, sans cérémonie, vous allez voir. Pour astheure, si le cœur vous en dit, j'vas vous faire sautiller.

Il y va de son « reel à Ti-Ouis », ainsi nommé à cause de sa cadence unique. Bientôt, un rassemblement se forme devant la maison. Les gens du voisinage cherchent à savoir ce qui se passe chez leur voisin. Intrigués, ils s'approchent de plus en plus nombreux sous l'attrait de la musique endiablée. Ils s'interpellent entre eux : « C'est curieux, d'ordinaire on n'entend que le piano, mais là, le diable est dans cabane ! »

Après un certain temps, Louis cesse de jouer et demande à la femme de maison de lui apporter sa plus grande soupière. Les gens attroupés

devant la porte ont la surprise d'entendre l'étranger les inviter à aller quérir carottes, navets, patates, oignons, choux, tout ce qu'ils pourront dégoter.
De bon gré, dans la bonne humeur, tous se prêtent au jeu sans question-
nement. Faisant état de maître des lieux, Louis commande qu'on lui prépare
un bon feu à l'arrière de la maison. Amusés par ce curieux personnage, les
trois garçons s'exécutent, en ricanant de voir l'air médusé de leur père.
Celui-ci ne s'oppose pourtant pas aux directives de l'inconnu. Durant ces
préparatifs, Louis ramasse dans un coin de la cour une roche de belle
forme, de texture lisse, et la dépose de manière à ne pas être vue, au fond
de la soupière. Il y ajoute de l'eau et les légumes que les bonnes gens
commencent à lui apporter. Il laisse mijoter le tout en y ajoutant quelques
condiments, aimablement fournis par la maîtresse de maison.

Ce faisant, Louis raconte des histoires et entretient l'assistance avec
entrain. De temps à autre, il accroche son archet à son violon et exécute
quelques mesures de son *reel* préféré. La maisonnée chante et danse
joyeusement. Lorsque la « soupe à la roche » est prête, dégageant un
fumet délicieux, chacun la déguste de bon cœur, installé autour du feu.
Repu, le voisinage continue la fête toute la soirée, arrosée de p'tit blanc.
La légende de la soupe à la roche, « *the rock soup* », est demeurée dans
les annales de la petite ville de Sarnia, et Louis se plaira à la raconter à qui
voudra l'entendre.

Louis demeure une année entière à Sarnia. Sans le sou, il doit renoncer à faire l'acquisition d'un *barber's shop*. Il travaille donc pour le barbier
de la place. Plein d'entrain, le jeune homme devient vite l'amuseur public :
on l'invite à jouer de son violon aux veillées, dans les noces et aux diverses fêtes.

Malgré sa renommée, Louis souffre de la bougeotte. Il a aussi besoin
de se refaire le portefeuille.

Un beau matin, il part vers le nord. Il se joint à d'autres travailleurs à
Parry Sound dans la baie de Géorgie. Des ouvriers, venus d'un peu partout au pays, défrichent un long ruban au sein de la forêt en vue de la
construction du chemin de fer. Louis s'y installe et y demeure quelques
années.

Un jour, laissant tout derrière lui comme un fuyard, il repart vers Ottawa. Dès son arrivée, il apprend le décès de son vieil ami Simon. Dérouté,
il a le sentiment qu'il n'a plus rien à faire dans cette ville. Il décide alors de
tenter sa chance vers Montréal, nourrissant le projet de rendre visite à un

ancien ami de chantier. Le souvenir de ce bon vieux Baptiste sur qui il avait exécuté sa première coupe de cheveux le fait sourire. Avant qu'il quitte le chantier, Baptiste lui avait dit : « Si jamais tu passes par chez nous, viens faire ton tour ! La femme pis moé, on s'ra contents de t'voir ! » Comme de fait, l'ami Baptiste accueille Louis à bras ouverts. Devant un bon repas, Louis raconte son cheminement. Il parle de sa vie à Ottawa, de l'acquisition de son *barber's shop*. Il lui raconte aussi le drame qui l'a frappé de plein fouet. L'évocation de l'incendie destructeur lui est encore pénible. Ensuite, il raconte son départ pour Sarnia puis Parry Sound, omettant les détails de sa vie privée lors de cette dernière étape. Il préfère laisser derrière lui et tenir secrète cette portion de sa vie. Dans la trentaine avancée, Louis espère maintenant se fixer et refaire sa vie. Il espère, en ce sens, que Montréal lui sera favorable.

— Ben, mon vieux, t'en as fait du chemin !

— Ouan ! On peut dire.

— Justement, si tu cherches du travail, j'connais un gars à Saint-Henri, un immigré d'la Grande Guerre. Y possède un *barber's shop* sur la rue Notre-Dame, à supposer qu'il ait besoin d'un homme, mon Louis.

Chapitre 3

Adrienne et Louis

Le soir, après une longue journée de besogne routinière, Adrienne se repose, assise dans sa berceuse sur la galerie. Elle observe les passants en buvant son thé. Louis, ce nouveau et séduisant chambreur, lui tient fréquemment compagnie. Ils bavardent de tout et de rien, et s'amusent en riant de choses anodines. Certains soirs, Louis joue de l'harmonica. Adrienne tape du pied et s'amuse de la réaction des gens, qui les observent du trottoir. Adrienne s'était donné comme directive de ne jamais devenir intime avec l'un ou l'autre de ses chambreurs. « Me v'là ben *enfirwapée*[23] », se dit-elle lorsqu'elle songe à l'agrément que lui procure la présence de Louis Lecompte.

Les dimanches de beau temps, ils se promènent dans le parc. De connivence, ils s'assoient sur le banc de leur première rencontre. L'amitié qui les unit encourage les confidences. Louis relate alors son enfance. Il lui parle de la mort tragique de son père, de son départ prématuré pour le chantier. Il raconte son passage à Ottawa et l'acquisition de son *barber's shop*, incendié peu de temps après. Le couple s'entretient de choses qui les concernent et les intéressent. Ils se racontent leurs rêves et parlent de leurs inquiétudes. Étant de dix ans son aîné, Louis n'est pas comme les autres hommes qu'elle a connus auparavant. Il nourrit de grands projets, sa tête bouillonne d'idées. La politique et les affaires captent, entre autres, son intérêt.

Louis habite à Saint-Henri seulement depuis quelques mois lorsque Baptiste, son ami de Longueuil, lui apprend qu'il y a un salon de barbier à vendre tout près de chez lui. Louis n'hésite pas un instant. Quelle chance ! Sa *business* à lui. Une ombre assombrit pourtant son bonheur. Adrienne. Il lui est impensable de se séparer d'elle. Depuis le premier jour, son intérêt ne cesse de grandir pour ce petit bout de femme énergique. Son sens de l'humour, sa façon avenante et son caractère solide sont des particularités qui ne le laissent pas indifférent. Il est d'avis qu'elle lui ferait une compagne hors pair.

Le dimanche soir suivant, Adrienne et Louis sont invités à souper chez les Tétreault. Le repas terminé, les femmes desservent la table et lavent la vaisselle avant de retrouver les hommes au salon. Louis est fébrile, il ne tient pas en place. Il lui tarde d'entretenir Adrienne de ses projets, alors que Théonile et sa fille discutent de théâtre, ou papotent à propos des dernières nouvelles sur la parenté. Francis, lui, entretient Louis de menuiserie, ou s'interroge sur l'élection de Charles Duquette, aspirant à la mairie de Montréal en remplacement de Médéric Martin. Vers huit heures trente, Louis profite de la première occasion pour s'excuser. Puis, sans façon, il entraîne Adrienne dans la rue. Pressé de s'expliquer, il affirme qu'il a quelque chose de très important à lui dire. Louis est de plus en plus nerveux. Pas habituée à se faire brusquer, Adrienne s'étonne de ce comportement. Il s'arrête, se tourne vers la jeune femme et la regarde intensément dans les yeux. Sur les dents, Adrienne l'interpelle :

– Qu'avez-vous, pour l'amour du ciel ? Pourquoi on est partis en catastrophe de chez mon père ?

– Adrienne, j'aim'rais vous d'mander… vous parler de…

– Quoi ? Louis, parlez !

Elle s'affole tout à coup. « Cou'don, y veux-tu me d'mander en mariage ? »

– Louis, qu'avez-vous ? Vous avez pas l'air dans vot'assiette.

– Adrienne... Heu ! Viendriez-vous avec moé à Longueuil ? J'ai un ami qui...

Agacée, elle l'interrompt :

– C'ta crère ! J'vas y aller chez vos amis.

– Non, c'est pas c'que j'veux dire. J'veux... que vous veniez rester avec moé. Baptiste, mon ami de Longueuil, m'a dit qu'une *barber's shop* est à vendre dans son quartier. Adrienne, excusez mon sans-gêne, mais j'ai pas l'habitude des détours. Ben, j'aim'rais qu'on reste ensemble. J'vous connais comme une femme libre de vos actions. J'pense pas vous effaroucher si j'parle pas mariage pour astheure. J'pense qu'on devrait s'installer pis, pour le reste, on verra plus tard. C'est ma façon d'voir les choses. J'ai idée que ça pourrait être la même chose pour vous.

Adrienne n'en croit pas ses oreilles. « Quel front d'beu ! » Elle le fixe droit dans les yeux pour s'assurer qu'il ne divague pas. Son regard suppliant la convainc du contraire. C'est qu'il lui plaît vraiment, ce beau rêveur. Et si... Elle réfléchit. Elle devrait vendre sa maison de chambres et s'éloigner de ses parents. Vivre comme une femme mariée sans l'être. « C'est pas d'la p'tite bière ! » Sa réputation en prendrait pour son rhume. Ce n'est pourtant pas ce qui la retient. Néanmoins, aussi gentil que soit Louis, ce n'est pas une décision qui se prend à la légère. Le changement ne lui fait pas peur. Elle apprendrait à couper les cheveux. Pourquoi pas ? Il n'y a pas que les hommes qui sachent manier les ciseaux. Et il est troublant ce grand gaillard lorsque ses yeux d'infinité sondent les siens. Louis exclut le mariage, pour le moment du moins. La perspective de changer le cours de sa vie la trouble tout de même un peu. Se sent-elle prête à un tel bouleversement ? Réflexion faite — chez Adrienne, les réflexions ne sont jamais de très longue durée —, Louis Lecompte vaut sans doute la peine de plonger dans l'aventure de la vie à deux.

Adrienne Tétreault n'est pas femme à se laisser dicter sa conduite. Les grandes langues n'ont jamais freiné ses envies et ce n'est pas aujourd'hui qu'elle s'en laissera imposer. Et, dans un sens, l'inconvenance de cette proposition de concubinage la séduit.

La guerre et ensuite la pandémie de grippe ont été des moments de grande tristesse et de douleur pour beaucoup de gens. Dans les deux cas, Adrienne et sa famille ont été épargnées. Pourtant, la morosité était encore à fleur de peau. L'acquisition de sa maison de chambres lui avait été bénéfique; la somme de travail que cela lui imposait occupait et ses mains et son esprit.

La proposition de Louis arrive à point, comme un vent de fraîcheur, une idée exaltante. Néanmoins, elle préfère retarder sa réponse. Elle désire mettre un peu d'ordre dans ses idées. La pensée de se départir de sa maison de chambres, symbole de son indépendance absolue, l'effraie un peu.

– Louis, je... j'suis... Ben, vous m'prenez d'cours, je m'attendais pas à ça. J'vas y réfléchir une coup'e de jours; y faut que j'pense à mon affaire.

– Ouan ! J'sais que ça chambarde vot'ordinaire. (Il insiste tout de même.) Adrienne, j'vous trouve de mon goût pis on s'entend ben. V'nez avec moé !

Finalement, la belle ne se fait pas désirer trop longtemps. Adrienne est une femme d'action. Ayant pesé le pour et le contre, elle ne s'enfarge pas sur les détails. En moins d'un mois, tout est bâclé. Les remontrances de Théonile autant que la désapprobation de Francis n'ont rien changé. Sa décision est irréversible.

Ménagère infatigable, Adrienne a toujours tenu sa maison impeccablement propre et choisi soigneusement ses chambreurs, ce qui a grandement facilité la vente de sa maison de chambres. Louis était parti à Longueuil. L'idée d'entreprendre les démarches pour acheter son propre commerce, situé sur la rue Saint-Charles, le remplit de fierté. Le petit logement meublé de l'arrière-boutique, bien que modeste, est malgré tout très logeable. Il comprend une cuisine dotée d'une fenêtre sur la cour, un salon, une salle de toilettes et deux petites chambres. Le tout est propre et douillet, dans la mesure où Louis peut en juger.

Immédiatement après son installation, le couple travaille à se bâtir une clientèle. Très vite, Adrienne apprend la coupe de cheveux et la technique d'une barbe rasée de très près. Au début, certains clients se montrent rébarbatifs à l'idée d'une femme barbière, mais Adrienne les apprivoise comme de petits chiots en quête de mamelles. De plus, sa bonne humeur et son travail impeccable achèvent de faire leur conquête. Elle travaille vite et efficacement, c'est dans sa nature. Louis, de son côté, prend encore plaisir à parloter et à raconter ses histoires. Dans ses temps libres, il bricole, il réfléchit, il jongle, il manipule ses « cossins », comme les nomme Adrienne. Parfois, elle l'entend penser tout haut. « Ça doit ben servir à... si je l'utilise en... Oui, oui, ça pourrait marcher. D'main, j'vas essayer aut'chose... mais cette fois... »

Un événement heureux redonne un peu d'espoir de bonheur au couple qui, déjà, bat de l'aile. Les multiples sujets de discorde font ombrage à leur amour à cause de failles qui courent sur une relation fragilisée. Elle lui reproche, intérieurement, de ne pas lui avoir fait sa grande demande, tandis que Louis est déçu de l'attitude indifférente et même rébarbative de sa concubine relativement à ses réalisations, ses découvertes.

NAISSANCES

Au mois d'avril 1925, plus précisément le 12, une délicate petite fille voit le jour. Malgré leurs différends, Louis et surtout Adrienne exultent. La famille entière célèbre la naissance du joli poupon. C'est la fête dans la maison, d'autant plus que la petite Lucienne est née le jour de l'anniversaire de grand-papa Francis, le parrain. Théonile sera la marraine.

Aux lendemains de jours heureux, la vie se montre souvent encore plus terne que la veille. Cette fois encore, elle suit inlassablement son cours, encadrée de journées harassantes et décevantes. Adrienne s'échine entre l'entretien du logement, les soins au bébé et son travail de barbière. Elle coupe les cheveux plus vite et mieux que jamais. Les clients satisfaits la réclament. Courageuse, énergique, elle ne recule jamais devant le travail. Sans connaître les aléas de la vie de l'arrière-boutique, la clientèle profite toujours de sa bonne humeur. Pourtant, la vie commune avec son Louis ne ressemble plus du tout à une aventure romanesque. Cet homme, qui jadis se montrait si avenant, lui apparaît maintenant comme un « traîneux d'pieds ». Elle ne comprend pas son attitude de rester là à jongler et à tripoter ses cossins, quand il n'est pas à se ridiculiser à raconter ses histoires interminables. « Est-ce que c'était ça, ses grands projets : rêvasser toute la journée, travailler le moins possible, prendre la vie à la va-comme-j'te-pousse ? » Elle paie pour son péché, c'est certain. La déception se mesure à ce qu'avaient été ses espérances. Louis, le charmeur, le beau parleur, n'avait pas eu besoin de violon pour la faire danser. Et voilà qu'aujourd'hui, elle se retrouve une deuxième fois enceinte. Comment en est-elle arrivée là ? « Maudite folle ! » Un moment de tendresse, une soirée magique de réconciliation, une heure de pure folie, les yeux noyés dans la mer profonde du regard azuré du grand Louis, auront suffi.

Au souvenir de cette journée et de sa conséquence, elle grince des dents.

Ce matin-là, à son réveil, contrairement à ses habitudes, Adrienne flâne paresseusement dans la tiédeur du lit. Elle écoute la pluie s'abattre rageusement sur la vitre de sa fenêtre. La journée s'annonce triste et ennuyeuse. Pourtant, le printemps s'était bien amorcé, mais cette matinée du mois de mai fait misérablement figure de mois d'octobre. Sans comprendre ce qui l'oppresse, elle n'a envie de rien faire. Une odeur douçâtre de café fumant lui parvient de la cuisine. Levé depuis une bonne demi-heure, Louis l'avait déjà préparé. Elle parvient non sans regret à se lever, enfile sa robe de chambre en chenille bleue et se dirige lentement vers la salle de bain pour y faire un brin de toilette. Quelques minutes plus tard, appuyée au cadrage de la porte, elle observe cet homme et se demande si c'est bien lui, l'homme dont elle était tombée amoureuse quelques années auparavant. Mais encore, s'agissait-il vraiment d'amour ? D'un battement de cils, Adrienne rejette la question qui effleure son esprit. « De toute façon, il est trop tard pour y penser. » Assis au bout de la table, sa tasse de café en main, Louis est plongé dans la lecture du journal *La Patrie*. Il ne remarque pas la présence d'Adrienne, la croyant encore couchée, bien que ce ne soit pas son habitude de flâner au lit. « Bah ! Pour un matin, ça lui f'ra pas d'tort. » D'ailleurs, elle lui a semblé de mauvais poil[24] ces derniers jours. Adrienne fait quelques pas. Sans dire un mot, elle longe la table, frôlant de sa hanche le bras de Louis qui, lui, demeure les yeux rivés sur son journal, pressentant son humeur grise.

— J'fais cuire des œufs; en veux-tu ?

— J'ai mangé d'la soupane.

Elle mange lentement, le regard lointain perdu sous d'autres cieux, vers d'autres temps. Des temps d'espoir et de rêve.

Sa dernière bouchée avalée, elle secoue la tête puis se lève précipitamment. Assez rêvassé. Son tempérament combatif reprend le dessus. « J'ai une journée à faire pis Lucienne va s'réveiller. » Elle retourne à sa chambre, choisit une robe aux teintes du jour, donne un coup de brosse à ses cheveux et, à la hâte, se rend à la cuisine préparer le gruau pour sa fille. Comme à son habitude, elle établit le roulement de sa journée. Aujourd'hui, ce sera un peu de ménage et le repassage entre de rares clients. Vers la fin de l'après-midi, il y aura le souper à préparer pour ensuite terminer sa journée avec un peu de raccommodage.

— Ti-Ouis, va chercher du bois dans la *shed*[25] pis rattise le poêle; c'est cru[26] icitt'dans.

Elle se dirige à l'avant pour s'assurer que tout est propre et prêt pour l'ouverture de la *barber's shop* à 9 heures. De retour à la cuisine, elle jette un coup d'œil du côté du poêle puis vers son fainéant, qui est encore à lire son journal.

— Ti-Ouis, le bois !

Lucienne, tout comme sa mère, se lève maussade. Elle refuse de s'habiller et pleure pour tout et pour rien. Elle refuse même son gruau, que pourtant elle adore. Lorsque sa mère insiste, le bébé se fâche et tape du pied.

— Ti-Ouis, va voir en avant, j'entends quequ'un entrer. Pis astheure, ma p'tite catin, tu vas t'calmer pis m'laisser travailler tranquille.

L'autorité et l'intensité du regard de sa mère annihilent tous désirs de rébellion du bébé. Lucienne se laisse choir par terre puis agrippe sa petite poupée de bois, taillée par les mains habiles de grand-père Tétreault.

L'enfant caresse son jouet et oublie sa mauvaise humeur. La vaisselle achevée, Adrienne prend sa fille dans ses bras puis se dirige vers l'avant.

Un homme qu'elle reconnaît est à jaser, debout au pied de la porte.

– Bonjour, Monsieur Lavoie.

– Ben l'bonjour, Madame Lecompte.

Adrienne laisse les gens l'appeler ainsi. D'ailleurs, personne n'est au courant qu'ils ne sont pas dûment mariés.

La pluie continue de s'abattre sur les gens et sur la grande vitrine du *barber's shop*. Les rares clients de cette matinée de juin entrant dans le commerce sont trempés et maussades, à l'image de la température. Les histoires colorées de Louis ou la bonne humeur courageusement étalée d'Adrienne ne parviennent pas à les dérider. Debout, ses longs bras croisés dans le dos, le nez presque collé à la vitrine, Louis regarde tomber la pluie et se demande où se cachent les oiseaux par un temps semblable. Les passants se pressent devant lui; les uns courent vers l'abri le plus près, les autres, d'un pas décidé, se hâtent vers une destination qui semble de toute première importance. D'autres courent à toutes jambes derrière le tramway qui vient juste de passer sous leur nez. Louis ne voit pourtant rien de tout cela, car depuis quelques instants, son regard est attaché aux gouttes d'eau qui descendent comme une pluie de larmes sur la vitre. Ses pensées se confondent.

Cette matinée ensoleillée d'un passé pas si lointain ne ressemblait en rien à cette journée de pluie, grise et humide. Il se souvient de ce jour de printemps où il a rencontré Adrienne à Saint-Henri. Elle était assise, comme une vision, sur un banc de parc.

– Ti-Ouis, occupe-toé don d'la p'tite pendant que je finis de couper les ch'veux de monsieur Trépanier.

Tiré brusquement de sa rêvasserie, une impression de vide accable Louis. Il ressent combien sa vie est devenue terne et ennuyeuse. Lucienne tend ses petits bras et attend en pleurnichant doucement que son papa la prenne. Il soulève l'enfant en lui faisant des chatouilles sur le bedon. Le bébé émet un rire cristallin. Il aime faire rire sa petite fille. Il se tourne du côté de la vitrine et lui fait voir les gouttes de pluie qui se font la course de haut en bas de la vitre.

– Regarde, Lucienne, mets ton doigt sur la p'tite goutte, là. Moé, j'choisis celle-là pis on fait là course. La première goutte qui arrive en bas d'la vitre gagne la course.

L'enfant trouve tellement drôle ce nouveau jeu qu'elle ne se lasse pas de choisir une gouttelette après l'autre et de faire des courses avec son père. Tout en amusant sa fille, les pensées de Louis se tournent vers Adrienne. « Peut-être qu'elle a besoin de s'faire remonter l'moral, elle aussi. » Depuis quelque temps, leur relation dégénère. Il sent qu'Adrienne lui échappe et il ne veut surtout pas la perdre. Adrienne est une femme pleine de vie, travailleuse et… aimante. Enfin avant, car il y a un bon moment qu'ils n'ont pas eu de rapprochement. Le souvenir de ses baisers, de ses caresses passionnées le bouleverse. Non, il ne veut pas la perdre. C'est évident que cette femme possède un tempérament du diable; elle gère tout et tout doit fonctionner comme elle le décide. Mais cela, il le savait; il a toujours connu le caractère autoritaire de sa Drienne qui n'aime pas être contrariée.

Elle se trouve maintenant à ses côtés et elle reprend Lucienne. C'est l'heure de manger. Après le dîner, attablé devant sa tasse de thé, Louis observe Adrienne en train de laver la vaisselle. Un sentiment de tendresse le surprend, lui qui est peu doué pour les épanchements.

— Écoute, Drienne, c'est tranquille aujourd'hui. C'est ennuyant pis t'es fatiguée. Qu'est-c'que tu dirais si on allait aux vues ? C'est en plein la journée pour ça. Si t'aimes mieux, on peut aller fouiner[27] chez Eaton ou Dupuis & frères. T'aimes ça, *checker*[28] les belles toilettes. Qu'est-c'que t'en penses ?

Surprise, stupéfaite même, Adrienne le dévisage. « Hé ben, qu'est-c'qui y prend ? À ben y penser, c'est tentant. » Elle jongle à son affaire. « La grosse Anna pourrait garder la p'tite pour queq'heures. »

— Ouan ! Ça du bon sens. J'appelle Anna pis j'prépare Lucienne.

Louis est content de lui. « Astheure, autant en profiter pour de bon; les affaires vont pas trop mal, on peut s'payer une sortie. » D'un commun accord, ils décident d'aller au théâtre. La Pounne, Manda et la toute jeune Alys Roby sont en vedette au Monument national, un spectacle de matinée. Ils sortent emballés du théâtre; tous les deux adorent les vaudevilles. Adrienne a des crampes au corps d'avoir trop ri, de quoi oublier la pluie et les désagréments d'une union en perte d'énergie. Très contente de sa sortie, elle se sent prête à reprendre le collier et se hâte pour ne pas rater le tramway qui les ramènera à temps pour le souper.

Mais Louis a une autre idée en tête :

— Appelle Anna pis demande-lui de garder Lucienne pour la veillée. Jean-Paul pis Jacquot vont être contents de jouer plus longtemps avec la p'tite. Nous autres, on va souper au restaurant. On sort pas souvent, autant en profiter.

– Ben wéyons don, Ti-Ouis, le théâtre c'est ben assez.

– Occup'toé de téléphoner à Anna pis moé, je m'occupe du reste.

Adrienne n'en revient pas. « Ouan ! Y s'lâche lousse aujourd'hui ! » Même si c'est elle qui tient les cordons de la bourse, elle sait que son amant a ses propres petites *combines* qui lui profitent; elle lui laisse donc les guides. Voilà qui est imprévisible et réjouissant, il y a tellement long-temps qu'elle s'était amusée un peu. Pourquoi pas, si Ti-Ouis est d'équerre. Le cœur léger, après s'être mise d'accord par téléphone avec Anna, elle retourne en courant vers Louis abrité sous le porche d'un petit commerce, la pluie déferlant comme si le ciel avait ouvert la vanne.

– Bon, où on va ?

– Où tu veux. Tu choisis.

La jeune femme croit déceler une lueur au fond des yeux rieurs de son compagnon. Ça fait une mèche qu'elle n'avait aperçu la moindre étincelle dans ce regard bleu. Un léger frisson la surprend. Elle met cela sur le compte de la pluie ou de la bourrasque de vent qui traverse son manteau. Qu'importent toutes les flambées d'étincelles, elle ne va pas se laisser attendrir. Qu'il garde son feu de broussaille, elle décidera elle-même du temps d'attiser le poêle.

Ils optent finalement pour le restaurant du grand magasin Ogilvy, cons-truit en 1912 sur le coin des rues de La Montagne et Sainte-Catherine, dans un style très victorien. Restauré depuis peu, Ogilvy a fait l'ajout d'un salon de coiffure, d'une fleuristerie, d'un coin décoration, ainsi que d'un restaurant fastueux. Un joueur de cornemuse vêtu d'un kilt divertit les clients durant le repas. Adrienne choisit ce restaurant, le préférant au nou-veau restaurant Schwartz.

En entrant dans le restaurant, elle est séduite par son éclat, son appa-rence de confort. Une pensée furtive accroche un sourire au coin de ses lèvres. « Ouais, c'est pas mon comptoir-lunch de Saint-Henri ! » Le re-pas s'avère savoureux. Louis se montre à la fois volubile et charmant. Par instant, il lance de petites fléchettes oratoires à propos des débuts joyeux de leur relation, des bons moments vécus ensemble, des tendres petites folies de jadis. Il s'anime et déploie tout son charme. Autour de leur table règne une gaieté enivrante. Tous ces gens venus comme eux oublier la morosité de cette journée apportent à cette soirée une touche magique.

Adrienne est conquise par cette ambiance de charme, et le bon vin ragaillardit son cœur et son âme. Loquace, Louis dévoile des anecdotes amusantes du temps de sa jeunesse en Ontario. Il entretient sa compagne de sa période vécue à Sarnia et de sa « *rock soup* ». Cependant, il évite soigneusement de parler de l'épisode de Parry Sound. Grisée par le vin qu'elle n'a pas souvent l'occasion de boire, Adrienne rit de bon cœur et retrouve le compagnon charmant qu'elle a connu à Saint-Henri. Tout est tellement parfait et il y a si longtemps qu'elle a ressenti le bonheur la caresser comme une soie ! La journée amorcée tout en tristesse s'achève en une douce euphorie.

— Drienne, heu ! Astheure-là, Lucienne dort. J'pense qu'on devrait pas la réveiller. On peut s'en aller chez nous et ils la ramèneront d'main en venant faire un tour.

— Ouan ! Peut-être. Je rappelle Anna.

Adrienne n'est pas certaine de la raison pour laquelle elle accepte ce marché. Elle croit cependant nécessaire d'ajouter :

— Faut dire que j'suis ben fatiguée.

Un silence ininterrompu accompagne le retour à la maison. Lui, heureux, garde espoir de la reconquérir. Perplexe, Adrienne s'interroge sur ses états d'âme.

Un peu plus tard, allongés côte à côte, brûlant du feu qui les consume, le sang bouillonnant dans leurs veines fait battre follement leur cœur. Adrienne se sent ridiculement hésitante, comme une toute jeune fille à son premier rendez-vous. Elle entend Louis chuchoter à son oreille : « Drienne, ça fait un boute que j'te l'ai pas dit, mais j'te trouve ben belle ! » Il mordille le lobe de son oreille en lui susurrant : « T'es belle ! » Sa main aux longs doigts fins se promène nerveusement, sans se presser, sur le ventre tiède d'Adrienne, qui frémit sous la caresse. Encouragé, il pose tendrement ses lèvres sur son cou puis sur sa bouche conquise. Plus les caresses deviennent intenses, plus elle écarte toutes questions sur ses sentiments. Elle répond à ses baisers en tressaillant de bien-être et chasse de son esprit l'image dérangeante d'une mouche qui se laisse prendre dans une toile d'araignée. Louis accentue l'ardeur de ses baisers. Ses grandes mains douces et chaudes palpent chaque parcelle de son corps frémissant. Adrienne jouit de chaque instant de cette torture sensuelle, exacerbée dans l'attente du plaisir suprême. Elle anticipe le moment savoureux, sublime où son corps explosera en un feu d'artifice.

Le baptême de bébé Lucien a lieu à l'église Saint-Antoine de Padoue. Il en avait d'ailleurs été de même pour sa sœur Lucienne.

Que de joie procurent à Adrienne ses deux enfants, ses trésors, au centre d'une existence terne. Depuis cette soirée pluvieuse du mois de mai où elle s'est laissée surprendre par cette invite insensée, le devoir conjugal ne fait plus partie des besoins pressants de la jeune femme. Irritée, déçue que Louis lui refuse toujours le mariage, elle lui en garde rancune. Le charme de leurs premiers mois de vie commune s'est estompé depuis belle lurette, balayé par un vent de décrépitude prématurée. La vie conjuguée à ses obligations reprend le dessus et la tâche d'Adrienne s'accroît de plus en plus. Voir aux bons soins de ses deux jeunes enfants et s'occuper de l'entretien ménager, sans négliger son travail de barbière, voilà qui l'accapare de l'aube jusque tard en soirée. Louis, quant à lui, jacasse, gosse ses babioles et traîne la savate.

Assez, c'est assez ! Le concubinage ne lui aura été profitable d'aucune façon. Elle n'en peut plus et ne tolère plus le comportement irresponsable de ce bonhomme sans moelle. Pauvre folle, comment s'est-elle laissée ainsi berner ? S'il s'est figuré se l'attacher en lui faisant un deuxième enfant, il ne sait pas à qui il a affaire. Adrienne Tétreault, qui ne sera manifestement jamais madame Lecompte, ne fera pas rire d'elle longtemps. Tant qu'à endurer le poids de la honte, autant le faire sans traîner un poids mort. Pourtant, elle a espéré ce mariage. Chaque fois qu'elle a abordé le sujet, monsieur offrait de plates excuses pour remettre à plus tard la discussion. Après la naissance de Lucien, elle a insisté, encore une fois, pour qu'il l'épouse. Elle assume, pour elle-même, le déshonneur d'une vie commune hors mariage, mais ses enfants doivent vivre au sein d'une vraie famille. « Les hommes portent toujours le chapeau. » Il en est autrement pour les femmes, qui subissent les assauts des ragots et des pressions religieuses. Pour l'instant, son entourage les croit mariés, mais un jour, les gens découvriront la vérité. Tout se sait.

Lors d'une ultime tentative pour convaincre Louis de l'épouser, Adrienne ne le laisse pas s'en tirer avec de déplorables excuses. Acculé au pied du mur, il n'a plus le choix de lui révéler son terrible secret qu'il n'a jamais divulgué à quiconque. Piteux, il lui avoue :

– Drienne... Écoute, on peut pas s'marier. Heu ! J'suis déjà marié.

Adrienne est sidérée.

– Quoi ? Es-tu fou, t'as perdu la tête ? C'est tout c'que tu trouves comme excuse ?

Tête basse, fautif, mais, plus encore, craintif, Louis attend que la tempête passe. « Y faut pourtant qu'elle comprenne. »

– Marié ? Pis avec qui, dis-moé don ?

– Ben… Quand j'ai été vivre en Ontario, à Parry Sound, j'travaillais sur la coupe de bois pour le ch'min d'fer. J'ai fréquenté une fille, une Indienne. On s'est mariés pis on a eu des enfants. On est restés ensemble plusieurs années, pis y'a eu une chicane avec un d'ses frères; j'ai dû partir du coin assez vite ! Je l'ai jamais r'vue, mais est encore ma femme.

La jeune sœur de sa femme avait été la cause de la dispute, mais de cela, il n'en dit rien à Adrienne.

– Je t'en ai pas parlé avant... Ben, j'pensais pas que tu tenais tant au mariage. Écoute, Drienne, on peut continuer comme ça. On s'arrange ben. On a nos p'tits, pis l'commerce. Qu'est-c'qu'on peut d'mander de mieux ?

Louis avait espéré que péché avoué…

Adrienne fulmine, ses yeux éjectent les feux de sa colère. Jamais elle n'avait imaginé entendre une telle absurdité. « Des enfants, il a des enfants d'une autre femme. Quel genre d'homme que c'est ça ? C'te torrieu-là est rien qu'un courailleux, un beau parleur pis un maudit menteur ! » Elle lui sert sur un plateau sa fureur et sa rancœur, qui mijotent depuis des mois.

– Ben là, mon Ti-Ouis, j'en ai assez de tes ment'ries ! T'es rien qu'un paresseux, un lambineux. Je m'éreinte à travailler pendant que tu gosses pis que tu jongles à des niaiseries. J'pensais que t'avais plus d'ambition que ça. Tu m'as ben eue avec tes belles paroles. Par-dessus l'marché, tu m'annonces que t'es marié pis qu't'as des enfants au bout du monde. C'est l'boute !

Guidée par la rancœur et l'amertume, ses lèvres pincées à blanc et le regard en furie, elle lui annonce sans ménagement :

– Je retourne à Saint-Henri pis j'amène les enfants avec moé. T'auras tout l'temps voulu pour tes inventions de pacotilles ou pour retourner à ton Indienne, si l'cœur t'en dit.

Louis connaît assez Adrienne pour comprendre que le verdict est tombé et qu'il ne sert à rien d'essayer d'ajouter à sa défense. Il a joué, il a perdu.

Quelques jours suffisent à Adrienne pour rassembler ses affaires. Sans avoir déragé une minute, elle quitte l'homme avec qui elle a vécu cinq ans, espérant qu'il lui propose un jour le mariage.

RETOUR À SAINT-HENRI

Francis et Théonile avaient quitté le parc Cartier à la suite du départ de la maison de leurs sept enfants, maintenant tous mariés. Le logement de sept pièces et demie était devenu beaucoup trop grand et trop onéreux pour le couple.

Francis et Théonile ont emménagé dans un logement sur la rue Notre-Dame, pas très éloigné de l'église Saint-Zotique, qui leur convenait mieux. Francis s'adonne toujours à la menuiserie, mais les temps sont difficiles. Le krach de 1929 a encore appauvri la population, qui déjà vivotait et tirait le diable par la queue. Cette catastrophe a surpris et ruiné nombre de familles richissimes, qui durent rejoindre dans la misère les familles de basses classes partout en Amérique. Les privations, la faim et le froid imprègnent les villes et les campagnes. Le travail se fait rare pour finalement ne donner que quelques malheureux sous. Beaucoup n'ont pas le choix de se soumettre à la charité. La misère, comme un spectre effrayant, longe les rues et les ruelles, enveloppe les miséreux de honte et de désespoir.

Plus chanceux, Francis trouve toujours du travail ici et là. Il arrive même assez fréquemment, à cause de ses habiletés reconnues, que des bourgeois du bas de la montagne l'engagent pour de menus travaux.

À cette époque, Alma et son mari Patrick habitent à Verdun. Le propriétaire engage Francis pour refaire toutes les boiseries de ses quatre logements de la rue Church, sur le tronçon de rue entre le boulevard Lasalle et la rue Wellington. Un contrat inespéré.

Le *landlord*[29], communément nommé, d'origine italienne, avait prudemment jugé bon de ne pas placer tous ses œufs dans le même panier. Travailleur et intelligent, il avait su se protéger d'un éventuel désastre. Peu avant la guerre de 1914, il avait immigré au Canada, espérant améliorer son sort. De longues années de travail acharné suivies de placements de « bas d'laine », puis l'investissement dans l'immobilier lui auront évité la catastrophe.

Reconnaissant envers la Providence d'avoir du travail encore pour quelques semaines, Francis prend le temps d'aller se recueillir tous les matins à l'église Notre-Dame-des-Sept-Douleurs. L'imposante église domine l'angle des rues Church et Wellington, tout près du logement des Anderson. Francis remercie le ciel de le préserver, lui et sa famille, de la pauvreté absolue, grâce à son travail, modeste mais presque continu. Il en a toujours été ainsi, d'ailleurs. La famille Tétreault ne s'est jamais vautrée dans la richesse, mais il y a toujours eu du pain sur la table. Francis le reconnaît, et il se sent redevable.

Ce matin-là, ses dévotions terminées, il fait son signe de croix puis il se lève. Sortant de son banc, il croise monsieur le curé qui vient tout juste de terminer ses confessions matinales.

– Bonjour, Monsieur Tétreault. Ça va bien ce matin ?

– Ben sûr, M'sieur l'Curé, tant que l'ouvrage est là...

– Tant mieux ! Tant mieux ! Monsieur Tétreault, je connais votre réputation de menuisier, et je crois que vous êtes l'homme qualifié pour effectuer un travail qui me tient à cœur depuis fort longtemps.

– J'suis vot'obligé, M'sieur l'Curé ! J'suis ben honoré que vous pensiez à moé.

– Francis, je peux vous appeler Francis ? On m'assure que vous êtes consciencieux et talentueux. Par conséquent, je n'hésite pas un instant à vous confier la construction de nouvelles portes pour l'église, les grandes portes avant ainsi que les portes latérales. Une tâche gigantesque, mais j'ai confiance en vos capacités.

La satisfaction du curé est d'autant plus grande du fait que le travail est rendu possible grâce à l'appui financier de généreux paroissiens.

– M'sieur l'Curé, j'peux faire l'ouvrage, c'est sûr, pis j'vas la faire avec honneur. Vous le r'grett'rez pas, fiez-vous à moé !

Francis est tout heureux d'annoncer la nouvelle à Théonile.

Sa femme écarquille les yeux, à la fois fière de son mari et heureuse de cette manne descendue du ciel.

– C'est tout comme travailler pour le bon Dieu en personne. Oh ! Francis, comme je suis fière de toé !

Humble, Francis raisonne sa femme.

– T'énerve pas comme ça, Théonile. C'est vrai que l'bon Dieu nous bénit encore une fois; on peut dire grand'ment merci.

Au temps venu, Francis s'acquitte de son travail avec ferveur et respect. L'image de saint Joseph, le charpentier, s'impose un instant à son esprit, tandis qu'il manipule ses outils. Il éprouve une grande satisfaction à pratiquer le même métier que ce saint personnage. Aussi, en exécutant ce travail, Francis a l'impression de rendre une parcelle de ce qu'il reçoit.

Francis est loin de s'imaginer que son travail sera, un jour, admiré de ses petits-enfants et de ses arrière-petits-enfants.

Théonile a toujours su composer avec la pauvreté. L'argent que gagne Francis ajouté à son sens de l'organisation leur procure une existence assez convenable. Malgré les privations, les Tétreault se sentent comblés. À cause de la crise, il n'est plus question de beurre sur le pain ou de sucre dans le café; encore faut-il qu'il y ait du café. Chacun des aliments est quantifié et pesé. Les familles sont assujetties aux *tickets* d'approvisionnement. Délestée de sa grosse famille, Théonile reçoit néanmoins, chaque dimanche, l'un ou l'autre de ses sept enfants avec sa famille.

Ce matin-là, lorsque Théonile reçoit l'appel téléphonique d'Adrienne, elle est perplexe. Elle ne sait trop si elle doit s'en réjouir ou s'en affliger. Sa fille lui annonce qu'elle quitte Louis et revient vivre à Saint-Henri. Le ménage de sa fille tourne de l'œil, elle le sait. Pourtant une séparation avec deux enfants en bas âge… Elle s'interpose : « Drienne, tu y penses pas ? » Mais Adrienne est ferme dans sa décision. Elle lui annonce, du même souffle, qu'elle souhaite partager leur logement. Théonile imagine la situation. Sa fille doit être au bout du rouleau pour piler sur son orgueil et solliciter son aide. Adrienne assure qu'elle retournera travailler à la manufacture; elle paiera sa part du loyer et de la nourriture. D'une voix mal assurée, elle dit encore : « Vous pourriez prendre soin des p'tits pendant que je s'rai à l'ouvrage. » Adrienne avait hésité avant d'imposer les enfants à sa mère, mais comment faire autrement ? Elle verrait plus tard à réorganiser sa vie.

Cet après-midi du mois de juin 1930, Adrienne, la petite Lucienne, âgée de cinq ans, et Lucien, âgé de trois ans, se présentent à la porte des grands-parents Tétreault. Après avoir repris sa place à la manufacture, la vie suit son court pour Adrienne et sa famille. Le contremaître connaissant la jeune femme depuis longtemps, grâce à la qualité de son travail, avait accepté de la reprendre, et ce, malgré « la crise » qui l'oblige à ralentir la production.

Chez ses parents, Adrienne partage la même chambre que ses enfants. Cette femme n'est pas du genre à se laisser déprimer. Mère célibataire avec deux jeunes enfants à sa charge, elle prend les guides avec l'intention de se défricher une parcelle de vie bien à elle. Pour le moment, elle a un toit et un emploi, grâce au ciel. Il est évident qu'elle ne roule pas sur l'or. Malgré cela, elle se compte chanceuse. La méthode du travail *à la job*[30] de la manufacture lui est profitable et elle arrive à obtenir un salaire raisonnable. Déterminée à pourvoir à ses besoins et à ceux de ses enfants, elle travaille avec acharnement. Après sa journée de travail, elle aide sa mère à préparer la table pour le souper; ensuite c'est la vaisselle, puis elle s'occupe de coucher les plus jeunes. Presque tous les soirs, elle entreprend une ou deux brassées de lessive, à genoux devant la baignoire, à frotter sur la planche à laver. Théonile autant que sa fille s'acquittent vaillamment de cette tâche. Heureusement, Adrienne est dotée d'une constitution robuste et le travail ne lui a jamais fait peur. Et, depuis un certain temps, la santé de sa mère la préoccupe, même si jamais elle ne se plaint. Malgré cela, elle ne tient surtout pas à lui être un fardeau.

Théonile se sent souvent fatiguée. Elle fait une petite sieste lorsque les enfants jouent dehors. Elle ne révèle surtout pas à sa fille ni à Francis qu'une douleur au ventre la terrasse de plus en plus fréquemment. « C'est rien, se dit-elle. Après toute, j'ai porté neuf enfants, c'est normal d'avoir des p'tits bobos ! »

Adrienne adore sa mère et tend à lui faire plaisir. Sachant que Théonile a toujours apprécié les sorties, elles se rendent au théâtre, de temps à autre, ou elles se paient un petit souper au restaurant. De retour à la maison, Théonile se sent toujours ragaillardie. Elle affirme joyeusement :

— Ma fille, quoi de mieux qu'une p'tite sortie pour se r'monter l'taquet.

— C'est vrai, m'man ! On va faire ça plus souvent.

FRÈRE ET SŒUR

Un cocon protecteur enveloppe la tendre enfance des enfants d'Adrienne. Ce bonheur tranquille, entourés de leurs grands-parents qu'ils adorent et d'une mère aimante mais sévère, tempère l'absence de leur père. L'absence, une faille entre l'âme et le cœur, blessant insidieusement, pour ne laisser qu'une infime cicatrice à fleur de raison, marquant l'individualité.

Lucienne est une fillette timide et réservée, contrairement à son frère, un tantinet facétieux.

Ce matin-là, elle n'en est pas à sa première surprise en ce qui concerne son petit frère.

— Lucien, qu'est-c'que t'as faite là ? Moman va t'donner toute une volée !

Lucienne venait de surprendre son frère en train de relever sa culotte. Le p'tit snoreau s'était accroupi et avait déféqué au bas de la porte de l'épicier qui avait en étalage, dehors devant sa vitrine, des fruits et des légumes.

– Pourquoi t'as fait ça, espèce de niaiseux ?

– C'est lui. Y m'a serré l'bras trop fort pis y m'a traité de p'tit *bum*[31].

– T'as dû faire un mauvais coup !

– Non, j'ai rien faite.

Âgé de 4 ans, il n'y a rien à son épreuve. La boutade autant que la canaillerie sont pour lui un jeu. Adrienne n'a jamais rien su de sa dernière frasque, ni le commerçant d'ailleurs, car il arrive, et cela est très détestable, qu'un chien crotte[32] sur le trottoir. Après coup, Lucienne et son p'tit frère ont ri follement de sa bêtise. Il ne serait jamais venu à l'idée de la fillette de faire une chose semblable. Cependant, elle imagine la scène et trouve ça drôle à mourir.

Vers l'âge de 6 ans, le petit Lucien devient audacieux et sait ce qui lui plaît. Il sait aussi de quelle façon parvenir à ses fins. Un jour, il insiste auprès de sa sœur pour qu'elle l'accompagne aux p'tites vues. Ils se rendent à pied à Verdun en traversant le petit pont du canal Lachine, puis descendent la rue Church jusqu'à la rue Wellington. Arrivé devant la façade du cinéma, évidemment sans le sou, Lucien attache son regard aux affiches publicitaires, ses grands yeux brillant de convoitise. Il se compose un air de petit chien aux yeux tristes et jette un coup d'œil vers sa sœur. Celle-ci, en retrait sur le trottoir, se demande ce que manigance son frère. Le portier, n'étant pas né de la dernière pluie, n'est pas dupe du manège de l'enfant. Néanmoins, il toise sévèrement le garçon et dit : « Entrez pour c'te fois-là. » Normalement, le portier s'assure que les gens paient leur entrée. À l'occasion, il se laisse néanmoins attendrir. Il n'est pas rare qu'un ou deux sauvageons, à la culotte déchirée, friands de cinéma, tentent de se ravir une place. La stratégie de montrer sa détresse d'enfant oublié de la société sert souvent Lucien. Le portier préfère ceux-là à d'autres, sans gêne, qui se faufilent et déjouent sa vigilance. Avec le temps, Lucien et sa sœur sont devenus des cinéphiles avertis. À l'automne, le samedi matin, ils se rendent au cinéma Palace, les samedis après-midi au cinéma Park, puis, le dimanche, ils s'aventurent jusqu'au cinéma Savoie, rue Sainte-Catherine. Adrienne n'y voit pas d'inconvénient mais les somme de s'asseoir près d'une porte de sortie. Elle leur prépare une collation : un sandwich au *baloné* avec un kik-cola. Régulièrement, ils visionnent deux représentations. Le frère et la sœur ne se lassent jamais des comiques tels que Charlie Chaplin, Laurel et Hardy ou, encore, les frères Marx.

Ce dimanche midi, ils se rendent au cinéma Park, le cœur léger, tout à leur bonheur de se promener en tramway, un sandwich sous le bras. Le film est si captivant qu'ils n'hésitent pas à le regarder une troisième fois, oubliant l'heure tardive. Inquiète, au bord de la crise de nerfs, n'y tenant plus, Adrienne se décide à téléphoner au cinéma. « Les p'tits verrats ne peuvent qu'être là. J'vas leur en faire, moé, rester dehors à cette heure-là. Y vont y goûter ! » Le préposé les repère assez aisément et les incite à retourner à la maison. « Vot'mère vous attend avec une brique pis un fanal ! » Malgré toutes ses tactiques de charme, Lucien ne parvient pas à se soustraire à la fessée. Adrienne n'en fait usage que lorsqu'elle est très exaspérée. Lucienne se tire d'affaire avec une réprimande car, bien qu'elle soit l'aînée, sa mère sait pertinemment que c'est Lucien qui l'entraîne. Elle le connaît, son garçon, comme si elle l'avait tricoté. Conséquemment, le droit d'aller au cinéma leur est enlevé pour un mois. Comme de raison, le petit coquin trouve le moyen de contourner l'interdiction. Il utilise son talent de comédien pour jouer l'enfant en peine devant sa tante Albertine. Les yeux rieurs de sa tante et son sourire en coin assurent l'enfant de sa victoire. Albertine, trop heureuse de jouer ce tour sans grande conséquence à sa sœur, ne résiste pas aux finesses de son neveu, si désarmant. Matante Bartine leur alloue chacun 10 ¢ pour le cinéma et quelques sous pour une gâterie. Allègrement, le frère et la sœur se rendent à leurs chères p'tites vues sans trop penser que désobéir à leur mère comporte toujours le risque de goûter à la *strappe*.

Attendri, grand-père Tétreault regarde grandir son petit-fils. Il a tendance à excuser ses frasques : il lui rappelle tellement son garçon Armand, dont les moqueries et les coups pendables accusaient son trop-plein de vitalité.

LA MAISON DE VILLE LASALLE

Depuis quelques semaines, Francis est distrait, préoccupé, ou plutôt rêveur. Souvent, Théonile le rappelle à l'ordre. « Fis, t'es encore dans lune ! » Comme un enfant qui désire un joujou à Noël, ce qui ne lui ressemble pas, Francis s'adonne à la rêverie. Il jongle sans cesse à ce projet qui depuis peu occupe son esprit. Il se fait du mauvais sang à cause de ce que sa femme pourrait en penser.

Un entrepreneur de sa connaissance lui a parlé, il y a quelque temps, d'un terrain à vendre situé à Ville Lasalle, au sud-ouest de Montréal. Il ne s'agit pas d'un terrain de grande surface, mais suffisant pour se construire une maison et profiter d'une petite cour arrière et d'un parterre à l'avant. Il se dit que toute la famille pourrait s'y réunir de temps à autre, comme dans le bon vieux temps à Saint-Jean-Baptiste. Le prix du terrain s'avère abordable. Le propriétaire, éprouvant des difficultés financières, espère une vente rapide. Francis tourne en rond et réfléchit à la façon d'aborder le sujet avec sa femme. Théonile, qui tient les cordons de la bourse, n'est pas tellement malléable lorsqu'il s'agit de dépenses. Il réfléchit ainsi : « Ach'ter un terrain, c'est un investiss'ment. Y devrait ben y'avoir quequ'chose à faire. » Le cher homme est loin de se douter qu'une surprise de taille l'attend.

En effet, ce soir-là, lorsque son mari revient du travail, la mine préoccupée, Théonile le reçoit dans une condition s'approchant de l'hystérie. Habituellement, cette femme au caractère toujours si pondéré, dans la joie comme dans l'infortune, garde ses émotions en bride. Pourtant, ce soir, Théonile se trouve dans un état irrationnel. Entre ses doigts fébriles, elle transporte d'un bout à l'autre de la cuisine une lettre friponnée, ayant été lue et relue.

– Francis ! Francis ! Tu peux pas t'imaginer c'qui nous arrive ! Lis ça !

Elle lui tend la lettre, sa main encore tremblante. Étonné par tant d'excitation de la part de Théonile, il prend la lettre. Indifférent, il la regarde. « Encore d'la visite des États, je suppose. » Ces temps-ci, il n'a vraiment pas la tête à ça.

– Bon sang, Francis, vas-tu lire à la fin ? C'est une lettre du notaire. Tu t'souviens de ma cousine Georgianna qui m'avait aidée à avoir mon poste de maîtresse d'école ? Ça fait des années que j'ai eu d'ses nouvelles. Lis, Francis, lis. C'est écrit dans lettre que ma cousine… la pauvre, est morte. (Théonile se signe de la croix.) Que Dieu ait son âme ! C'est écrit qu'elle nous laisse un petit héritage. Pauvre cousine, une si bonne personne ! Pour sûr que l'bon Dieu l'a reçue au paradis.

Théonile jette un regard des plus malicieux à son mari qui, lui, reste planté là, les bras ballants, incrédule, attendant la fin de ce flot de paroles.

– Francis, écoute-moé ben ! Attendu que ma chère cousine a pensé à nous autres, ben, tu vas l'avoir ton terrain.

– Quoi ? Qu'est-c'que tu dis là, Théo ?

Francis secoue la tête et regarde sa femme comme si elle avait perdu la tête.

– De quoi tu parles, ma femme ? Quel terrain ?

Tout le long du discours de sa femme, Francis s'était senti dans un état second. Il avait espéré entretenir sa femme de ses préoccupations, mais voilà qu'elle lui débite une histoire abracadabrante au sujet d'un héritage et, par-dessus tout, elle lui parle de « son » terrain. Fatigué de sa journée de travail, les nerfs à fleur de peau, le pauvre homme ne comprend plus rien.

— Le terrain à Ville Lasalle. L'autre soir, lorsque t'étais chez Bartine, m'sieur Gauthier est venu t'voir pour t'en parler.

— Théo... Tu savais pour le terrain, pis t'as rien dit ?

Après toutes ces années de vie commune, elle avait réussi encore une fois à le surprendre dans le jardin secret de ses pensées, de ses rêves. Sans le juger, sans le confondre, elle attendait le bon moment pour discuter, pour soupeser le pour et le contre. Cet étonnant petit héritage arrive à point. Théonile, qui a toujours su trouver son bonheur dans les choses simples de la vie, se sent émue et reconnaissante pour cette manne tombée du ciel. À cause de l'indiscrétion de monsieur Gauthier lui révélant le projet de son mari, rien ne peut la rendre plus heureuse que d'offrir à son Francis le moyen de réaliser son rêve de bâtir une maison de ses mains.

Rivé au sol, stupéfié, Francis dévisage sa femme. Il secoue la tête puis lui remet la lettre qui lui brûle les doigts.

— Garde ça, Théonile; c'est à toé, c'est ton argent. Tu t'achèt'ras des robes pis une machine à laver. Comme ça, tu t'éreint'ras pus à quat'pattes dans l'bain. À part ça, toé aussi t'as des rêves...

Selon la loi, Francis est l'héritier puisque Théonile ne peut recevoir d'héritage à son nom. Néanmoins, il le considère comme celui de sa femme.

— Tut ! Tut ! Mon mari, mon seul rêve est de finir mes jours avec toé. Si c'est pour être dans une belle maison bâtie de tes mains, que veux-tu que j'demande de plus au bon Dieu ? Tu prendras l'argent, pis t'achèt'ras ce qu'y faut pour la construction. C'est comme ça que je l'ai décidé.

À l'été 1934 s'amorce un nouveau chantier de construction sur la rue Principale de Ville Lasalle. La maison des Tétreault s'érige, majestueuse comme l'imagine déjà Francis. Aidé d'amis et de ses gendres, le soir et les fins de semaine, il fait la navette entre Saint-Henri et Ville Lasalle. La construction va bon train. Pendant ce temps, Théonile, Adrienne et ses enfants s'accommodent d'un quotidien pas riche, mais paisible.

Adrienne travaille de longues heures à la manufacture. Ses jambes et son dos absorbent la dure réalité du métier de presseuse. Elle ne se plaint toutefois pas, fidèle à sa devise : « Le travail a jamais tué parsonne. » Elle en éprouve d'autant plus de satisfaction maintenant qu'elle a économisé, de peine et de misère, l'argent nécessaire pour la surprise qu'elle s'apprête à faire à sa mère.

Agenouillée devant le bain, Théonile s'use les jointures et se tord les reins à frotter le linge sur la planche à laver. Chacune leur tour, Adrienne et sa mère se partagent cette dure corvée. Là, Adrienne sirote sa tasse de thé, assise au bout de la table. Elle attend. On frappe à la porte. Elle dépose sa cigarette dans le cendrier, se lève et crie à sa mère :

– M'man, on cogne à porte.

– Va ouvrir, Drienne.

Adrienne ouvre la porte.

– Bonjour, M'sieur ! Enfin, vous v'là !

– Bonjour. Madame Théonile Tétreault ?

Le sourire fendu jusqu'aux oreilles, elle acquiesce.

– Oui ! Oui ! Entrez ! M'man, c'est pour vous.

Théonile se présente au salon, le visage rougi par l'effort et la chaleur que dégage l'eau chaude du bain. Sur le coin de son tablier, elle essuie ses mains aussi rouges que son visage.

– Bonjour, M'sieur.

– Madame Tétreault, j'ai une livraison pour vous. Signez icitte, s'il vous plaît.

Elle jette un coup d'œil vers sa fille qui semble bien s'amuser, les yeux pétillants, arborant un drôle de sourire.

– Bon sang, Drienne, on n'a rien commandé. Qu'est-c'que ça veut dire ?

– Signez, M'man !

Dubitative, elle signe au bas du papier puis aperçoit deux hommes en train de monter l'escalier avec une énorme boîte qui semble peser une tonne. « Drienne, c'est quoi c'te boîte-là ? »

– Vous d'vez vous tromper d'adresse. J'ai rien ach'té, moé.

– C'est ben icitte que ça va, pis c'est pésant en batince.

– Veux-tu m'dire, Drienne, qu'est-c'qui s'passe icitte, ma foi du bon Dieu ?

N'y tenant plus, Adrienne s'esclaffe, tandis que les hommes déposent leur lourd fardeau.

– M'man, c'est pour vous ! C'est une machine à laver neuve. Je l'ai achetée à la COOP. Vous vous éreint'rez plus dans l'bain. (Elle ajoute en riant :) Moé non plus d'ailleurs ! J'ai ramassé mon argent pour vous faire une surprise.

Les larmes aux yeux, Théonile embrasse sa fille sur la joue.

– Drienne, ma fille... Marci, marci ben.

***

Au printemps suivant, la construction de la maison de Ville Lasalle est complétée. Sculptées et ciselées avec patience, les boiseries charment l'œil des parents et amis venus apprécier le travail de Francis. La maison se dresse sur deux étages et une longue galerie peinte en blanc rehausse sa façade. Une *bow-window* attenante à la salle à manger laisse entrer les rayons du soleil de l'après-midi. Des pièces spacieuses et bien éclairées accommodent Théonile, qui aime la lumière. Les grands arbres autour de la maison ombrent ses murs et maintiennent la fraîcheur à l'intérieur. De magnifiques portes à carreaux séparent la salle à manger du salon. Le bois verni, incrusté de jolis motifs, encadre les carreaux ciselés.

Francis et Théonile emménagent dans leur nouvelle maison au mois de mai. Toute la famille se présente pour donner un coup d'main aux parents. Comme l'avait souhaité Francis, très vite la maison de Ville Lasalle devient l'endroit des réunions familiales. Adrienne prend une photographie qui demeurera dans les annales de la famille. Elle représente Francis assis fièrement à la table de la salle à manger avec comme arrière-plan les doubles portes à carreaux. On le voit vêtu de son habit d'apparat, le corps droit, le menton relevé, les moustaches bien tournées, une étincelle de fierté et de satisfaction scintillant au fond de ses yeux gris-bleu. Francis jouit d'un bonheur absolu, d'un contentement du travail bien fait, jamais égalé jusqu'à ce jour. Même l'achèvement des portes de l'église Notre-Dame-des-Sept-Douleurs ne lui avait pas apporté autant de satisfaction et de fierté. Là, c'est autre chose. Il s'agit de sa maison.

Aux beaux dimanches d'été, les enfants et les petits-enfants s'y regroupent avec grand plaisir. Cousins et cousines s'en donnent à cœur joie autour de la maison. Les enfants jouent à la tague, aux pompiers, aux cow-boys, et certains d'entre eux, possédant un esprit plus « scientifique », s'adonnent au jeu du docteur.

Chapitre 4

La vie continue

*L*e déménagement de ses parents avait posé un problème pour Adrienne, ses enfants étant trop jeunes pour demeurer seuls à la maison durant ses heures de travail.

Avant son départ, Théonile aussi s'était tracassée, et elle avait remarqué l'inquiétude dans les yeux de sa fille. Un soir, tasse de thé en main, elle s'était décidée à l'interroger : « Drienne, qu'est-c'que tu vas faire pour les p'tits ? » Mais Adrienne avait rassuré sa mère : « T'en fais pas, M'man, j'ai ma p'tite idée. » Après avoir bien pensé à son affaire, la solution lui était apparue fort simple.

Depuis un certain temps, Adrienne ne voyait aucune satisfaction à travailler à la manufacture et la nouvelle contremaîtresse l'avait prise en aversion. Adrienne Tétreault n'étant pas du genre à se faire dire quoi faire, ni comment le faire, alors que son travail est toujours impeccable, dit à la contremaîtresse : « Si j'fais pus vot'affaire, j'sais ce qu'y m'reste à faire, pis j'vous dis ni bonjour, ni merci ! » Elle avait quitté la manufacture de la rue Saint-Laurent sans regret, la tête haute, la brouille lui servant de porte de sortie.

Elle est très contente pour ses parents, ils habitent leur belle grande maison. Il n'en reste pas moins qu'elle a perdu sa gardienne. Se gréer, encore une fois, d'une maison de chambres s'avère, à ses yeux, et sans l'ombre d'un doute, la seule chose à faire. L'avantage d'être à la maison pour les enfants l'a confirmée dans sa décision.

Sa nouvelle maison de chambres sur deux étages se situe sur la rue Notre-Dame, à l'ouest du parc Georges-Étienne-Cartier. La vie étant plus difficile pour les uns que pour les autres, la jeune femme avait profité d'une occasion. Le propriétaire de la maison, fatigué de tirer le diable par la queue, avait décidé de tout vendre et d'aller vivre chez sa fille dans les Laurentides. Après avoir examiné tous les recoins et avoir remarqué les pièces spacieuses, surtout le salon et la cuisine, le tout était à sa convenance.

Adrienne ne perd pas un instant et se met à l'œuvre sans délai. Elle fouille dans sa petite réserve, au fond de son « bas d'laine », pour acheter le papier peint et la peinture. Une fois encore, comme à l'achat de sa première maison de chambres, elle travaille comme une forcenée. Elle s'acharne à enlever l'ancienne tapisserie pour en appliquer de la nouvelle, après avoir gratté la colle restée obstinément accolée au mur. Elle lave plafonds et murs, elle repeint ou vernit, selon le cas, moulures et cadrages. Pour terminer, elle lave toutes les vitres de la maison à l'intérieur autant qu'à l'extérieur, ce qui n'est pas une mince affaire. Cette besogne est répétée méthodiquement, toutes les semaines.

Les travaux de rafraîchissement achevés, une annonce est apposée sur la vitre de la porte avant, afin d'attirer des pensionnaires, choisis scrupuleusement. Adrienne garde en tête qu'il y a ses enfants à prendre en considération. Elle préfère toujours les hommes aux femmes. Ainsi, elle demeure la maîtresse de sa maison. Une anecdote qu'elle se plaira à raconter à ses petits-enfants la fait sourire lorsqu'elle y pense.

En milieu de matinée, peu de temps après l'acquisition de sa maison, Adrienne est à l'extérieur en train de laver la grande vitrine du salon. Il fait un temps splendide. Le soleil brille, une légère brise caresse ses bras nus. . Le chant des oiseaux voltigeant d'une corniche à une autre lui donne des ailes au cœur. La jeune femme se sent heureuse par ce radieux matin de 1935, et cela, malgré la misère environnante frappant tant de gens du quartier, comme partout au pays d'ailleurs. Elle a 36 ans, elle est indépendante et libre de toute attache et elle possède son propre moyen de subsistance; aujourd'hui, la crise et sa détresse n'ont pas d'emprise sur son cœur égayé par tant de satisfactions.

La guenille à la main, elle fait briller ses vitres en fredonnant un air joyeux, un peu grivois, comme elle les aime. Juchée sur un escabeau branlant, elle frotte avec cœur lorsqu'elle s'entend aborder effrontément par un passant qu'elle n'avait pas vu approcher. « Hé ! p'tite mère, tes bas sont ravalés, mais vue d'icitte, t'as une paire de jambes pas mal av'nantes… » Adrienne ne lui laisse pas le loisir de terminer sa phrase; le sang lui fait deux tours dans les veines. Elle se tourne vivement et lui lance sa guenille imbibée d'eau et de savon en pleine figure.

— Prends ça, espèce de cochon !

Le jeune malotru avait avalé du savon et de l'eau avant de jeter rageusement le torchon sur le trottoir.

L'impudent garçon n'avait pu résister à l'envie de s'amuser aux dépens de cette petite bonne femme, *jouquée* en haut de son escabeau. Mal lui en prend, car la « p'tite mère » a plus de caractère qu'il se l'était imaginé. Ne demandant pas son reste, il passe son chemin. Humiliée que ce vaurien s'en prenne à sa tenue, surtout d'une façon aussi cavalière, elle se dit : « Bon, en v'là un qui s'ra plus poli la prochaine fois ! »

Les pensionnaires ou chambreurs, selon qu'ils profitent du service des repas ou non, sont maintenant installés. L'un travaille à la voirie, un autre est conducteur de tramway. Il y a ce monsieur, qui ne désire louer sa chambre que pour un mois. Il y a aussi ce vieux garçon, employé irréprochable des vingt dernières années à la gare Windsor, maintenant retraité. Il aspire au repos, à manger de bons petits plats, à coucher dans un lit douillet et surtout à profiter de la bonne compagnie, le soir au salon, là où des conversations souvent animées s'engagent. Il y a aussi le plaisir d'écouter la radio, la musique douce, les feuilletons radiophoniques, ou encore de jouer aux dames et aux cartes. Tous aiment profiter des soirées au salon de madame Tétreault. De nombreux autres chambreurs s'ajoutent au fil des semaines.

Confortablement établie dans sa routine, Adrienne voit les mois s'écouler au gré des saisons. Pendant ce temps, par ses espiègleries, l'indomptable Lucien fait souvent perdre patience à sa mère, encouragé par les rires des pensionnaires qui l'affectionnent grandement. Le garnement profite des soirées de parties de cartes pour s'amuser aux dépens de son oncle Albert, de matante Anna et de mademoiselle Brodeur, la fidèle amie de sa mère. À l'occasion, après sa longue journée de travail, Adrienne aime beaucoup jouer aux cartes en compagnie de parents ou d'amis. Le quatuor se réunit dans la pièce exiguë, éclairée le jour d'un *skylight*[33] au plafond, entre la cuisine et le petit boudoir. Une table et quatre chaises y ont été installées pour les besoins du jeu. Loin du grand salon, les rires et le brouhaha des joueurs ne risquent pas de déranger les pensionnaires. Au beau milieu de la partie, tout le monde parle en même temps, rit et crie à tue-tête. Une joyeuse tension s'installe. L'un fait une œillade à son partenaire, l'autre jette triomphalement sa carte maîtresse sur la table.

Lucien choisit ce moment pour jouer son as de pique. Sournoisement, il se glisse à l'entrée de la pièce, ferme le commutateur puis prend ses jambes à son cou pour s'enfuir à la cuisine. Tout le monde fait des « Ho ! » et s'interpelle. Sans rien dire, Adrienne se lève et vérifie le commutateur. La clarté revient dans la pièce et personne n'a de doute sur la provenance

de la panne. « Le p'tit vlimeux de sacarna, y m'a encore fait l'coup ! »
Satisfait de l'effet produit, chaque fois plus drôle, il est d'autant plus content d'échapper à la punition, principalement à cause de la présence des visiteurs. C'est trop drôle d'entendre tout le monde crier lorsque l'obscurité survient. Pourtant, cette fois-ci, sa mère s'impatiente. Elle lui administre une « légère » fessée, histoire de lui enlever le goût de recommencer. Adrienne n'aime pas corriger physiquement ses enfants; cependant, lorsque le besoin s'en fait sentir, il arrive qu'elle révise sa conception des choses. Elle se dit que, de temps en temps, ça ne fait pas de mal et ça s'avère nécessaire à l'éducation, spécialement pour des enfants en manque d'un père.

Adrienne occupe la chambre au rez-de-chaussée, à l'avant de la maison. De cette façon, elle contrôle les entrées et les sorties, de manière à garder l'ordre dans la maison. Cette pièce donne sur la rue et une grande fenêtre y fournit un éclairage qui invite à la joie. Aménagée selon son goût et ses besoins, un lit à deux places occupe le centre de la pièce. S'ajoutent une commode avec miroir, une berceuse habillée d'une catalogne de lainage placée devant la fenêtre et une coiffeuse[34] sur laquelle sont étalés ses brosses à cheveux, un peigne, un pot de Noxema et un flacon d'eau de toilette de marque Yardley.

Comme il faut louer le plus de chambres possible pour augmenter les revenus, le frère et la sœur dorment dans la même chambre sur un *hide-a-bed*[35]. Celle-ci est située à l'arrière, près de la cuisine

Lucien mouille fréquemment son lit. Au moment de se coucher, ce soir-là, Lucienne apostrophe son frère :

– T'es mieux de pas pisser au litte à soère, j'en ai assez de m'faire mouiller.

Furieux, Lucien tapoche sa sœur, qui reçoit une taloche dans l'œil. Le lendemain, constatant l'œil au beurre noir de sa fille, Adrienne s'inquiète.

– Qu'est-c'que t'as à l'œil, pour l'amour ?

– C'est lui. Y m'a donné une claque.

– J'ai pas faite exprès, pis elle m'a dit des bêtises.

– Bon ! Bon ! Mes palas blancs, arrêtez d'vous chicaner !

Lucienne n'en reste pas là. Le soir même, pour se venger, elle verse un grand verre d'eau dans le lit, du côté de son frère. Cette fois-ci, Adrienne ne laisse pas passer et sa fille a droit à une verte réprimande. Malgré ces affrontements et ces crêpages de chignon, lorsque l'occasion se présente, Lucienne tend à protéger son petit frère, qui fait le fanfaron et s'amuse à s'en prendre aux plus grands que lui. Inévitablement, le gredin se trouve vite en mauvaise posture. Afin de lui donner la chance de s'enfuir, de ses petits bras graciles, la petite fille s'acharne sur les assaillants avec toute l'énergie de sa rage. Les garçons n'osent pas s'en prendre à une fille… une fille aussi efflanquée. Lucien profite de la diversion pour prendre la poudre d'escampette avec le fou rire.

Ces jours-ci, Adrienne en a plein les bras. Les enfants se montrent détestables et elle doit voir au bien-être des pensionnaires, à l'entretien de cette grande maison, à la préparation des repas, en plus des commissions. Il y a de ces jours où la tâche pèse lourd. Les pensionnaires et les chambreurs nomment familièrement leur logeuse « la mère tablier ». Il y en a toujours un de noué à sa taille. Au moment de sortir, elle l'enlève et le dépose bien plié sur le dossier de la chaise de cuisine, mais sitôt le pied dans la maison, son tablier l'habille religieusement.

Elle vient tout juste de terminer la vaisselle du déjeuner lorsqu'elle entend frapper à la porte. D'un pas tranquille, elle longe le couloir pour se rendre au vestibule. Sans se presser, elle tourne la poignée de la porte d'entrée et se trouve devant… « Ho ! » Un monsieur lui fait face, droit comme un chêne, beau visage, haute stature, les cheveux légèrement ondulés et coiffés sur le côté. L'homme porte un uniforme d'employé de la compagnie du CNR (Canadian National Railway).

– Good day, Madam ! My name is Jos Moore. I beleive you rent rooms…

Adrienne demeure sans voix, le cœur en pétarade.

– Excuse me. I need a room if…

– Ah oui ! Une chambre, ben sûr. Entrez ! Entrez don !

Elle enlève vivement son tablier, replace une mèche de cheveux et l'invite à la suivre d'un geste de la main. Les joues d'Adrienne rosissent; une drôle d'idée traverse son esprit au moment où elle dirige le monsieur vers la seule chambre disponible. Il remarque l'exiguïté de la pièce, mais n'en tient pas compte. La chambrette est douillette et très propre. Des rideaux vaporeux et colorés habillent la fenêtre, qui donne sur la cour. « All right ! » Cela lui convient, d'autant plus que ce n'est que pour un temps indéterminé, ne sachant pas où son travail le conduira.

Chapitre 5

Nouveau pensionnaire

Il y a un temps, qui lui apparaît maintenant si lointain, Adrienne avait cru aimer Louis Lecompte. Depuis, aucun homme n'est venu troubler sa quiétude. Sa vie, d'abord auprès de ses parents, son travail et ses enfants ne lui ont laissé ni le temps ni le goût pour les sentiments. Elle ne veut plus avoir affaire avec les hommes, même si le souvenir de ses amourettes du passé évoque à certains moments la suavité, un peu comme l'exhalaison de fleurs sauvages. Depuis le passage de Louis dans sa vie, son cœur est resté de marbre. Si le besoin lui vient d'être enlacée tendrement, ou si le désir de doux baisers la poursuit, l'évocation des désagréments de cette liaison refroidit ses ardeurs.

Jos Moore, un Ontarien, s'exprime en un français assez éclopé, bien que son accent charme ses interlocuteurs et ajoute à une séduction déjà envoûtante. À l'instant même où il s'est présenté devant sa porte, Adrienne a été conquise, avant même qu'il ouvre la bouche. Pourtant, depuis long-temps, elle se croyait à l'abri derrière un mur d'indépendance, ayant refoulé une affectivité dérangeante.

En certaines occasions, une semaine s'écoule avant que Jos Moore revienne à la maison. Son travail au Canadien National l'oblige à se dé-placer régulièrement. Avec le temps, Adrienne souffre de ses absences. Son éloignement cause un vide dans la maison comme dans son cœur. Tout comme le printemps laissant glisser lentement son manteau de froi-dure hivernale pour apporter joie et réconfort, elle sent renaître en elle la douceur chaude de sentiments enfouis sous un amas de désillusions. La séparation d'avec Louis, le père de ses enfants, lui a laissé un relent d'amer-tume. Maintenant, il semble que bourgeonnent en elle de nouvelles émotions. En présence de Jos, un bien-être enveloppe son cœur comme si un rayon de soleil la couvrait de sa chaleur. Pourtant, dès l'instant où ses yeux croisent les siens, un frisson parcourt son échine. Ces sensations, elle les reconnaît pour les avoir déjà éprouvées. Néanmoins, cette fois-ci, elle est surprise de l'intensité de ses émotions. L'absence de Jos la déconcerte. Elle fait son travail machinalement, ses mains s'activent, mais ses pensées s'envolent comme un oiseau à la recherche du nid. Puis il revient et c'est l'été même en plein hiver. Ressent-il la moindre petite inclination à son égard ? Elle n'en sait rien. Jos se montre gentil, doux; il est toujours poli et à sa place, de bonne compagnie pour tout le monde. Doté d'un caractère joyeux, il aime rire et adore la musique. D'ailleurs, il touche souvent le vieux piano qui trône au fond du grand salon. De temps à autre, pour se détendre, Adrienne joue des airs populaires, au grand plaisir de ses pensionnaires.

Avec le temps, Jos lui est devenu vital, au même titre que l'air qu'elle respire. Si jamais il devait partir... s'il retournait en Ontario ou ailleurs... Cette idée lui est insoutenable.

Un vendredi soir, au retour d'un voyage de deux semaines, il se hâte de déposer sa valise au pied de son lit puis se dirige vers la cuisine. Adrienne est occupée à faire des tartes pour la fin de semaine et ne l'a pas entendu entrer.

– Bonsoir, Madame Tétreault ! Oh ! It smells so good !

Adrienne sursaute. Elle se retourne vivement. Son cœur fait trois tours dans sa poitrine. Si elle ne se retenait pas, elle lui sauterait au cou et l'embrasserait. Deux semaines sans son sourire, sa gentillesse, sa bonhomie !

– Oh, bonsoir, M'sieur Moore ! J'ai pas entendu la porte. Heu ! Vous avez fait bon voyage ? Vous aimeriez un morceau de tarte ? Elles sortent du fourneau.

Sourire en coin, Jos attend la fin de ce flot de paroles. Il a hâte de lui parler et espère se faire bien comprendre. L'enjeu est important. Dans un langage mi-anglais, mi-français, il lui répond :

– Yes ! Maybe later, Adrienne... You... vous permettez que j'vous appelle Adrienne ? It's been a few mounts now that I live here, I mean in the same house, on a appris à se connaître... à s'apprécier. What I mean is, Adrienne...

Il emprisonne dans les siennes les mains menues et enfarinées de la jeune femme et l'invite gentiment à s'asseoir. Le cœur en chamade, la logeuse obéit docilement.

– You're such a good woman ! Pleine d'énergie et de bonté ! Well, I miss you more and more every day while I'm on the train. Je pense toujours à vous. What I'm saying, dear Adrienne, I like you ! Heu ! Will you go out with me, tomorrow night ?

Puis, Jos tend vers Adrienne une petite boîte qu'il tenait cachée dans sa poche de pantalon.

— Ah ! j'oubliais. This is a little souvenir. Just so you know that I'm thinking about you all the time.

Adrienne comprend assez bien l'anglais, néanmoins, elle a écouté très attentivement ses paroles pour être bien certaine de tout saisir. Elle trouve étrange et plutôt plaisant le langage mixte de Jos. Elle essuie ses mains sur le coin de son tablier puis prend la petite boîte en jetant un regard interrogateur en direction de l'homme qui fait battre son cœur si fort. Elle l'ouvre comme s'il s'agissait d'un écrin de grande valeur.

— Que c'est beau ! C'est d'la soie... Merci, Jos. C'était pas nécessaire, c'est trop beau.

— Je tiens à vous, Adrienne. It'been weeks that I think about it, j'me décidais pas ! Well, I was afraid.

— Grand fou ! Pendant tout c'temps-là... moé'si...

Il lui met un doigt sur la bouche.

— Chut ! Come !

Comme pour se faire complices, sans toutefois le savoir, les pensionnaires sont absents. Honoré Fafard est sorti visiter sa famille dans l'est de la ville, Télesphore Trudel est allé à sa leçon de banjo, le jeune Léopold travaille tard ce soir, tandis que les deux pensionnaires de la chambre du fond sont partis au cinéma. Jos entraîne Adrienne à pas lents vers sa chambrette. Il ne veut surtout pas la brusquer. Elle doit être certaine de ses sentiments. Adrienne, quant à elle, se sent comme une enfant entrant la première fois au parc Belmont[36]. Elle glisse doucement sa main dans celle de Jos.

— Allons plutôt dans ma chambre.

— Si tu veux.

Elle a vécu ce moment tellement de fois en pensée. Son Jos l'aime et la désire autant qu'elle. C'est le début d'un grand amour, un amour de toujours, elle le sait, elle le sent. Elle tient à ce que les prémices d'un si grand bonheur aient lieu chez elle, dans sa chambre. Aussitôt que la porte à coulisse est fermée derrière eux, impatient, Jos enlace de ses longs bras vigoureux la fine taille d'Adrienne qui tressaille, comme traversée d'une décharge électrique. Elle tremble de tout son être lorsque, animé d'une passion ardente, Jos la couvre de mille baisers. Il embrasse ses joues, son front, ses tout petits lobes d'oreilles. Elle sent ses mains se faufiler doucement, presque timidement sur ses seins. Sa bouche affamée longe la courbe de son cou pour descendre lentement sur sa poitrine offerte.

– Jos, oh ! Jos, mon amour !

– Je t'aime, Adrienne ! I love you so !

Il soulève ce petit bout de femme tel un chaton qu'on a envie de caresser. Il la dépose tendrement sur le couvre-lit de chenille blanc. Jos défait ses vêtements à la hâte et couvre Adrienne de son grand corps brûlant de désir.

– Will you be mine, mon Adrienne chérie ?

– Jos ! Mon Jos... you my man !

Il la caresse fébrilement de ses mains ardentes, qui n'ont de cesse de découvrir ce corps désiré. Jamais un homme n'a donné de telles sensations à cette femme pourtant libre de toute inhibition. Un amour intense guide les gestes d'Adrienne. Le don de son corps exprime son amour profond pour cet homme. Elle sait que Jos l'aime de la même façon. Ils s'unissent dans une étreinte passionnée, échangeant leur cœur et leur âme en guise de promesse. Elle couvre de baisers fougueux l'homme qu'elle a attendu toute sa vie. Leurs corps se confondent dans un roulé-boulé effréné. Jos retient les poignets de sa compagne au-dessus de sa tête; il aimerait la garder ainsi toute la vie, amoureuse, fragile. Ils se regardent, heureux, comblés, ils n'ont rien à se dire. Que sont les mots lorsque le don intégral de sa personne exprime des sentiments si intenses ? Les amants sont surpris et même affolés devant l'intensité de leur passion. Néanmoins, il leur tarde de se retrouver.

Jamais Adrienne n'a connu un si grand bonheur, une telle volupté. Une pensée furtive traverse son esprit. Quelques-unes de ses amies lui ont avoué ne prendre aucun plaisir à la « chose ». Un jour, lors d'une conversation de cuisine entre femmes, Solange, femme instruite et intéressée par le comportement conjugal des femmes de son entourage, avait exposé son point de vue avec verve. « ... la notion du " devoir " tue le plaisir de certaines femmes, leur amour s'étiole devant la maladresse et souvent même l'égoïsme du mari. Je suis d'avis que... » Remarquant l'embarras de ses amies regroupées autour de la table, elle s'était tue. Aucune d'elles n'avait osé émettre de commentaire.

Les pensionnaires se sont fait à l'idée de surprendre madame Tétreault et monsieur Moore en tête-à-tête et, le matin, de les voir sortir ensemble de la chambre d'en avant. Quant à lui, Télesphore, ce monsieur entre deux âges, s'offusque du comportement de la patronne, mais ça ne le regarde pas et il garde ses impressions pour lui.

Lucienne et son frère aiment beaucoup Jos, qui le leur rend bien. Il les gâte et les amuse en jouant aux cartes ou aux dames. La présence de Jos devient, avec le temps, naturelle pour les enfants. Il leur est agréable de constater que tous les quatre forment une vraie famille. À l'occasion, surtout les dimanches après-midi, les enfants ont la mission d'aller chercher des hot-dogs et des patates frites au restaurant chez Lalumière, une expédition d'une bonne demi-heure. Les petits longent sans se presser la rue Sainte-Marguerite, ils traversent la voie ferrée pour continuer sur la rue Saint-Jacques et ils se dirigent ensuite vers Saint-Antoine. De là, ils se rendent au rond-point du terminus d'autobus et de tramway Lalumière, là où se trouve le restaurant. Peu avant le retour des enfants, Jos et Adrienne, tout sourire, sortent furtivement de la grande chambre.

Lors des belles soirées étoilées d'été, les citadins, assis sur la galerie avant, se languissent et aspirent à un peu de fraîcheur. Certains soirs, la tiédeur humide fait bouillonner le sang des amoureux, et Adrienne et Jos s'y laissent prendre. Les enfants y voient une autre occasion de se rendre au restaurant chez Lalumière pour une petite gâterie. Éclairés d'un rayon de lune, ils marchent côte à côte et se réjouissent de l'aspect plutôt inusité de leur petite excursion. Ils longent les rues sans crainte, remplis de l'excitation d'enfants en escapade. Ces petites promenades nocturnes leur valent 25 ¢ chacun, qu'ils utilisent pour le cinéma de fins de semaine.

De temps à autre, Lucien fait l'école buissonnière. Il utilise alors ses sous pour aller voir un film, en semaine. Le garçon exècre les bancs d'école, éprouvant des difficultés d'apprentissage; par contre, il n'a aucune difficulté à énumérer les noms des acteurs et des actrices de cinéma.

LUCIENNE AU COUVENT

À cette époque où la misère éprouve la grande majorité des familles avoisinantes, Adrienne estime que sa vie n'est pas trop misérable. Elle se trouve même favorisée, car sa maison de chambres lui rapporte un revenu acceptable qui lui permet de nourrir ses enfants et de les habiller convenablement. De plus, Jos contribue à certaines dépenses de la maison. N'en déplaise à son caractère impérieux et indépendant, Adrienne a dû se soumettre car, à cause de leur relation, Jos refuse de ne verser que le prix de location de sa chambre. Faire partie de cette famille le rend très heureux et il compte bien s'acquitter des obligations qui s'y rattachent.

En septembre, Lucienne entreprendra sa quatrième année scolaire. La fillette a toujours été studieuse et démontre une facilité étonnante pour apprendre; Adrienne croit donc bon d'envoyer sa fille au couvent des sœurs pour qu'elle y reçoive une meilleure éducation à tous points de vue. Elle est déterminée à faire tout ce qui est en son pouvoir afin que sa fille bénéficie d'une meilleure chance qu'elle-même. Sa propre déception d'avoir dû quitter l'école très jeune lui rappelle l'importance de l'éducation.

En apprenant la nouvelle, Lucienne pleure toutes les larmes de son corps devant ce qu'elle considère comme une injustice. Elle souffre à l'idée d'être éloignée de chez elle. Sa mère demeure néanmoins inflexible, convaincue du bien-fondé de sa décision. Mais, à 10 ans, comme toutes les petites filles, Lucienne a soif de plaisir enfantin. La rigidité structurale du couvent l'effraie depuis que la sœur d'Annabelle, son amie, couventine depuis deux ans, a raconté les tenants et les avenants du quotidien au couvent. Malgré son indignation, en septembre, Lucienne y fait son entrée avec la triste sensation d'être conduite à la prison. Quelle faute a-t-elle commise pour mériter ce traitement ?

Cependant, au fil des semaines, la fillette s'intègre doucement. Contrairement à son frère, Lucienne aime étudier, acquérir des connaissances. Les longs tableaux, les manuels de classe, les pupitres bien alignés de même que l'odeur caractéristique de menus articles, tels les crayons à mine, les gommes à effacer, les cahiers brouillons, tout cela crée une ambiance stimulante atténuant son amertume. En classe, elle se sent bien, presque heureuse. Avide de connaissances, s'instruire est pour elle un plaisir depuis qu'elle est toute petite. Sa curiosité insatiable la fait s'intéresser à tous les sujets. D'ailleurs, les religieuses, qui ont vite remarqué son intérêt pour l'instruction, apprécient Lucienne. Elles voient en elle une élève studieuse et docile. Un jour, pourtant, sa curiosité et sa soif d'apprendre lui jouent un mauvais tour.

Fin octobre, vers la fin de la matinée, la leçon d'histoire se déroule dans le calme. Lucienne est concentrée sur un manuel, tandis que la religieuse interroge les élèves, une à une, sur un sujet donné. Lorsque vient son tour, sœur Constance pose sa question.

— ......

Pas de réponse. Une fois encore, la religieuse pose la question.

– ....

D'un ton impatient, sœur Constance répète la question une troisième fois. Comme elle n'a toujours pas de réponse, énervée, elle soupire puis se dirige à petits pas vers le pupitre de son élève. Les autres filles suivent la scène avec le plus grand intérêt. Le nez dans son livre, Lucienne était captivée par sa lecture et n'avait eu connaissance ni des questions, ni de l'approche de l'enseignante. Sœur Constance frappe bruyamment avec sa baguette sur le livre. La fillette sursaute, au bord de l'évanouissement. Son visage prend les couleurs d'une tomate mûre à point. La religieuse invite l'écolière à faire voir son livre.

– Lucienne, ma fille, que lisez-vous donc qui soit si intéressant ?

Le cœur battant, le visage écarlate, avec crainte et déférence, la pauvre Lucienne tend le livre. Après y avoir jeté un regard, l'enseignante se rend compte qu'il s'agit d'un livre d'histoire générale de septième année. En fait, Lucienne est tellement passionnée d'histoire que le manuel de sa classe l'ennuie. Elle dévore celui des classes supérieures comme un récit d'aventures palpitant. La religieuse toussote puis remet le livre à l'enfant.

Il est bien que vous vous intéressiez à l'histoire, mon enfant, mais en classe, vous devez être attentive à ce qui s'y déroule. Vous ferez vos lectures aux périodes assignées à cet effet.

Lucienne est grandement soulagée de s'en tirer à si bon compte, tandis que ses compagnes gloussent.

Maladivement timide, Lucienne ne se mêle pas à ses compagnes de pensionnat. Dans ses temps libres, elle s'isole sur son lit du grand dortoir ou à la salle de lecture pour lire et étudier. Elle ne trouve aucun plaisir à s'émoustiller comme le font ses compagnes. Elle ne comprend pas leurs rires, leurs babillages. Pour elle, la vie de couvent n'est qu'une punition pour quelque chose qu'elle n'arrive toujours pas à définir. Si l'enseignement et le goût du savoir n'avaient pour elle un intérêt si marquant, ses journées ne seraient que grisaille. Lorsque sa mère vient la chercher pour passer quelques jours à la maison, ses sentiments se partagent entre la jubilation et une rage secrète de ne pouvoir demeurer chez elle, comme son frère.

Le délicieux mois de juin, entraînant dans son sillage la chaleur, le chant des oiseaux et les vacances d'été, remplit le cœur de la fille d'Adrienne d'une joie innommable.

À la maison, elle partage toujours la chambrette de son frère. Adrienne a aménagé une demi-cloison afin de protéger l'intimité de chacun des enfants. Ils s'en accommodent, heureux d'être enfin réunis, pour quelques mois à tout le moins. Comme autrefois, ils vont au cinéma ou à la plage à Stony-Point bordant une petite île, entre Lachine et Pointe-Claire. Le frère et la sœur nagent ou s'éclaboussent dans l'eau puis, lorsque la faim se fait sentir, se régalent d'un petit goûter préparé à leur intention. Vers la fin de l'après-midi, ils reviennent, le cœur léger, ne concevant pas de fin à ces jours de bonheur tranquille. Leurs escapades du dimanche, au restaurant Lalumière, les réjouissent encore. Complices, ils affichent un air entendu.

Certains dimanches, toute la famille se rend à Ville Lasalle, à la maison de grand-père Tétreault. Les enfants d'Adrienne retrouvent alors quelques cousins et cousines pour s'amuser. Tous les petits-enfants de cette grande famille Tétreault adorent leurs grands-parents et éprouvent un vif plaisir à les visiter. Théonile, fidèle à elle-même, se montre sévère, mais équitable. Les petits n'ont pas droit à tous les caprices ou espiègleries. Elle les reprend avec patience et équité. Francis, quant à lui, observe d'un œil ravi cette joyeuse agitation qui le comble.

Lucienne aime également se rendre à Saint-Jean-Baptiste pour les pique-niques familiaux. Tout le monde se retrouve alors à la maison dans laquelle sa mère, ses oncles et ses tantes sont nés. Des cousins de Théonile, Ti-Jos et Georges Gélineau, habitent maintenant la grande maison de campagne. Ils accueillent avec plaisir, une à la fois, les familles, ou le clan Tétreault au complet. Ces jours-là, il y a du monde partout, à l'intérieur comme à l'extérieur de la maison. Quelques mères se bercent sur la galerie, souvent avec un petit sur les genoux. Elles papotent de cuisine et parfois, lorsque les hommes se trouvent à l'écart, elles se permettent de petites grivoiseries. Des éclats de rire volettent alors à tout vent. Tantôt, elles règlent le sort du monde... bien mieux que leurs hommes le feraient eux-mêmes; évidemment, tantôt, elles discutent de courtepointes

Un de ces après-midi d'été idylliques, la famille participe à une séance de photographie fort amusante. Un vieux boghei oublié à côté de la maison, maintenant utilisé qu'occasionnellement, sert d'accessoire. Riant et caquetant, les tantes et les oncles, entourés de leurs rejetons, s'y entassent, une famille à la fois, puis sourient au « kodak ». En une autre occasion, Albert et sa femme Anna posent fièrement, assis sur le marchepied de son automobile Ford. Ensuite, l'une après l'autre, Alice et Adrienne se tiennent auprès de leur frère pour la pose. Ce jour-là, Adrienne avait insisté auprès de son frère pour qu'il lui donne des leçons de conduite. Par la suite, chaque leçon était une occasion de fou rire, le frère et la sœur s'amusant comme des enfants.

Au cours de ces visites chez les cousins Gélineau, la marmaille court partout, se dispute ou invente des jeux. Le soleil et le beau temps couronnent toujours ces journées mémorables pour tous.

Lucienne, quant à elle, garde un souvenir impérissable de ces dimanches. À l'automne, au retour au couvent, elle foule son cœur de ces brindilles de réjouissances puis, durant les longs mois d'hiver, elle se languit de ces agréments estivaux.

L'ACCIDENT

Adrienne est heureuse, mais elle éprouve une certaine gêne à étaler son bonheur quand la misère règne autour d'elle. À la radio, des chuchotements de guerre se font de plus en plus persistants et sèment l'angoisse. Comme les autres familles du quartier, elle n'échappe pas aux difficultés financières, ni à ses préoccupations de mère. Néanmoins, la présence de Jos la réconforte. Jos Moore, aimant, généreux et honnête, comble toutes ses attentes, bien que son travail l'éloigne périodiquement; mais elle s'y est résolue. Ses enfants sont une autre source de contentement et font sa joie. Bonne élève, Lucienne pourra se faire une belle vie plus tard. Lucien, garçon plutôt turbulent mais néanmoins attachant, fait rire son entourage par ses mimiques polissonnes, jamais malveillantes. Sa mère ne le permettrait pas. Elle s'inquiète par ailleurs de son manque d'intérêt pour l'école; son garçon ne tolère pas de devoir rester assis sur un banc d'école une grande partie de la journée. Hâbleur, il affirme : « Étudier, ça sert à rien de toute façon. Plus tard, j'vas gagner ma vie ! » Son père était barbier à ce que sa mère lui a dit, alors...

Lucien et sa mère se rendent régulièrement, surtout lorsque Jos est à l'extérieur de la ville, chez matante Bartine qui possède un petit commerce, une tabagie, en bas de la rue. Elle y vend du tabac, des cigarettes, mais aussi des revues, des friandises et de menus articles. Adrienne se plaît à aller jaser avec sa sœur. Souvent, elle l'aide au comptoir et répond aux clients, tandis que Lucien range la marchandise sur les étagères. Il va sans dire que le petit garçon préfère de beaucoup ce travail à l'école.

Un matin qui ressemble aux autres, Adrienne est à ranger la literie fraîchement repassée dans sa grande armoire en cèdre, un meuble fabriqué par son père, à l'époque où elle avait décidé de reprendre une maison de chambres. On frappe à la porte. C'est certainement un client pour la chambre libre depuis le mariage de Rosaire Lebrun qui occupait la chambre du milieu. Elle va ouvrir.

– Madame Adrienne Tétreault ?

Elle acquiesce. Un mauvais pressentiment l'assaille.

– Un télégramme pour vous. Signez ici.

D'une main incertaine, elle prend l'enveloppe et referme la porte. Elle se dirige lentement vers la cuisine puis s'assoit sur la première chaise à sa portée. Elle connaît la provenance du télégramme; sans qu'elle sache pourquoi, elle le sait. Elle en ignore le contenu, mais son sang se glace dans ses veines; elle présage le pire. Prise de tremblements, elle marmonne : « Doux Jésus ! Doux Jésus ! » Avec difficulté, elle essaie d'ouvrir l'enveloppe de ses mains froides. Ses yeux déjà embués parcourent les mots du télégramme : « Accident de train. Stop. Jos blessé. Stop. Lettre va suivre. Stop. Demeure dans sa famille. Stop. Signé. Ross Moore. »

Adrienne se souvient de Ross Moore, le frère de Jos. L'été dernier, elle avait fait sa connaissance lors d'une visite inattendue. Elle lit et relit le message. Il y a erreur, cela ne peut être vrai. Jos va lui écrire, il va la rassurer, il reviendra comme d'habitude. Elle froisse le papier entre ses doigts, se lève et se dirige comme une automate vers la poubelle à côté du poêle. Rageusement, elle y jette le bout de papier, sachant pertinemment que son contenu est d'autant plus cruel que véridique. Morte d'inquiétude, elle vit dans l'attente de la lettre promise. Elle doit attendre trois interminables semaines meublées de nuits d'insomnies et de jours de supplice avant que lui parvienne la missive. Partagée entre la peur et l'espérance, elle prend connaissance de son contenu. La lettre est écrite entièrement en anglais, ce qui n'est pas un problème. Friande de romans anglais autant que français, elle se débrouille assez bien pour parler, écrire ou lire en anglais.

Très chère Adrienne,

Tu es ce qu'il y a de plus précieux à mes yeux... Aussi, je veux te rassurer avant d'aller plus loin. Je vais bien. J'ai subi des blessures graves, mais elles sont en bonne voie de guérison. Je devrai cependant demeurer ici pour un certain temps. Ce sera très long avant la guérison complète. Ne t'inquiète surtout pas, mais il faut laisser le temps faire les choses. Je ne peux pas voyager pour le moment; je ne peux donc retourner à tes côtés à Saint-Henri. Je ne sais pas non plus ce que la compagnie va décider à mon sujet. Je n'ai aucune idée de ce qui m'attend. Je t'aime, Adrienne. Ce que je vais te demander est très dur pour moi et le sera pour toi aussi.

Je dois rester ici; tu comprends, ma famille insiste pour me garder tant que je ne serai pas guéri complètement. Aussi, il y a mon travail. Je ne sais vraiment pas ce que je serai en mesure de faire. Adrienne, mon amour, tu dois m'oublier. Refais ta vie. J'ai réfléchi à tout ça, et je crois que c'est la meilleure chose à faire. Tu seras toujours dans mon cœur. C'est mieux comme ça. Celui qui t'aime, Jos.

Adrienne relit la lettre tous les soirs pendant une semaine. Elle ne comprend toujours pas. Les questions tourbillonnent dans sa tête. Elle écrit en Ontario sans relâche, mais toujours sans réponse. Sa vie est devenue un calvaire; c'est certain, elle va en devenir folle. Il ne peut pas lui faire une chose pareille. Pourtant, il affirme qu'il l'aime, il doit donc revenir. Plus elle se creuse les méninges, moins elle comprend. Elle en arrive à la seule conclusion possible : « Fumier, comme tous les hommes. Comme Ti-Ouis ! » Elle laisse échapper un soupir plaintif de désespoir et de renoncement. « Bon ! Hé ben, on s'en pass'ra ! » Elle prend la lettre étalée sur son bureau, elle ouvre une petite boîte de métal et la dépose délicatement au fond. Malgré tout, elle ne se résigne pas à la détruire. Jos a trop compté pour elle. Tout à côté de la lettre, elle dépose son cœur. Il y restera cloîtré, sans jamais battre pour aucun autre homme.

Malgré sa souffrance, Adrienne n'est pas femme à se laisser abattre; elle reprend le collier et se consacre à ses pensionnaires et à ses enfants. Les mois s'écoulent impitoyablement et la plaie se cicatrise; la douleur persiste, mais elle s'y habitue.

LE PÉCHÉ D'ADRIENNE

Depuis quelques semaines, un couple a élu domicile à la maison de chambres. Le monsieur, charmeur et extrêmement séduisant, lui rappelle le célèbre acteur Rudolph Valentino ou encore Clark Gable. Exceptionnellement, Adrienne a accepté de louer une chambre à une femme, car le monsieur l'en a priée. Le couple doit se marier d'ici quelques mois. Elle ne sait rien d'eux, sinon qu'ils désirent s'installer à Saint-Henri à demeure. Le monsieur rêve d'ouvrir un restaurant bien à lui. Le temps des démarches pour le mariage et l'achat de son restaurant, il a décidé, afin d'économiser, de demeurer dans une maison de chambres avec sa fiancée. Adrienne a sourcillé. Elle a hésité un moment, mais a finalement accepté le couple dans sa maison.

D'origine italienne, Antonio est démesurément féru de jolies dames. Sa fiancée Josette, très jolie jeune fille, timide, douce, semble en adoration devant son Antonio. Après quelques jours, Adrienne remarque que son nouveau et élégant pensionnaire l'observe avec insistance, sans retenue. Elle décèle un rien de convoitise au fond de ce regard scintillant. En sa présence, ce qui d'habitude n'est pas dans son caractère, elle se sent mal à l'aise. Elle est troublée plus qu'elle le souhaiterait par le charme de ce bel homme doté d'un accent méditerranéen qui ajoute à sa séduction. Il s'adresse toujours à elle d'une voix caressante, même à table lorsqu'il lui demande de lui passer le pain ou les p'tits pois. Antonio connaît les femmes et possède l'art de les tourmenter, surtout lorsqu'elles lui paraissent fragiles. L'enjôleur a vite décelé une grande tristesse au fond des yeux de la patronne, une femme très bien de sa personne, enjouée et… disponible. La différence d'âge est un atout pour ce jeune Casanova. Même s'il fera de Josette sa femme d'ici quelques mois et qu'il est amoureux de sa belle, Antonio ne se sent pas tenu de ne cueillir qu'une seule fleur lorsque le jardin regorge de tant de beautés. Le Casanova rôde autour de sa logeuse à la manière d'un chat qui tournoie et s'enroule aux chevilles de sa maîtresse. Il espère ainsi l'amadouer, convaincu qu'elle viendra roucouler dans son gîte.

Malgré toutes ses résolutions, Adrienne se laisse envoûter. Elle a tant besoin de consolations, de tendresse. Les attouchements délicats, les plaisirs désavoués lui manquent honteusement. Jos lui manque. La présence de ce charmeur, qui la séduit différemment, d'une manière exotique, l'affriole délicieusement.

Un soir de pleine lune, la porte du jardin s'ouvre; l'étranger cueille une fleur, la caresse tendrement, et elle lui offre son parfum. Au milieu d'une explosion de fragrance panachée, le cœur de la petite fleur émerge de sa coupole pour s'épandre aux quatre vents de ses sens.

L'inconduite de la maîtresse de maison ne passe pas inaperçue. Les chambreurs sont d'ailleurs choqués, pour ne pas dire scandalisés. Ils conçoivent mal que madame Tétreault, une personne convenable s'il en est une, soit tombée dans les filets de ce bellâtre. Mère célibataire, cette femme demeure une personne honnête et courageuse. La maisonnée partage discrètement le chagrin de sa logeuse, qui pleure encore le départ subit de monsieur Moore. Ils sont d'autant plus furieux contre le nouveau pensionnaire : « C'te vaurien-là est fiancé ! » L'attachement qu'ils ont envers leur logeuse les garde cependant de commenter outre mesure. Jos Moore faisait partie de la maison, rien à voir avec cet Antonio, ce coq de basse-cour. Josette a vent de l'affaire. Elle apprend de la bouche d'une âme charitable que son Tony la trompe allègrement. Elle se met dans une colère terrible. Même Antonio ne lui soupçonnait pas un tel caractère. Elle jure, elle crie, elle accuse, elle menace d'user de représailles. Le fiancé nie tout et jure de sa fidélité. S'ensuivent des jours de dissension dans la maison. Déçue et humiliée, la fiancée déteste Adrienne qui a, selon elle, entortillé son fiancé. Elle préfère voir les choses sous cet angle, tandis que Don Juan essaie par tous les moyens de reconquérir sa promise.

Les chambreurs, pour la plupart, sont mal à l'aise. Certains ne tiennent pas à se mêler de ce qui ne les regarde pas, tandis que d'autres, au contraire, profitent du divertissement et s'amusent à brouiller les cartes. La zizanie se répand. Adrienne est très embarrassée. Elle a succombé en un moment de faiblesse et voilà que toute sa maisonnée en souffre. Les fiancés sont à couteaux tirés, ses chambreurs lui jettent des regards désapprobateurs. Toute sa vie, Adrienne a gardé la tête haute par rapport aux qu'en-dira-t-on. Elle n'a jamais eu peur d'être jugée. Pourtant, cette fois-ci, elle regrette amèrement son inconduite.

Lucienne et son frère ressentent les tensions. Ils ne comprennent pas trop de quoi il en retourne. Une chose est certaine, leur mère est irritable et ils se demandent ce qu'ils ont fait pour provoquer sa mauvaise humeur. Adrienne souffre de ce climat embrumé, mais ne sait comment réparer les pots cassés. Elle n'ose mettre à la porte les fiancés pour une faute dont elle est seule responsable. En tant que maîtresse de maison, elle aurait dû savoir se tenir. Sans toutefois la blâmer, elle souhaiterait que Josette, qui tolère mal d'avoir été trompée et d'être la risée de tous, cesse de vociférer.

Pour se changer les idées et échapper aux regards accusateurs, Adrienne se rend de plus en plus fréquemment à la tabagie chez Bartine.

Chapitre 6

Albertine et Augustin

Augustin Vézina, homme avenant, est natif de Senneterre en Abitibi. Aujourd'hui, il habite Saint-Henri. Il est fabricant de pipes de grande qualité et possède un réduit rue Notre-Dame, qui lui sert d'atelier et de magasin pour vendre ses réalisations. Depuis un certain temps, Vézina n'a qu'une idée en tête : courtiser Albertine, l'aînée des filles de François-Xavier Tétreault.

À la recherche d'un cadeau pour l'anniversaire de son père, Albertine se présente à la boutique du beau Augustin. Elle y trouve ce qu'elle cherchait… et plus.

Au début de leurs fréquentations, Augustin a raconté à Albertine la période difficile de sa jeunesse en Abitibi. Il lui a aussi parlé de l'époque où il est allé travailler en France.

Alors qu'il était âgé de 26 ans, son père, ses trois frères et lui-même avaient été recrutés par l'armée canadienne. L'armée les avait revêtus d'habits de soldat et les avait envoyés en France, en compagnie de plusieurs autres Abitibiens. Ces hommes avaient pour mission de démarrer un moulin à scie. À cette époque, les Français ne connaissaient pas les rouages de l'industrie forestière, tandis que les bûcherons de l'Abitibi, entre autres, étaient experts en la matière. Ces soldats à la pige ont contribué à l'industrie de la scierie des Français. Augustin a habité cinq ans en France : la durée de son contrat avec l'armée.

Quelque temps plus tard, alarmée par ses 33 ans bien sonnés, Albertine épouse Augustin à l'automne de 1928. Jeune femme charmante, enjouée, engageante, d'une générosité sans mesure envers ses semblables, Albertine est malencontreusement dotée d'un revers de caractère défini chez les Gélineau : elle est autoritaire comme un commissaire d'école. Par conséquent, dès le début de leur vie commune, Albertine prend les commandes du ménage. Les proches du couple se rendent vite à l'évidence que le mariage ne réussit guère à la nouvelle mariée. Augustin est pourtant un homme bon et loyal qui lui voue un amour inconditionnel. Le bonheur qu'il avait espéré pour la vie meurt dans l'œuf. Dès les premiers mois de leur union, Albertine fait constamment preuve de mauvaise humeur. Augustin s'échine à lui faire plaisir, mais rien ne semble satisfaire cette femme qui ne lui trouve que des défauts. Néanmoins, il subit tout avec la tranquillité d'un homme qui espère le meilleur du pire. L'entourage d'Albertine s'attriste de constater que la jeune femme ignore les qualités de son mari. Oh ! il arrive que son attitude revêche envers son mari la désole, mais ces pensées ne font qu'effleurer son esprit. Ces jours-là, elle devient plus aigrie. Néanmoins, Albertine ne peut ni ne veut s'attarder à faire l'analyse de ses sentiments profonds.

Au fil des ans, la jeune femme acquiert un caractère anguleux, à l'opposé de celui de son mari qui, lui, demeure doux, effacé, répondant aux quatre volontés de sa femme. Augustin est résigné à ne jamais comprendre le comportement belliqueux de sa compagne. Mégère, Albertine rend leur vie conjugale infernale. Curieusement, au sein des réunions familiales ou en compagnie d'amis communs, elle retrouve sa jovialité et son entrain.

Albertine entretient le projet de quitter son travail à la manufacture Finc où elle s'échine depuis sa jeunesse. À 41 ans, elle se sent fatiguée. De trop longues années à presser des vêtements toute la journée ont raison de sa résistance physique et morale. De plus, depuis son mariage, elle n'a pu se rendre à New York pour dessiner ses croquis de jolies toilettes, ce qui la désole infiniment. Elle déprime. Elle a le goût de changement.

Par Augustin, une occasion lui est offerte de faire l'acquisition d'un petit commerce, un genre de tabagie qu'il fréquente pour se changer les idées, fumer sa pipe et piquer une jasette avec les habitués. Un après-midi, le tenancier lui fait part de son intention de vendre son commerce.

— Tu sais, Gustin, j'en ai vraiment assez de c'te vie-là. À part ça, y m'arrive une chose incroyable : mon vieux père me lègue sa terre. Ça s'adonne que mon frère aîné en veut pas ! D'ailleurs, il est parti dans l'Ouest. Le père s'fait vieux, pis y'a les reins moins forts qu'avant. Moé, ben, j'attendais qu'y s'décide à comprendre que j'suis intéressé à la terre.

— Comme ça, tu vas vendre la tabagie ?

— Ben oui, mon Gustin ! Betôt, un autre que moé va t'servir ton coke pis ton tabac à pipe.

– Sacrebleu, j'y pense ! Bartine, ma femme, m'disait l'autre jour qu'elle aim'rait avoir un commerce. Elle veut être son propre boss. Est ben tannée d'la manufacture. Ouan! Si ton prix est raisonnable, ça pourrait l'intéresser.

– Ben, tu parles ! Dis-y qu'elle vienne me voir.

Quelque temps plus tard, Albertine rencontre le tenancier de la tabagie. La discussion ne s'éternise pas. Les arrangements[37] conviennent aux deux parties. Albertine devient donc propriétaire de la petite tabagie.

Très vite, elle se sent à l'aise dans sa nouvelle vie de commerçante. Derrière son comptoir, elle se voit comme la reine de la place. Elle a retrouvé sa jovialité de jeune fille, et la patience est une qualité qui la sert bien, particulièrement envers les enfants salivant devant les grands bocaux vitrés remplis de bonbons multicolores. Après de nombreuses années de mariage, le bonheur d'enfanter fut malheureusement refusé à Albertine, qui chérit tant les enfants. D'ailleurs, Lucienne et Lucien font les frais de ses gâteries et de sa tendresse. Jamais il ne leur viendrait à l'idée de s'en plaindre. « Matante Bartine, c'est de l'or en barre. » Pour tous, Albertine est une femme affable; seul le pauvre Augustin subit ses revers.

Depuis peu, en dépit de la vive opposition de sa femme, Augustin, en phase de rébellion, et un peu pour la défier, prend part à des réunions de nature secrète. Il s'y tient des rencontres où ont lieu des conciliabules à teneur politique du pays, de l'Europe ou d'ailleurs. Des noms y sont lancés aux quatre vents : Hitler, et surtout Mussolini. À certains moments, les participants discutent avec emportement. On frappe du poing sur la table, on crie des slogans, on discute d'éventualité de guerre de « l'autre bord » de l'Atlantique. Les uns sont d'ardents militants tandis que d'autres se distraient du côté utopique de leurs colloques.

La petite Lucienne, mue par son insatiable curiosité, a surpris son oncle faisant allusion à la prochaine réunion qui doit se tenir à l'arrière-boutique de la tabagie, n'en déplaise à sa femme. Le moment venu, elle se dissimule derrière les barreaux, en haut de l'escalier attenant au logement. Dans la pénombre, elle écoute avec le plus grand intérêt ce qui s'y déroule. La portée ou les implications de ces discussions lui échappent, cependant, ces mystérieux pourparlers captivent hautement son intérêt.

Plus tard, Augustin endosse vraiment les idées des fascistes. Il n'adhère toutefois pas à la conception rigoureuse d'Adrien Arcand, fondateur vers 1935 du Parti national social-chrétien qui souscrit à la doctrine nazie.

Il rallie plutôt la ramification des sympathisants de Mussolini, tout aussi idéologique, mais moins radicale. De ce côté de l'Atlantique du moins. Ses convictions lui valent d'être arrêté au même titre que d'autres de ses homologues. Augustin est néanmoins libéré quelque temps plus tard. De cette aventure, il retient que ses idéaux ont été faussés par l'écoute des discours d'orateurs convaincus. Finalement, il admet que de telles idéologies ne cadrent pas avec sa conception de la paix et de la justice.

Ironiquement, et pour une seconde fois, Augustin se retrouvera sous les drapeaux de l'armée canadienne, sans entraînement préalable. S'étant fait remarquer pour son talent de clairon au souffle du diable, il est affecté au sein de la fanfare pour jouer du clairon aux cérémonies officielles à Québec, à Ottawa ou ailleurs, où il exerce altièrement sa tâche. Cependant, et c'était à prévoir, le commandant en chef est informé du fait que le soldat Vézina a trempé dans le régime fasciste. L'officier se doit de réagir à l'information. Augustin Vézina doit répondre de ses anciennes inclinaisons. Le soldat est envoyé sur un train transportant des prisonniers fascistes vers un camp militaire en Alberta. Il est affecté à faire le guet dans le wagon et se retrouve donc assis face à d'anciens camarades, inéluctablement plus politisés que lui-même. Tête basse, il aimerait se trouver à mille lieues de ce wagon. Hargneux, ses anciens compères le qualifient de traître et l'accablent de crachats et d'insultes méprisantes. Cette période se révèle éprouvante pour le pauvre Augustin.

De retour à la maison, Albertine n'a pas du tout envie de le plaindre. « J't'avais dit de pas t'frotter avec c't'engeance-là ! »

TABAGIE

Adrienne rend visite à sa sœur pratiquement tous les jours. Ensemble, elles servent la clientèle, font un peu de ménage ou discutent des achats à faire afin d'améliorer le rendement. Adrienne a beaucoup de grandes idées, des projets d'envergure. Albertine, plus modérée, ne tient pas à tout désorganiser.

Cet après-midi-là, en entrant dans la boutique, Adrienne constate la mine renfrognée de sa sœur. Maintenant qu'elle y pense, Bartine est préoccupée ces temps-ci. Elle maugrée à propos de tout et de rien et se plaint constamment du manque d'argent et de la condition du magasin qui aurait besoin de rénovations. Néanmoins, il est hors de question d'entreprendre des travaux, même si son père a proposé de les exécuter lui-même.

De rares clients fréquentent son magasin uniquement pour le nécessaire, n'ayant plus les moyens de se payer de petites gâteries, et son commerce en souffre.

– Bartine, j'ai pensé à quequ'chose...

– Arrive-moé pas avec tes idées d'grandeurs, Drienne, c'est pas l'temps.

– Wéyons, Bartine, j'veux seul'ment te faire une proposition. Ben, j'pense que j'aime ça, le commerce. J'ai pensé qu'on devrait s'associer.

– Ben quiens, en v'là une bonne ! Moé, j'commence à être tannée de m'battre avec les problèmes d'argent. J'suis toujours dans l'trou. Franchement, Drienne, j'suis écœurée. J'pense même vendre. Ça m'trotte dans tête... (Elle hésite, puis un sourire éclaire son visage.) Drienne, pourquoi t'achèterais pas ma tabagie ? Tu s'rais la patronne pis t'en f'rais c'que tu voudrais.

Adrienne ne réfléchit pas longtemps.

– Ben, c'est sûr que ça m'intéresse. Mais toé, qu'est-c'que tu vas faire ?

– Si t'achètes, j'te vends l'magasin pour le montant des dettes pis je r'tourne travailler chez Fine. Je réalise que j'ai pas le sens des affaires comme toé. Pour moé, c'est fini l'commerce. Gustin fabrique ses pipes pis je reprends ma *job*; comme ça, j'reste maîtresse de mes affaires.

Chez les Tétreault, les affaires ne traînent jamais. Sitôt les papiers signés, Adrienne prend possession de la tabagie. Elle est d'autant plus heureuse qu'elle se départit du même coup de sa maison de chambres qui lui pesait depuis un certain temps, non seulement à cause des problèmes générés par Antonio et Josette, mais aussi en raison du souvenir de Jos toujours présent dans la grande maison.

Économe, organisée, elle a, encore une fois, réussi à amasser une certaine somme des revenus de la maison de chambres. Ajoutée aux petits profits de la vente, elle ne s'en trouve pas trop mal. La bâtisse étant en parfaite condition, le premier acheteur qui s'est présenté est devenu le nouveau propriétaire.

C'est le branle-bas de combat à la tabagie. Elle entreprend de tout laver, de la cave au grenier, et de repeindre les étagères. Le ménage achevé, Francis installe un comptoir en équerre arrondi à l'extrémité — il le lui avait promis depuis le jour de l'achat du commerce; six bancs pivotants suivent. Au temps où sa sœur était propriétaire du commerce, Adrienne avait eu l'idée de faire de la p'tite bière d'épinette. Elle avait également pensé offrir à ses clients des boissons gazeuses et même de petits quelque chose à grignoter. Déjà, elle imaginait les gens assis au comptoir, jasant et discutant de tout et de rien, en buvant une bière d'épinette ou un soda, grillant nonchalamment une cigarette. L'idée du comptoir-lunch lui vaut une toute nouvelle clientèle. Adrienne a misé juste. Ses clients aiment venir se désaltérer de sa fameuse p'tite bière tout en discutant de politique, de religion, du manque à gagner, des enfants ou de la pluie et du beau temps. Elle vend des pipes, œuvres originales d'Augustin, du tabac ou des paquets de cigarettes, des journaux, et sur l'heure des repas, des sandwichs préparés le matin même.

La nouvelle commerçante se lève à l'aube afin que tout soit prêt et accueillant. Le sens des affaires qui faisait tant défaut à Albertine, Adrienne en a parfaitement la maîtrise. Elle a du flair et de l'imagination, en plus de n'avoir aucun problème avec le « calcul ». Lucien, qui déjà aidait sa tante, range la marchandise dans les rayons. Il s'occupe des bouteilles vides, place les boissons gazeuses dans la glacière et balaie la pièce. L'ouvrage ne manque pas. Le garçon est fier d'aider sa mère, et aussi de côtoyer les grandes personnes qui, de temps à autre, font les frais de ses vilains tours. Espiègleries sans effronterie, mais qui lui valent tout de même de sévères réprimandes s'il s'avise d'aller trop loin. Adrienne connaît son Lucien; farceur, il ne demande qu'à rire et à faire rire.

Malgré son mal à l'âme au souvenir de Jos, Adrienne est contente de son sort. Elle mène sa petite vie dans la bonne humeur et, lorsque l'occasion lui est donnée de venir en aide à son entourage, elle le fait avec cœur.

Sa clientèle se compose de manœuvres, de commerçants du quartier, d'ouvriers qui arrivent à dénicher du travail. Les gens en mesure de se le permettre se plaisent à s'offrir des gâteries de chez Adrienne. Ils viennent y chercher de la bonne humeur autant que de menus articles et des friandises.

La vie de tous les jours n'est pas pour autant une partie de plaisir. Tout le monde appréhende, sans pourtant y croire, la guerre qui risque d'éclater en Europe. Des rumeurs inquiétantes circulent de tout bord tout côté. Les oreilles collées à la radio, la population, inquiète, craint le moindre revirement de situation. Tous espèrent éviter l'horreur d'une deuxième guerre qui semble tristement imminente. Adrienne demeure à l'affût des événements. Tous et chacun tirent le diable par la queue depuis le krach de 1929 et font ce qu'ils peuvent pour survivre. Seule, avec deux enfants à élever, Jos parti, elle se doit de foncer. Adrienne réussit, malgré ses difficultés, l'exploit de prolonger le séjour de Lucienne au couvent grâce à de petits miracles d'économies.

MARI D'OCCASION

Un soleil radieux illumine ce dimanche de la fête des Pères. Toute la famille est réunie chez Francis et Théonile. Les enfants courent partout. Assis sur des chaises disposées en rangs, les adultes occupent la grande galerie. Théonile porte depuis peu de petites lunettes, à monture ronde. Ses cheveux séparés par une raie du côté droit sont coupés carré au bas des oreilles. Pour les grandes occasions, elle frisotte les extrémités à l'aide de papillotes. Affublée de son tablier blanc recouvrant tout le devant de sa robe, elle est assise sur la première marche et converse avec sa sœur Odélie. Alice en profite pour prendre quelques photos, tandis que les hommes installés confortablement au salon discutent des tenants et des avenants d'une guerre de plus en plus probable. Plus tard en soirée, Ernest sort son violon et régale la famille de jolies ballades; au piano, Adrienne exécute les accords. Elle connaît toutes les chansons, elle sait même improviser. Ernest et Adrienne donnent une performance agréable et appréciée de tous. Puis Théonile s'assied au piano, un autre joue de la musique à bouche ou de la bombarde, et la veillée se met en branle. Entre deux airs, Albert saisit Adrienne par le coude. Taquin, il demande :

– Hey, la Nock, comment tu t'arranges de c'temps-là ?

La Nock est le surnom dont Albert a affublé sa sœur depuis l'enfance. Il sait qu'Adrienne souffre encore de l'absence de Jos, mais ne réalise pas combien la cicatrice est à fleur de cœur.

– Ça va, Albert ! J'me plains pas.

– Écoute, Drienne ! Y'a un gars qui travaille avec moé à l'aiguillage sur le pont. Y'est allé quèques fois à tabagie... Ben, y veut t'encontrer. Y t'trouve de son goût.

– T'es fou, Albert, j'le connais même pas. À part ça, tu sais ben que Jos…

– Lâche-moé avec ton Jos, la Nock ! J'veux pas te faire de peine, mais y r'viendra pas. T'as pas eu de nouvelles depuis belle lurette. À part ça, c'te gars-là, c't'un bon y'able. C't'un gars tranquille pis ben serviable. Moé, j'pense à toé, pis aux p'tits.

– J'vas y penser, Albert. J'ai jamais eu besoin d'personne pour faire mon affaire. Mais t'as raison, sortir une ou deux fois, ça peut pas faire de tort ! Comment y s'appelle ton gars ?

– Philias Duhamel.

Le samedi suivant, Philias se présente, tout pimpant, à la tabagie; Adrienne le reconnaît à l'instant. Elle lui porte une attention particulière. « Ouan ! Y manque pas d'allure. » L'ami d'Albert est de taille moyenne, les épaules légèrement tombantes, les cheveux et les yeux bruns. Il est vêtu sobrement, bien que proprement, et il a une façon engageante.

– Bonjour, M'sieur Duhamel. Qu'est-c'que j'vous sers ?

– Une bière d'épinette fera ben mon affaire... Donnez-moé un paquet de cigarettes avec ça.

Albert avait prévenu son ami que sa sœur était réceptive à l'idée de sortir avec lui. Confiant, il poursuit :

– Y fait beau aujourd'hui, vous trouvez pas ? À soère, j'ai idée d'aller faire un tour au parc Lafontaine... Heu... Adrienne, j'me d'mandais si vous viendriez pas avec moé.

L'invitation ne la surprend évidemment pas. « Ça pourrait être plaisant, pis ça f'ra plaisir à Albert. » Adrienne se fait coquette.

– Ben, on s'connaît pas, mais étant donné que vous êtes un ami d'Albert, j'veux ben.

Philias fait bonne impression. Il est tout ce qu'Albert avait prétendu à son sujet. Tant et si bien qu'Adrienne se laisse prendre à l'idée du mariage seulement après quelques mois de fréquentations. La noce a lieu le 6 novembre 1937.

Au tout début de cette même année, le décès du frère André, survenu le 6 janvier, avait fait les manchettes.

Adrienne vouait une grande révérence au religieux et elle avait été très affligée par l'annonce de cette nouvelle. Elle ne montera plus au petit oratoire demander conseil ou bénéficier du réconfort prodigué par le petit frère qui l'écoutait toujours avec attention et compassion. Chaque fois qu'elle allait le voir, elle sentait son âme allégée du poids de ses nombreux péchés. Adrienne est consciente que sa vie n'est pas tout à fait en conformité avec le catholicisme. Le tracé de son existence déroge des exigences de la sainte Église. Néanmoins, sa foi et son amour pour le bon Dieu et la bonne Sainte Vierge sont très sincères.

Tout comme des milliers et des milliers de Montréalais et de gens venant d'aussi loin que les États-Unis, Adrienne était accourue pour lui

rendre un dernier hommage. Chacun dans la foule avait la même opinion :
« Un saint vient de mourir ! »

Il n'y a pas eu de voyage de noces, Adrienne ne pouvant laisser le
commerce même pour quelques jours. Les premières heures, elle doit se
faire à l'idée d'être une femme mariée. Le 5 décembre prochain, elle atteindra ses 39 ans, et on l'appelle « madame » Duhamel, un statut qui la
fait respirer d'aise. Néanmoins, son cœur en est témoin, Philias ne prendra jamais la place réservée à Jos.

Un soir, lors d'une veillée de détente avec ses sœurs Alice et Bartine,
riant comme des folles, les trois femmes se racontent des grivoiseries.
Adrienne ose raconter à ses sœurs sa stupéfaction au soir de ses noces en
apercevant l'attribut physique plutôt saisissant de son mari. Les sœurs
Tétreault en avaient gloussé une partie de la soirée.

Philias ne s'était montré ni brutal ni égoïste, mais Adrienne avait tout
de même éprouvé certaines difficultés à s'accommoder des mensurations
de son mari. Peu à peu, semaine après semaine, elle remarque chez Philias
d'autres aspects, pas nécessairement plaisants. Son homme présente des
signes très évidents de paresse. Oh ! tous les jours, il rejoint Albert au
travail, mais de plus en plus fréquemment, il s'absente de la maison. Il n'a
jamais le temps d'aider à l'entretien du magasin ou de regarnir les étagères. Pourtant, elle ne lui en demande pas beaucoup. De toute façon, elle a
toujours fait sa petite affaire toute seule. Malgré tout, elle considère qu'un
minimum d'aide serait tout à fait normal. Puis, un après-midi, madame
Duhamel surprend son mari, les doigts dans la caisse enregistreuse.

– Philias, qu'est-c'que tu fais là ? La caisse, c'est mon affaire, c'est
not'arrang'ment !

– Énerve-toé pas, j'vas chercher des gogosses[38] pour le magasin.
J'vas pas payer ça d'ma poche quand même !

– Ah non, mon bonhomme, y manque rien icitt'dans ! Remets l'argent dans l'tiroir !

– Aïe, débarque de tes grands ch'vaux ! J'suis ton mari, après toute.

– Ouan !

Elle laisse faire pour cette fois, mais quelque temps plus tard, elle
apprend avec stupéfaction, de la bouche même d'Albert, que son mari
joue aux courses au parc Richelieu et qu'il est criblé de dettes. Après
avoir entendu des rumeurs autour de lui, Albert avait décidé d'en avoir le
cœur net. Une courte enquête lui avait révélé les à-côtés du beau-frère.

Depuis quelques semaines, à la suite de l'incident de la caisse, Philias se révèle d'ailleurs sous son vrai jour : arrogant, cynique, narquois et menteur. « Pauv'folle ! » Maintenant, elle comprend la raison de la baisse de ses profits. Avec cynisme, elle se dit : « Tiens don. Y'a aussi les doigts trop longs, le torrieu ! » Dépitée, désarçonnée, elle comprend maintenant son jeu. Alimenté des propos maladroits d'Albert au sujet de la vie privée de sa sœur, le personnage avait flairé l'occasion parfaite. Dès ce premier soir, lorsqu'il était venu se désaltérer d'une bière d'épinette, il l'avait eue en mire, l'Adrienne. Il avait décelé chez cette femme sa fragilité affective. De plus, comme elle possédait son propre commerce, la marier l'aiderait certainement à régulariser ses finances. Monsieur avait omis de prendre en considération le caractère foncièrement indépendant de madame, qui a toujours eu les idées très claires par rapport à son portefeuille. D'ailleurs, elle lui avait bien fait comprendre ses conditions avant le mariage : ils partageraient le loyer, la nourriture et les dépenses courantes du ménage, mais le commerce serait toujours son affaire. « Chacun dans sa cour, les cochons s'ront ben gardés ! » Autre devise de la famille Tétreault.

Elle ne va pas se laisser faire comme ça. L'amour n'était peut-être pas l'ingrédient principal à la réussite de ce mariage, mais en son âme et conscience, elle a été honnête. Et puis, les hommes, elle peut très bien s'en passer. Ce n'est pas celui-là qui va la battre d'une longueur.

Au lendemain d'une de ses soirées aux courses, abondamment arrosée, Philias a la surprise de trouver ses valises au pied de la porte. Voilà ! Adrienne se retrouve seule et contente de l'être. Le monsieur paiera tout seul ses dettes de jeux. Quant à elle, elle gérera ses profits et pertes à son gré.

Cet échec, ce mariage de courte durée lui laisse la désagréable impression que, pour la première fois, elle a perdu les commandes de sa vie. Évidemment, le statut de femme mariée lui avait apporté la notoriété. Notoriété ou pas, elle ne s'y laissera plus prendre, n'en déplaise à monsieur le curé.

Quelques jours après avoir mis Philias à la porte, Adrienne se rend chez Bartine prendre une tasse de thé. Évidemment, la conversation porte sur sa récente séparation. Au comble de l'exaspération, elle fulmine. « Cré moé, Bartine, j'me laiss'rai pas avoir une aut'fois. Le prochain abruti qui me f'ra de l'œil, y va avoir affaire à passer son ch'min ! »

Les temps sont de plus en plus durs, et Adrienne tire le diable par la queue. Elle s'inquiète de sa situation financière, qui va de mal en pis. Malgré son caractère indépendant, elle se désole du fait que, depuis sa séparation d'avec Louis il y a huit ans, celui-ci n'ait rien fait parvenir pour aider à l'entretien et à l'éducation des enfants. Elle a une décision à prendre. Après mûre réflexion et à contrecœur, elle se résigne à ramener sa fille du couvent.

À la fin de l'année scolaire, Lucienne a tout juste 15 ans. Elle se réjouit grandement de son retour à la maison et elle est transportée de joie à l'idée de ne plus avoir à retourner au couvent à l'automne. Elle réalise toutefois que ses études s'achèvent là, mais pour l'instant ça lui est égal. Elle jouit de sa liberté toute nouvelle.

Chapitre 7

Les humeurs de Lucienne

En ce début d'été 1939, le temps est lourd. Lourd d'appréhension, d'intuition fatale, d'angoisse vénale. Les journaux et la radio ne cessent de cracher des menaces de guerre, de plus en plus imminente. La population tend une oreille nerveuse et enfouit ses angoisses sous des gestes quotidiens rassurants.

Lucienne, qui n'a rien perdu de sa curiosité, dévore avec avidité les journaux : *La Presse*, *La Patrie* et les revues disposées sur l'étagère au pied de la grande vitrine à l'avant de la tabagie. Au fait qu'il se passe des choses graves, elle refuse de s'alarmer. L'innocence de sa jeunesse balaie toutes pensées qui pourraient la distraire du bonheur tout nouveau d'être de retour à la maison et de vivre pleinement sa joie. Du reste, elle est aux prises avec ses propres préoccupations. L'adolescente se voit affublée d'une timidité aliénante et le reflet de son miroir ne lui apporte aucune consolation. Personne ne s'attarde sur ce visage insignifiant. Aucun garçon ne risque de s'intéresser à elle. La jeune fille écoule ainsi ses journées au gré de ses humeurs. Comme l'eau d'un ruisselet, tantôt glacée sous l'ombre de grands arbres, ou tiède sous un soleil ardent, l'eau coule joyeusement entre les roches, ou dort sur un fond de sable doux. Ainsi vont les états d'âme de la jeune Lucienne.

Les sempiternelles espiègleries de son frère l'amusent toujours et la distraient de la réalité, somme toute affolante, des adultes. Bien que les tâches ménagères lui déplaisent, Lucienne s'adonne à l'entretien ménager du logement et du magasin. D'ailleurs, elle ne pourrait s'y soustraire. Occasionnellement, elle se rebelle et s'obstine à n'en faire qu'à sa tête. Toutefois, le regard foudroyant d'Adrienne met vite un frein à ses caprices. Habituellement, Adrienne oublie rapidement les écarts de conduite de ses enfants et se livre à sa besogne, laissant le ou la fautive mariner sa culpabilité.

Le cinéma demeure la passion de Lucienne et nourrit ses rêveries. Ce qui se déroule sous ses yeux l'émoustille : le monde imaginaire, les pays lointains, l'amour sauvage, passionné ou tendre. C'est elle que ces dieux de l'écran caressent et regardent avec passion. Elle frémit comme une feuille balayée par un vent d'automne devant l'intensité des sentiments transpirant des protagonistes. Elle aime. Sans y avoir goûté, elle aime l'amour, la tendresse, la passion. Son jeune corps ressent déjà le doux supplice de la concupiscence. Surprise et curieuse par rapport à ces nouveaux besoins, elle ne sait trop comment... répondre. De toute façon, rien ne sert d'attiser la flamme puisque personne ne la regarde ou ne s'intéresse à la vacuité de son existence. Aux ardeurs immodérées de ses émotions, elle répond par la lecture des romans autorisés par sa mère. Elle raffole particulièrement du roman *Les Misérables,* de Victor Hugo, ainsi que *Les Saltimbanques*, et *Belfégor*[39], la suite. La jeune fille lit d'ailleurs tout ce qui lui tombe sous les yeux. Elle dévore les revues aussi bien que l'*Encyclopédie de la jeunesse*, passionnante par ses récits, ses contes, ses articles éducatifs relatant les inventions récentes et la mode. Les illustrations de vêtements confectionnés de tissus de fibres variées charment Lucienne, tout autant que sa tante Albertine autrefois. Un de ses passe-temps favoris consiste à écouter les adultes argumenter sur la politique, la musique, la religion et les voyages. Ou les entendre divaguer sur les gouvernements, les grands changements dans le monde, ou tout autre sujet. Une brochette de clients assez diversifiée flâne quelques minutes ou plusieurs heures à la tabagie : l'intellectuel, le connaisseur, le ti-jos connaissant, l'ergoteur et le beau parleur, une engeance qu'Adrienne flaire de loin; ces personnages distraient à satiété la jeune et curieuse Lucienne. Assise en retrait, elle tente de se faire oublier de sa mère, tandis qu'elle observe et écoute. Mais Adrienne veille. « Va faire ton ouvrage, mon écornifleuse[40]. »

Comme une tornade aspirant tout sur son chemin, Lucienne engloutit plein de connaissances bonnes ou mauvaises. Captivée, elle se gave de ces discussions entre grandes personnes. Les conversations ou les sujets d'attention des jeunes filles de son âge l'ont toujours ennuyée. Par contre, elle raffole des blagues dont elle ne comprend pas toujours le sens, mais qui la font rire volontiers par le ton employé ou la façon dont elles sont racontées. Des grivoiseries qui, de génération en génération, caractérisent la famille… et la peuplade ont forgé, assez tôt, l'imagination de la jeune Lucienne. Oncle Albert est passé maître dans l'art de ces gauloiseries. À chacune de ses boutades, les adultes se tordent de rire. Matante Bartine ne donne pas sa place non plus. Même Adrienne, prise dans l'ambiance de la bonne humeur générale, oublie quelquefois la présence de sa fille et se laisse aller à de petites histoires coquines. Certains jours, la petite tabagie arbore des airs de fête.

Les mois culbutent. À la façon d'un petit singe se balançant de branche en branche, Lucienne déguste les fruits de la vie. Son corps et son âme aspirent à l'amour, mais de ça elle en est certaine, jamais elle ne goûtera de ce fruit. Elle est beaucoup trop insignifiante et laide.

Rendez-vous charmant

Éprise de la nature, les dimanches d'été, Lucienne flâne sur le mont Royal ou au parc Lafontaine. Et elle apprécie toujours autant les visites à Saint-Jean-Baptiste ou à Ville Lasalle, chez ses grands-parents.

Cet après-midi-là, assise à l'ombre d'un vieux chêne près de l'étang du parc Lafontaine, elle rêvasse. Son imagination la transporte 300 ans plus tôt, au pied de ce même chêne, où un jeune Indien fort et brave révèle son amour à une jeune fille de sa race, noyée dans ses yeux sombres.

Une légère brise fait frémir les feuilles du vieux chêne, relatant la romance ancienne; les oiseaux solennisent d'une sérénade nuptiale ce moment sans âge.

Lucienne est allongée sur l'herbe tout près de son frère qui, étonnamment, se tient tranquille. Plus loin, près de l'étang, leur mère est assise sur un banc en compagnie d'oncle Albert et de tante Anna. Ils bavardent en profitant de ce bel après-midi. Lucienne somnole, dans un état de béatitude absolue. La caresse du zéphyr effleure sa peau, un bien-être ineffable l'envahit. Paresseusement, elle ouvre les yeux; les verts contrastants des feuilles frémissantes sur un fond bleu mousseline composent une broderie magistrale, une féerie qui séduit son âme. Cette minute figée, ce moment sublime de paix et de joie indéfinissable s'imprime sur une page blanche de sa mémoire.

De but en blanc, fatigué d'être immobile, Lucien se lève et court rejoindre les autres près de l'étang. Il ramasse quelques cailloux et rivalise d'adresse avec son oncle Albert pour les lancer dans l'eau. Les canards protestent et battent des ailes, lançant des couacs, couacs coléreux. Albert et son neveu cessent leur jeu et se promènent en sifflotant, les mains dans les poches. Adrienne et Anna, installées sur leur banc, admirent la beauté de ce parc situé sur les terrains de l'ancienne ferme Logan. La ferme Logan a été cédée au gouvernement du Canada en 1845 et la Ville en loue une partie en 1874 pour créer le parc. Les travaux d'aménagement et d'embellissement débutent en 1888, tandis que la très belle fontaine date de 1929.

Les belles-sœurs se racontent, riant à gorge déployée, des anecdotes du temps où elles travaillaient ensemble à la manufacture Fine. L'air de rien, elles lorgnent les beaux messieurs déambulant, non sans indifférence, devant ces deux charmantes dames d'humeur joyeuse. Ravies, sa mère et sa tante oublient Lucienne, qui rêvasse toujours sous son chêne.

Celle-ci, maintenant adossée à l'arbre, le regard porté vers l'étang, sourit à la vue de sa mère et de sa tante s'amusant autant. Une ombre la couvre soudainement. Elle lève les yeux et aperçoit, se tenant debout, un jeune homme au visage avenant. Vêtu d'un pantalon de couleur pâle et de belle coupe, d'après ce qu'elle a observé dans ses revues, et d'une chemise blanche à col ouvert, l'homme tient négligemment son veston sur son épaule.

– Bonjour, Mademoiselle. J'espère que je ne vous importune pas.

– Heu ! N... Non !

Avec aisance, le jeune homme explique sa présence.

– J'étais assis sur le banc, là-bas. Je vous prie d'excuser mon irrévérence, Mademoiselle, mais voilà un moment que je vous observe. Vous me paraissiez si… paisible. Voilà ! J'ai été charmé par… comment dire, votre sérénité malgré les temps incertains dans lesquels nous vivons.

Lucienne n'en revient pas. Elle conçoit que son visage n'ait jamais attiré l'attention par sa beauté, mais que son expression paisible lui vaille l'attention d'un beau jeune homme, c'est pour le moins inattendu… agaçant. Voyant sa mère se diriger vers eux, après s'être relevée, Lucienne défroisse sa jupe de la main. Elle ose un regard du côté de l'inconnu. Elle le trouve vraiment attrayant. Rougissante, offrant un sourire timide, elle dit :

– Ah, ma mère s'en vient avec ma tante.

Le jeune homme regarde approcher les dames et il tend la main vers celle qu'il devine être la mère de la jeune fille.

– Bonjour, Madame.

Adrienne n'a plus l'humeur à la rigolade. Elle avait aperçu ce grand fafouin près de sa fille et elle a quelques mots à lui dire. À deux pas de l'inconnu, du coin de l'œil, elle l'analyse. Pour la forme, elle demande :

– Monsieur, vous connaissez ma fille ?

– Non ! Non, pas du tout. Ne vous méprenez surtout pas. Permettez que je m'explique. Comme je l'ai souligné à votre fille, j'étais assis sur le banc plus loin et je n'ai pu résister à l'envie de venir la saluer.

– Hum !

Singulier, le monsieur. Poli. Mais…

Le monsieur continue sur sa lancée :

– D'autre part, si vous me permettiez, Madame, il me ferait grand plaisir que toutes les trois vous acceptiez de dîner ce soir en ma compagnie. Pardonnez mon audace et mes manières directes. Oh ! Je me présente : Antoine Dubé à votre service.

Adrienne fige sur place. « D'où vient c'te moineau-là ? » Belle prestance. Beau parler. Elle croit rêver. Néanmoins, dîner avec un parfait étranger est impensable. « Y'a du front tout l'tour d'la tête. Ça pas d'bon sens, on l'connaît ni d'Ève ni d'Adam ! Pis Lucienne là-d'dans ? » Le visage ravi de sa fille la surprend. Adrienne a sa petite idée en tête. Elle réplique avec la plus grande courtoisie :

– M'sieur Dubé, c'est ça ? Vous semblez un jeune homme correct. On accepte vot'aimable invitation à condition que vous veniez prendre une « consommation » chez nous avant. Comme ça, on f'ra connaissance. (Elle tend la main.) Je m'appelle Adrienne Tétreault. Bon. On s'verra à soère, M'sieur Dubé.

Après avoir griffonné son adresse sur un bout de papier, elle le donne au jeune homme. Puis elle tourne les talons et entraîne Lucienne et Anna, le laissant planté là, perplexe mais satisfait. Resté à l'écart, Albert rit dans sa barbe.

Plus tard, cet après-midi-là, la rue Notre-Dame est déserte. L'air est lourd. Les rares passants bravant cette pesanteur regrettent de s'y être aventurés et ne pensent qu'à rentrer chez eux.

À la tabagie, Adrienne se tient debout derrière son comptoir, un linge à essuyer en main. Pour la troisième fois, elle fait reluire les mêmes verres. De temps à autre, elle se dirige vers la grande vitrine et jette un coup d'œil sur le trottoir. Les mains moites, elle les essuie fréquemment avec le coin de son tablier. Elle a envoyé Lucienne dans sa chambre, bien malgré elle, il va sans dire. De vives protestations n'y ont rien changé. La jeune fille écume de colère à l'idée de risquer de passer à côté d'une aussi belle occasion d'être courtisée par un beau parti. Quant à Adrienne, elle est déterminée à le faire retomber sur terre, ce fin finaud de la « haute », si jamais il s'avise de se présenter. Elle ne doute pas des qualités de sa fille mais ne comprend pas l'intérêt que ce jeune homme, d'un milieu très différent, lui porte. Elle préfère en avoir le cœur net. Adrienne connaît assez les hommes pour ne pas la jeter dans les bras du premier joli cœur venu, nanti ou non. Lorsqu'il verra le modeste logis de sa dulcinée, dans ce quartier miséreux, elle n'aura rien d'autre à lui expliquer. Il partira sans demander son reste. Elle n'aura plus qu'à se faire pardonner par sa fille, qui devra comprendre.

Elle retourne derrière le comptoir servir un client qui s'attarde. Il boit lentement son troisième Coke. Absorbé dans ses pensées, le monsieur n'est pas très causeur. De temps en temps, il louche vers la porte du logement de l'arrière-boutique. Il demande un paquet de cigarettes qu'il ouvre lentement sans se presser et il en porte une à ses lèvres en soupirant tristement.

Pour l'instant, Adrienne a autre chose en tête que d'essayer de dorloter Zéphirin Laurier, ce client ténébreux. Une belle Ford rutilante se gare devant le magasin et un jeune homme en descend. Il cherche un instant les numéros de porte. Il semble surpris de se trouver devant la façade d'un commerce. Il vérifie une seconde fois l'adresse, puis d'un pas décidé il entre. Aussitôt, il aperçoit Adrienne. Il avance de quelques pas et lui tend amicalement la main.

– Bonjour, Madame Tétreault. Ouf, quelle chaleur !

Adrienne dévisage le visiteur. Elle est pour le moins étonnée qu'il se soit présenté.

– Heu ! Bonjour, M'sieur Dubé. J'vas vous dire franchement, j'pensais pas que vous viendriez. Comme vous voyez, on est du monde ben ordinaire. Mon magasin est accueillant, j'y travaille assez fort pour ça. Pis ma fille me donne un bon coup d'main. À part ça, est encore ben jeune ! Pour c'qui est de vot'invitation, sûr que c'est apprécié, mais on va pourtant en rester là... J'suis certaine que, comme moé, vous comprenez que c'est mieux d'même.

Adrienne avait débité son discours sans reprendre son souffle. Il fallait mettre les cartes sur table dès le début. Le jeune homme ne se laisse toutefois pas démonter.

– Permettez, Madame Tétreault. Ce matin, au parc Lafontaine, votre fille m'a franchement ému. Nous vivons une époque difficile, comme vous le savez. Votre fille semblait au-dessus de tout cela. Je n'ai pas résisté à l'envie de faire sa connaissance et de saisir sa force. Je vous assure que mes intentions sont tout à fait honnêtes.

– J'vous arrête là. Je doute pas d'vos intentions. J'connais aussi les mérites de ma fille, et pour autant que j'sache, vous avez fait bonne impression. Étant donné que vous vous êtes déplacé, ben vous pouvez jaser un peu avec elle. Ce s'ra la première et la dernière fois. Lucienne est trop jeune pour entrer dans un monde qu'elle connaît pas pantoute. Vous avez l'air smat[41], mais vous êtes d'un aut'monde, pis ma fille est ben émotionnable.

– Je vois. Je comprends vos réticences. Vous êtes sage, Madame Tétreault. Je vous présente mes excuses et je vous remercie pour ces quelques instants que vous m'autorisez à passer en compagnie de votre fille.

Adrienne est vivement impressionnée. « Ouan ! On peut pas dire que c'est un quêteux. Y'a plutôt l'air d'un beau prince avec son langage fin. » Elle va chercher sa fille, en attente, l'oreille collée à la porte de sa chambre. Pendant ce temps, le client, toujours assis au bout du comptoir, n'a rien manqué de toute la conversation. Il observe ce grand freluquet avec un air encore plus maussade, comme s'il lui en voulait. Le jeune homme s'en trouve décontenancé. Il remarque aussi l'absence de la tante qui était au parc. Il se sent soulagé à la vue d'Adrienne qui revient, suivie de Lucienne. Les jeunes gens s'installent sur le grand banc au pied de la vitrine de la tabagie. À cette heure tardive de la journée, le soleil perd de son ardeur, procurant un peu de tiédeur dans la pièce. Très troublée au début, Lucienne se rend vite compte que le séduisant jeune homme s'intéresse à tout ce qui la passionne. Les jeunes gens conversent sans voir le temps passer, sous le regard inquisiteur d'Adrienne qui s'interroge : « Qu'est-c'qu'y ont tant à s'dire ? »

Tout à coup, comme éveillé d'un rêve, Antoine réalise qu'il est temps de se retirer. Il relève la tête, plonge son regard dans les yeux pétillants d'effervescence de sa jeune amie et lui sourit. Rien ne sert d'approfondir une relation qui n'a pas la moindre chance d'avenir. Cette dame Tétreault a raison, ils se seront croisés sur la route du destin. Il en gardera un tendre souvenir, tel le parfum d'une rose dérobée au tournant d'une roseraie. En matinée, là-bas en bordure du lac, le sourire de ravissement de l'enfant-femme l'avait fasciné et même séduit, tout comme l'innocence de son regard. Et là, l'enthousiasme animant le cœur de la jeune fille face à la vie le subjugue. Serait-il tenté de l'aimer, de la chérir, de prendre soin d'elle comme d'une petite poupée de faïence délicate et fragile ? Devant l'âme exaltée de cette toute jeune fille pétillante de joie de vivre, son cœur le lui suggère, mais sa raison lui rappelle les implications, les obstacles. Enfant gâté par la vie et par ses parents, le jeune homme admet honnêtement sa couardise face aux difficultés. Il prend la main de Lucienne, la porte doucement à ses lèvres, puis la pose avec délicatesse sur les genoux de la jeune fille.

– Lucienne, petite amie, je dois vous quitter maintenant. Faire votre connaissance a été pour moi un réel enchantement.

– Oh !… Vous r'viendrez ? Je...

– Non, Lucienne, je ne reviendrai pas. Croyez-moi, c'est mieux. Je prends mon chemin et vous, le vôtre. Si nous devons nous revoir un jour, le souvenir de cette journée en illuminera l'instant.

Il se lève lentement, recule d'un pas puis salue gentiment la jeune fille.

– Au revoir, ma douce amie.

Le jeune homme se tourne du côté d'Adrienne. Poliment, il lui adresse un salut en lui disant :

– Au revoir, Madame Tétreault; il se fait tard et je dois partir. Merci encore. On ne se reverra sans doute jamais, pourtant soyez toutes les deux assurées de mon amitié.

– C'est ça ! Ben l'bonjour, M'sieur Dubé.

Il passe la porte... « la porte du temps ».

Adrienne essuie encore une fois le dessus du comptoir en exécutant des mouvements circulaires brusques. « Bon, v'là une bonne affaire de faite. » Toute énergie l'ayant quittée, les yeux noyés de larmes, Lucienne fixe la porte comme si elle allait s'ouvrir sur son cavalier d'une heure. Son prince n'a peut-être été, après tout, qu'une illusion, un rêve de jeune fille, bête et naïve. « Lucienne, va éplucher les patates, pis sers un Coke à m'sieur Laurier. J'vas en bas chercher une caisse de bière d'épinette. » Adrienne comprend la peine de sa fille, mais il faut lui changer les idées au plus tôt. Ce jeune homme charmeur, beau comme un acteur, éduqué comme un prince, n'est et ne sera rien d'autre qu'une friandise de jour de fête.

Mais depuis ce jour, et cela durant plusieurs mois, Lucienne demeure apathique. Même les facéties de Lucien ne la font plus rire. Perdue et désemparée, elle éprouve de l'ennui, de la tristesse. Le vide.

Adrienne ne ramène plus sa fille au parc Lafontaine de tout l'été. De plus en plus souvent, la famille se rend à Saint-Jean-Baptiste. Ils y retrouvent la parenté qui profite, comme d'habitude, de l'hospitalité des cousins Louis et Georges Gélineau. Pratiquement toutes les fins de semaine, les « vieux garçons » reçoivent l'une ou l'autre des familles Tétreault et Gélineau. Les grands-parents, les oncles et les tantes, entourés d'une armada d'enfants bruyants, sont toujours heureux de se retrouver et s'en donnent à cœur joie sous le ciel bleu de la campagne. Les cousins ne se formalisent pas de toute cette agitation. Au contraire, cela les distrait de leur petite vie tranquille. Avant de quitter les lieux, tout le monde met la main à la pâte et s'assure que tout est à l'ordre. Lucienne et son frère éprouvent toujours un grand plaisir à rencontrer leurs cousins. Les enfants ont grandi, ils s'adonnent à leurs jeux préférés... coupables. Lucienne, qui lentement se remet de sa « peine d'amour », est particulièrement heureuse de retrouver ses cousins et ses cousines. Elle puise un grand réconfort dans le plaisir de les côtoyer, de se raconter des blagues et des souvenirs coquins.

Chapitre 8

Un retour inattendu

*D*une visite à l'autre, le temps file et l'été tire à sa fin. Lucienne est à la fois heureuse et déçue de ne pas retourner au couvent. Les études lui manqueront, toutefois demeurer parmi les siens la réconforte, et cela, malgré les exigences de sa mère. Dans ses temps libres, elle se promène sur la rue Notre-Dame. Elle flâne au parc Georges-Étienne-Cartier et savoure le quartier, son « chez-elle ». Il lui arrive encore également de visionner des films en compagnie de Lucien.

Certains soirs, alors que le sommeil lui fait faux bond, elle s'épuise en rêvasseries. Son imagination projette des visions chimériques. Elle se revoit au parc Lafontaine un certain après-midi de juin, rêvant, sous ce vieil arbre, d'un jeune couple indien d'il y a quelques centaines d'années. Puis elle imagine son bel inconnu qui la regarde intensément; il s'approche et, d'une main douce mais ferme, il la retient tout contre lui. Son souffle caressant sa joue, son prince charmant invite sa bouche à un doux baiser. Leurs lèvres s'effleurent, leurs corps se pressent l'un contre l'autre sous un feu d'artifice. Lucienne tressaille, elle ouvre les yeux, les ténèbres de sa chambre l'enveloppent. Envolé, son rêve d'amour. Elle soupire, tristement persuadée que cet amour illusoire se résume à ce qu'elle connaîtra jamais de l'« Amour ».

Ce matin-là, Lucienne s'éveille l'esprit tranquille. Elle se lève tôt, effectue ses tâches à la hâte, escomptant sortir avec Lucien et leur cousin Jacquot. Ils se promettent une séance de cinéma à trois endroits différents. À l'arrière-boutique, sa mère prépare les sandwichs pour la journée. Elle en ajoute quelques-uns pour les enfants. Soudainement, Lucienne s'écrie :

– Moman, Moman, viens voir ! Jos est là !

Le cœur d'Adrienne fait trois tours. « La p'tite véreuse, elle joue à quoi à matin ? » Elle s'apprête à aller demander des comptes à sa fille lorsque Lucienne accourt à la cuisine tout excitée.

– Moman, regarde, c'est Ti-Jos !

Interdite, en proie à l'effarement, Adrienne aperçoit Jos qui s'avance derrière sa fille. Elle n'en croit pas ses yeux. Ce n'est pas possible. Plantée là, debout, les bras ballants le long de son corps, la gorge nouée, elle regarde Jos comme s'il s'agissait d'un revenant. Lui-même passe par toute la gamme des émotions, heureux de retrouver enfin sa chère Adrienne. Il a craint qu'elle ne veuille plus le voir. Il reste cloué sur place par l'émotion, incapable de détacher son regard de cette femme qu'il s'était interdit d'oublier.

– Hello, Adrienne !

Adrienne se sent défaillir.

– Jos, c'est toé, c'est ben toé ?

– Adrienne, my love !

Non, elle rêve. Elle doit rêver, ce n'est pas possible. Les questions se bousculent dans sa tête.

– Mais où… ? Qu'est-c'qui t'est arrivé ?

– C'est une très longue histoire… But, not now ! J'vas te raconter ça plus tard. You know, je t'ai cherchée. Je savais pas que t'avais vendu your boarding-house.

Toute trace de ressentiment est effacée dans le cœur d'Adrienne.

– Viens t'asseoir, Jos. Laisse-moé te regarder. As-tu faim ? J'te prépare à déjeuner. (Elle porte ses mains à son cœur.) Oh ! Jos, te v'là enfin ! J'me suis ennuyée sans bon sens; j'ai jamais compris pourquoi tu pouvais pas rev'nir. Tu savais ben que j'aurais pris soin de toé ! (Hésitante, elle continue :) Y faut que tu saches, y s'en est passé des choses depuis que t'es parti.

– I know !

Il la regarde d'un air réprobateur, mais il lui décoche aussitôt un sourire moqueur.

– J'ai su pour ton mariage.

– Heu ! Oui. Ça fait combien de temps que t'es en ville ?

– My love, on reparlera de tout ça plus tard. One good news, I have my old job back at the CNR. Adrienne, if you still want me… I'll stay with you and the kids.

– Jos, tu sais ben que ta place est toujours icitte avec nous autres. Seul'ment, je t'en ai voulu longtemps, espèce de tête de cochon d'Anglais !

Jos ignore la remontrance.

– Moé aussi, je suis content d'être là... I was so afraid that... Let me see your place.

Lucienne et son frère attendent impatiemment à l'avant. Ils ont hâte eux aussi de pouvoir parler avec Jos. Ils se souviennent de lui et sont très heureux de le revoir. Ils sont aussi curieux de savoir ce qui lui est arrivé et la raison pour laquelle il a été parti si longtemps. Leur mère ne leur en a jamais parlé.

– Hey ! kids, vous avez grandi. Lucienne, t'es dev'nue a little lady ! Come here, mon Lucien; quel âge as-tu ?

Fièrement, Lucien répond :

– Onze ans.

– J'suis si content d'vous revoir, mes enfants.

Les enfants adorent entendre Jos parler français avec son accent si drôle.

Jos s'installe tout naturellement chez Adrienne. La surprise de son retour passée, la famille entière trouve normal de les revoir ensemble. Par contre, les commères du quartier ne le voient pas du même œil et en font des gorges chaudes. « Imaginez, on dit que ses enfants sont illégitimes. Y paraîtrait qu'elle a même été mariée ! Pis v'là t-y pas que son ancien amant r'vient de Dieu sait où ! La Tétreault ou... Duhamel, on sait plus trop, c'est quequ'chose. À s'enfarge pas dans les fleurs du tapis celle-là. Pour ça non ! »

Il y a belle lurette que le curé de la paroisse en a perdu son latin. D'ailleurs, il interdit les sacrements à cette femme tant qu'elle vivra dans le péché. Adrienne est croyante, malgré les interdits de la religion. Et lorsqu'elle en sent le besoin, elle se rend voir son p'tit « frère franciscain », comme elle l'appelle. Depuis le décès du frère André à qui elle rendait visite régulièrement, elle se confesse à ce petit frère, dont la sagesse lui est d'un grand secours. Puis Adrienne revient chez elle, apaisée, absoute de fautes dont elle s'était sentie jugée par la moralité sectaire de son entourage. Elle lève alors le menton et prend la décision de vivre sa vie selon ses critères, en essayant d'aimer son prochain comme le bon Dieu le commande. La jeune femme admet que sa façon de vivre n'est pas en conformité avec les commandements et la religion mais, que Dieu lui pardonne ! elle aime trop Jos Moore pour l'éloigner de sa vie. Elle porte encore le nom de Duhamel bien qu'elle utilise, de façon courante, son nom de fille. Il n'est en conséquence pas question de remariage.

LE BAL

Au début du mois de décembre, Jos annonce à Adrienne que le CNR organise un grand bal pour ses employés. Le bal aura lieu au Queen's Hôtel. Une jolie brochette de gens de la haute sera présente, comme le maire de Montréal, Camilien Houde. Adrienne est excitée comme une enfant qu'on amène voir le père Noël. En compagnie d'Albertine et d'Alice, elle fait le tour des grands magasins afin de trouver une toilette convenable. Cette soirée commande une dépense folle.

Le soir du bal, frémissante de plaisir à l'idée de cette belle sortie, elle brosse longuement ses cheveux et les coiffe à la mode. Elle enfile ensuite ses vêtements lentement, comme dans un rituel, s'admirant de longues minutes devant son miroir.

Lorsqu'elle fait son entrée dans la grande salle, au bras d'un Jos des plus élégants, vêtu de son habit d'apparat, Adrienne se sent comme une reine. Cendrillon n'aurait pas été plus heureuse, en ce soir de bal. Jos valse comme un prince. Elle imagine sur eux le regard des femmes envieuses et des hommes admirateurs. Le couple glisse sur la piste de danse, tels des personnages féeriques sur une glace imaginaire. Comme pour clore une soirée qui ne pourrait être plus parfaite, un événement inattendu comble de ravissement la jeune femme : monsieur le maire en personne l'invite à valser. Le notable avait remarqué la prestance de la jeune femme sur la piste de danse et, elle en est convaincue, « il la trouve à son goût ». Très honoré de l'intérêt que provoque sa compagne, Jos acquiesce avec joie. Par son faste, ce bal du CNR de l'année 1939 est la plus belle soirée qu'il lui ait été donné de vivre. Il se veut, pour chacun des invités, un baume sur l'angoisse suscitée par le début de la guerre en Europe.

Lorsqu'elle repense à cette soirée, Adrienne a chaud au cœur. Elle se revoit au bras de monsieur le maire. Ce soir-là, elle s'était sentie comme une grande dame. Elle avait goûté comme une revanche au souvenir de l'affront, jamais oublié, subi autrefois. Petite fille, la bonne société l'avait si terriblement humiliée dans l'intérêt d'une des siens. L'évocation de cet épisode de sa jeune vie lui revient périodiquement et la blesse. Cette fois-ci, monsieur le maire Houde l'a choisie pour valser devant toute la bonne société. Participant involontaire, le maire lui a redonné ce qu'on lui avait enlevé jadis : sa dignité. Orgueilleuse à s'en confesser, Adrienne a d'autant plus joui de ce moment de gloire fugace.

L'été suivant, Adrienne apprend avec stupéfaction l'arrestation du maire de Montréal par la GRC et la police de Montréal le 5 août 1940 en raison de sa politique sur la conscription. Le maire est envoyé à Petawawa. Il sera libéré le 18 août 1944. Dès le mois de décembre suivant sa libération, Camilien Houde redeviendra maire de Montréal. Il faut savoir que durant la conscription, par l'édit énoncé le 18 juin 1940, tous les hommes âgés de 16 à 60 ans devaient s'inscrire. Ils recevaient alors une carte d'enregistrement. Ainsi, le gouvernement gardait le contrôle sur les hommes enregistrés et sur ceux qui ne l'étaient pas. Cela avait donné lieu à une chasse sans merci aux déserteurs, sujet de pleurs et de grincements de dents.

Adrienne

Chapitre 9

Frénésie et bruit de guerre

Un après-midi du mois d'août, Lucienne entend le commentateur du poste de radio CKAC annoncer qu'un exercice d'alerte à la bombe aura lieu le soir même. Elle voit là un sujet d'excitation extrême. Loin de l'effrayer, cette perspective la fascine. La guerre se déroule beaucoup trop loin pour être une menace réelle aux yeux de cette jeune fille folichonne. De toute façon, il n'y a pas de quoi s'inquiéter : Lucien est trop jeune pour être enrôlé et Jos est inapte. Mais elle n'est pas sans se rendre compte que le sujet affole les adultes et rappelle de douloureux souvenirs à son oncle Albert. Elle surprend aussi souvent le regard triste de grand-mère Théonile. Lucienne aime et connaît assez bien sa grand-mère pour comprendre qu'elle se ronge les sangs en pensant à toutes ces mères qui auront à souffrir l'agonie, priant pour le retour de leurs enfants. Théonile soupire alors longuement, une larme à l'œil. Elle sort son chapelet de la poche de son tablier pour l'égrener lentement, affaissée dans sa berceuse.

Ce soir, il ne s'agit que d'un exercice d'alerte.

Et en ce moment, la jeune fille se perd dans de suaves pensées en exécutant ses tâches. Depuis peu, la présence quotidienne de ce client, monsieur Laurier, Ti-Gars comme le nomme familièrement sa mère, retient son attention. Assis soir après soir au bout du comptoir, il ne cesse de la suivre des yeux partout où elle se déplace. Il lui a même souri à plusieurs reprises, lorsqu'il était certain que la patronne ne le voyait pas. Hier soir, rouge de confusion, elle a répondu à son sourire discret et charmeur à la fois. L'homme est visiblement plus âgé, sans doute dans la mi-vingtaine. Aujourd'hui, il lui a dit bonjour en entrant. Lorsqu'elle lui a servi son Coke, dans un geste retenu, il a effleuré sa main. Client de la tabagie depuis le début, Adrienne connaît assez bien Ti-Gars : un homme gêné et même un peu singulier, mais en fin de compte, quelqu'un de « ben smatte » Elle trouve tout de même curieux qu'il vienne, tous les soirs que le bon

Dieu amène, flâner chez elle. Un soir, elle avait glissé dans l'oreille de Bartine : « Y'a rien d'autre à faire celui-là ? »

À l'occasion, Émilia, sœur aînée de Zéphirin et amie d'Adrienne, vient faire un brin de causette. Aujourd'hui, seule à la tabagie avec Adrienne, une tasse de thé devant elle, Émilia est d'humeur à la confidence et explique pourquoi Zéphirin est si peu sociable. Émilia aime bien Adrienne, une femme honnête, énergique et toujours joyeuse. Parler de son frère cadet, qu'elle aime profondément, lui est facile. Aussi, l'empathie de son amie la rassure.

Émilia raconte que son frère a souffert d'une peine d'amour. Plus jeune, il s'était amouraché d'une jeune fille très mignonne, originaire comme lui de Saint-Théophile de Beauce. Ils s'étaient pourtant rencontrés à Saint-Henri, présentés par un ami commun. Zéphirin était tombé sous le charme de la jeune fille et leur relation avait duré plusieurs mois. Selon Émilia, ils s'aimaient d'un amour tendre, presque enfantin, tout de doux sourires et de regards attendrissants. Ils étaient si jeunes.

Le père de la jeune fille avait su se placer les pieds en arrivant à Montréal. Sans être trop bien nanti, il avait élevé d'un cran son rang social. Lorsqu'il s'était rendu compte que sa fille fréquentait ce « zouave » sans avenir, selon son appréciation, il exigea qu'elle en termine sur l'heure avec cette relation. Il nourrissait de grandes ambitions pour sa fille unique, et cela n'avait aucun rapport avec Zéphirin Laurier.

Émilia se sent proche de son frère cadet. Il a tellement souffert de la mort récente de leur mère que Zéphirin a couvert son âme d'une cuirasse. Rien ni personne ne s'approchera d'assez près pour, encore une fois, briser son cœur. Et voilà pourtant que son tendre amour, sa douce Léontine, l'avait fui. Encore et encore, la vie le trahissait, l'abandonnait au froid de la désolation. Émilia avait eu recours à la force de son amour fraternel pour le réconforter. Elle l'avait recueilli et couvé comme un petit oiseau tombé de sa branche. Pour Émilia, Zéphirin a toujours été un p'tit gars malmené et émotif. D'ailleurs depuis l'enfance, elle le surnomme Ti-Gars. Ce surnom lui est resté, et finalement Adrienne l'a adopté.

Lucienne, quant à elle, ne sait trop comment analyser son trouble. Hier encore, Zéphirin Laurier lui était totalement indifférent, mais depuis peu, les journées lui semblent indéfinissablement longues. Tous les soirs à la même heure, elle le voit entrer. Elle guette son arrivée tandis que son cœur déclare la guerre à son esprit. Joie et appréhension se tiraillent. Ce jeune homme au sourire charmeur, aux yeux pétillants lorsqu'ils se posent sur elle, devrait-il être la concrétisation de ses rêves insensés ? Pourtant, jamais auparavant elle ne lui avait prêté attention. Depuis son prince du parc Lafontaine, personne ne s'était vraiment intéressé à elle. Le souvenir d'Antoine Dubé s'était envolé délicatement, comme un oisillon qu'on aimerait retenir dans sa main et qui, pourtant, prend son envol. Lucienne souhaite à son tour déployer ses ailes vers les horizons indistincts de l'amour. Elle désire être cajolée, caressée avec tendresse.

Ses émotions et ses sensations se bousculent. Lucienne attend fébrilement cet exercice d'alerte. Ses sentiments se confondent entre l'anticipation et l'excitation. La radio annonce, depuis l'après-midi, un exercice (un raid aérien) en soirée. Il ne doit y avoir aucun éclairage dans les maisons. Après le souper, elle lave la vaisselle avec sa mère puis balaie le plancher de la cuisine et du magasin. Lucien ramasse les bouteilles vides et nettoie les cendriers, puis s'occupe des vidanges. Au moment où le jour bascule entre chien et loup, Adrienne tire les grandes cretonnes de la vitrine à l'avant du magasin. Elle ne laissera entrer que les clients réguliers jusqu'à la fin de l'alerte. Elle allume la mèche d'une petite lampe à l'huile, souvenir de Saint-Jean-Baptiste, qu'elle dépose sur le bout du comptoir. Cet éclairage fluide et inhabituel a l'heur de plaire aux rares clients qui s'attardent, alors que rien ni personne ne semble les attendre. Ils goûtent la conversation et la bière d'épinette d'Adrienne. Zéphirin Laurier fume pensivement son Export « A » tout en observant discrètement les allées et venues de Lucienne. Ce n'est pas qu'elle soit si jolie, mais quelque chose d'exclusif, de puissant, transparaît de cet être gracile. Son regard clair, lorsqu'elle ose lever les yeux pour le regarder, dénote la malice. Il s'amuse de voir à quel point la jeune fille se passionne pour les discussions des clients. La p'tite crapaude en oublie de faire son ouvrage. Quelle drôle de petite bonne femme ! Chaque minute passée en présence de la jeune fille lui fait pourtant oublier sa détresse, son amour perdu, sa Léontine.

Après s'être assurée que sa mère n'a plus de travail à lui confier, Lucienne se faufile discrètement dans l'escalier conduisant à l'étage. Elle se dirige à tâtons, dans le noir, vers sa chambre. Elle n'a pas peur. Elle est plutôt fébrile, excitée par ce qui va se dérouler dans quelques instants. Elle se tient debout devant sa fenêtre, où bientôt les dernières lueurs du crépuscule disparaîtront. Tout sera noir comme l'encre. Déjà, elle imagine les avions survolant la ville, des dizaines d'appareils grondants pourchassés par de longs faisceaux lumineux, passant au crible le ciel afin de localiser leurs cibles avant qu'elles crachent leurs abats destructeurs. Pour elle, ce n'est qu'un jeu. Jeune fille un peu fofolle, surexcitée par cet événement inhabituel, elle scrute les ténèbres de la nuit et attend. L'instant est affolant. Elle retient son souffle, le cœur battant la chamade. La jeune fille a une légère conception des horreurs de la guerre, exception faite des écrits de la Grande Guerre. À l'abri dans sa chambrette, debout devant sa fenêtre, elle écarte de sa main le rideau de cotonnade pour ne rien manquer. L'attente l'irrite.

Son esprit erre. Au rez-de-chaussée, sa mère sert sa clientèle. Monsieur Laurier est peut-être encore là. Plus tôt dans la journée, il l'a regardée avec insistance, ce qui l'a troublée, effarouchée.

Lucienne a froid. Elle baisse les paupières et reprend la maîtrise de ses pensées tourbillonnantes, des pensées qui voguent entre la réalité du moment et ses fantasmes; c'est hallucinant. Les ténèbres ambiantes annihilent le temps et l'emplacement. Son corps en est enveloppé comme d'un manteau douillet. Elle se sent en sécurité lorsque soudain, une légère apesanteur dérange ses états d'âme. Une présence, une main effleure délicatement son épaule. L'attendait-elle ? Émergeant de sa rêverie, elle se tourne.

– J'ai pas voulu vous apeurer.

Le charme est rompu.

Sans vraiment être effrayée, Lucienne s'inquiète. L'homme qui se tient devant elle ne devrait pas y être. Que dirait sa mère si elle le voyait ? D'autre part, voilà un scénario troublant, excitant. Même son imagination débridée n'aurait jamais osé concevoir de se retrouver seule en compagnie d'un homme dans une pièce plongée dans les ténèbres.

Zéphirin lui fait face en affichant un sourire moqueur, content de l'avoir surprise dans ses rêveries.

– M'sieur Laurier, j'vous ai pas entendu monter.

Le cœur à l'épouvante, elle n'avance ni ne recule. Il est là, trop près d'elle, beau et fort. L'odeur de son eau de toilette la grise. Il glisse sa main le long de son bras et retient le bout de ses doigts entre les siens. L'obscurité donne apparemment de l'audace à Zéphirin. De son autre main, il presse ses reins contre lui et, sans préambule, il pose ses lèvres sur les siennes. Zéphirin a tout chaud dans son corps, son bas-ventre brûle, son esprit s'égare. Sa petite Lucienne entre ses bras éveille en lui des pulsions. Elle est si menue, si fragile. Il définit mal ce qui le trouble autant.

Maintenant apeurée comme un petit animal que l'on retient dans sa main, Lucienne tremble. Puis le besoin de chaleur, une faim d'amour et de romance intensifiée par la douceur du baiser de Zéphirin enfièvre son corps. Ses notions de l'amour n'avaient été jusqu'à présent que fantasmes de couventine. Ils sont maintenant enlacés, debout devant la fenêtre comme des ombres fluides dans le noir de sa petite chambre. Oh ! comme elle voudrait que le charme de ce moment troublant ne prenne jamais fin.

L'exercice du raid aérien fait maintenant partie d'un autre espace-temps; la fascination de l'irréel qui tantôt l'exaltait s'est métamorphosée en une sensation physique voluptueuse.

Ses yeux maintenant habitués à la pénombre, Zéphirin devine les contours du lit; reculant de quelques pas, il y entraîne doucement Lucienne. L'ambiance des ténèbres l'excite. Il l'étend délicatement sur le dos et la couvre de son corps fébrile. Soudainement, Lucienne réagit. Ces dernières minutes, tout son être était retenu comme dans une bulle qui brusquement éclate. Son instinct la met en garde contre les impulsions de l'homme allongé sur son corps.

— Mais qu'est-c'que vous faites là ? Lâchez-moé, wéyons !

Mais Zéphirin l'embrasse de plus belle, ne pouvant plus retenir son désir de la serrer contre lui, de la caresser. Elle s'affole et essaie de se libérer de son étreinte ardente. La porte de la chambre s'ouvre subitement et Adrienne fait irruption dans la pièce, la lampe à l'huile à la main diffusant une lueur blafarde.

Plus tôt, elle avait aperçu Zéphirin se diriger dans le petit couloir vers l'arrière-boutique. Croyant qu'il allait aux toilettes, elle n'en avait pas fait de cas. Mais voyant que son client tardait à revenir, une inquiétude mal définie lui avait fait lever les yeux vers la chambre de sa fille. Depuis un certain temps, elle avait remarqué les regards incessants et intenses de Zéphirin en direction de Lucienne.

À la lueur de la lampe à l'huile, la scène apparaît fulgurante, choquante. La colère d'Adrienne gonfle comme une matière en ébullition. Zéphirin blêmit.

— Vous, descendez ! Toé, ma fille, redresse-toé, pis reste icitte ! On s'parlera plus tard.

Elle claque la porte de la chambre et se lance aux trousses du coq en chaleur, cachant mal sa déception. Elle n'aurait jamais imaginé un comportement semblable de la part de Zéphirin. Pourtant, ce qui est fait est fait et la réputation de sa fille est en jeu. Elle rougit d'horreur à l'idée de ce qui aurait pu se passer si elle n'était pas intervenue à temps. « Ah, le maudit torrieu ! C'est toujours pareil. Ces damnés hommes, y'ont toujours le chapeau su'a tête ! Cré moé que Lucienne s'ra pas rabaissée par c'te, c'te... maqu'reau à deux cennes ! »

Arrivé en bas, Zéphirin aurait préféré ne pas attendre son reste, mais madame Tétreault étant sur ses talons, il n'a d'autre solution que de se résigner et attendre que la tempête éclate. Ce qui ne tarde pas.

– Zéphirin !

Ti-Gars, son amical surnom, vient de prendre le bord.

Adrienne n'a jamais éprouvé une telle fureur. Son cerveau ne retient que cette scène d'indécence révoltante. Il s'agit de sa fille après tout. Elle réfléchit à la vitesse de l'éclair puis prend une décision à la mesure de sa colère, n'en déplaise aux intéressés. Indignée, oubliant la présence des quelques autres clients traînant encore dans la place, elle apostrophe le frère chéri de son amie Émilia :

– Bon, astheure, vous allez la marier.

– Quoi ? Qu'est-c'que vous...

Zéphirin ravale sa salive. Il doit se tromper. Ceci n'a aucun sens. Pourtant, Adrienne continue de l'invectiver.

– Le monde icitte vous a vu aller en haut, pis y savent que vous faites les yeux doux à Lucienne. Elle a tout jusse 16 ans et vous en avez 25. Vous devriez avoir honte. C'est ben pour dire qu'on sait jamais à qui on a affaire. Émilia vous porte sur son cœur, mais vous f'rez pas passer ma fille pour une guidoune devant tout l'monde. Astheure, vous allez prendre vos responsabilités, j'vous en passe un papier ! (Elle prend le temps de ravaler sa salive avant d'ajouter :) Allez réfléchir à tout ça. J'vas parler à Lucienne.

Déboussolé, Zéphirin préfère en rester là. La mère de Lucienne va certainement finir par voir les choses d'un autre œil. La décision est draconienne. Chancelante, Adrienne gesticule à gauche et à droite. Honte, elle a honte pour sa fille. « Ma fille s'ra pas fille-mère, aussi longtemps que je s'rai là pour y voir ! À pass'ra pas par où j'ai passé. Zéphirin est plus âgé, mais c'est un bon travaillant, un homme honnête, pas sorteux. Peut-être un peu gratteux. Ma fille a l'sang bouillant, prêt à faire lever le couvert d'la marmite. Avant qu'y arrive d'aut'chose, c'est mieux qu'à s'marie. »

Adrienne respire un bon coup afin de laisser échapper le trop-plein d'exaspération. « Bon, y'est temps que j'monte y parler. » De son air le plus digne, elle s'adresse aux clients assis au bout du comptoir, le nez dans leur bouteille de p'tite bière ou de boisson gazeuse :

– Bon. Ben l'bonsoir, on s'verra d'main !

Entre ses lèvres pincées, elle dit pour elle-même : « J'ai ma p'tite guerre à moé à régler. »

Mal à l'aise, les clients se lèvent de leur tabouret en disant bonsoir du bout des lèvres. Elle ferme la porte derrière le vieux Télesphore, son ancien pensionnaire, qui traîne de la patte. Elle expédie le rangement de fermeture et lorsque tout est en ordre, elle va dire bonsoir à Lucien à la cuisine. Occupé à réussir un jeu de patience, il n'a eu vent de rien de ce qui s'est déroulé dans l'autre pièce.

– Mon Lucien, va t'coucher, y'est assez tard.

Adrienne monte finalement voir sa fille. Elle la devine en train de pleurer sur son lit. « Pauv'p'tite fille. Le beau Zéphirin a ben mal commencé leurs fréquentations. » Un tout petit instant, elle doute du bien-fondé de ce mariage. Pourtant, cela lui semble l'unique solution pour lui assurer une vie convenable. Adrienne n'est pas dupe des longs soupirs et des yeux hagards de sa fille devant tout ce qui porte un pantalon. Elle ouvre la porte de la chambre. Il y fait noir comme dans l'antre du diable. Lucienne sanglote. Sa mère s'approche du lit à tâtons. Lucienne est repliée sur elle-même, comme un fœtus dans le sein de sa mère. Adrienne s'assoit et porte affectueusement la main sur les cheveux inondés de pleurs de sa fille.

– Lucienne, y faut qu'on s'parle.

Lucienne se tait. Lorsque sa mère dit « se parler », cela veut dire « moé, j'parle, toé, t'écoutes ». De toute façon, elle a la gorge nouée par les sanglots. Elle ne sait plus quoi penser de Zéphirin. D'une certaine façon, elle désirait ses cajoleries, mais elle appréhendait également l'étreinte. Elle ne sait trop ce qui a été le plus horrifiant : l'ardeur de Zéphirin ou la possibilité que sa mère puisse les surprendre. L'évocation de la chaleur de ce corps sur le sien et de la douceur un peu sauvage de ses baisers l'émeut encore. Elle a fait l'expérience de sensations nouvelles, inconnues et surtout condamnables. Alors, d'être surprise par sa mère dans les bras d'un homme, et cela, dans l'obscurité de sa chambre, l'a affolée. Femme juste et chaleureuse, Adrienne peut aussi faire preuve d'extrême sévérité. Lucienne sait trop que sa mère n'acceptera jamais ce qui, à ses yeux, apparaît strictement inacceptable.

– Après c'qui s'est passé icitte à soère… À part ça, qu'est-c'que t'avais d'affaire à monter icitte en pleine noirceur ? L'aimes-tu au moins, ton Zéphirin ? En tout cas, y va t'faire un bon parti, c'est un homme honnête malgré toute. (Adrienne respire profondément et rend sa sentence :) Vous allez vous marier à l'automne, le temps que j'prépare tout ça.

Haletante, Lucienne se dresse sur le bord de son lit. Les yeux rougis, exorbités d'horreur, son cœur se glace. Elle a peine à articuler.

– Quoi ? Mais m'man, qu'est-c'que tu dis là ? J'veux pas me marier, moé, j'veux...

– C'qui est faite est faite ! Astheure, y faut faire pour le mieux. Pis le mieux, c'est le mariage. Les clients sont pas fous, y'ont vu c'qui s'est passé icitte à soère. (Lucienne aimerait répliquer que si les clients supposent des choses, c'est que sa mère les a ameutés.) Même si y'est rien arrivé, c'est la même chose pour eux autres. Pis ça va faire du bavassage[42]. J'veux pas qu'on t'prenne pour une catin. T'as jusse 16 ans, t'es trop jeune pour commencer une vie d'travers. T'as ben compris c'que j'te dis là ? Astheure, couche-toé; on r'parlera de tout ça demain.

Deuxième partie

Le panier de boutons

Adrienne

Roman

Chapitre 10

La petite histoire de Zéphirin

Ovide Laurier est un homme frêle, de taille moyenne, cultivateur comme son père. Mathilde, sa femme, maigrelette, de santé précaire, trime vaillamment sans jamais se plaindre. De l'aube au couchant, elle donne tous les jours un peu plus de sa vie. Elle enrichit la famille de cinq enfants : trois garçons : Maurice, (Louis) Zéphirin et Georges, et deux filles : Marie-Ange et Émilia.

Ovide et les siens résident dans la paroisse de Saint-Théophile de Beauce. Au temps de la jeunesse de Louis Zéphirin, la pauvreté colle aux vêtements comme à la table. Tandis que le clair de lune veille sur les nuits, le soleil, suspendu au-dessus de la misère des hommes, chevauche les saisons. Les cultivateurs comme les villageois travaillent d'arrache-pied pour la survivance de leur famille. La brave et douce Mathilde élève ses petits avec amour, dans le respect de la religion et la crainte de Dieu. Elle tente de les garder au chaud et parvient à les nourrir à petits coups de becquée.

Quelque temps avant la naissance de Louis Zéphirin, au mois d'août 1915, Ovide projetait de déménager à Stanstead dans les Cantons-de-l'Est, tout près des lignes du Vermont. Le frère de son voisin Tancrède y possède une ferme qu'il désire vendre. Il l'assure que la culture est bonne, le paysage magnifique, la vie plus facile, plus douce. Malencontreusement, la venue de ce nouvel enfant retarde les projets d'Ovide. Il doit compter une bouche de plus à nourrir. Il y a aussi la santé déclinante de sa femme à la suite de cette autre naissance difficile. Comble de malheur, la guerre sévit dans les vieux pays. « Sacrée bonne chance : les garçons sont trop jeunes, y pourront pas me les enlever. » Le père Laurier retrousse ses manches, non sans amertume toutefois. Les mois, puis les années se succèdent tandis que son rêve de déménagement dans les Cantons-de-l'Est le démange toujours. Déjà affublé d'un caractère irascible, ce contretemps le rend grognon et irritable. Son exaspération se porte souvent sur Zéphirin. Pour tout ct pour rien, l'enfant devient sujet d'exaspération pour son père. Protectrice, Mathilde garde le petit garçon autant que possible dans ses jupes, mais il semble pourtant qu'il soit la plupart du temps dans les jambes de son père. Le petit Zéphirin est un enfant taciturne. Pourtant, il aime bien rire et s'amuser. Quelquefois, l'amertume prend le dessus; il se tient alors à l'écart et couve sa détresse. Son père, un homme sévère, est plus dur envers lui qu'envers ses frères. L'enfant ne sait comment être meilleur afin de gagner ses faveurs. Travailleur, il ne rechigne devant aucune besogne. Il soigne les animaux, il fait le train, il travaille aux champs, il sarcle le jardin en plus d'apporter son aide à sa mère.

Tous les dimanches, la famille endosse ses plus beaux habits pour se rendre à la messe. Si Ovide est d'humeur propice, il emmène ensuite les enfants au magasin général du village et leur offre une friandise. Zéphirin demeure cependant à la ferme pour s'occuper des animaux. « Ça prend quequ'un pour faire l'ouvrage », argue le père. Détestablement, cette tâche revient toujours à Zéphirin. Un sentiment d'injustice lui ratatine le cœur comme une patate oubliée dans le caveau.

Au printemps de 1922, la famille d'Ovide déménage enfin à Stanstead. Le père Laurier a fait l'acquisition d'une jolie ferme où les bâtiments bien entretenus s'élèvent, entourés de verdure et de champs à perte de vue. Tout ceci est beaucoup mieux que tout ce dont il avait rêvé. Ovide est heureux, ce qui donne de l'entrain à Mathilde. Zéphirin, quant à lui, y vit ses plus belles années. Son père donne finalement du « lousse » aux guides et lui permet plus de liberté. Zéphirin se fait des amis et jouit du plaisir de l'enfance.

En 1928, alors que Zéphirin est âgé de 13 ans, Ovide en a assez de la vie de fermier. Sur un coup de tête, il déménage sa famille à Verdun. L'incitation d'un ami qui lui avait fait reluire les commodités de la ville l'avait décidé. Il se lance alors dans l'immobilier en association avec Hector Barré, son ami. Le petit profit de la vente de sa ferme, ajouté à son association avec M. Barré, lui permet d'acheter une maison, puis une autre. D'autres suivent, des immeubles à logements abritant des familles à faible revenu vendus à perte par les propriétaires. Malheureusement, la crise qui suit le krach de 1929 multiplie le nombre des miséreux. Certains propriétaires insensibles jettent carrément à la rue les locataires qui sont dans l'impossibilité de payer leur loyer, tandis que certains locataires, pour les mêmes raisons, profitent de la nuit pour déguerpir. La misère de ces familles démunies entraîne indéniablement la faillite pour Ovide et son associé. Ovide emmène alors sa famille à Saint-Henri, rue Sainte-Marguerite. Grâce à des connaissances, il est engagé avec d'autres ouvriers pour refaire en ciment les égouts dans le quartier Notre-Dame-de-Grâce. Zéphirin, maintenant en âge de travailler, suit son père. Maurice Fortin, homme un peu facétieux, travaille avec Ovide et Zéphirin. Il œuvre aussi à la cour à bois de son père, située au coin des rues de Courcelles et Saint-Ambroise à Saint-Henri. Zéphirin se plaît à traînasser autour. Il espère ainsi être embauché pour de petites *jobines*. Maurice et Zéphirin fraternisent aisément. Ils bavardent de longues heures, particulièrement de menuiserie. Avec le temps, ils deviennent de très bons amis.

Aux premières visites de Maurice chez les Laurier, Émilia n'a pas une très haute opinion du jeune homme, le qualifiant de grand *flammou*[43]. Elle révisera son opinion puisqu'elle deviendra madame Maurice Fortin.

Vers l'âge de 20 ans, Zéphirin joint l'organisation des zouaves pontificaux, aussi appelés « Les gardes du pape ». Au Québec, au fil des ans, l'organisation comprend trois confréries dont la principale se situe dans la ville de Québec. De structure militaire, mais surtout à vocation religieuse, les zouaves existent depuis les temps lointains du pape Pie IX. Leurs tâches particulières consistent à participer aux défilés, par exemple aux processions de la Fête-Dieu. Lors des grand-messes, ils dirigent les gens vers leur place dans l'église et rendent de nombreux services aux paroisses. L'occasion leur est donnée de voyager de ville en ville, deux à trois fois par année. Ainsi, les trois confréries se retrouvent au même endroit en une gigantesque réunion regroupant un nombre impressionnant de plus de 7 000 zouaves. On les retrouve à Joliette, La Tuque, Trois-Rivières, Sherbrooke et à beaucoup d'autres endroits. La dernière apparition officielle de la confrérie des zouaves aura lieu lors de la visite du pape à Montréal dans les années 60.

Zéphirin, qui n'a jamais vraiment eu d'amis, à l'exception de Maurice Fortin, se lie d'amitié avec un grand gaillard qu'on nomme le « grand blond à Larin » au sein de la garnison. Bonhomme rieur, sympathique, sa chevelure à mèches rebelles couleur de soleil coiffe une taille imposante. Leur amitié s'est maintenue des années après avoir quitté la confrérie. À la même époque, Zéphirin travaille avec Maurice Fortin pour la compagnie Vickers. Ils réparent des avions endommagés durant la guerre de 14-18. La compagnie récupère aussi les matériaux inutilisables. Ils y travaillent pour un salaire de 25 $ par semaine.

Le temps file. Zéphirin vivote et suit son destin, qui le conduit pour la première fois à cette petite tabagie sur la rue Notre-Dame.

***

Du haut de sa stature imposante, l'église Saint-Zotique domine toujours le parc Cartier, témoin du mariage des frères et sœurs de Zéphirin. Elle sera aussi le théâtre de son propre mariage avec Lucienne, fille d'Adrienne Tétreault et de Louis Lecompte, ce beau-père qu'il n'a d'ailleurs jamais connu. De temps à autre, le souvenir de Léontine, son doux et tendre amour de jeunesse, revient impitoyablement le hanter. Elle aurait pu devenir sa femme, mais ils étaient alors tous les deux si jeunes. De toute manière, le père de sa belle en avait décidé autrement. Autant reléguer dans l'intimité de son âme Léontine et la douleur d'un amour éphémère, intense et… perdu. Pourtant, jamais il ne l'oubliera. L'impression tenace de ne pas être le maître de son destin l'agace.

Les responsabilités qu'entraîne son mariage le rendent anxieux. Et les bruits de cette guerre, si éloignée fut-elle, le dérangent. L'océan qui le sépare de ces terribles événements ne le rassure pas pour autant. Les rapports énoncés quotidiennement à la radio l'inquiètent comme tous et chacun. Le 18 juin 1940, le gouvernement a imposé la conscription, ce qui n'est pas pour apaiser les ressentiments du futur marié. Il reste que Zéphirin aime beaucoup Lucienne et que le mariage lui apparaît, d'une certaine façon, concevable. Moins jolie que Léontine, elle est néanmoins animée d'une gaieté exubérante, fraîche comme les fleurs sauvages parfumant les champs de Stanstead. Zéphirin se revoit assis au bout du comptoir de la tabagie, grillant une cigarette et buvant son coke. Il surveillait les déplacements de la jeune fille qui, comme une abeille, voltigeait d'un centre d'intérêt à un autre. La jeune fille lui était apparue timide mais curieuse, toujours en quête du monde. Elle le fascinait par son énergie mal contenue.

Lorsqu'elle apprend la nouvelle du mariage, Émilia est heureuse pour son frère. La fille d'Adrienne, même si elle est très jeune, saura lui faire oublier Léontine. Lucienne est, selon son jugement, une gentille petite personne, de conversation animée lorsqu'elle veut bien sortir de son cocon. Par contre, la sœur aînée de Zéphirin, Marie-Ange, ainsi que ses frères

Georges et Maurice s'insurgent. Ils ne voient pas ce mariage d'un bon œil. Premièrement, elle est trop jeune pour leur frère. De plus, cette fille ne leur semble pas très vaillante mais plutôt frivole. La famille est loin d'être convaincue qu'elle fera une femme de maison convenable. Tous ses proches conseillent à Zéphirin de ne pas l'épouser, ils insistent même.

Malgré l'opinion de son entourage, Zéphirin s'habitue pourtant à l'idée du mariage. Et puis il se dit que sa famille et tous les autres ne connaissent pas vraiment Lucienne. De toute façon, tout est déjà décidé. Adrienne a même fixé la date du mariage au 18 octobre, deux mois après le 26e anniversaire de naissance de Zéphirin, le 26 du mois d'août 1941. Les superstitieux prétendent que ce sera son année chanceuse. Quant à lui, il amorce simplement une nouvelle vie. Son emploi à la manufacture de coton les préservera de la misère totale. Il y a encore quelques mois, jamais il n'aurait envisagé que sa vie prendrait une telle tournure. Pourtant, il sera bientôt un homme marié.

La pauvre Lucienne accepte mal de se voir imposer le mariage. Du reste, elle est consciente qu'il ne lui sert à rien de crier puisque ni la colère ni les pleurs ne changeront la décision de sa mère. « Décision prise pour son bien. Ouais, plutôt pour la convenance ! » Une sourde rage l'étreint. Aussi et surtout, elle éprouve un sentiment indéfini à l'égard de Zéphirin. C'est un homme beau, il sent bon l'eau de toilette, mais de là à le marier… Au petit matin de sa vie, elle rêve de rencontrer du monde et d'élargir ses horizons. Le mariage, peut-être, mais pas à 16 ans ! Des questions angoissantes surgissent et tourbillonnent dans son esprit : « Qu'est-c'qui va m'arriver ? Est-c'qui m'aime au moins ? » Elle se rend compte que Zéphirin ne lui a jamais exprimé ses sentiments avec des mots.

Adrienne a tout orchestré : le jour, l'heure, ainsi que la petite réception qui aura lieu ici même au commerce.

Le samedi précédant la date du mariage, la mère et la fille courent les magasins afin de trouver une robe neuve pour l'occasion, ou plutôt Adrienne choisit une tenue jugée de saison, pratique et de circonstance. Elle jette son dévolu sur une robe de velours vert forêt coupée aux genoux, flanquée d'un petit chapeau à voilette. Elle achète également des gants et les souliers assortis. Impossible de dénicher une paire de bas de nylon, alors les bas en cachemire feront l'affaire. Lucienne se sent misérable. Ingurgiter tant de déceptions à la fois devient insoutenable. Follement romantique, elle avait imaginé un mariage de rêve. Son promis, qu'elle connaît à peine, fait belle figure, mais il est son aîné de dix ans. Pour ajouter à sa désillusion, sa mère n'a rien trouvé de mieux que de choisir le mois d'octobre et une robe de velours verte pour son mariage. Un cauchemar, elle vit un cauchemar. Pourtant, elle sait parfaitement qu'à moins de s'enfuir au bout du monde, il ne lui sert à rien de s'opposer à la volonté de sa mère. À cet instant, Lucienne essaie désespérément de se convaincre que sa mère l'aime.

MARIAGE DE RAISON

Un samedi pluvieux couronne ce jour de noces. Les curieux de la rue Notre-Dame et du parc Cartier sont présents au mariage de la fille de la tenancière de la tabagie du quartier. Simple, la cérémonie se déroule selon le rituel habituel. À la fin de la célébration, parents et amis se retrouvent sur le perron de l'église. Une bruine froide tombe et glace le cœur de la toute nouvelle madame Laurier. Étranglée par l'amertume, les yeux humides, la jeune mariée sourit courageusement.

Oncle Albert ramène les mariés vers la tabagie dans sa Ford noire, lavée du matin pour l'occasion. Un buffet, qu'Adrienne a préparé elle-même la veille, aidée de Bartine et Alice, attend les invités; les membres immédiats des deux familles et quelques amis s'ajoutent à la fête. Les convives mangent, boivent de la bière d'épinette, de la Molson ou du p'tit blanc. Tous s'amusent fermement. Adrienne veille à ce que tout son monde ne manque de rien, oubliant les miracles d'ingéniosité qu'elle a dû accomplir afin que la réception ne lui coûte pas trop cher. Elle a voulu un beau mariage pour sa fille malgré les privations dues à la guerre.

Les mariés regardent évasivement les gens s'amuser comme s'il ne s'agissait pas de leur propre mariage. Zéphirin guette la porte d'entrée. Il attend son ami, le grand Larin, de qui il a dû emprunter une petite somme d'argent. Humilié de devoir quémander, il n'avait pu s'y résoudre qu'à la toute dernière minute. Il a besoin de cet argent pour leur voyage de noces à Québec, une chose qu'Adrienne n'aura pas décidé à sa place. Il est presque l'heure de s'en aller mais son ami, parti fouiller dans son « bas d'laine », ne s'est toujours pas montré. De plus en plus nerveux, Zéphirin se dandine sur ses pieds, ne quittant pas la porte d'entrée des yeux. Son frère Maurice, qui suit son manège depuis quelques minutes, l'aborde, moqueur :

– Phirin, c'est trop tard pour te sauver !

Autour d'eux, les invités éclatent de rire, se ravissant de ce trait d'humour. Zéphirin baisse les yeux; il n'a vraiment pas le cœur aux balivernes. Lucienne, inquiète de l'air renfrogné de son mari, a l'impression qu'il est vraiment malheureux de s'être marié avec elle. N'y tenant plus, elle veut en avoir le cœur net. Elle l'entraîne dans le petit couloir qui mène à l'arrière-boutique.

– Qu'est-c'que t'as, Zéphirin ? C'est not'mariage, pis t'as un air d'enterrement. Si tu voulais pas d'moé, t'avais qu'à dire non.

Pour la première fois depuis qu'elle le connaît, elle tutoie Zéphirin. Curieusement, le nouveau statut de femme mariée donne de l'assurance à la jeune femme. Il décide de lui révéler la cause de ses inquiétudes parce que, de toute façon, si son ami ne se présente pas, ils ne pourront faire le voyage à Québec. Confuse et irritée, elle vire les talons et préfère monter à sa chambre, qui désormais ne l'est plus. Elle se précipite sur son lit et pleure un bon coup en pensant que c'est exactement à cet endroit que sa vie s'est trouvée bouleversée. Dans quel guêpier sa mère l'a-t-elle jetée ? Ses larmes étanchées, vaillamment, elle reprend courage. Elle entend bien que la vie lui donne sa revanche. Elle sèche ses yeux et mouche son nez. En ouvrant la porte, elle se bute contre sa mère, qui s'inquiétait de son absence en bas.

– Qu'est-c'que tu fais, ma catin ? La visite se pose des questions.

Adrienne voit bien que sa fille n'en mène pas large, mais il est trop tard maintenant pour y changer quoi que ce soit. Elle prend un ton léger et lui dit :

– Ti-Gars se prépare à partir. (Elle ajoute en riant, pour détendre l'atmosphère :) Attends pas qu'y parte sans toé !

– J'arrive. J'étais v'nue me passer un coup d'peigne. Pis Zéphirin attend quequ'un avant d'partir. M'man…

Lucienne hésite. Elle aimerait tant confier ses craintes à sa mère, avoir des réponses à ses interrogations, mais elle n'ose pas. Le cœur gros, elle fait un geste de sa main, comme pour chasser ses pensées. « Laisse faire. » Adrienne soupçonne le malaise de sa fille, mais elle préfère remettre à plus tard une conversation qui ne les mènera nulle part.

– Viens, descends, ton oncle Albert va vous conduire à la gare.

En bas, Zéphirin les attend, le sourire aux lèvres. Son ami est passé, tout est pour le mieux. Le cœur heureux, il prend la main de sa jeune femme et l'amène dehors. Le soleil a trouvé un coin de ciel bleu, saluant leur nouvelle vie à deux. Oncle Albert les somme de se dépêcher à monter dans la voiture : la Gare Centrale est passablement loin et il se fait déjà tard.

———◦———

Les nouveaux mariés sont étendus entre les draps blancs amidonnés du modeste hôtel qu'ils ont déniché au tournant de la rue. Même si le mariage lui a été imposé, Zéphirin a jugé bon d'accorder à sa femme un voyage de noces de quelques jours au moins. La misère qui sévit depuis bien avant la guerre laisse tous et chacun sans beaucoup de ressources, une époque assez misérable pour la plus grande partie de la population. Même pauvre, Zéphirin est content d'accorder ce plaisir à Lucienne grâce à la générosité de son ami qui lui a accordé un prêt. Zéphirin se souvient que sa Lucienne aime voyager en images, dans les revues. Au moins, elle aura la satisfaction d'avoir vu la belle ville de Québec. Pour l'heure, il regarde et admire sa petite femme, dans la pénombre de la chambre, éclairée du néon clignotant pendu à l'extérieur de la fenêtre. Le soir qui a lié leur sort lui revient à la mémoire.

Lucienne est moins farouche que ce soir-là. Il l'effleure du bout de ses doigts et arrête son regard sur le tracé parcouru. Elle ne baisse pas les yeux, elle n'a pas de gestes de recul. Ce qu'elle s'apprête à vivre, même si une légère crainte lui fait retenir son souffle, se trouve dans l'ordre des choses, le mariage abaissant les frontières du péché. Les signaux que son corps lui communique sont simultanément effrayants, ensorcelants et irrésistibles. Son mari est doux et câlin. Ses caresses empreintes d'une certaine timidité lui donnent des frissons grisants. Étonnée, elle s'y prête avec délices; ses reins se cambrent et le réclament. Entraînée par un flot d'attouchements de plus en plus entreprenants, Lucienne s'éveille à une passion troublante. Puis Zéphirin se montre audacieux; il presse son corps fortement contre le sien et impatient, il la pénètre. Une terrible douleur la surprend, comme une brûlure ou une déchirure. Elle ne comprend pas. Elle serre les dents. Surprise, contrariée, elle le subit. L'ardeur de son mari la meurtrit. Les délices se transposent en douleurs. Elle gémit tandis que Zéphirin se retire, la laissant avec une impression d'insatisfaction. Tandis que son mari est allongé tout près d'elle, les bras croisés derrière la tête, déroutée, préoccupée, les yeux rivés au plafond, Lucienne est assaillie d'un fatras de sentiments. Une question surgit de cette agitation cérébrale. Elle doit savoir. Elle caresse gentiment la poitrine velue de son mari; elle approche la bouche tout près de son oreille et murmure : « Zéphirin, m'aimes-tu pour vrai, même si c'est m'man qui a décidé qu'on s'marie ? M'aimes-tu un peu ? »

Pour toute réponse, elle n'obtient qu'un long soupir. Cet homme raisonnable a en tête autre chose que ces questions futiles. Le travail, le loyer, la nourriture le préoccupent bien davantage. Zéphirin est un homme pratique et, par la force des choses, il est maintenant un homme marié. Les enfants ne tarderont certainement pas. La responsabilité d'apporter l'eau au moulin pour sa nouvelle famille s'avère un sujet qui l'inquiète considérablement. Même ce soir.

Le travail à l'usine n'offre pas un salaire suffisant pour ses nouvelles charges. Il jette un coup d'œil du côté de sa compagne et s'émeut un instant. Lucienne lui fera une bonne petite femme. Aimer. Aimer. Introverti, il ne sait comment verbaliser ce qu'il ressent. Il a beaucoup aimé sa mère, il l'adorait. Néanmoins, elle est morte. Il a aussi tendrement aimé Léontine, mais elle l'a quitté. Lucienne va-t-elle aussi s'enfuir, l'abandonner, lui briser le cœur ? Cette femme est devenue sa famille; il s'en occupera et fera tout son possible pour la rendre heureuse. Cela est sa façon d'aimer.

– Zéphirin, m'aimes-tu ?

Mais déjà, il sombre dans un demi-sommeil chargé de préoccupations. Misérablement déçue, Lucienne se tourne du côté du mur. Elle pleure doucement en rêvant à ce jour, au parc Lafontaine, où un bel inconnu d'un autre monde, d'un autre temps, lui avait gentiment déclaré qu'elle avait le plus beau sourire qui soit.

LES VICISSITUDES DE LA VIE

Au retour de Québec, loger son couple n'est pas un problème. Adrienne a déniché un petit logement situé au tournant de la rue Sainte-Marguerite. Le couple se trouve d'ailleurs presque voisin d'Ovide, le père de Zéphirin, qui vit seul depuis que sa femme Mathilde est décédée. Cette rue est l'image même de la pauvreté, comme la majorité de Saint-Henri à proprement parler. Irrité mais résigné, Zéphirin s'y installe avec sa femme. Adrienne leur a donné quelques meubles provenant de son ancienne maison de chambres, meubles entreposés, en cas de besoin, dans le hangar à l'arrière du magasin.

Le couple entreprend sa vie commune, rivé au conflit qui, même de ce côté-ci de l'Atlantique, fait des ravages. Les privations, l'angoisse de voir s'enrôler un fils ou un frère pour une guerre que chacun sait meurtrière minent le cœur des familles. La guerre extirpe des hommes de leur foyer à cause d'un conflit qui a lieu si loin, à l'autre bout du monde. Il y a également des citoyens qui ne croient pas devoir se battre pour des pays si lointains ni pour une cause qui ne les regarde en rien. Ces fils cachés, privés de leur famille, coupés du monde réel, des hommes, presque des enfants, traités comme des renégats par les autorités, se terrent et vivent une grande solitude. Cette guerre, comme tout conflit, est laide et n'apporte que déchirements et désarroi.

Zéphirin fait de son mieux. En plus de son travail à l'usine de coton, il bosse les fins de semaines dans un atelier situé le long du canal Lachine : Les Bicycles Realey. Lucien, âgé maintenant de 14 ans, l'accompagne parfois. Il effectue de menus travaux pour quelques sous.

Lucienne semble n'avoir aucune inclinaison pour l'entretien ménager, et cuisiner ne fait pas partie de ses talents naturels. Zéphirin, qui s'échine au travail, fait pourtant les frais du manque d'enthousiasme de sa jeune femme. Adrienne, qui connaît bien sa fille, soupçonne aisément ses difficultés. De temps à autre, elle apporte une soupière fumante ou un chaudron de *beans*. La toute jeune mariée se sent trahie par la vie. Comme elle aimerait retrouver ses 15 ans et reprendre sa vie de jeune fille insouciante ! Zéphirin, quant à lui, se renfrogne; il ne comprend pas l'attitude de sa femme. Avant son mariage, il vivait assez bien chez sa sœur Émilia. Il mangeait à sa faim, la maison était bien tenue. C'était loin de ce coqueron. Il n'avait pas imaginé que Lucienne n'ait aucune disposition ni aucun goût pour l'entretien ménager. Rien à voir avec sa belle-mère dont la maison est toujours propre et qui, malgré les tickets de rationnement, trouve le moyen de préparer des repas consistants.

Comble de malheur, Zéphirin perd son emploi à l'usine de coton dont le rendement est en baisse. Le jeune ménage, comme tant d'autres, subit alors les outrages de la pauvreté. Il arrive qu'ils soient dans l'obligation d'avoir recours au « secours direct ». L'organisme alloue 4 $ ou 5 $ pour une semaine aux familles vivotant dans la pauvreté absolue, la misère noire. Torturé de honte, Zéphirin se voit réduit, comme tant d'autres, à faire la queue aux portes de l'édifice, d'allure aussi misérable que ces pauvres bougres attendant d'obtenir leur maigre prestation. La guerre ne choisit pas ses victimes. Zéphirin en est mortifié, mendigoter n'est pas dans sa nature. Bon travailleur, il n'a jamais manqué à subvenir à ses besoins. Il se sent humilié, privé de sa dignité, ce qui consume littéralement ses forces morales. Les conséquences sont néfastes. Tant bien que mal, le couple subit le quotidien, mais souffre d'incompréhension réciproque. Certains jours, ils n'arrivent plus à se supporter. Prétextant la fatigue, Zéphirin se couche et s'endort avant que sa femme le rejoigne. Lucienne préfère lire une revue rapportée de la tabagie plutôt que de croupir sous un mari qui ne peut ou ne veut prononcer ces simples mots : je t'aime.

Tout espoir de rapprochement s'amenuise sous les préoccupations et les frustrations. Pourtant, la sensualité de Lucienne crie dans la nuit ses besoins insatisfaits et désespérément, elle tend le cœur. Obnubilée par un désir pressant, elle raisonne avec ses sens. De son côté, Zéphirin souffre parfois la torture du froid de l'âme. Alors, le mari et la femme s'étreignent; le temps d'un soupir, ils oublient leurs divergences et voyagent nichés au sein de l'extase de leurs fantasmes.

Un matin, Zéphirin revêt l'uniforme comme tant d'autres hommes en âge de combattre. Maurice Fortin et son grand ami Théodore Larin s'enrôlent le même jour. Maurice apporte dans sa besace son sens du devoir, les deux autres délaissent leurs obligations pour prendre le large. Presque tous les hommes de la province ne voient aucun intérêt à se battre dans une guerre qui n'est pas la leur et plusieurs s'y refusent carrément. Zéphirin considère son enrôlement comme une échappatoire, l'évasion d'une vie aliénante. Ni le devoir ni la peur ne l'incitent à avancer ou à reculer. La liberté est son fanion. Libéré de l'oppression quotidienne, il ne se tracasse pas pour Lucienne. Sa mère est là, elle ne la laissera pas dans la misère. Et elle recevra l'argent de sa solde.

Dans un premier temps, le contingent de nouveaux recrutés est envoyé, ainsi que de nombreux autres, vers Saint-Jean. Plus tard, ils partiront pour Halifax. Chaque régiment s'adonne à l'entraînement, la *drill*[44], et se soumet à des examens médicaux. Les journées sont longues et bien remplies, surtout exténuantes. Le soir venu, les hommes sont heureux de rentrer au baraquement. Les uns écrivent à la maison, les audacieux spéculent et s'imaginent en pleine action, là où se trouve la vraie guerre. Ils espèrent avoir l'occasion de défendre leur pays contre une menace encore indéfinissable. D'autres se demandent ce qu'ils font dans ce bourbier et n'espèrent qu'une chose : rentrer chez eux le plus tôt possible. Zéphirin n'a pas le temps de se poser des questions : ses examens médicaux révèlent qu'il souffre d'une forme d'anémie. De plus, il a une malformation du pied qu'on appelle « pied bot », un handicap pour le moins gênant pour un militaire. Il est déclaré inapte au service militaire et renvoyé chez lui. Cette expérience du camp militaire, bien que brève, s'est avérée révélatrice. Il revient à la maison avec un sentiment de délivrance. Malgré les défauts de sa jeune femme, après plusieurs semaines d'absence, il est content de retrouver sa Lucienne qui l'accueille de bonne grâce.

Plus tard, après réflexion, elle se dira cependant que son mari s'est dérobé à son devoir, refusant de se battre. Enfin, c'est sa conclusion d'un retour hâtif. Le caractère renfermé de Zéphirin tend à confirmer son opinion. En fait, cet homme est impuissant à verbaliser cette autre défaite de sa vie; il est incapable de confier sa honte face au soulagement ressenti d'avoir pu éviter le combat.

1943 – Agacée du peu d'intérêt de sa fille pour l'entretien ménager, Adrienne a tout de même d'autres chats à fouetter. Apporter l'eau au moulin en temps de guerre n'est pas toujours une évidence. Elle doit composer avec les tickets de rationnement pour le beurre, le pain, le lait, le thé, le café et les autres denrées, une discipline éprouvante. Les maigres revenus de la tabagie en plus du salaire de Jos qui a conservé son emploi au CNR leur évitent la misère avilissante. Lucien coopère au travail de la maisonnée en plus de petites *jobines* qu'il déniche avec l'aide de son beau-frère. Lucienne demeure néanmoins un sujet de préoccupation. Son ménage « branle dans l'manche ». Elle a besoin que l'on s'occupe d'elle, plus qu'Adrienne l'aurait imaginé.

Femme de courage, cette dernière fait appel à son ancien patron de la manufacture Fine afin de combler le manque à gagner. Elle obtient une entente qui consiste à effectuer du travail à la maison. Elle aménage alors la cuisine en salle de travail. En matinée, alors que l'achalandage de la tabagie est moindre, elle en profite pour presser les vêtements que Jos ou Zéphirin lui apportent de la manufacture. À la fermeture du magasin, elle continue de presser jusqu'à très tard le soir. Debout aux premières lueurs du jour, elle prépare sa p'tite bière d'épinette et les sandwichs pour sa clientèle. La besogne dépasse la taille de ce petit bout de femme dont la vaillance n'a d'égale que sa ténacité. Lorsque Jos ou un membre de sa famille lui fait savoir qu'elle travaille trop, elle réplique hardiment : « Le travail a jamais tué personne ! » Adrienne se dépense sans compter. Sous ce régime, l'épuisement la rejoint fatalement. De temps en temps, elle s'accorde un moment de repos alors que des clients lui offrent une cigarette. Ça leur fait plaisir lorsqu'elle accepte et ça lui permet de s'asseoir et de se détendre quelques instants.

Ce soir-là, elle est seule; Ti-Jos se trouve à l'extérieur de la ville et Lucien visite sa sœur. Assise au bout de la table, elle sirote sa tasse de thé. Elle s'inquiète pour sa fille; elle déplore qu'elle ait hérité du tempérament de son père et ne possède pas plus de cœur au ventre. Sur la table devant elle, son panier de boutons, toujours à portée de main; elle réfléchit. Le panier est rempli de boutons récupérés de génération en génération. Elle y trouve même les boutons de l'uniforme d'Albert. Les quatre boutons sont noircis, brûlés par l'éclat d'obus qu'il a reçu sur le champ de bataille en 1917. Son panier de boutons lui est très précieux, il est dans la famille depuis si longtemps. Adrienne se sent nostalgique. Elle a soudain envie d'une bonne cigarette; elle se dit que cela l'aidera à passer ce moment de grisaille. Elle se dirige du côté magasin et ouvre un paquet d'Export « A ». Elle goûte ce moment de détente sans se douter que ce geste amorce une longue vie d'esclavage à la cigarette.

Adrienne a atteint l'âge de 45 ans. Le pressage, en plus de tout l'ouvrage que lui impose le magasin, commence à avoir raison de ses énergies. D'ailleurs, plus elle y pense, plus elle en a assez de s'éreinter pour ce magasin. Le babillage de la clientèle sur tout et sur rien l'exaspère. Elle a besoin d'autre chose. Un beau matin, elle se lève et sa décision est prise. Elle fait part à Jos de son projet et il l'appuie. Jos comprend la fatigue de sa compagne. La plupart du temps, il ne peut aider aux tâches que requiert le commerce, à cause de l'éloignement dû à son travail. Sa participation aux dépenses, qu'Adrienne avait dû accepter à contrecœur, ne suffit pas. La tabagie lui a donné ce qu'elle en attendait, maintenant elle désire s'aventurer sur une autre avenue.

– Do what you think is best, Drienne.

Un sourire moqueur se dessine au coin des lèvres de Jos :

– Je te suivrai au bout du monde. You know that !

– Jos…

Adrienne a pris la décision de vendre la tabagie sans trop savoir où ça la conduira.

Depuis peu, Bartine et Vézina demeurent à Coteau-Rouge. Lorsque Adrienne lui apprend qu'elle désire vendre la tabagie, sa sœur l'incite à venir s'y installer. « Ouan ! C'est peut-être une bonne idée. J'vas penser

à ça ! » En ce moment, ce ne sera peut-être pas facile de vendre la tabagie. De plus, elle apprend une nouvelle qui devrait la rendre folle de joie
mais qui, dans les circonstances, a plutôt l'heur de l'alarmer. Lucienne est
enceinte, après un peu plus de deux ans de mariage. « Pauv'p'tite fille ! »
Elle réalise, par ailleurs, que ce n'est peut-être pas le meilleur moment de
s'éloigner, puis elle se ravise : « Bah ! Est mariée. Elle a sa vie, pis j'ai la
mienne. Y faudra ben qu'elle apprenne à s'débrouiller. » Cependant,
comme elle l'avait imaginé, la tabagie tarde à se vendre. La pauvre femme
s'en trouve contrariée, irritée. Ce n'est pas dans ses habitudes d'attendre
avant d'agir. Autre chose aussi la préoccupe : le *foreman* de la manufacture refusera peut-être de lui fournir de l'ouvrage après son emménagement
à Coteau-Rouge. Et que faire de Lucien qui travaille ces temps-ci pour un
cordonnier qui dirige un *shœ-shine* au coin des rues Saint-Laurent et
Craig ? Âgé de 16 ans, le garçon gagne, de cette façon, amplement son
argent de poche. Les avocats, les juges et la grosse gomme de l'hôtel de
ville vont faire cirer leurs chaussures tous les jours et sont en général assez
généreux sur les pourboires. Lucien se plaît à dire qu'il est un artiste de la
cire. La clientèle l'apprécie également pour ses mimiques et ses bouffon-
neries. Certains affirment même qu'il est un « comique » de grand talent.
Il s'amuse, et si ça fait rire les gens, tant mieux. Quelquefois, Zéphirin
l'accompagne — son jeune beau-frère le déride —, mais l'occasion lui en
est rarement fournie. Le cordonnier, un nommé Zimmer, un petit homme
jovial, a pris Zéphirin en amitié. S'ensuivent de longues conversations,
souvent à propos de la guerre qui n'en finit plus. De nationalité juive, le
monsieur est très sensible à ce qui se passe là-bas. Le vieux cordonnier
discute rarement de sa vie intime, pourtant se confier à Zéphirin lui est tout
naturel. Il lui fait part de ses inquiétudes pour sa famille demeurée en
Europe. Zéphirin ne comprend pas nécessairement les craintes et les allé-
gations du vieux Juif, mais il l'écoute tout de même avec intérêt. Puis le
sujet de conversation change tout bonnement.

— Votre jeune beau-frère est un bon p'tit gars. J'ai commencé à lui
montrer les rudiments du métier; il apprend vite et travaille très bien. Sa
bonne humeur plaît aux clients.

Le cordonnier entraîne Zéphirin vers l'entrée de sa cordonnerie.

— Entrez, Monsieur Laurier.

L'odeur du cuir amalgamée à celle non moins prononcée des cires à
chaussures surprend Zéphirin; néanmoins, il trouve ça plutôt plaisant. En
regardant le cordonnier à l'œuvre, il est fasciné par ce travail qui transforme de vieilles savates en jolies chaussures d'apparence toute neuve.

Zéphirin a pris l'habitude de se rendre à la cordonnerie tous les samedis après-midi. Il discute un moment avec Lucien puis pénètre à l'intérieur de la boutique. Le vieil homme travaille, Zéphirin l'observe. Souvent, le silence règne durant de longues minutes. Le cordonnier se plaît à considérer son nouvel ami comme son apprenti. Quant à Zéphirin, il profite avec bonheur de ces moments en compagnie de ce personnage chaleureux.

Les jours et les mois s'écoulent, gris, sans chaleur. Par contre, les réunions familiales ont pour effet d'égayer tout le monde. À Saint-Jean-Baptiste ou à Ville Lasalle, ces retrouvailles sont immanquablement des instants privilégiés.

Au fil du temps, Adrienne prend son mal en patience. Les festivités de Noël et du Nouvel An 1944 sont passées. La maternité de Lucienne lui va à ravir; elle est heureuse d'exhiber la rondeur de son ventre dont elle est très fière. Menue et délicate en temps ordinaire, elle s'apparente maintenant au dirigeable Hindenburg. C'est du moins ce qu'elle affirme. Sa mère prédit que ce sera un garçon.

Effectivement, un garçon gras et en santé voit le jour le 12 avril 1944, pour la joie de toute la famille, spécialement de grand-père Tétreault. Depuis quelques semaines, Francis était fébrile à l'idée que le petit naîtrait le jour de son propre anniversaire. Ce qui est inouï, c'est que le 12 avril est aussi le jour de l'anniversaire de Lucienne. Cette journée restera mémorable puisque trois générations seront nées à cette date. Le bébé est baptisé quelques jours plus tard des noms de Joseph André Michel Laurier.

Les difficultés et les douleurs atroces de l'accouchement étant chose du passé, Lucienne est divinement heureuse. Ce bébé est un cadeau du ciel, il ne lui procure que joie et contentement. Il est son petit trésor, son amour. Toute sa tendresse refoulée se reporte sur ce petit être chéri. Il reste que la corvée de la lessive des couches plus l'entretien de la maison et les repas dépassent sa bonne volonté ou ses capacités. Pour le bien-être du bébé, Adrienne apporte son aide aussi souvent que la charge de travail du magasin le lui permet. De toute façon, elle adore cajoler son premier petit-fils, sa fierté. Au fil des mois, Michel devient un gros bébé joufflu. Cet enfant est le centre de l'univers, autant pour Lucienne que pour Adrienne. On pourrait affirmer sans exagération qu'il est un enfant adulé. Dorloté, choyé, on répond à tous ses désirs, d'autant plus que Michel est un nourrisson adorable, toujours en risettes et en cris de joie.

La paternité ne va pas aussi bien à Zéphirin. L'inquiétude de l'avenir atténue sa joie d'être père. La pauvreté leur colle à la peau depuis le début de leur mariage, puis voilà une bouche de plus à nourrir. Il ne peut s'empêcher d'imaginer toutes les épreuves que l'avenir leur réserve. Malgré ses inquiétudes, de temps à autre, il prend le bébé sur ses genoux. Il lui fait des chatouilles et caresse sa petite tête duveteuse de sa main hésitante et, le soir, il se laisse attendrir, debout près du berceau. Par contre, lorsque le bébé se met à crier ou qu'il pleure trop longtemps, il ne sait que faire; l'enfant l'agace, alors il préfère aller à la cour à bois bavarder avec Maurice Fortin, revenu récemment de l'armée, ou il se rend au *shœ-shine*, où Lucien cire des chaussures allègrement. Replié sur lui-même, cet homme a toujours eu du mal à exprimer son amour à ses proches. Sa Lucienne a beau ne pas être une ménagère exemplaire, elle est tout de même sa femme, et Michel est un bébé avenant et en santé. Même si Zéphirin ressent pour eux de forts sentiments, les difficultés affadissent cependant son attachement. La dèche[45] s'accroche à eux comme une teigne. Ils vivent dans un logis minable et cette maudite guerre qui n'en finit pas le rend nerveux, comme tous et chacun.

À un an, Michel est toujours un bébé rondelet. Ses jambes arquées, pleine de graisse et de plis, ne le soutiennent pas. Ses premiers essais pour marcher le projettent sur le derrière comme un gros nounours. François-Xavier, fier arrière-grand-père, adore littéralement cet enfant.

François-Xavier demeure chez sa fille Alma. Il a quitté la grande maison de Ville Lasalle à la suite du décès de Théonile, survenu en 1939, au grand désarroi d'Adrienne et de toute la famille. Peu après, la douce et belle Anna et son mari Alfred en ont fait l'acquisition.

Sachant son père souffrant, Adrienne l'invite à venir habiter chez elle, préférant le soigner personnellement. Heureux de retourner vivre à Saint-Henri, Francis ne se fait pas prier. Alma prend ombrage de la décision de son père, chagrinée qu'il préfère vivre chez Adrienne.

Cette dernière installe son père dans l'ancienne chambre de Lucienne. Lucien, qui adore son grand-père, est ravi de l'avoir à la maison tous les jours. Malgré l'alourdissement de ses tâches, Adrienne éprouve une grande joie d'avoir son père à ses côtés. Elle le câline et en prend soin comme d'un bébé. Malheureusement, la maladie suit son court, implacable. Plus tard, lorsqu'il est au plus mal, elle met toutes ses énergies à le soigner et à assurer son bien-être. Son père a toujours été très cher à son cœur; le savoir malade et le voir dépérir sous ses yeux lui est une torture. En lui prodiguant les meilleurs soins, cela lui apporte une certaine sérénité. Elle qui n'a pas été en mesure de réaliser son rêve de devenir garde-malade, d'instinct, elle le soigne avec compétence, amour et compassion, sans considérer la fatigue, la peine, et souvent le désarroi. Adrienne déclare souvent que le bon Dieu l'a dotée d'une santé de fer; elle lui en rend grâce d'autant plus en ce moment.

Six ans plus tôt, au moment du décès de sa mère, Adrienne avait eu la même compassion et le même dévouement. Théonile avait rendu l'âme dans les bras de sa fille à la suite d'interminables souffrances. Un souvenir qui la fait encore sourire lui revient de temps à autre. Quelques jours avant de mourir, sa mère, si prude, avait eu ce moment d'humour. Une serviette savonneuse en main, Adrienne était en train de faire sa toilette doucement, avec précaution, pour ne pas la faire souffrir davantage. D'une voix affaiblie, sa mère murmure alors : « Drienne, tu voulais savoir si on grisonne en bas, ben... tu l'sais astheure ! » Adrienne avait levé les yeux sur le visage émacié de sa pauvre mère. Elle avait reconnu le grain d'humour facétieux de la malade à ce rictus au coin de ses lèvres sans couleur et à la toute petite étincelle au fond de ses yeux presque éteints. Elle avait ri de bon cœur malgré sa douleur de voir partir sa chère mère à p'tit feu. « M'man, vous filez ratoureuse aujourd'hui ! »

Maintenant, c'est au tour de son père de mourir dans ses bras. Comme il est cruel d'être séparé de ceux que l'on chérit avec tant de ferveur ! Ce nouveau deuil est très éprouvant. Ses parents, qui lui étaient si chers, ont maintenant disparu tous les deux. Elle sent un grand vide qu'elle cherche à combler par l'action. Elle se doit de bouger pour ne pas être submergée par son chagrin. Contre toute attente, quelques jours après les obsèques, un acheteur se présente enfin et tout se règle très vite. Adrienne est contente. Elle tient à s'éloigner le plus tôt possible de Saint-Henri. Sans délai, elle se met à la recherche d'un logis à Coteau-Rouge. Elle souhaite quelque chose de modeste, mais propre. Elle se propose d'ouvrir un « valet service »[46] à domicile. Ce revenu devrait suffire à ses besoins. Le contremaître de la manufacture l'assure qu'il continuera de la pourvoir en vêtements à presser. Chacun y trouvera son compte, Adrienne travaille toujours aussi vite et avec minutie.

En mai 1945, la guerre prend fin, au grand soulagement du monde entier. Adrienne espère un avenir meilleur mais ne peut que s'affliger pour ces soldats morts au combat et ceux qui reviennent mutilés dans l'âme ou le corps. Certaines plaies ne pourront jamais être pansées; pour plusieurs, les maux du cœur et de l'âme sont incurables. Adrienne se souvient de son frère Albert qui a souffert et souffre toujours des horreurs vues, entendues et vécues à la guerre de 1914. L'Europe et le monde panseront leurs plaies durant plusieurs années.

Même après plusieurs mois, la perte de son père demeure pour Adrienne une épine au cœur.

Paradoxalement, la fin de la guerre apporte un vent de renouveau. Elle éprouve de la joie à l'état pur, un bonheur viscéral qui lui procure un nouvel élan de vivre.

Chapitre 11

Coteau-Rouge

$\mathscr{F}$inalement, Adrienne se déniche une maisonnette convenable sur la même rue qu'Albertine, campée sur un terrain d'environ 150 pieds de largeur et située légèrement en biais par rapport à la maison de sa sœur.

Coteau-Rouge, un secteur boueux, pas encore urbanisé, sera défini plus tard aux environs de la jonction du boulevard Sainte-Foy ou Roland-Therrien et de la rue Saint-Charles de Longueuil. Les rues de terre battue sans aqueduc, les maisons délabrées, sans le confort de l'électricité pour la plupart, les *bécosses* aménagées à l'arrière des maisons offrent un aspect désolant. Les jours de pluie, les enfants fagotés de vêtements raccommodés jouent dans la boue au milieu de la rue. Un puits dessert chacune des habitations, mais généralement, les ménagères utilisent l'eau de pluie pour la lessive et les autres nécessités. Adrienne a l'impression de reculer de trente ans, mais elle ne se laisse pas décourager pour autant. D'ailleurs, la Municipalité a promis d'installer sous peu les aménagements nécessaires.

Adrienne emménage avec Jos et Lucien au début de l'été. Solidement bâtie, la maison se distingue de ses voisines. Une galerie sans balustrade couvre sa façade éclairée par le soleil de l'après-midi. Le salon occupe entièrement la partie avant de la maison. À l'arrière, il y a une chambre dans laquelle Adrienne et Jos font leur p'tit bonheur. Une cuisine pas très grande donne sur une véranda où, à l'été, Adrienne place sa machine à laver, celle-là même qu'elle avait autrefois offerte à sa mère. Lucien couche sur un sofa installé dans une petite pièce exiguë. Jos, habitué à plus de confort, se demande un peu ce qu'il fait dans un endroit pareil, mais il était sincère lorsqu'il a affirmé à sa bien-aimée qu'il la suivrait au bout du monde. Adrienne tient d'ailleurs à s'en assurer.

— Jos, tu s'ras pas trop malheureux de vivre icitte ?

— My love, si t'es heureuse, that's all there is to me ! On va s'arranger.

– Merci, Jos, t'es si bon pour moé !

Il prend dans ses bras cette femme qu'il aime de tout son cœur, la serre contre lui, un regard cajoleur posé tendrement sur son visage rayonnant. Adrienne se sent fondre et entraîne lentement son amour vers la chambre.

Encore une fois, le léger profit de la vente de son commerce à Saint-Henri l'aide à pourvoir aux besoins de sa nouvelle vie. Jos insiste toujours pour participer aux dépenses; elle aime mieux lui faire plaisir et piler sur son orgueil que de se disputer tous les jours à ce sujet. L'amour profond qui lie Jos à Adrienne s'est tissé jour après jour, au-delà des épreuves ou des désagréments journaliers. Comme un écureuil qui entasse ses noix, le couple cumule les joies, les chagrins, les peines comme les ivresses; il s'en nourrit, accentuant son amour.

Lucien, quant à lui, s'accommode de son nouveau lieu de résidence. Il a donné sa démission à la cordonnerie/*shœ-shine* de monsieur Zimmer, attristé de voir partir son meilleur apprenti. Le jeune garçon a maintenant tout son temps pour explorer les alentours. Régulièrement, il rend visite à sa tante Bartine ou se rend à l'atelier de pipes de son oncle Gustin.

L'INTRAITABLE LUCIENNE

Sa mère partie de Saint-Henri, Lucienne décide qu'elle n'y fera pas long feu. D'instinct, elle sait que sa mère lui est indispensable. Désemparée, pour ne pas dire découragée, elle se désespère. « Qu'est-c'que j'fais icitte ? J'resterai pas à m'morfondre dans mon coin certain ! » Les désillusions et le désenchantement ont donné du coffre au caractère de cette jeune femme qui n'a plus rien de la fillette ingénue. La fille, tout comme sa mère, ne traîne pas sur ses décisions. La machine est en marche et Zéphirin devra suivre. Elle discute de son projet avec sa mère. Adrienne s'en réjouit, elle s'ennuie tellement de son petit Michel. Elle lui fait savoir qu'il y a un petit terrain à vendre, tout près de chez elle.

Puisqu'il possède de très bonnes aptitudes en menuiserie, de l'avis de Maurice Fortin, son beau-frère, Zéphirin construira lui-même la maison. Très économe, Zéphirin gratte ses moindres sous, ce qui met Lucienne hors d'elle. Elle lui en fait souvent le reproche. « T'es un gratteux d'cennes, pis on mange la misère par les deux boutes ! » Il ne s'en laisse pas imposer lorsqu'il s'agit d'épargne. Il tient obstinément à amasser quelques économies au cas où il perdrait encore une fois son emploi. Heureusement, depuis quelques mois, il travaille pour une bonne compagnie, l'Abitibi Consolidated, et il espère que ce sera pour longtemps. Lucienne, quant à elle, a d'autres vues sur l'utilisation de ces économies; entre autres, leur déménagement. Ces temps-ci, elle n'est pas à prendre avec des pincettes. Digne fille de sa mère, elle n'entend pas être contrariée sur ses résolutions.

Curieusement, le déménagement à Coteau-Rouge ne contrarie pas Zéphirin outre mesure. Il est même content de se rapprocher de sa belle-mère. Elle aime régenter, mais elle fait de la très bonne soupe. Malgré des grogneries du bout des lèvres, il consent à quitter Saint-Henri et commence à penser à la construction de leur maison. Il doit d'abord, n'ayant pas l'argent nécessaire, ce qui est hors de l'entendement de sa femme, trouver le moyen de se procurer le bois nécessaire à la construction. Il trouve, à l'usine de coton où son ami Théodore Larin travaille, des *crates*[47] véhiculés sur des palettes (*skids*). Larin obtient du préposé à la réception qu'il lui donne de ces *crates* et des palettes. Le bois sec de ces planchettes est idéal pour la construction. Zéphirin est assez fier de lui. Il se débrouille avec les moyens du bord et il évite, de cette façon, l'achat de matériaux coûteux. Avec l'aide de Théodore Larin, il empile assez de palettes pour commencer la construction de sa maison. Travailleur, astucieux et pauvre, Zéphirin a plus d'un tour dans son sac. Il parcourt les chantiers de construction et quémande de vieux châssis inutilisables et des bouts de planches dont il devra ensuite enlever les clous. Il transporte ces gains à l'aide du camion de Larin. Ce qui lui manque en bois, il l'obtient à la cour à bois du père Fortin. Le père de Maurice lui vend son bois de moins bonne qualité à bon marché, et chacun y trouve son compte.

Régenté par Lucienne, il se met à la tâche sans tarder. Lucien l'aide à enlever les clous des planches, même Lucienne s'y amuse. L'anticipation du déménagement, le plaisir de bientôt vivre dans sa propre petite maison la met dans un état euphorique et lui donne de l'ardeur. Elle participe à la besogne, elle en fait un jeu. La bonne humeur règne; Adrienne prépare de bons soupers pour sa gang, ce qui donne de l'allant à Zéphirin et le rend lui aussi d'humeur joyeuse. La construction se fait cependant par les soirs après son travail, ce qui en retarde l'achèvement. La patience n'étant pas sa vertu principale, avant même que les travaux soient terminés, Lucienne statue qu'il est temps de s'installer. La maison, encore *jouquée* sur des piliers, laissant le solage aux quatre vents, n'est pas, à son sens, un problème. Elle en a assez qu'ils soient tous entassés chez sa mère. Les récriminations de Zéphirin n'y changent rien, elle décide de s'installer. L'emménagement se fait dans un complet désordre. Le bébé pendu à ses jupes, sinon juché dans ses bras, d'une pièce à l'autre, elle marche les pieds dans la sciure de bois. Des bouts de planches jonchent le sol, pêle-mêle. L'achèvement de la maison, qui prend plutôt les allures d'une bicoque, se déroule trop lentement au goût de Lucienne. Nerveuse, impatiente, elle devient irascible et trouve le moyen de se plaindre à tout propos. Fatigué après une longue journée de travail, Zéphirin apprécierait un bon repas avant de s'attaquer à la menuiserie. Malheureusement, malgré cinq ans de mariage, sa femme n'a toujours pas amélioré ses propensions à cuisiner. Zéphirin doit souvent se contenter de sandwichs et de soupe. Adrienne désapprouve grandement sa fille pour son manque d'intérêt à son foyer.

Lucienne se rend très vite à l'évidence : changer d'adresse n'ajoute rien à son bonheur. La misère l'a suivie à Coteau-Rouge. Elle ne manque pas une occasion d'en faire le reproche à Zéphirin qui, lui, déplore qu'elle ne fasse aucun effort pour s'améliorer. Lucienne est malheureuse comme les pierres, sa vie est un désastre. Depuis le début de son mariage, tout va de mal en pis. Son unique joie et consolation a été la naissance de Michel. Elle retrouve aussi un peu de son entrain lorsque la parenté lui rend visite ou que toute la famille se retrouve ensemble chez l'un ou chez l'autre. Alors elle rit, elle raconte des blagues, elle chante et c'est la fête; elle oublie pour un moment sa vie de misère. Pourtant, elle s'ennuie à mourir. D'autant plus que son mari lui adresse des reproches silencieux, qu'elle ne manque pas de capter, et sa mère l'accable de critiques. Elle voudrait s'évader, voir autre chose. Elle devrait pourtant trouver un moyen d'y arriver.

Durant la guerre, beaucoup de femmes ont travaillé dans les usines pour compenser le salaire des hommes et participer à l'effort de guerre. Elle n'y est pas allée, elle n'y a même jamais songé. Sa mère a un métier, presseuse, mais elle, elle ne sait rien faire. Aujourd'hui, elle regrette de ne pas avoir essayé malgré son jeune âge. Sa vie est si ennuyeuse. Maintenant, il est trop tard; elle a un enfant et puis Zéphirin n'accepterait pas qu'elle travaille à l'extérieur. Il a d'ailleurs exprimé son opinion sur le sujet : « Une femme, c'est faite pour rester à maison pis s'occuper d'sa famille ! » D'ordinaire, elle ne s'en fait pas imposer, mais elle n'est plus du tout certaine de ce qui lui convient. Elle hésite et se morfond.

Depuis quelque temps, Zéphirin aperçoit fréquemment ce jeune blanc-bec, employé chez l'éleveur de chevaux au bout de la rue, rôder devant la maison. Avec un sans-gêne sans vergogne, le jeune freluquet reluque sa femme. « Le maudit puant ! » Il remarque aussi l'humeur de sa femme qui remonte de plusieurs crans lorsque le bellâtre vornusse autour. Pire, il l'a vu sortir de la maison un soir en entrant du travail.

— Qu'est-c'qui faisait icitte, c'te vaurien-là ?

— De qui tu parles ?

— Le gars qui vient de sortir d'icitte.

— Pour ton information, c'est le voisin de Bartine.

— J'sais qui il est !

— Y'est v'nu réparer la pompe à eau. Elle a cassé au beau milieu d'mon lavage. J'lui ai d'mandé d'la réparer.

Zéphirin se rembrunit. « Va falloir que ça arrête, c'te p'tit jeu-là ! J'suis pas né d'la dernière pluie, je laiss'rai pas ma femme se faire conter fleurette devant ma face ! » Tirant sur ses 21 ans, Lucienne est devenue une très jolie jeune femme. Étonné comme s'il n'avait pas regardé sa femme depuis fort longtemps, ce soir, Zéphirin s'attarde sur son joli visage encadré de ses cheveux fins et soyeux, qu'elle prend soin de brosser fréquemment. Il admire, d'un œil pétillant, son corps de femme, jeune et attrayant. Lorsqu'elle sourit de ce sourire rayonnant qu'elle garde, la plupart du temps, pour la visite, il aimerait tant que les choses soient différentes entre eux.

Zéphirin broie du noir. Il ne veut pas casser son ménage, donc il se doit de réagir. « Faut c'qui faut ! » Même s'il arrive harassé du travail et qu'il doit achever leur maison, il est décidé à amadouer Lucienne, à se montrer plus compréhensif. Étonnée, elle s'y laisse prendre. Elle confie à sa mère le changement produit chez son mari. « Phirin est ben fin depuis quèque temps. Y'a pas son air bête habituel ! » Tout doucement, un radoucissement des tensions les rapproche. Lucienne minaude et offre à son mari ses plus beaux sourires. Aidée de quelques conseils de sa mère, elle fait même l'effort de préparer des repas dignes de ce nom. Zéphirin est heureux, ou tout au moins content, et Lucienne y trouve son compte.

En septembre, elle s'aperçoit avec affolement qu'elle est enceinte. Michel, qui n'a que 17 mois, est encore aux couches et il ne marche toujours pas parce qu'il est trop lourd sur ses grosses pattes. Elle n'a pas besoin de cette grossesse. Voilà ce qu'il lui en coûte de ses minauderies, et surtout de s'être laissée attendrir. Elle ne veut pas d'un nouveau bébé;

à trois, la famille est déjà dans la misère ! Inévitablement, les querelles redeviennent monnaie courante. Pour tout et pour rien, le mécontentement grandit de part et d'autre.

Peu après le souper, ce soir de fin octobre, Zéphirin s'affaire à scier du bois de poêle à côté de la maison. Gustin qui l'aperçoit sort de son atelier, un genre de hangar à deux pas de la maison. Augustin y passe presque tout son temps; il fabrique ses pipes ou il ne fait rien. Il préfère rester éloigné de la maison et de Bartine, toujours aussi bougonneuse. Il amorce la conversation.

— Salut, Phirin, ça va che vous ?

Zéphirin n'a pas le cœur à la causerie, mais il aime bien Augustin.

— Ouan ! Ça va pas pire.

— Bartine file un mauvais coton de c'temps-là. Son maudit caractère de chien va finir par y torde les boyaux. Toé non plus, t'as pas l'air en forme. Le p'tit est pas malade toujours ben ?

— Michel est ben correct.

— C'est-t'y ma nièce d'abord ? Elle m'a semblé d'équerre hier soir, quand est v'nue rendre visite à Bartine.

Est toujours d'équerre avec le monde; c'est pas pareil icitte d'dans ! Zéphirin, qui en a gros sur le cœur, n'y tient plus et décharge son fiel.

— Gustin, j'en ai assez. Elle veut rien faire. Quand j'arrive le soir, les trois quarts du temps, l'souper est pas prêt pis le p'tit s'promène dans ses couches sales. Elle passe son temps à lire. Ça, elle aime ça, toujours un livre sous les yeux; à moins qu'elle se trotte d'un bord pis d'l'autre. J'te dis, j'en ai ras l'bol de c'te régime-là. J'désespère d'la voir s'assagir pis apprendre à t'nir maison.

— Ben, mon vieux !

Zéphirin continue son discours.

— Astheure qu'est en famille, est pus parlable. Elle se lamente tout l'temps.

À l'intérieur, les mains plongées dans l'eau de vaisselle du souper, Lucienne a chaud. Elle ouvre la fenêtre surplombant l'évier. L'automne revêt, depuis quelques jours, un air d'été et réchauffe la maison. Mais à cet instant, Lucienne est figée comme un bloc de glace. Elle a tendu l'oreille afin de mieux entendre les voix provenant de la fenêtre ouverte. Le discours de Zéphirin ne lui a pas échappé. Elle fulmine. « L'maudit effronté ! C'te… c'te… il a même pas été foutu d'aller s'battre à guerre, pis y va dire au monde que j'suis bonne à rien. Ben, mon Phirin, t'as pas fini avec moé, j't'en passe un papier. T'as du front de t'plaindre à mononcle Gustin. Qu'est-c'qui va penser d'moé astheure ? »

Lucienne est restée en furie tout au long de sa grossesse. Elle ne pardonne pas à son mari ses paroles et son manque de respect pour son état. La déception et l'amertume marquent son âme depuis trop longtemps. Adrienne se désole de la situation; elle voit bien que le mariage de sa fille dérive, comme un radeau, chaque jour un peu plus loin. « Et dire qu'est encore en famille ! »

Aux portes de l'été suivant, le mois de mai chante la Vierge Marie. Le bébé naît, une fillette bien en santé en dépit des privations de sa mère durant sa grossesse. Une journée magnifique l'accueille; les bourgeons jaillissent et les oiseaux gazouillent à la gloire de la saison nouvelle. La nature est en fête pour l'arrivée de Pauline, ce 23 mai 1946. La beauté de la nature ne reflète pourtant pas le destin de cette enfant. La délivrance de Pauline s'est avérée aussi difficile que celle de Michel. Le bébé dans ses bras, Lucienne échappe un soupir de détresse, tandis qu'une larme scintille sur sa joue. Elle éprouve de la difficulté à ressentir la même joie et le même empressement que lorsque Michel est né. Lucienne se sent morose, confuse. Ses états d'âme l'affligent et la rendent irritable. Au lendemain de l'accouchement, Zéphirin vient lui rendre visite à l'hôpital. Mal à l'aise, après lui avoir demandé comment elle va et si le bébé est en santé, il ne sait plus de quoi l'entretenir, d'autant plus que Lucienne lui fait encore la tête. D'ailleurs, sa femme l'a boudé tout au long de sa grossesse. Pour briser le silence, il dit :

— À matin, Michel est tombé en bas d'la galerie chez mémère.

Lucienne monte sur ses ergots.

— Comment c'est arrivé ? Est-c'qui s'est fait mal ? Torrieu, Phirin, dis-moé si y'est correct. Qu'est-c'qui...

— Énerve-toé pas comme ça. Il a jusse une prune sur la tête pis le g'nou égratigné. Il a eu plus d'peur que d'mal. Le p'tit crapaud braillait comme un veau. Mémère l'a consolé pendant une demi-heure. Il est trop gâté, c't'enfant-là !

Lucienne réagit vivement. C'en est trop : Michel, son bébé, aurait eu besoin d'elle pendant qu'elle croupit à l'hôpital. La colère lui soulève le cœur. « C'est l'boute ! »

– Gâté ! Tu sauras que Michel est pas gâté. À part ça, sors d'icitte, j'veux pus t'voir la face ! Tu viens icitte jusse pour m'tomber sur les nerfs.

Zéphirin sort de la chambre la mine basse, ne comprenant pas trop ce qui vient de se produire. Il voulait seulement lui donner des nouvelles de la maison. « Qu'est-c'qu'elle a à s'pâmer d'même ? »

Lorsque l'infirmière passe pour signifier que les visites sont terminées, en proie à une rage incontrôlée, Lucienne fulmine :

– Garde, j'veux pus que mon mari vienne me visiter.

– Madame Laurier, je comprends pas.

– J'veux m'reposer la tête pis prendre des forces.

L'infirmière sort de la chambre interloquée; elle en parlera au médecin. Lucienne n'en peut plus. Après cette grossesse dont elle ne voulait pas et une délivrance douloureuse, elle aspire au calme et au repos, du moins pour la durée de son séjour à l'hôpital.

Son retour à la maison avec sa nouvelle petite fille s'effectue non sans irritants et surtout sans joie. Zéphirin boude, il ne s'adresse à sa femme que pour le nécessaire. Il ne lui pardonne pas l'attitude qu'elle a eue à l'hôpital, encore moins qu'elle ait refusé qu'il lui rende visite par la suite. Sa femme l'a humilié, elle l'a blessé. Le dimanche suivant le retour à la maison, l'enfant est baptisée du prénom de sa marraine, Pauline, fille de tante Alma. La cousine Pauline est mariée à Bob Donegani, le parrain.

Ces jours-ci, Michel perce des dents; il pleurniche du matin au soir et attire l'attention maternelle par tous les moyens que sa jeune imagination lui suggère. Laissée dans l'inconfort de couches souillées, la petite Pauline pleure sa rage, tenaillée par la faim, tandis que le biberon tarde. Souvent, de violentes coliques la font hurler à fendre l'âme. Lucienne en a plein les bras. Les plaintes de Michel, les cris du bébé : elle ne dort plus. Elle est exténuée, dépassée. Tout va mal ! Pauvre et misérable, plus rien ne peut lui rendre sa joie de vivre, et la voilà avec un bébé en plus sur les bras. Oh ! comme elle aimerait revenir en arrière, du temps de ses 15 ans, du temps où elle allait visionner des p'tites vues avec son frère, du temps des discussions interminables entre les clients de la tabagie. Comme elle était alors insouciante, heureuse !

Adrienne fait pourtant de son mieux pour venir en aide à sa fille. Elle adore Pauline et essaie de la visiter régulièrement. Durant ses visites, elle la cajole, lui donne son bain, l'emmaillote et la berce, collée sur son cœur. Adrienne se désole à penser que ce cher petit enfant ne recevra pas l'attention et l'amour dont Michel a été gavé. Le « valet service » occupe toutes ses journées; il lui est impossible d'aider Lucienne et de dorloter Pauline et Michel aussi souvent qu'elle le souhaiterait.

Alice demeure la seule des sœurs Tétreault travaillant toujours à la manufacture Fine sur la rue Saint-Laurent. Ce dimanche, Albertine et Adrienne attendent sa visite. Les trois sœurs se retrouvent toujours avec joie, les plaisanteries et les rires pleuvent. Elles prennent du bon temps, heureuses de se remémorer d'anciens souvenirs du temps où elles travaillaient ensemble. Adrienne aime tout autant sa sœur cadette Anna, remariée à Armand Desroches après le décès de son cher époux, Alfred Deslauriers. Anna, de même qu'Alma d'ailleurs, sont plus « raffinées » que leurs sœurs aînées. Cela ne les empêche pas de participer à de joyeuses réunions de famille.

Après le souper, Adrienne suggère à ses sœurs d'aller faire un tour chez Lucienne, espérant ainsi lui remonter le moral sachant qu'elle aime beaucoup ses tantes et qu'elle adore avoir de la visite. En entrant dans la modeste maison, un désordre désolant y règne; Adrienne éprouve de la honte pour sa fille. Les tantes ne semblent rien remarquer et la soirée se déroule dans la gaieté. Rieuse elle-même, matante Alice a le don de faire rire Lucienne aux larmes. Tous les sujets, surtout les hommes, sont une bonne occasion d'hilarité. Séparée depuis peu de son mari Ernest, lui reprochant particulièrement de porter beaucoup plus d'attention à sa carrière de musicien qu'à sa vie de famille, Alice ne pouvait plus supporter les amis omniprésents ni le rythme infernal de fins de semaine à parcourir les hôtels. Sans enfant, ils avaient décidé d'un commun accord de suivre chacun leur chemin tout en demeurant cependant d'excellents amis, d'autant plus qu'Ernest est un ami intime de toute la famille.

La soirée se passe dans la joie. Même Zéphirin rit de bon cœur et plaisante avec tante Alice, qui trouve d'ailleurs son neveu très beau garçon. Sans malice, de manière coquine, elle ne se gêne pas pour le lui laisser savoir, ce qui a l'heur de chatouiller la fierté du principal intéressé. Étrangement, Lucienne éprouve un certain orgueil du fait que son mari suscite la convoitise. Matante Alice plaisante, mais il reste que Zéphirin est bel homme. Il n'est certainement pas le mari parfait, ses défauts lui semblent aussi détestables qu'incontournables, mais ce soir, dans l'ambiance de joie, Lucienne se sent apte à lui reconnaître quelques atouts. Après le départ de ses tantes et de sa mère, elle se sent bien, d'une gaieté folâtre. La visite de tante Alice lui a été bénéfique. Au réveil le lendemain, elle est mieux disposée.

Entre les biberons, les couches, les rires et les cris des enfants, la saison estivale passe. Les jours se suivent au gré des humeurs changeantes de chacun. Comme beaucoup d'autres bougres de la province, la famille Laurier se vautre dans la pauvreté, sans espérance de jours meilleurs, et ce, malgré des signes probants de croissance économique depuis la fin de la guerre.

En après-midi, à l'heure du dodo des petits, Lucienne paresse, assise sur la galerie. Elle s'enivre de la chaleur bienfaisante des rayons du soleil. Son âme s'y abreuve tandis qu'une sensation de quiétude la submerge. Un réconfort momentané et bienvenu.

L'automne 1946 se pointe comme un visiteur inattendu, habillé de froidure et de couleurs extravagantes. Puis arrive décembre, une saison infailliblement propice aux élans de rapprochements. Le cœur et le corps frileux, comme un oiselet aux premiers froids de l'hiver, Lucienne est en quête de la chaleur lénifiante du nid. Quant à Zéphirin, il ne recherche ni ne repousse les envolées romanesques de sa femme. Depuis longtemps, il refoule ses besoins, refrénant un sentiment de rejet. En dépit de leurs difficultés, Zéphirin aime toujours cette femme. Son sourire l'émeut toujours et, lorsqu'elle rit de bon cœur, elle irradie la pièce. Lucienne se montre si douce lorsqu'elle le veut bien, et ces rares manifestations de tendresse le bouleversent. Malgré tout, oui, il aime sa femme et la désire.

Lucienne se retrouve une fois de plus enceinte alors que Pauline est âgée de 8 mois. Curieusement, et sans tenir compte de leur situation précaire, Zéphirin est heureux d'apprendre la nouvelle. Lucienne entreprend, quant à elle, cette grossesse sereinement, Pauline étant une enfant calme, sans problèmes. Il lui arrive de piquer une petite crise de rage, mais dans l'ensemble, c'est un bébé tranquille.

L'hiver, meublé de soirées de parties de cartes ou d'ennui absolu, passe comme une épreuve nécessaire au renouveau. Le printemps remplit ses promesses dans toute sa splendeur, même au milieu de ce quartier sans grâce. L'été venu, Lucienne se pavane fièrement, alourdie d'un gros ventre. Contrairement à la plupart des femmes, elle n'a pas honte de sa bedaine. Elle a plutôt tendance à s'en enorgueillir. Cette grossesse la rend heureuse et l'épanouit. Elle n'y comprend rien elle-même, mais c'est comme ça. La famille est toujours aussi démunie, mais Lucienne n'a en tête que la venue prochaine de son bébé. Quant à Zéphirin, il se montre plus attentionné qu'il ne l'a été depuis le début de leur mariage. Il sait trop que leur union tire de l'aile, alors que les querelles et l'entêtement troublent encore trop souvent leur vie commune. Cependant, sa femme de même que ses enfants sont toute sa vie; même lorsque la situation devient insoutenable, il s'y accroche.

Étonnamment, depuis que Lucienne porte ce bébé, elle semble en paix avec elle-même et son entourage. Elle rend régulièrement visite à sa mère et à matante Bartine. Celles-ci lui rendent la pareille et elles en profitent pour lui donner un coup de main. Elles lui prodiguent conseils et trucs en rapport avec les enfants et l'entretien ménager. Lucienne ne se révèle pas la plus disciplinée des élèves, mais elles ont beaucoup de plaisir ensemble. Les rires et le badinage abondent. Quoique intolérante face à la négligence de sa fille, Adrienne compatit à sa condition et l'aide de son mieux.

Lucienne a maintenant très hâte à l'arrivée de son poupon, malgré la crainte des douleurs. Bravement, elle attend tout de même la délivrance dans l'enthousiasme. Son humeur joyeuse brise les tensions familiales. Adrienne se demande d'ailleurs quelle est la différence entre cette grossesse et la précédente pour mettre sa fille dans de si bonnes dispositions. Michel, qui a maintenant 3 ans, est très curieux du gros ventre de sa mère. Sa curiosité ne peut être assouvie puisque personne ne semble connaître la réponse à cette énigme. Il ne comprend pas l'attitude des grandes personnes. Le ventre de sa mère n'a pas cessé de gonfler depuis des mois et tout ce qu'on trouve à lui dire, c'est que bientôt un nouveau bébé arrivera à la maison. Il ne voit pas le rapport. Un après-midi, quelques semaines avant l'arrivée de l'enfant, mémère décide de satisfaire la curiosité de son petit-fils.

— Mon Miche, quand l'bébé s'ra prêt, ta mère ira l'chercher chez les sauvages. Ça prendra une coupe de jours. J'vas v'nir vous garder.

Le petit jette un regard critique vers sa grand-mère.

— Peuh ! Ça s'peut même pas !

Ça n'explique certainement pas le gros ventre de sa mère.

Adrienne soupire. Son petit-fils est bien jeune pour comprendre, malgré sa curiosité. « Va jouer d'wors, mon Miche. » Michel reste sur son quant-à-soi, mais s'en contente pour l'instant. Il verra bien lorsque le… « bébé » sera là.

Le petit Michel est un bébé très dégourdi. Espiègle comme pas un, toujours sur une patte, il ne pense qu'à faire des coups pendables. Sa mère doit le surveiller constamment. Il touche à tout, il grimpe partout. Mémère dit qu'il a le diable au corps, mais cela ne l'empêche pas de lui vouer un amour absolu. D'ailleurs, ce petit bonhomme est l'enfant chéri de maman aussi bien que de grand-maman, ce qui agace royalement son père. Celui-ci se sent à l'étroit entre les enfants et la belle-mère. Tous s'accordent à dire que Michel est un bébé attachant. Sa bonne humeur, ses mimiques et ses multiples manifestations d'affection charment son entourage. Il va sans dire qu'Adrienne affectionne autant la petite Pauline. Elle lui témoigne un surplus de tendresse en compensation à l'amour que sa mère ne semble pas en mesure de lui prodiguer. Pauline, qui vient d'avoir un an, marche d'un pas hésitant; elle a de la difficulté à s'enfuir devant Michel, qui cherche à lui tirer les cheveux. Elle commence à prononcer quelques mots, au grand plaisir de mémère. Rétive, elle se fâche facilement lorsqu'elle n'obtient pas sur-le-champ l'objet de sa convoitise. Devant ce genre d'enfantillage, sa mère n'a aucune patience. Adrienne tente alors d'amenuiser les conflits entre l'enfant et sa mère. Après tout, Pauline n'est qu'un bébé. Grand-maman se désole de constater que Lucienne n'arrive pas à communiquer avec sa fillette. Adrienne a bien essayé d'y voir clair, mais sa fille se montre réfractaire à toutes explications. Elle répète que Pauline a un caractère plus difficile et qu'elle doit se montrer plus sévère. Mis à part ses petites crises de rage impromptues, Pauline est une enfant charmante, au rire facile; mais lorsque sa mère la réprimande et la houspille, elle se ferme comme une huître. Alors, lorsque Adrienne est présente, elle parvient à l'amadouer par ses caresses et ses mots doux.

La canicule de cette fin de juillet alourdit l'âme et le corps. Ce dimanche, en fin d'après-midi, Michel et Pauline sont assis sur le plancher près de la table de cuisine. Les enfants s'amusent avec de petites autos en bois que leur arrière-grand-père leur a fabriquées. Installée à la table, mémère surveille d'un œil les petits en savourant son thé tandis que Lucienne s'adonne à griffonner des mots, des bouts de phrases. Elle couche sur papier des paroles à propos d'un triste rêve d'amour, exprimant un sentimentalisme à fleur de peau. Elle en fera peut-être une chanson. Adrienne s'apprête à raccommoder une petite chemise à carreaux de Michel. Elle fouille de ses doigts dans son panier de boutons qu'elle avait apporté de chez elle, sachant qu'il lui serait utile. Elle écarte les gros boutons et en choisit un petit à quatre trous, de couleur brune. « Çui-là fera l'affaire. » Elle lève les yeux, sa fille a cessé d'écrire.

– T'es dans lune.

La jeune femme jongle à quelques beaux princes qui la délivreraient de sa vie insipide.

– Lucienne, as-tu fini d'écrire ?

– Heu ! Non. J'essaye d'écrire une chanson. J'aim'rais la faire sur un rythme de tango.

Elle fredonne quelques notes. « Quequ'chose comme ça. »

Elle dépose son crayon et se lève en frottant le bas de son dos; ses reins la font souffrir de plus en plus.

– Ouf ! Si j'accouche pas bientôt, la bedaine va m'éclater. M'man, veux-tu du thé ? La théière est encore chaude.

– J'dis pas non. Coudon, les p'tits sont ben tranquilles !

Lucienne revient avec les deux tasses de thé. Ensemble, elles se mettent à fredonner des airs entendus tous les jours à la radio : les chansons de Charles Trenet, Georges Guetary ou Tino Rossi entre autres. Puis, exagérément joyeuses, à voix forte, elles chantent *Le plus beau tango du monde*. Les enfants se mettent à taper des mains, à chanter et à rire à tue-tête, tant et si bien que personne n'entend ou ne voit Alice arrivée sur les entrefaites. Cette dernière se réjouit de constater l'humeur joyeuse de sa sœur et de sa nièce. Alice ne donne jamais sa place pour le plaisir. Après les salutations, elle se met de la partie. Toutes les trois chantent et rient de bon cœur. Michel, entraîné par l'euphorie générale, monte sur les genoux de sa grand-tante.

– Oh ! mon p'tit bonjour ! C'est ça, viens voir ta tante.

Sans avertissement et d'une seule enjambée, Michel monte sur la table et se met à faire des steppettes[48] en riant à gorge déployée et en tapant des mains. Ensemble, matante Alice, mémère et Lucienne encouragent le galopin en turlutant un rigodon endiablé. Michel danse de plus belle sur ses pattes potelées. Ses petites mains agrippées au rebord de la table, Pauline rit de voir son frère se trémousser ainsi. L'ambiance de fête la charme grandement. « Le fun est dans cabane », comme dit si bien mémère. Les trois femmes forment un bouclier autour de la table, pour s'assurer que l'enfant ne tombe pas. Le plaisir l'emportant sur la convenance, tous s'amusent ferme. À ce moment, Zéphirin entre dans la cuisine et aperçoit son garçon frétiller sur la table comme un poisson hors de son bocal. Fulminant, il ne fait ni un ni deux, il agrippe Michel par le bras et le met rudement au sol.

– Descends de là. C'est pas une place pour danser.

Zéphirin tourne le dos et sort, oubliant ce qu'il était venu faire dans la maison. C'est hors de son entendement que sa femme et surtout sa belle-mère laissent un enfant danser sur une table. Jamais sa mère ne l'aurait autorisé à faire une chose semblable. Michel pleure à chaudes larmes; son bras lui fait mal et il ne comprend pas ce qui a provoqué la colère de son père. Sidérées, la mère, la grand-mère et la tante comprennent à peine ce qui vient de se produire. Adrienne prend Michel dans ses bras pour l'apaiser. Lucienne est indignée, mais elle se refuse à faire une scène devant sa tante. Avec dépit, elle hausse les épaules : « Qu'est-c'qui y prend ? » Du même souffle, elle apostrophe Pauline, qui s'était mise à pleurer.

– Arrête de brailler pour rien !

Bouleversée, la fillette se réfugie dans les plis du tablier de sa grand-mère pour y chercher consolation. Mais mémère en a plein les bras avec Michel, qui pleure comme un veau et sautille sur ses genoux. Mal à l'aise, Alice baisse le menton et replace les plis de sa jupe

UNE TROISIÈME MATERNITÉ

Au début du mois d'août, fatiguée et irritable, Lucienne est sur le point d'accoucher. Il a fait très chaud ces dernières semaines; les enfants se montrent irascibles et son dos lui inflige une torture continuelle. Zéphirin aurait souhaité que le bébé naisse le 8 août, le jour de l'anniversaire du grand-père Ovide, mais le nouveau-né décide de faire son entrée dans ce monde le 10. Ce matin-là, malgré la hâte de voir enfin son enfant, Lucienne aurait préféré que Zéphirin conduise moins vite sur le pont Victoria qui l'amène à l'hôpital de Verdun. En contractions, les soubresauts à chaque enture du pont lui déchirent les reins. La douleur devient insupportable. Elle invective son mari et, à ce moment, elle le déteste de lui imposer la traversée de ce pont maudit.

Finalement, après de longues heures de douleurs et de gémissements, un petit être frêle se montre le bout du nez, une autre petite fille.

À la maison, tous en raffolent. Michel veut la prendre, Pauline ouvre de grands yeux devant cette poupée à la peau si douce et qui bouge. Malgré l'enchantement que produit sa toute nouvelle petite-fille, Adrienne estime qu'un troisième enfant, ça commence à faire beaucoup pour un foyer « branlant dans l'manche ». Au baptême, on lui donne le nom de Marie Anna — du nom de sa marraine, Anna Desroches — Odette.

Zéphirin a un faible pour ce nourrisson chétif. Lorsqu'il la prend dans ses bras, il la pose sur un oreiller de peur de la disloquer. Elle semble si fragile, comme une poupée de porcelaine, une toute petite chose malingre, dépourvue de la vigueur que possédaient son frère et sa sœur. Toute la famille s'est inquiétée durant plusieurs mois avant que la petite Odette prenne un peu de vigueur.

Malgré le bonheur qu'apporte ce petit être, la vie quotidienne avec ses contrariétés reprend ses droits. Saurait-il en être autrement dans cette famille ? Avec trois enfants à charge, il est de plus en plus difficile de joindre les deux bouts. De plus, la famille se trouve à l'étroit dans cette mansarde de bois qui, à l'hiver, se transforme en véritable glacière pour devenir un four, sitôt l'été venu. Avec autant de motifs de geindre, Lucienne se désespère à voir un jour son sort s'améliorer.

Un début d'après-midi de la fin août, une chaleur saharienne colle les vêtements à la peau, et pas la moindre brise pour se rafraîchir un tant soit peu. Michel est traversé chez matante Bartine et Pauline s'est endormie malgré la chaleur. Après avoir rafraîchi sa petite Odette à l'aide d'un linge humide, Lucienne la dépose dans son berceau. Elle sort ensuite sur la galerie en quête de fraîcheur. Le temps est accablant et la chaleur pèse sur ses épaules autant que ses doléances. Au pied des marches rôde le petit chien terrier du voisin d'en face; elle le regarde, songeuse : « Pauv'p'tit chien, y fait chaud, hien ! Mais au moins, t'es libre. Tu vas où tu veux. »

Chez elle, malgré un effort soutenu, Adrienne ne peut continuer à presser par cette chaleur. « J'finirai ça à soère. Y va faire plus frais ! » Elle décide d'aller prendre une tasse de thé chez sa fille. Chemin faisant, elle l'aperçoit assise sur la galerie et remarque sa mine abattue. Elle la questionne comme si elle ne connaissait pas ses états d'âme.

– T'as l'air de filer un mauvais coton, ma Lucienne. Les p'tits sont pas malades, pis Ti-Gars a de l'ouvrage. Qu'est-c'qui t'chicote ?

– Rien ! J'suis tannée de végéter icitte. C'est tout l'temps du pareil au même; t'es pas tannée, toé ?

– Ben non, pis quand t'es valet, t'es pas roi ! J'te l'ai toujours dit. Écoute, Bartine vient souper à soère. V'nez jouer aux cartes avec nous autres, ça t'changera les idées.

Adrienne se rappelle qu'elle vient d'apprendre une nouvelle qui distraira certainement sa fille.

– Heille ! Attends, j'ai une nouvelle pour toé ! Lucien sort avec une fille d'la ville. Y va v'nir nous la présenter dans deux semaines. Y parle même de s'marier en janvier. Le snoreau, j'ai pas vu v'nir ça, moé. (Elle soupire longuement.) Ouan ! Mon Lucien qui s'marie, j'y crois pas encore. Y'a jusse 20 ans, le verrat. À s'appelle Mathilde, pis y paraît que sa famille en a d'collé. Le bonhomme travaille au Canadien National[49]. Hum ! À doit être pas mal en amour.

Adrienne sait fort bien que Lucien n'est pas un parti très prisé pour une fille de bonne famille.

Lucienne s'attriste à l'idée que son frère puisse se détacher d'elle au profit d'une étrangère. Ils ont été si proches durant leur enfance. Évidemment, depuis son mariage, ils ne se côtoient pas aussi fréquemment, même si Lucien et Zéphirin s'entendent à merveille. Cette étrangère va les séparer davantage. Seulement à y penser, elle en a des pincements au cœur.

— Bon, les p'tites vont s'réveiller pis, si on veut aller jouer aux cartes avec vous autres, j'vas faire le souper de bonne heure. Zéphirin est à veuille d'arriver.

Lucienne et sa mère se lèvent, le fessier humide; elles tirent sur l'arrière de leur robe pour la replacer.

L'été s'achève lamentablement. La vie de famille s'étire avec ses hauts et ses bas tandis que la maison périclite malgré les efforts de Zéphirin pour la faire tenir debout. La jeune mère voit venir l'hiver avec appréhension et se plaint constamment. Alors, Adrienne l'apostrophe :

— Pour l'amour, Lucienne, arrête de t'lamenter pis prends tes responsabilités ! Zéphirin est pas pire qu'un autre; à part ça, t'as trois enfants à t'occuper.

Lorsque sa mère lui parle de cette façon, la jeune femme se renfrogne.

MATHILDE

Comme promis, Lucien présente sa Mathilde à la famille. C'est une belle grande femme, à la longue chevelure noire tombant en cascade le long de son dos, retenue à l'avant à l'aide d'un petit peigne d'ocre. La future belle-sœur est un peu haute sur ses talons au goût de Lucienne. Elle lui concède tout de même un sourire ravissant et des yeux fascinants, de couleur gris acier. Néanmoins, pour des raisons qu'elle ne peut expliquer, Lucienne ressent déjà une antipathie vis-à-vis de la jeune femme. Adrienne, quant à elle, perçoit la fiancée de son fils comme une personne avenante. Subrepticement, une pointe de jalousie semble vouloir s'insinuer en ce cœur de mère.

La jeune femme raconte qu'elle est une enfant adoptée et qu'elle n'a qu'un seul frère, adopté tout comme elle. Dans son enfance, elle a souffert de solitude en compagnie de parents sévères et d'un frère qui ne lui portait pas grand intérêt. À cause de cela, Mathilde espère une famille de pas moins d'une douzaine d'enfants. Tout comme Lucienne, elle a été une couventine pendant plusieurs années. Lucien en est fou. Il est convaincu d'avoir déniché la plus jolie fille du Tout-Montréal. Durant toute la soirée, il fait le bouffon devant une Mathilde conquise à l'avance. Puis il raconte un fait assez surprenant qui a l'heur d'intéresser les personnes présentes. Les tourtereaux avaient découvert, au fil de leurs conversations, qu'ils étaient, pour ainsi dire, voisins du temps où Adrienne possédait sa maison de chambres à Saint-Henri. Effectivement, les parents de la jeune fille possédaient, eux aussi, une maison de chambres, à quelques rues de là. À cette époque, Mathilde était au couvent, ce qui explique qu'ils ne se soient jamais croisés.

———— ◆ ————

Le mariage a lieu au début de janvier en toute intimité. Les parents de Mathilde ont tout de suite accueilli et aimé leur gendre. Ils auraient peut-être souhaité pour leur fille un mariage plus prometteur, mais ce garçon est le genre de personne qu'on aime au premier abord. Jovial, rieur, boute-en-train, il attire la sympathie. On l'aime parce qu'on se sent bien et heureux en sa compagnie. Son beau-père l'apprécie d'autant plus qu'il le reconnaît comme un jeune homme honnête et travailleur, malgré ses à-côtés facétieux.

Lucien est des plus pimpants le jour de ses noces. La presque totalité de ses économies y est passée. Le fier marié porte un costume neuf acheté au grand magasin Dupuis-Frère. Il revêt un paletot de laine de couleur noire à large collet chutant vers le bas en angle comme un V, croisé et attaché à l'aide de quatre boutons disposés en carré sur le devant du manteau. Un foulard blanc en soie, une paire de gants gris perle et un chapeau feutré d'un ton de gris plus clair, ceinturé d'une lanière de soie noire finement côtelée, complètent sa tenue. Comme accessoire, un petit mouchoir s'harmonise avec quelques fleurs à sa boutonnière. Mathilde se tient à ses côtés, arborant l'aspect de la reine mère. Sa magnifique chevelure ondulée et soyeuse, retenue joliment par un peigne de précieuse valeur, don de sa grand-mère, est couronnée d'un minuscule chapeau assorti à son manteau. Une fourrure de renard gris pointant vers le bas du manteau trône royalement sur ses épaules. Des gants de cuir souple ainsi que des souliers, également de cuir et munis d'une gansette fine qui ceinture sa cheville, parachèvent sa toilette. Comme son mari, quelques fleurs ornent son bustier. Elle a préféré, malgré la neige du mois de janvier, porter ses souliers afin de garder l'élégance de sa tenue. La réception du mariage terminée, le couple se dirige vers son modeste logis. Faute de lui offrir un voyage de noces, Lucien s'installe au piano — dot de Mathilde — et chante la sérénade à sa jeune et jolie épouse. D'un commun accord, le couple remet le voyage de noces à plus tard. Ils projettent de se rendre à New York, ville de tous les rêves.

Le beau-père de Lucien lui a obtenu un emploi au Canadien National, où lui-même travaille depuis très longtemps. Il a tenu à faire profiter son beau-fils des avantages d'un bon emploi. Les premiers mois de vie commune, le jeune couple niche dans un logement à Ville Jacques-Cartier. L'été suivant, Lucien revient habiter avec sa femme à Coteau-Rouge, non loin de chez Lucienne et Zéphirin.

Lucien avait 16 ans à son arrivée à Coteau-Rouge avec sa mère. Il se plaisait à flâner dans les rues des alentours, écartant l'idée de retourner à l'école. Il escomptait plutôt travailler et gagner quelques sous; d'ailleurs, il regrettait déjà le temps où il travaillait au *shœ-shine*. Entreprenant et imaginatif, le jeune garçon décide de travailler à son compte. Riche de son expérience acquise chez M. Zimmer, il veut ouvrir une petite cordonnerie. Évidemment, l'aide de son beau-frère lui était nécessaire pour la location d'un local et l'achat de la machinerie et des outils pour le départ de l'entreprise. Zéphirin ne voyait pas d'un bon œil cette association, n'aimant pas le risque et considérant ne pas avoir d'argent à « flanquer par les fenêtres ». De plus, il estimait son beau-frère beaucoup trop jeune pour se lancer dans une telle entreprise. Cependant, Lucien y avait mis tellement de conviction, affirmant que les profits couvriraient très vite les dépenses, que Zéphirin s'était laissé convaincre, principalement afin que Lucien ne traîne plus les rues. Ils louèrent une arrière-boutique à raison de 15 $ par mois, fournissant chacun 7,50 $. Lucien travaillait toute la journée à réparer de vieilles chaussures, à les cirer, à clouer des talons, à remplacer des agrafes de métal aux bottes et Zéphirin le retrouvait le soir après le souper. Lucien se débrouillait assez bien, les conseils de l'aimable monsieur Zimmer lui avaient finalement été profitables. L'aventure fut cependant de courte durée, principalement à cause de Lucien qui avait tendance à oublier de payer sa part de loyer, sans parler qu'il logeait, la plupart du temps, chez son associé. Ne pouvant plus soutenir seul le fardeau des dépenses, Zéphirin avait mis fin à leur association. Déçu, humilié, Lucien s'en était allé travailler à Montréal où il avait rencontré sa belle Mathilde.

Très heureuse de voir son fils s'établir tout près d'elle, Adrienne se désillusionne assez rapidement. La belle-mère et la bru se jaugent et reconnaissent qu'elles ne seront pas les meilleures amies du monde, étant toutes les deux possessives et jalouses. Sous des airs de sociabilité, le feu couve; l'une s'insurge, l'autre dresse des palissades. Par moment, Lucien pratique un chassé-croisé de finesse afin d'éviter que les étincelles mettent le feu pour de bon entre elles.

Par ailleurs, Adrienne a installé une machine à coudre près de sa planche à presser dans un coin du salon, son lieu de travail depuis son arrivée. Son « valet service », comme en fait foi un écriteau devant la porte.

Michel, qui a maintenant 5 ans, est toujours aussi espiègle et sa grand-mère préfère le tenir occupé. Un matin, elle lui met une paire de ciseaux dans les mains et lui dit : « Tiens, mon Miche, tu vas couper les p'tits bouts d'fils qui dépassent des coutures. » Elle s'était dit que ce petit travail lui donnerait moins de temps pour faire le tannant. Pour l'encourager, elle lui octroie 5 ¢ la douzaine. Michel est heureux et fier de son travail et il a hâte d'annoncer la nouvelle à son oncle Lucien. Dès son réveil le dimanche matin, il s'habille et court chez son oncle. Il le trouve attablé en train de déjeuner et de raconter des drôleries à sa femme. Un délicieux arôme de grillades et d'œufs titille l'odorat du petit garçon aussitôt qu'il met les pieds dans la cuisine. Ses yeux s'arrêtent sur les assiettes, rehaussées d'appétissantes tranches de tomates. Il les reconnaît pour en avoir vu lorsqu'il était allé au marché avec son père, un jour qu'ils avaient traversé le pont Jacques-Cartier à pied. Michel se souvient d'avoir été très, très fatigué ce jour-là. Chez lui, on ne mange pas de tomates, on n'en a pas les moyens. Le voyant se lécher les babines, Mathilde sert une belle assiette à son neveu. Jamais de sa vie il n'a goûté un si bon repas. Dorénavant, sans gêne, tous les dimanches matin, il se rend chez sa tante. Après un certain temps, cette dernière apprécie de moins en moins les visites dominicales de son neveu. C'est que bientôt ce sera Pauline et ensuite Odette; ce manège doit cesser dès maintenant. Elle presse Lucienne de garder Michel chez elle le dimanche matin, arguant que ça dérange, qu'elle et son mari n'ont plus d'intimité.

Michel est déçu, démonté. Il ne comprend pas pourquoi il ne peut plus aller déjeuner chez son oncle. Mais, comme les enfants savent si bien le faire, il oublie vite sa déconvenue.

CANAILLERIES

Par un bel après-midi, le petit garçon joue dans la rue gravelée et poussiéreuse avec son ami Fernand, celui-là même qui l'a libéré d'une situation pour le moins désagréable au début de l'été. Un autre garçon du voisinage, Roméo Talbot, avait décidé de s'en prendre à lui. Malfaisant, il l'avait enfermé dans une *calvette*[50] placée sous la rue voisine. L'incident se passant un dimanche, il n'y avait donc pas de travailleurs autour. Le garnement avait réussi à boucher les deux extrémités. Michel avait crié et pleuré le temps d'une éternité, lui avait-il semblé, avant que son ami Fernand le trouve et le libère.

Michel et Fernand s'amusent avec des billes devant la maison. Un peu plus loin, Pauline est occupée à faire des châteaux de sable. Plus tôt, après le dîner, Odette avait succombé à la fatigue et s'était endormie, étendue sur la galerie, sous le soleil ardent de l'après-midi. La fillette s'éveille en rechignant et frotte ses yeux de ses petits poings. Elle ressent un léger vertige, sa peau est toute moite. La petite se redresse et s'assoit, les pieds sur la première marche. L'enfant aperçoit mémère qui approche dans la rue. Sa bonne humeur retrouvée, elle descend les marches et court, les bras tendus vers sa grand-mère, aussi vite que le lui permettent ses petites jambes. Elle ne voit pas la voiture qui, fort heureusement, se déplace à très basse vitesse. Néanmoins, le véhicule la heurte. Odette tombe sur le postérieur, légèrement étourdie; elle reste là sans bouger, puis elle se met à pleurer. Affolée, Adrienne, témoin de la scène, se précipite vers sa petite-fille.

– Oh ! Mon Dieu ! Odette ! Ma p'tite catin, t'as rien ?

Elle prend l'enfant dans ses bras, puis court vers la maison. À l'intérieur, Lucienne n'a rien vu de l'incident. Elle se demande pourquoi la p'tite est en pleurs et pour quelle raison sa mère s'énerve autant. Quant à Michel, il a eu très peur en voyant sa petite sœur s'affaisser devant l'automobile. Il s'emporte contre le conducteur de l'auto qui l'a frappée. Il amasse des poignées de gravier qu'il lance avec toute la force de son petit bras sur l'automobile qui s'éloigne. Fort heureusement, Odette ne garde aucune séquelle de ce fâcheux incident.

Quelques semaines plus tard, Michel se promène dans la rue espérant rencontrer Anita Gougé, jolie petite fille aux cheveux bruns ondulés entourant son mignon petit visage. Son sourire ravageur et ses yeux rieurs font l'effet d'un feu d'artifice dans le cœur de Michel. La fillette habite juste à côté de matante Bartine, qui a pris en photo le petit « couple », tellement elle les trouve adorables. Aujourd'hui, Michel ne la voit pas dans la rue. Il se dit qu'elle doit être chez sa grand-mère, qui vit à Montréal. Contrarié et mécontent, il continue sa marche en marmonnant entre ses dents : « Qui veut jouer au péteux[51] ? Qui veut jouer au péteux ? »

Il répète sa phrase avec hargne, sachant pertinemment qu'il ne doit pas prononcer de tels mots. Yvette, la grande fille qui garde les enfants dans la rue, arrive à sa hauteur. Surprise de ce qu'elle entend, elle l'accoste.

– Hey ! Michel, dis pas ça, c'est laid !

Toutefois, la fille de 14 ans a des mœurs plutôt lestes et elle entraîne Michel derrière la maison.

– Viens, j'ai quequ'chose à t'montrer.

Sans façon, elle lève sa robe, prend la petite main du garçon et la place à l'intérieur de sa petite culotte. D'abord interloqué et même sidéré, le vilain petit voyou trouve cependant ce toucher assez intéressant, doux. Il regarde la fille sans timidité et ne retire pas sa main. Après un moment, satisfaite de l'effet produit, la grande Yvette décide que le jeu a assez duré.

– Bon, va-t'en chez vous pis parle à personne de not'secret, d'accord ?

La fille ne s'en fait pas. Michel n'osera jamais parler de cela à qui que ce soit. De toute façon, aucun des enfants à qui elle a fait découvrir sa féminité ne l'a dénoncée, de peur d'être lui-même puni. Lorsque Michel revient à la maison, la famille est assise à table en train de souper. Il se faufile à sa place sous le regard suspicieux de son père. Il baisse le nez dans l'assiette que lui présente sa mère. Lucienne, qui a le nez fin, remarque une odeur subtile, particulière.

– Qu'est-c'que ça sent ?

Instinctivement, Michel cache ses mains sous la table.

– Montre-moé tes mains.

N'étant pas née de la dernière pluie, elle imagine un peu la situation.

– Qu'est-c'que t'as faite, mon p'tit verrat ?

Michel se sait pris au piège. Pourtant, mentir ne fait pas partie de ses défauts. Il a un peu peur de la réaction de son père, pourtant il décide de tout raconter. Après tout, ce n'était pas son idée.

– C'est la grande Yvette. On a été derrière la maison...

Il n'a pas à en dire davantage, sa mère comprend de quoi il en retourne. Zéphirin, à l'autre bout de la table, reste bouche bée. Il regarde simultanément sa femme et son fils, n'en croyant pas ses oreilles. Il n'a d'ailleurs ni le temps ni le loisir de dire quoi que ce soit, Lucienne sort de ses gonds. Elle se met dans une telle colère que Michel, surpris, regrette ses aveux. Jamais il n'avait vu sa mère s'emporter de la sorte.

– Va dans ta chambre, p'tit vaurien !

Pour la première fois, Lucienne est déçue de son fils. Elle n'ose se représenter la scène... « À va avoir affaire à moé, c'te grande dévergondée-là. Pis à garde des enfants à part ça. Un enfant de 5 ans... si ça du bon sens. Le pire, y s'est laissé faire, le p'tit torrieu ! » Jouer au docteur entre enfants du même âge est une chose, mais « forniquer » avec une grande de 14 ans, c'est inacceptable.

Plus tard, après avoir lavé la vaisselle, elle rejoint son rejeton dans sa chambre. Lucienne sent la nécessité d'administrer une « légère » fessée à son fils avant de lui faire la leçon.

– T'rends-tu compte de c'que t'as faite là ? T'as pas honte ?

Le petit garçon sait très bien que ce qui s'est passé à l'arrière de la maison est répréhensible. Néanmoins, la grande Yvette lui a montré un jeu, interdit sans doute, mais troublant, et... il n'attend que l'occasion de recommencer.

Il fallait compter sur une Adrienne indignée pour que l'affaire s'ébruite. Après ce jour, la grande Yvette n'a jamais plus gardé les enfants de la rue; d'ailleurs, quelques mois plus tard, sa famille a quitté Coteau-Rouge. Lucienne et sa mère entretiennent la même inquiétude sur le comportement de Michel. « Ouan ! C'te p'tit verrat-là est un peu trop précoce ! » Zéphirin, quant à lui, est préocupé.

Cousin, cousine

L'hiver se pointe beaucoup trop vite au gré de Lucienne, qui exècre le froid. Leur mansarde n'a rien pour les garder au chaud. L'unique consolation à cette saison haïssable est le temps des fêtes de Noël et du Nouvel An. Au cœur de l'indigence, la jeune femme conserve une âme d'enfant. L'euphorie des réjouissances et des réunions de famille l'enthousiasme toujours. Toutefois, rien ne la réjouit autant que les prémices d'un printemps hâtif, où l'éveil de la nature charme les cœurs, chante l'amour et… se veut une invite. Les balbutiements de cette saison vivifiante sollicitent les sens de Lucienne. Zéphirin, qui s'est plaint tout l'hiver de l'indifférence de sa femme face à ses devoirs conjugaux, est heureux de constater que l'ardeur de la fièvre printanière l'émoustille autant. Il ne peut ni ne veut résister à ses épanchements.

Lucienne se retrouve enceinte encore une fois, ce qui provoque un refroidissement de ses ardeurs à long terme. Puis Mathilde annonce qu'elle aussi est enceinte. Une rivalité mal dissimulée s'installe entre les belles-sœurs. Lucienne ne désire pas un quatrième bébé, mais ne dédaigne pas l'idée de damer le pion à sa rivale, alors que Mathilde aurait préféré se trouver seule sous les feux de la rampe.

Près de neuf mois plus tard, Daniel, un gros poupon, tout en rondeurs, devient le quatrième rejeton de la famille Laurier. Tout comme son frère et ses sœurs, ce bébé donne beaucoup de mal à sa mère au moment de venir au monde. Pour la troisième fois, elle subit le détestable pont Victoria et ses entures, en plus de longues heures de douleurs intolérables. Daniel naît le 9 septembre 1949. Noëlla, la petite fille de Lucien et de Mathilde, une petite fleur de pêche, naît au début d'octobre. Au comble du bonheur, grand-mère Adrienne partage son amour entre les enfants de sa fille et l'adorable petite Noëlla, toute de sourire et de finesse. Elle l'adore et toute la parenté s'accorde pour affirmer que Noëlla est une petite merveille, un petit ange du bon Dieu. Cela a pour effet d'agacer Lucienne. Cependant, la candeur et le joli petit minois du bébé ont raison, bon gré mal gré, de sa jalousie. Par ailleurs, Noëlla aussi bien que Daniel, des bébés joyeux et remplis de vie, charment leur entourage. L'ajout d'un quatrième enfant s'avère tout de même un lourd fardeau sur les épaules de Lucienne. Elle se jure de ne plus se laisser prendre.

L'été indien s'est installé pour quelques jours. Les gens s'abreuvent de chaleur et de soleil avant que la froidure les retienne dans leur chaumière. Daniel, bébé joufflu tout comme l'était Michel, s'agite au côté de Noëlla, sa cadette de quelques semaines, sur une couverture étendue dans l'herbe. Les bébés émettent de petits cris joyeux face au « kodak » de Zéphirin. Ce joli portrait ne laisse en rien présager la terrible tragédie qui frappera, beaucoup plus tard, la famille de Lucien.

Chapitre 12

Saint-Cuthbert

Au lendemain des Fêtes, Lucienne statue qu'elle a fait le tour du jardin de Coteau-Rouge sans se douter que, bientôt, elle en franchira le seuil. Lors d'une promenade du dimanche, très rarissime en raison des réticences de Zéphirin à dépenser futilement l'essence, la famille se rend du côté de Saint-Cuthbert, tout près de Berthierville. Une connaissance de Zéphirin du temps où il faisait partie de la confrérie des zouaves l'avait déjà invité à venir le visiter. Zéphirin ne retrouve pas son ami, mais Lucienne s'éprend tout de suite de ce coin de pays. La campagne ensoleillée repose l'âme fatiguée de la jeune femme. Elle s'imprègne à satiété de cette beauté blanche.

La mésentente entre belles-sœurs s'envenime lorsque l'une affirme avoir prêté le petit carrosse d'enfant à l'autre, tenant obstinément à ce qu'il lui revienne. Lucienne n'en démord pas. Cependant, l'idée d'être en brouille avec son frère lui répugne. Pour cette raison et pour beaucoup d'autres, elle éprouve le besoin de changer d'air. Saint-Cuthbert semble l'endroit idéal et, cette fois-ci, le couple s'entend à ce sujet. Ne serait-ce qu'à la seule fin d'éloigner le jeune coq qui rôde toujours autour de sa femme, Zéphirin n'a rien contre le dépaysement. Évidemment, Adrienne ne trouve pas l'idée aussi fabuleuse.

— Réfléchis un peu, c'est loin d'icitte. Vous devriez y réfléchir avant d'vous décider !

— C'est réfléchi pis tout décidé, pis c'est pas au bout du monde. Tu pourras v'nir nous voir.

— Penses-y comme y faut, Lucienne, ça pas d'bon sens !

— De toute façon, Phirin est décidé. Pis l'acheteur vient d'main soère. Y donne pas grand-chose, mais c'est quand même assez pour se réinstaller.

— Quoi ! Si vite ?

— Ben, le bonhomme emménage seul'ment en mai.

Adrienne n'a plus d'arguments.

– Bon. Je t'aurai avertie, ma pauv'p'tite fille.

***

Depuis un certain temps, Bartine ne se sent pas bien. Elle a de moins en moins d'énergie. De violentes douleurs au bas-ventre la tenaillent. Augustin, qui a perdu depuis longtemps tout espoir de rendre sa Bartine heureuse, s'isole dans son atelier et reste insensible aux souffrances de sa femme. Il a, comme on peut dire, « viré son capot d'bord ». Il ne se sent plus concerné. Il a trop aimé cette femme et n'a reçu que sa hargne en retour. Maintenant, il est réfractaire à tout ce qui la touche comme s'il s'agissait d'une étrangère.

Adrienne s'occupe de sa sœur autant que cela lui est possible. L'attitude de son beau-frère la peine énormément. Mais, d'une certaine façon, elle le comprend. Elle pense avec tendresse à Ti-Jos, qui est à ses yeux un ange de patience envers elle. Elle n'avait jamais connu un homme comme lui. Il est la bonté même et Adrienne réalise combien elle est heureuse auprès de cet homme. Rien ni personne ne lui ferait renoncer à son amour : ni les qu'en-dira-t-on, ni la religion, ni les convenances. Ti-Jos est son homme pour la vie. Ils vivent modestement, pourtant le bonheur les couve. La famille de Jos réside en Ontario, dont ses frères Ross et Larry. Cependant, sa vie à lui est ici avec son Adrienne.

Le bonheur d'Adrienne se trouve assombri par le déménagement prochain de Lucienne. Elle se fait du mauvais sang pour sa fille. Néanmoins, elle est convaincue qu'ils reviendront à Coteau-Rouge avant longtemps. Il y a aussi la maladie de sa sœur qui l'affecte passablement.

***

La nature revêt sa nouvelle robe piquetée de bourgeons, et déjà les tulipes orgueilleuses offrent au soleil leurs coloris variés. La rosée matinale accentue les exhalaisons doucereuses, de petits papillons légers et colorés voltigent çà et là parmi les abeilles, les libellules et les bourdons à dos rond et velouté. Ce printemps, au détriment de l'amour, l'excitation a pris possession des sens de Lucienne. Sa vie bouge. Elle déménage. L'avenir se trouve devant elle, exaltant, différent. Pour le commun des mortels, un déménagement est un événement assez banal. Mais pas pour cette jeune femme au tempérament survolté.

Comme prévu, Zéphirin et sa famille emménagent à Saint-Cuthbert dans une petite maison dénichée à l'extérieur du village quelques semaines plus tôt. Légèrement à l'écart de la maison se trouve une vieille grange qui ne sert plus qu'à entreposer d'anciens instruments aratoires, dont une vieille herse et une charrue rouillée. Suspendus au mur, il y a des pelles, des pioches, une faux à manche, des cordages et tout ce qu'il faut pour atteler un cheval de trait. Dans un coin, au fond de la grange, Zéphirin a déposé l'énorme coffre à outils en bois massif lui venant de son père. D'anciens outils qui ont certainement appartenu au grand-père Ferdinand se mêlent à d'autres plus modernes, en plus des outils qu'il a réussi à acquérir.

Le premier samedi après leur arrivée, il décide d'effectuer un bon ménage et de faire le tri de tout ce bric-à-brac. Il demande à Michel de l'aider dans son entreprise, car il sait depuis longtemps qu'il est préférable de tenir son garçon occupé, sinon il a un penchant à faire les pires bêtises. L'intérêt de Michel ne dure pas plus de vingt minutes. Très vite, il trouve ennuyeux tous ces vieux *cossins* rouillés, entassés pêle-mêle. « P'pa, j'ai fini. J'vas jouer d'wors ! »

Zéphirin insiste.

– Reste icitte, l'ouvrage est pas fini !

Aussitôt que son père a le dos tourné, Michel s'enfuit de l'autre côté du chemin, chez les Brissette, afin d'y retrouver son nouvel ami. En colère, Zéphirin se dirige vers la maison. Il entre et apostrophe sa femme.

– Ousqu'il est, le p'tit torrieu ? Y s'est sauvé au lieu d'm'aider à trier les outils.

Lucienne s'offusque de l'attitude de son mari.

– Laisse Michel tranquille.

– C'est ça : gâte-le pis y s'ra pus du monde.

Zéphirin tourne les talons; il claque la porte-moustiquaire, qui rebondit avec fracas à cause des ressorts étirés, et se dirige vers la grange en maugréant.

La maison, d'allure délabrée, est chapeautée d'un toit de tôle. Une galerie, aux planches inégales, nécessitant une couche de peinture, s'accroche à la devanture de la maison. À l'étage, les fenêtres à lucarnes s'ouvrent devant des champs verdoyants. À perte de vue, le blé doré ou l'orge ondulent sous la brise chaude de l'été. Au loin, le soleil matinal scintille sur le clocher de la petite église du village. Chaque matin que le bon Dieu lui donne, Lucienne se gorge de ce paysage paisible. La maison est située sur une ancienne terre traversée en largeur par un ruisseau qui se dessèche à la fin de l'été. À l'extrémité de la terre, comme dos à dos, une autre terre s'étend vers Saint-Norbert, le village voisin.

La famille se plaît à Saint-Cuthbert. Michel et Pauline se sont fait de nouveaux amis. Lucienne jouit d'une certaine quiétude dans son nouvel environnement, bien qu'elle ait toujours certaines difficultés à cuisiner; mais elle ne se culpabilise pas pour autant. Petite fille, elle priait sa mère de lui enseigner les rudiments de cet art, mais celle-ci était toujours trop pressée ou trop occupée. De plus, Adrienne a toujours exécré toute intrusion dans ses affaires. Elle répondait invariablement : « Va jouer plus loin, pis enlève-toé d'mes chaudrons ! »

Zéphirin est le plus à plaindre, c'est pourquoi il apprécie énormément que sa belle-mère leur rende visite, malgré son penchant d'entremetteuse[52]. Quant à Pauline, elle montre une joie extatique lorsque mémère vient les visiter. Au coucher, la fillette exige que sa grand-mère dorme dans son lit. Adrienne ne peut refuser à l'enfant ce petit bonheur, rare source de tendresse. Pauline, à peine âgée de 4 ans, souffre amèrement du manque d'amour de sa mère et même, à certaines occasions, de sa rudesse; son cœur a froid. Lorsque mémère vient à la maison, elle la prend dans ses bras, la cajole et lui murmure des douceurs à l'oreille, du genre : « Ma p'tite catin, mémère t'aime ! » Pauline ressent alors une sécurité, une joie ineffable. Adrienne accepte de dormir dans le petit lit défoncé aux ressorts rouillés par des mois de pipi au lit toutes les nuits. Serrée tout contre mémère, Pauline s'endort, heureuse de goûter à la douceur de sa tendresse.

Son père aussi l'aime beaucoup. Il ne verbalise jamais ses sentiments, mais lorsqu'elle s'assoit sur ses genoux, qu'il lui fait des chatouilles, qu'il la serre très fort dans ses bras, elle sait. D'ailleurs, Zéphirin affectionne tous ses enfants, autant Pauline que les trois autres. De temps en temps, il caresse au passage les cheveux de l'un ou de l'autre de ses petits. À l'occasion, le soir après le souper, Zéphirin prend sur ses genoux l'une des filles, ou Daniel. Il effleure une joue d'un baiser furtif, impuissant à exprimer ses sentiments par des mots : on ne le lui a jamais appris. Sa propre mère, d'une douceur sans mesure, n'a jamais su trouver les mots pour dire son amour; elle le manifestait par un don de soi absolu.

Adrienne est une source infinie d'amour et de réconfort pour tous ses petits-enfants. Elle les chérit tous pareillement. L'adorable petite Noëlla remplit aussi son cœur de joie et, pour ajouter à son bonheur, Mathilde attend un deuxième enfant très bientôt.

Justement, ce dimanche, Adrienne s'amène à Saint-Cuthbert avec Alma et son mari Patrick. Elle vient s'enquérir du bien-être de sa fille et des enfants. Elle décide de rester quelques jours. Sa sœur et son beau-frère sont repartis à Montréal avant le souper.

Le lendemain, elle juge bon d'entreprendre la lessive. Pauline, debout sur une chaise à côté de la machine à laver, insiste pour aider mémère à faire le lavage. Elle plonge ses petites mains dans l'eau chaude, en sort un bas ou un mouchoir et le lui tend. Adrienne fait passer les morceaux de vêtements dans le tordeur. Odette essaie de monter sur la chaise dange-reusement chambranlante; elle aussi veut aider mémère. Adrienne se tourne afin d'éloigner la petite. « Pousse-toé, ma catin, t'es trop p'tite ! Va jouer d'wors avec Daniel. » Entre-temps, Pauline a placé un petit mouchoir entre les rouleaux du tordeur. Ses petits doigts puis son avant-bras glis-sent entre les rouleaux. À ses cris, Adrienne arrête le mécanisme à l'aide d'un levier sur le côté des tordeurs. Pauline s'en tire avec beaucoup plus de peur que de mal. Ses doigts et son bras montrent une rougeur et lui font mal, mais elle n'a rien de cassé. À la suite de cet incident, la fillette se tient loin de la machine à laver.

Le cœur en cavale

Lucienne met souvent à profit les visites de sa mère pour prendre le large et s'évader des responsabilités familiales qui lui pèsent. Les tâches quotidiennes et routinières lui donnent un sentiment d'incomplétude. Par contre, ses promenades solitaires dans les champs, qui la mènent souvent vers le village, lui apportent un sentiment de liberté, de joie de vivre. Elle parcourt les champs sillonnés d'un ruisseau pour ensuite emprunter la route où se trouve le magasin de M. Gingras, un genre de magasin géné-ral. Les gens y viennent aussi pour s'abreuver d'un soda ou se délecter d'une glace. Tout au long de ses randonnées, elle va de ravissement en éblouissement. Les effluves des fleurs sauvages, le bleu limpide du ciel et le zéphyr faisant frémir les feuilles des arbres la charment. Un papillon aux ailes soyeuses volette autour de sa jupe, des oiseaux de toutes espèces gazouillent leur joie. Des libellules font du surplace ou virevoltent à vive allure, exécutant des chassés-croisés étourdissants. Sa fantaisie l'entraîne au milieu de ce ballet classique, la musique et la danse dirigées d'une main divine. Lorsque Lucienne se retrouve dans ce décor enchanteur, son âme romanesque exulte de gratitude.

Il lui arrive de s'arrêter au petit ruisseau et de s'asseoir sur la grosse roche plate. Elle glisse ses pieds dans l'eau tiède et caressante qui coule sur sa peau. Un bonheur indéfini l'envahit; elle est submergée par un sentiment de liberté, comme devaient l'être ses lointains ancêtres paternels. Ces escapades occasionnelles lui donnent l'occasion de s'adonner à ses rêveries; à ces moments-là, à ses pieds, dans l'eau douce et claire, la vision d'un visage la ravit. Son cœur volage et rebelle bat alors à tout rompre. Elle reconnaît parfaitement les traits de ce visage. René... René. Son nom chante dans son cœur comme les notes qu'il gratte sur sa guitare. D'apparence assez ordinaire, René Berthelette est un homme fascinant. Elle ne peut se soustraire à son charme irrésistible. Lucienne se sent happée comme une petite mouche dans une toile d'araignée. Elle pense constamment à lui. Elle imagine des scènes intimes où son corps frémit sous ses doigts. Sans remords et sans honte, elle se languit sous les délices de ses fantasmes. Après tout, elle ne fait de mal à personne. Ses fantaisies, ses évasions intimes l'aident à supporter la triste réalité de sa vie avec un mari démuni de romantisme. Elle y puise le courage nécessaire pour affronter un quotidien qu'elle trouve de plus en plus monotone.

Grand-père Ovide demeure maintenant à Sainte-Angèle-de-Monnoir avec sa seconde femme, Edwidge. Le couple profite de ce très beau dimanche d'août pour rendre visite à son fils. Heureux de l'accueillir, Zéphirin lui fait les honneurs de la maison et de ses alentours. Ovide informe son fils qu'il a un cousin qui demeure à la paroisse voisine, justement la terre longeant la sienne. Tout de suite après le souper, profitant de la belle soirée remplie d'effluves estivaux et d'un ciel sans nuages, on lance l'idée d'une longue promenade, ce qui semble plaire à toute la famille. La petite troupe part en excursion sur la terre, le gros Daniel blotti dans les bras de son père. Une armée de moustiques se mêle à la fête et se régale de cette bonne chère offerte. Malgré ce désagrément, d'un pas nonchalant, la famille traverse la terre du cousin, voisine de la leur. Un long coteau se dresse devant les randonneurs, l'herbe folle chatouille leurs mollets. Ce champ coloré de petites fleurs sauvages — les reines dotées de pétales veloutés jaune clair et les rois de couleur orangée tavelée de noir — mêlées aux marguerites est digne de la toile du plus grand artiste.

Le petit groupe arrive enfin à destination. Isidore Laurier reconnaît immédiatement son grand-oncle Ovide. Les visiteurs sont, dès lors, reçus à bras ouverts. La soirée s'installe, agréable. Ovide, Zéphirin et son cousin Isidore se plaisent à se remémorer de vieux souvenirs. Lucienne et la cousine font connaissance en s'entretenant sur les agréments de la campagne et sur ce qui se passe autour. Les filles, épuisées par la longue marche, sont assises sur la galerie. Pauline caresse le gros chat à longs poils dorés, Odette se berce sur la berceuse en rotin tandis que Daniel s'est endormi, couché en rond comme un petit ourson. Quant à Michel, sa curiosité le conduit dans l'enclos où broutent les vaches et leurs veaux. Le garçonnet sait, mémère le lui a dit, que le lait provient des vaches. S'approchant plus près, il distingue de gros doigts accrochés à cette espèce de grosse poche, sous le ventre de la bête. Futé, Michel imagine que le lait en provient. Il est cependant craintif et n'ose approcher ces grosses bêtes. Il remarque que les veaux sont dotés, eux aussi, de minuscules doigts sous leur ventre, sans toutefois être affublés de la grosse poche. Il entreprend d'aller examiner cela de plus près. Espérant qu'il va se produire quelque chose, il se penche et tire timidement sur un des « doigts » du petit veau. Lucienne, en compagnie de la cousine Hortense, s'amène afin de visiter les bâtiments et voir les animaux. En riant de quelques propos farfelus, elles se dirigent lentement vers l'enclos des bêtes. Lucienne aperçoit son Michel en train d'essayer de traire le veau.

– Qu'est-c'que tu fais là ?

Michel sursaute, se sentant coupable de quelque méfait.

– Mais, m'man, j'voulais jusse voir si…

– Tu vas y faire mal, mon Miche.

Après coup, tout le monde avait trouvé l'incident assez risible, exception faite du veau peut-être. Vers 9 heures, Lucienne pense qu'il est assez tard à cause des enfants et suggère le retour à la maison. Zéphirin se serait bien attardé, d'autant plus que la cousine leur offre du café et des gâteaux.

– Restez, restez encore un peu, y'est pas si tard. Lucienne, viens m'aider pour le café.

Le cousin propose de les reconduire dans sa vieille guimbarde, comme il appelle affectueusement sa voiture. Ovide de même que toute la famille se sentent soulagés de ne pas avoir à marcher, à travers champs, le long parcours du retour. Bon vivant, Ovide avait apporté son p'tit flasque[53] de gros gin, qu'il sort de sa poche de chemise afin d'offrir une traite d'amitié à la parenté. « Un p'tit coup pour fêter les r'trouvailles ! » Zéphirin préfère attendre le café et le gâteau.

Le lendemain est une journée de corvée des foins chez les Brissette. Zéphirin, Lucienne et les enfants ainsi qu'un autre voisin du rang, Trefflé

MacDonald et sa famille, sont de la partie. Ovide et sa femme se font un plaisir de participer. Ce court séjour à Saint-Cuthbert leur est, à tout compter, très bénéfique. Lucienne se montre une hôte recevante à souhait. Toujours le mot pour rire, elle entretient aisément la conversation. Sa cuisine laisse toujours à désirer, mais elle fait un effort louable. Il faut croire que sa nouvelle vie à Saint-Cuthbert la met dans de bonnes dispositions.

Cette belle journée d'été égaie le cœur de ses beaux-parents. Le paysage campagnard rappelle de bons souvenirs à Ovide. Le travail est dur, hommes et femmes suent à grosses gouttes malgré une brise tiède. À la fin de la journée de corvée, chacun remercie le ciel à sa façon et pour des raisons différentes. L'abondante récolte de foin au parfum suave, la satisfaction du travail achevé : voilà autant de sujets d'action de grâce. Pour le repas, tous se rendent à la maison des Brissette, où une longue table a été aménagée à l'extérieur. Madame Brissette a préparé une immense chaudronnée d'un bon bouilli servi avec une miche de pain de ménage doré. Pour dessert, tous se régalent de confiture de gadelles[54] ou de tarte aux bleuets encore tiède, nappée de crème épaisse. Malgré la fatigue, une conversation animée et des rires se font entendre des deux côtés de la table. Une journée parfaite, se dit Ovide, comme au bon vieux temps à Stanstead.

L'excellent repas aidant, tous se remettent des émotions éprouvées lors du dernier voyage de foin. Autour de la table, on discute de l'incident qui aurait pu être beaucoup plus dramatique. La scène est encore très présente à leur esprit.

La charrette, tirée par un seul cheval, longe la clôture de piquets et de broches, entre deux terres. Le brave cheval montre des signes de fatigue. Exténués autant que le cheval, hommes, femmes et enfants suivent le dernier chargement. Lucienne respire à pleins poumons et, même si tout son corps est courbaturé, elle se sent bien. Le grand air et la nature lui donnent des ailes et de l'énergie qu'elle ne croyait pas avoir à son actif. Michel et le garçon de Trefflé sont grimpés sur le voyage de foin. Florent MacDonald tient fermement les montants de la charrette à l'avant. Michel tressaille de joie chaque fois que la charrette oscille pour rebondir tout le long du chemin cahoteux, parsemé de roches et de rigoles formées par les pluies abondantes de l'avant-veille. Il se tient debout cahin-caha, suivant le mouvement du chargement. Un trou, plus profond que les autres, fait basculer la charrette chargée de foin, entraînant l'enfant dans une glissade. Michel se retrouve coincé sous cet amas de foin. Voyant la scène, Lucienne lance un grand cri. Un affolement général s'ensuit. Tout le monde plonge les mains dans le foin afin de trouver l'enfant au plus vite avant qu'il suffoque. Une fois hors de danger, apeuré, Michel reprend son souffle avec difficulté; une douleur lancinante au poignet le surprend. Il regarde, bébête, le visage inquiet de sa mère; il a mal, mais il n'ose pas se plaindre. Lucienne reprend vite ses esprits. Avec aplomb, elle entreprend d'examiner son fils.

– T'es-tu fait mal, mon Miche ?

Elle décèle une fracture du poignet gauche, une expérience affreuse pour un si jeune enfant, mais tout le monde est soulagé en songeant que l'incident aurait pu être beaucoup plus tragique.

Un matin de la dernière semaine du mois d'août, l'air est chargé d'une chaude langueur. Zéphirin, Michel, René et Philippe, son petit garçon, se dirigent vers le ruisseau pour une partie de pêche. Les enfants courent devant leurs pères, désirant arriver les premiers. Les deux hommes parlent peu, ils n'ont pas grand-chose à se dire. Ils déposent leurs agrès puis s'installent contre un tronc d'arbre moribond qui allonge ses branches vers l'eau fraîche, comme pour se garder en vie quelque temps encore. Ils tirent leurs lignes à pêche à l'eau, perdus chacun dans leurs pensées. De temps à autre, l'un ou l'autre exprime une banalité.

– Hey ! Phirin, aimes-tu ça la pêche ? Moé, quand j'étais jeune, j'y allais presque toué jours. Astheure, j'y vas quasiment pus.

– Moé ç'est pareil, j'ai pas l'temps pour ça.

Zéphirin se demande avec humeur : « J'sais pas comment à'faite son compte pour m'décider à v'nir icitte à matin. »

– Ouan ! Mais avec c'te chaleur-là, on est ben mieux au bord de l'eau. Hey ! Les gars ont déjà pris trois poissons. Y'ont même pas d'mandé not'aide les p'tits crapauds.

Les deux hommes travaillent ensemble à amasser des cocottes, mais ils ne sont pas pour autant de grands amis. Afin d'aider au budget familial, Zéphirin amasse et vend des cocottes de pin que les gens utilisent pour attiser le feu du poêle. C'est un excellent combustible, en plus de répandre une bonne odeur de pin dans la maison. René Berthelette habite avec sa famille un peu plus haut dans le rang. C'est lui qui a indiqué à Zéphirin ce travail compensatoire. La première fois où Zéphirin a amené René à la maison, il a bien vu que le courant était passé entre sa femme et son voisin. Depuis, en plus de négliger l'entretien ménager, sa femme a constamment la tête dans les nuages. Zéphirin n'est pas un être jaloux, mais il souffre de constater que sa femme s'accroche souvent le cœur aux allants et venants des hommes qui croisent son chemin. L'idée de la partie de pêche avec les enfants a été une suggestion de Lucienne. Bien qu'il s'interroge intérieurement sur ses motifs et qu'il ait accepté, surtout dans le but de distraire Michel, il admet malgré lui que René Berthelette est un voisin accommodant et un homme très sociable. Il en arrive à se demander s'il a raison de s'en faire au sujet de Lucienne.

Surexcités, Michel et Philippe transportent les poissons comme des trophées et leurs pères se laissent prendre à la joie des enfants. Ils plaisantent et rient ensemble comme le feraient de vieux amis.

Lucienne a planifié d'inviter les Berthelette à venir manger le poisson. Semblant de rien, elle a aussi suggéré que « monsieur » Berthelette apporte sa guitare afin de faire de la musique après le souper. Sa femme, une personne maigrelette d'une grande timidité, a accepté l'invitation, non sans réticence. Timide, mais aussi sagace, Olivette Berthelette flaire ces irritantes exhalaisons de danger lorsque son mari et la voisine se trouvent l'un en présence de l'autre. Sous l'insistance de René, afin de ne pas se montrer impolie envers de bons voisins, lui a-t-il affirmé, à contrecœur, elle avait accepté l'invitation. Tout le long du repas, elle demeure silencieuse, picorant son poisson. Mais qui s'en soucie ? Zéphirin surveille d'un œil sa femme et René, qui attache son regard sur une Lucienne qui est aux anges. Comme promis, aussitôt le repas terminé, René s'installe avec sa guitare et interprète quelques ballades. Bon enfant, Zéphirin se lève de table, ramasse les assiettes et entreprend de laver la vaisselle. Toutefois, si on l'avait questionné sur ses intentions, il n'est pas certain que ce n'était pas dans le but de faire du bruit dans un dessein de vengeance fortuite. Lucienne et René sont déjà loin, évoluant dans un monde à part.

– M. Laurier, j'vas vous aider à essuyer la vaisselle.

– Hum ! Le linge à vaisselle est là.

– René est ben populaire avec sa guitare; y va même jouer dans les noces pis aux veillées.

– Ouan ! Y m'a dit ça.

– Vot'femme à l'air d'aimer la musique.

– Sont toutes de même dans sa famille !

La vaisselle achevée, Olivette Berthelette va s'asseoir dans un fauteuil délabré dans le coin de la pièce. Carrée dans son siège, elle garde à vue son mari. René gratte sa guitare, un pied sur une chaise. Obnubilée comme une midinette, Lucienne ne voit que lui et n'entend que sa musique. Elle ne prête aucune attention à son mari, qui engouffre depuis un moment des *shots* de gros gin. Allègre, il commence même à apprécier la musique de son ami René qui joue maintenant des airs plus entraînants. Avec Daniel assis sur ses genoux, Lucienne frappe des mains et fredonne les chansonnettes avec entrain. Michel et Philippe prennent plaisir à l'atmosphère de réjouissance tandis que Pauline et Odette font la farandole jusqu'à l'épuisement, pour se laisser ensuite tomber sur le plancher et rire à gorge déployée. Lucienne se ressaisit et réalise qu'il vaudrait mieux calmer les enfants afin qu'ils n'aient pas de difficulté à s'endormir.

– M. Berthelette, jouez-nous quequ'chose de reposant, ça calmera les p'tits.

Du coin de l'œil, elle aperçoit Zéphirin, l'air éméché. « Y'a dû prendre du gin en cachette. Attends t'à l'heure, y va avoir ma façon d'penser. »

Au pied de l'escalier qui conduit à l'étage se trouve une *pantry*[55], mesurant environ deux pieds de longueur, et un morceau de prélart décoloré couvre le dessus. Un grand bol à main en granit blanc orné d'une fine bordure rouge y est déposé. À l'un des bouts de la *pantry*, une pompe à eau peinte en vert foncé achemine l'eau courante dans la maison. Sur le mur est suspendu un vieux miroir craquelé de forme ovale devant lequel, tous les matins, Zéphirin se fait la barbe. Grimpée sur un petit banc, Pauline essaie de pomper un peu d'eau dans une tasse de granit. Sa mère lui interdit de boire avant de dormir, mais elle a trop soif après avoir sauté et dansé tout à l'heure. Elle s'apprête à boire lorsque soudain… *Beding, bédang.* Derrière elle, un bruit effrayant l'oblige à se retourner, juste à temps pour voir son père dégringoler l'escalier, tête première.

– Moman ! Moman ! Popa a déboulé l'escalier.

Lucienne était sortie dire au revoir à ses visiteurs lorsqu'elle a entendu le vacarme. Inquiète qu'il soit arrivé malheur à l'un des enfants, elle accourt dans la maison. Elle aperçoit Zéphirin, affalé au pied de l'escalier, se massant la tête avec l'air de se demander ce qu'il fait là. Elle est prise d'une envie de rire irrépressible, bien que la colère bouille en elle comme l'eau du canard à l'heure du thé.

– Pour l'amour, Phirin, qu'est-c'qui t'arrive ? T'as l'air fin là. T'aurais pu t'casser l'cou.

– …

– File te coucher avant d'faire d'autres dégâts. (Indignée, elle ajoute :)
Devant les p'tits à part ça.

Zéphirin obtempère. Il sait que prendre du gin, ça ne lui vaut rien de
bon. De temps en temps, lorsqu'il ne comprend plus ses émotions, lorsque la haine, la rage, le chagrin et l'amour se font la guerre, il préfère
s'évader derrière l'écran brumeux de quelques verres de gin plutôt que
d'avoir à faire face et de ne pas savoir comment contrer sa détresse.

René et Lucienne tentent de se voir plus souvent. Il arrive que les
occasions se présentent d'elles-mêmes, lors de veillées entre voisins, à la
maison de la famille MacDonald ou chez les Brissette, ou même chez elle.
Elle cherche aussi à le rencontrer au hasard de ses promenades. René, de
son côté, se montre très futé à forcer le destin. Depuis qu'il a fait la connaissance de Lucienne, il se sent fringant et frétillant comme un poisson
qui remonte la rivière.

Au début de septembre, Michel recommence sa première année scolaire, qu'il avait amorcée à Coteau-Rouge l'année précédente. En raison
du déménagement en mai, il avait dû l'interrompre. L'école se situe au
creux des deux routes formant comme un fer à cheval, d'un côté le rang
où il habite et de l'autre le chemin du magasin général. Tous les matins,
Philippe Berthelette retrouve Michel et le voisin d'en face, Jean-Louis
Brissette. Ensemble, ils descendent à pied le rang, ils montent la côte pour
arriver devant la maison de Trefflé MacDonald, où ils retrouvent Florent
qui se joint à eux. Le joyeux groupe se rend à la petite école, longeant l'érablière à
droite du chemin. Ils se bousculent, se « crêpent le chignon[56] » ou se racontent des
balivernes. Ils préfèrent cependant parloter au sujet des filles de l'école. Françoise,
la fille de l'épicier, qui lorgne effrontément les garçons et se laisse peloter selon
l'audace du garçon, est leur sujet de prédilection. Chacun se vante d'être allé plus
loin, mais se garde bien d'avouer son ignorance sur ce que pourraient signifier les
mots « plus loin ». Michel en a peut-être une petite idée. Il se souvient de la grande
Yvette de Coteau-Rouge qui l'avait initié à des jeux pour le moins surprenants.

Au jour le jour

Cet après-midi-là, au retour de l'école, Michel aperçoit une bicyclette appuyée au mur de la grange. Il pose en vitesse ses livres d'école
sur le sol et court vers l'objet de sa convoitise.

– Moman, c'est à qui le béciq ? J'peux l'essayer ?

Sa mère pousse la porte-moustiquaire, allant à la rencontre de son fils.

– Y'est trop gros pour toé, mon Miche.

– Ben non ! J'sus capable.

Il ne fait ni un ni deux, empoigne les guidons et passe sa jambe droite sous la barre; il rejoint la pédale qu'il active à l'aide de son pied puis... bascule, la bicyclette sous lui. Résultat, un genou éraflé et une douleur aux côtes causée par le guidon. Il retient ses pleurs, de crainte que sa mère lui refuse un autre essai. Après s'être assurée que Michel a tous ses morceaux, elle sourit à l'intrépidité du petit garçon.

– T'aurais pu t'faire ben mal. Viens dans maison, j'vas nettoyer ton g'nou.

Contrarié, il obéit, non sans mécontentement.

– J'veux essayer encore.

– T'as déchiré ta culotte; mémère devra réparer ça.

Elle enduit l'égratignure de mercurochrome. Michel grimace de douleur, mais il reprend :

– À soère, popa va m'donner une poussée, pis j'tomb'rai pas, tu vas voir.

Lucienne est toujours surprise par la vivacité de son petit garçon qui n'a rien à son épreuve.

Lorsque son père revient du travail, c'est tout juste si Michel lui laisse le temps de souper. Pourtant, il est loin d'être convaincu que son père le laissera utiliser la bicyclette. Il décide de l'aborder comme si elle lui appartenait

– Popa, allez-vous m'aider à conduire le béciq ? Si vous m'poussez, j'vas être capable.

Malheureusement, Zéphirin est d'humeur plutôt rêche. Il semble réfléchir un instant, puis regarde son garçon droit dans les yeux.

– J'ai entendu dire que t'avais encore fait des mauvais coups au village avec le gars à Berthelette. Si t'arrêtes pas d'faire le malcommode, ça va mal aller pour toé. T'as compris ?

Oh ! Oh ! Ça se présente mal. Le petit garçon ne désire surtout pas contredire son père, surtout ce soir. Il acquiesce en baissant les yeux et le menton. Mais Lucienne ne l'entend pas ainsi.

– Phirin, vas-tu l'laisser tranquille c't'enfant-là ? Y'a rien fait d'mal.

Exaspéré, Zéphirin serre les poings. Il exècre que sa femme gâte autant le p'tit. Des éclairs dans les yeux, il réplique :

– Tu l'gâtes trop ! Tu vas en faire un p'tit bum! Y fait plein d'mauvais coups avec le gars à ton Berthelette. À part ça, y niaise avec des gars plus vieux dans l'village, des bums, pis toé, tu vois rien.

Furibond, il se lève de table en poussant sa chaise rageusement puis se dirige à l'extérieur. Pour une fois, Lucienne est sans voix. Elle n'en revient tout simplement pas. La harangue de son mari qui ne dit jamais un mot l'a figée sur place. Il y a aussi qu'il a fait allusion à *son* Berthelette. « Qu'est-c'qu'y vient faire la-d'dans ? » Très vite, Lucienne se ressaisit. Elle sort à la poursuite de son mari et se met à vociférer.

– Tu sais pas c'que tu dis. Michel a jusse 6 ans. Y'a du grouillant, c'est toute !

De son côté, Michel a jugé bon de prendre le bord de son ami Jean-Louis. Lorsque son père et sa mère ont des différends, surtout à son sujet, il ne tient pas à être dans les parages. Tant pis pour la leçon de vélo. Il connaît l'intolérance de son père lorsqu'il s'agit de ses écarts de conduite.

Jean-Louis est assis sur les marches de la galerie avec son chien Jeff, un bel épagneul aux poils longs de couleur blond-roux. Ses beaux yeux attendrissants réclament constamment les caresses de son jeune maître.

– Salut, Jean-Louis. Salut, Jeff.

Il caresse la nuque du chien, qui se met à agiter la queue et à lécher sa joue.

– Tu sais pas quoi ? J'ai un béciq. Viens-tu jouer au ruisseau ?

– Pourquoi on va pas essayer ton béciq ?

– Ben, mon père est pas dans ses bonnes à soère, y voudra pas que j'y touche.

– Tu dis que c'est le tien; tu peux le prendre quand tu veux, non ?

Jean-Louis connaît la hâblerie de son ami. Il s'amuse à l'étriver.

– Dis-le don, c'est l'béciq de ton père.

– Heille! J'te dis que c'est mon béciq !

Le lendemain, samedi, Zéphirin travaille à reconstruire une vieille grange chez un fermier de l'autre côté du village. Le dimanche, il ne travaille pas; il va à la messe et cela le met toujours dans de bonnes dispositions. De plus, mémère vient en visite, ce qui a toujours pour effet de l'amadouer. Il se réjouit à l'avance en pensant à sa bonne cuisine. Michel est content, mémère pourra constater son habileté. Comme prévu, immédiatement après le dîner, tout le monde se retrouve dehors pour les grands essais. Comme la première fois, Michel enjambe la fourche de la bicyclette sous la barre. Il place son pied droit sur la pédale et son père lui donne une poussée énergique en faisant une pression de sa main à l'arrière de la selle. Il court en poussant la bicyclette sur une longueur d'environ quinze pieds. Michel dévale le chemin à la manière d'un bateau lancé à l'eau. Toute la famille et Jean-Louis Brissette, qui était venu pour assister à l'événement, crient ensemble pour l'encourager.

– Vas-y ! Vas-y ! T'es capable.

Zéphirin, plus réservé dans son appréciation, sourit du coin des lèvres. Il est quand même fier de la ténacité du p'tit. Bien sûr, il déplore le caractère indompté de Michel. Cela le tracasse. Il se demande où cela va le conduire. Pour l'heure, son gars est un brave petit homme.

Un soir de la fin octobre, après le souper, Zéphirin somnole, allongé sur le petit canapé délabré, de couleur rouge marron délavé. Une bordure en bois anciennement vernie et affreusement égratignée souligne le contour du dossier. Michel joue dehors avec ses amis, Daniel est couché pour la nuit, Pauline et Odette s'amusent avec chacune une poupée, cadeau de matante Bartine. Lucienne tarde à commencer à laver la vaisselle, l'eau de la bouilloire n'est pas assez chaude. En attendant, elle se berce et se détend, un vieux *Reader's Digest* en main. En après-midi, elle avait terminé la lecture de son dernier *Arsène Lupin*, des romans gobés avidement. On frappe violemment à la porte. Toute la maisonnée sursaute. Lucienne se lève d'un bond. « Qui peut ben défoncer la porte de même ? »

– Vite ! Vite ! Madame Laurier, v'nez chez nous, moman va mal.

Les enfants Brissette se tiennent devant elle, l'air effaré.

– Calmez-vous, les enfants. Expliquez-moé, un à la fois, c'qui arrive à vot'mère.

Madame Brissette est enceinte, mais le bébé n'est pas attendu avant au moins deux bonnes semaines.

– Moman est couchée... pis…

– Pis elle a mal au ventre...

– Popa est pas là. Y'est chez les Berthelette. Moman nous a dit de v'nir vous chercher.

Ayant compris que le bébé arrive plus tôt que prévu, Lucienne pense qu'il vaut mieux aller rassurer la pauvre femme en attendant l'arrivée du docteur.

— Jean-Louis, cours prévenir ton père. Dis-lui d'aller chercher l'docteur au plus vite.

Jean-Louis aussi comprend que sa mère va avoir un bébé. Il se souvient de son petit frère qui va avoir bientôt 2 ans. Il est quand même impressionné. Sa mère les a envoyés chercher madame Laurier. Elle leur a dit aussi de rester chez leur voisin pour la soirée, après leur avoir recommandé de ne pas donner du trouble à monsieur Laurier.

— Phirin, surveille les p'tits. Je r'viens aussitôt l'arrivée du docteur.

Dérangé au beau milieu de son somme[57], bourru, il dit :

— Qu'est-c'que tu vas faire là ?

— J'ai eu quatr'enfants, j'sais quand même un peu comment ça s'passe. Pis c'est jusse en attendant l'docteur.

Lucienne attrape son gilet de laine accroché à côté de la porte et court de l'autre bord du chemin chez les Brissette.

— Enfin, vous v'là ! Excusez du dérangement, j'savais plus quoi faire. J'ai eu une grosse douleur, pis j'peux pas m'arrêter de pousser.

— Énervez-vous pas, Madame Brissette, ça va ben aller !

Lucienne se rend compte qu'en effet le bébé est en train de naître. « Bon. La panique n'a pas d'place icitte. Y devrait pas y'avoir de problème. Pis l'docteur s'en vient, de toute façon ! »

— Madame Brissette, ousqu'y sont vos serviettes ?

— Là, dans grande armoire au fond d'la cuisine. La bouilloire est sur le poêle… Oh ! En v'là une autre.

— Respirez comme un p'tit chien, Madame Brissette. Y disent que ça fait moins mal.

— Ouf ! C'est passé ! C'est pas mon premier, vous savez… mais… Oh ! Aïe. Ça r'commence.

— Y'arrive vot'bébé ! Bon. J'pense qu'on n'attendra pas l'docteur ! Poussez fort, j'vois sa tête. Encore. Lâchez pas !

Jeanne Brissette empoigne fermement de ses deux mains les barres de métal de la tête de son lit et pousse à en perdre haleine. Ses jambes sont écartées et repliées sur elle-même. Lucienne, agenouillée sur le pied du lit, s'apprête à recevoir le bébé naissant sur les serviettes propres. À la fois excitée et concentrée sur ce qui est sur le point de se produire, le temps d'un battement de cils, son esprit s'envole vers sa mère. Sa mère, qui lui avait confié son vœu de devenir garde-malade, voilà qu'elle aurait été bien servie.

– Poussez. Poussez. Encore.

Un petit être gluant se propulse entre ses mains; elle n'a rien eu à faire que de l'accueillir avec ravissement.

– Oh ! La belle p'tite fille. Félicitations, Madame Brissette.

Émerveillée, elle prend la petite créature frétillante et criarde puis la couche sur le cœur de sa mère, ravie. Du coup, elle réalise ce qu'elle vient d'accomplir. Durant la dernière demi-heure, elle avait eu tout juste conscience de ses gestes. Son instinct lui avait dicté ce qu'elle devait faire. Un bébé. Elle a aidé à mettre au monde un bébé. Mémère va être fière d'elle. Comme ses enfants, Lucienne a pris l'habitude d'appeler sa mère : Mémère.

– J'm'appelle Jeanne !

– Quoi ?

– Jeanne, c'est mon nom. Après c'que t'as faite pour moé, on peut s'tutoyer, pis s'appeler par not'prénom. Merci grand'ment, Lucienne ! J'aurais pas pu y arriver toute seule.

Toute souriante, Lucienne acquiesce.

– C'est ben correct qu'on s'tutoie, surtout qu'on est voisines. J'suis contente de vous... de t'avoir rendu c'te p'tit service. À part ça, de te voir avec ton bébé en bonne santé, c'est l'plus beau des r'merciements. (Riant avec cœur, elle ajoute :) Si l'docteur arrive pas, y va falloir couper l'cordon...

Sur les entrefaites, les deux femmes entendent la porte qui s'ouvre à toute volée. Arthur et le docteur font leur entrée, essoufflés comme des marathoniens.

Moqueuse, Lucienne les interpelle :

– Messieurs, reprenez vot'souffle; le travail est fini... ou presque.

Elle tend la paire de ciseaux au vieux médecin.

– Docteur, j'vous laisse l'honneur de couper l'cordon. Félicitations, M. Brissette. Vous avez une belle p'tite fille, pis une femme vaillante en grand. Bon, j'vous laisse. J'vas voir comment Zéphirin s'débrouille avec les enfants.

Elle laisse en plan les deux hommes. En traversant le chemin pour retourner chez elle, son cœur déborde de contentement et de fierté. Aider à mettre un enfant au monde, c'est quelque chose. « J'sais pas c'que va en penser Phirin. » Zéphirin n'a rien à en dire. En tout cas, il n'émet aucun commentaire.

Plus tard, lorsque Adrienne apprend la nouvelle, elle est pour le moins épatée. « Ouan ! On dirait qu'y'a rien à son épreuve. »

Le premier dimanche de novembre, après une bruine matinale, l'après-midi s'ensoleille. La température fraîche demeure agréable et incite Lucienne à sortir de la maison. Elle a surtout envie de voir René. Zéphirin bricole dans la grange où il retrouve la tranquillité, loin du chahut des enfants et des sempiternelles remontrances de sa femme, qui lui rappelle de plus en plus la tante Bartine. Lucienne s'avance dans l'entrée et l'informe qu'elle sort et qu'elle emmène Michel. Il devra s'occuper des trois autres enfants pendant son absence.

Elle dépose Daniel au pied de son père.

– Les Berthelette passent me prendre, on va au village faire des commissions.

– On a tout c'qu'y faut...

Il n'a pas le temps de finir sa phrase que déjà Lucienne se trouve au bord du chemin. Affirmer que « les » Berthelette passent la prendre ne lui donne aucun remords. Après tout, il n'y a rien de mal à faire une balade en auto. Zéphirin prend Daniel dans ses bras, puis va chercher ses deux filles qui jouent sur la balançoire accrochée à l'arbre près de la maison. Il fait monter les enfants dans sa Pontiac; il embraye puis se dirige du côté de Saint-Norbert, chez son cousin. Lucienne le déroute de plus en plus. Ses escapades le désespèrent. Il se sent démuni devant le tempérament indomptable de sa femme, mais à cause des enfants... Il préfère alors s'esquiver et refouler ses émotions.

Pendant ce temps, Philippe et Michel sont assis à l'arrière de l'auto de René. Radieuse, Lucienne est installée à ses côtés. Ils descendent le rang vers le village. Arrivée au croisement d'un chemin, la voiture s'enfonce dans la campagne. René bifurque en faisant un clin d'œil à Lucienne qui rit, le cœur en joie, insouciante. L'été s'en est allé. L'automne et ses volées de couleurs flamboyantes ne sont plus qu'un souvenir de carte postale. Le cœur chaud, la tête folle, pour Lucienne, plus rien n'a d'importance. Indifférente au paysage morne des grands champs labourés et des arbres dénudés par les vents automnaux, elle se laisse mener au son du ronronnement du moteur de l'auto. L'effort soutenu du soleil d'été perd de son éclat. La terre, privée de blé ou de foin, attend la première neige. Mais, à cet instant, le paysage importe peu à la jeune femme. La présence de René la grise comme un vin délicieux. Elle en oublie les enfants, étonnamment très sages sur le siège arrière. Se tournant vers eux, elle constate que Michel s'est assoupi. Philippe regarde défiler le paysage, les yeux perdus dans un quelconque rêve. Elle en profite pour se rapprocher de René et dépose doucement sa main sur sa cuisse. Il accroche son regard sur la jeune femme, qui a le don de le rendre si heureux. Mille étoiles scintillent au fond de ses yeux rieurs. Il détache sa main du volant puis passe son bras autour des épaules de la jeune femme. Le bien-être les enveloppe et les ravit. Pour l'instant, cela leur suffit. Comme de jeunes collégiens, la romance de ces rencontres furtives les charme et les comble d'une douce allégresse.

– P'pa, j'veux faire pipi !

– Bon, attends. J'arrête icitte, t'iras dans l'fossé.

René ralentit le véhicule, mais sans attendre que la voiture s'immobilise, Philippe ouvre la portière. Les portes de ce modèle d'automobile s'ouvrent d'avant en arrière. La poussée de l'air produite par la voiture en marche, doublée d'une bourrasque venue des grands champs, entraîne Philippe qui s'affaisse sur le bas-côté de la route. René freine à bout de pied tandis que Lucienne… perd les pédales.

– Pour l'amour, qu'est-c'qui s'passe ?

Michel, endormi au fond de la banquette, ne se rend pas compte de l'incident qu'au moment où René braque les freins et interpelle rudement son garçon.

– Torrieu, Philippe, qu'est-c'que t'as faite là ? C'était quoi, ton idée d'ouvrir la porte du char[58] ?

Assis sur le bord du fossé, Philippe braille comme un veau. Il a les genoux et les paumes des mains éraflés, le sang mêlé au gravier. Lucienne s'assure qu'il n'est pas blessé gravement, puis ébouriffe de sa main les cheveux de l'enfant.

– Hé ben, mon Philippe, t'aurais pu t'faire ben mal, ou même te tuer.

René n'est pas aussi indulgent.

– P'tit sans allure, t'ouvres jamais la porte du char en marche. J'espère que t'as eu ta leçon ?

Sorti de l'auto, Michel n'est pas certain de ce qui vient de se passer, étant donné qu'il sommeillait juste avant la mésaventure. La commotion terminée, réinstallé dans l'auto alors que tout le monde est calmé, Philippe se penche à l'oreille de Michel et lui murmure :

– Y s'sont quand même décollés, hein !

Michel sourit. L'incident clos, la promenade n'a plus le même attrait. Le retour à la maison se fait sur une note monotone, comme le paysage. Sans se retourner, Lucienne recommande à son garçon :

– Michel, c'est pas nécessaire que tu parles de ça à ton père.

VOYAGE EN ABITIBI

Zéphirin file un mauvais coton. Comme si les problèmes entre lui et sa femme ne suffisaient pas, depuis leur arrivée, il n'a pas trouvé de travail bien rémunérateur. Il vaque à de petits travaux aux alentours pour arriver à tout juste manger. Il est fatigué, il en a assez de tous ses tracas.

Lucien, en visite à Saint-Cuthbert, propose à son beau-frère de l'accompagner en voyage en Abitibi. Lucien n'a jamais revu son père depuis sa tendre enfance. Il sait tout de même qu'il possède un lot contigu au lac Malartic. Le goût de l'aventure, autant que l'idée de revoir son père, motive le jeune homme à entreprendre ce périple. Par la même occasion, il part en reconnaissance du terrain; il a entendu dire qu'il y a des possibilités de s'installer et d'y faire vivre sa famille convenablement. Le gouvernement fait la promotion de la colonisation en octroyant des lots que les colons s'engagent à défricher et à cultiver. L'idée a peut-être du bon. Le voyage lui permettra de tâter le terrain. Zéphirin s'est aisément laissé convaincre, heureux de s'éloigner de ses tracas quotidiens, ne serait-ce que pour quelques jours, sans compter qu'il aime voyager. Il se souvient de ses nombreux déplacements du temps où il faisait partie des zouaves. L'amitié le liant à son beau-frère l'encourage à entreprendre le voyage. Ils partent très tôt le mercredi matin, laissant derrière eux Lucienne, très contrariée, jalouse, et Mathilde, furieuse. Cette dernière, qui le mois dernier accouchait de son deuxième enfant, accepte mal que son mari parte en excursion dans un trou perdu où elle n'ira, de toute façon, jamais habiter.

Les deux beaux-frères et amis se rendent vite compte que le voyage n'est pas de tout repos sur ces routes cahoteuses et poussiéreuses. La traversée interminable du parc de La Vérendrye s'avère ennuyeuse. La route, longée de conifères, de bouleaux ou de trembles dégarnis de leurs feuilles et d'arbres morts, offre un paysage morne. La vue des lacs pas encore gelés, ayant leur source au creux d'une forêt qui semble sans fin, agrémente légèrement le tableau. Au fil de la route, ils croisent le lac de l'Écorce, le lac à la Croix et beaucoup d'autres. Ailleurs, le long des fossés, les broussailles séchées espèrent une première neige pour couvrir leur nudité.

Pas très loin après la sortie du parc, le premier village rencontré est Louvicourt. Les deux hommes traversent ensuite la ville de Val-d'Or pour se rendre jusqu'à Amos. Épuisés, fourbus, ils s'installent pour la nuit à l'hôtel le Château Inn d'Amos, ce même hôtel où était débarqué Louis, son père, quelque vingt ans plus tôt. Dès le lendemain, ils rencontrent l'agent des terres qui leur fait visiter les communautés environnantes.

L'homme leur explique que le gouvernement octroie 100 arpents de terre à toute personne qui désire s'installer. Toutefois, la pauvreté sordide et l'isolement ont raison de tout désir de colonisation des beaux-frères. Très tôt le lendemain, ils se dirigent vers Malartic. Ils traversent la ville par la rue principale démesurément large, comme les rues des villages westerns des films favoris de Lucien. Ils s'engagent ensuite sur la route qui conduit au village de Rivière-Héva, circulant sur le rang 4 ou « chemin du lac Malartic ». Après avoir parcouru quelques milles, ils bifurquent à droite à une fourche et s'engage sur le rang 6 qui monte aussi vers Rivière-Héva.

La demeure de Louis Lecompte se limite à une minuscule cabane d'à peine 12 pieds sur 14. Le lot 26, sur lequel est campée la cabane, couvre 4 acres.

L'homme est pour le moins surpris de la visite impromptue de son garçon, mais il se montre néanmoins content. Lucien aussi se réjouit de revoir son père après toutes ces années. Le père et le fils discutent des heures durant sur tous les sujets possibles, sans jamais aborder celui de l'abandon de Louis en 1930; ni l'un ni l'autre ne tient à en parler. D'ailleurs, Lucien ne s'est jamais vraiment posé de questions à ce propos. Les ragots maternels concernant son père l'ont suffisamment renseigné. Maintenant, il est en mesure de se faire sa propre opinion sur son géniteur. Lucien et son beau-frère profitent de l'hospitalité de Louis pour encore quelques jours. Bien que leur séjour fût agréable, ils se sentent soulagés de revenir à la civilisation, et Zéphirin plus encore. Non, la vie de colon n'est pas pour eux. Louis n'a pas su convaincre son garçon de la satisfaction et du contentement de vivre en Abitibi.

Les deux hommes badinent et font des blagues à ce sujet tout au long du voyage de retour.

TROMPERIE

Durant le séjour de son mari en Abitibi, Lucienne se fait une joie de rencontrer à sa guise l'homme pour qui son cœur bat la chamade à l'instant où il pose les yeux sur elle. À ce jour, elle n'a jamais été infidèle aux promesses faites au pied de l'autel, du moins pas essentiellement. Le soir même du départ de Zéphirin, René se présente devant la porte de sa belle, inquiet, prétend-il, à savoir si tout va bien et si elle n'a besoin de rien. Lucienne lui offre son sourire du dimanche. Elle s'accroche à son bras, riant comme une collégienne. Elle lui dit :

— Assis-toé. Tu veux un café ou du thé ? Les enfants jouent d'wors, on va être tranquilles pour jaser.

René tient à être rassuré sur le sujet qui le tracasse.

— J'ai su que Zéphirin est parti en Abitibi. Y veut-tu vous am'ner là coudon ?

— Ben non, grand fou ! Mon frère lui a demandé d'aller avec lui à Malartic. Not'père habite là depuis au moins vingt ans.

René remarque sur la table la feuille de papier et le crayon.

— T'es en train d'écrire ? (Moqueur, il ajoute :) Tu t'ennuies déjà ?

— Non… Heu ! Non !

Elle hésite avant de lui montrer de quoi il s'agit.

— Ben, j'suis en train d'essayer d'écrire une chanson.

— Une chanson. T'écris une chanson ? Montre-moé ça.

— Non, j'veux la finir avant.

— Allez, montre-moé ça. T'as écrit la musique ?

— Pas encore, mais j'ai un air en tête.

— T'as jamais dit que tu sais écrire des chansons !

Hésitante, elle tend la feuille de papier à René, qui la dépose sur la table après en avoir lu les paroles.

— Ouan ! C'est pas mal beau.

— T'aimes ça pour vrai ? J'en ai écrit une autre plus… romantique.

— J'ai une idée ! J'cours chercher ma guitare. J'vas t'aider pour la musique. Qu'est-c'que t'en penses ?

— Oh ! Oui ! Mais j'y pense, ta femme s'ra pas contente de te savoir icitte.

Ce n'est pas que Lucienne s'inquiète des sentiments de la femme de René, mais elle ne tient pas à causer de problèmes.

— Olivette est chez sa sœur au village; elles font du tricotage ensemble, pis les flots sont assez grands pour s'garder tout seuls. Attends-moé, je r'viens dans dix minutes.

Lucienne en profite pour jeter un coup d'œil aux enfants. Pauline et Odette s'amusent avec de vieilles cuillères, assises dans le sable à demi gelé tout près des marches de la galerie. Michel est parti à bicyclette, certainement chez son ami Jean-Louis. Trop tôt pour coucher les filles, elle décide de les laisser jouer encore un peu. Elle entre dans la maison et se dirige devant le miroir situé au pied de l'escalier. Elle passe le peigne dans ses cheveux auburn, retenus à l'aide d'un petit peigne de chaque côté de sa tête. Elle court à sa chambre, prend le petit flacon sur la commode et vaporise sur son cou un léger nuage d'eau de toilette Yardley. D'un pas léger, elle retourne à la cuisine. René pousse la porte, guitare en main et sourire aux lèvres.

– Les p'tites voulaient que je leur chante une chanson. Bon. C'est quoi, l'air que t'as en tête ?

Lucienne commence à fredonner. René écoute un moment puis se met à gratter des notes sur sa guitare.

– Hey ! C'est ça, tu l'as. C'est cet air-là !

Elle continue de chantonner tandis que René joue les notes de mieux en mieux. Il y ajoute même un ou deux accords. Lucienne s'excite et chante de plus belle. Entendant la musique, les filles laissent leurs cuillères dans le sable et se précipitent dans la maison. Elles écoutent leur mère chanter au son de la guitare. La chanson terminée, elles tapent des mains en criant de joie.

– Nous autres aussi, on veut chanter.

– OK. J'vous débarbouille, pis M. Berthelette va chanter une chanson pour vous autres; après, c'est le dodo. J'espère que Michel va arriver, y'est assez tard pour lui aussi.

– Lucienne, j'vas rentrer quequ'bûches, ça va être frisquet à soère.

Le sourire aux lèvres, les yeux étincelants, elle le regarde, taquine.

– Merci, René. Quand les p'tits s'ront couchés, on f'ra encore un peu d'musique.

Encouragé par une promesse à peine dissimulée, le visage de René irradie. Il passe la porte, exécutant un petit pas de danse. Au passage, il bute contre Michel.

– Vite, ti-gars, ta mère t'attend.

Michel n'est pas surpris outre mesure de voir René Berthelette chez lui en l'absence de son père. Le garçon s'est habitué à la présence de l'homme dans les parages. Plus tard, dans la soirée, persuadée que les enfants dorment à poings fermés, Lucienne se fait plus coquette, plus aguichante devant René tandis qu'il dépose sa guitare sur le bras du canapé. Il lui tarde de prendre la jeune femme dans ses bras, il en rêve depuis des mois. Elle se dégage, le laissant pantois. Elle se dirige d'un pas langoureux vers le poste de radio, un appareil archaïque marchandé au bazar du village. Elle tourne le bouton de l'appareil. L'orchestre de Glenn Miller interprète *Moonlight Serenade*. Une ambiance de rêve envahit soudain le salon, meublé de vieilles choses encombrant un prélart usé et décoloré, qui prend tout à coup l'aspect d'un richissime palais. Les yeux de son prince étincellent de cent millions d'étoiles et illuminent son cœur plus que tous les candélabres de tous les châteaux du monde réunis. Enlacés, leurs cœurs battant à l'unisson, ils exécutent quelques pas de danse. Le bonheur envahit Lucienne. Elle ne veut pas penser qu'elle est une femme mariée, ni que ses enfants dorment à quelques pas. Ce bonheur l'entraîne voluptueusement vers l'abîme où demain se situe dans une autre dimension. « *Cheek To Cheek* », elle se laisse aller à ce doux rêve. Plus rien que l'éden. La musique, ce corps qui la tient fermement, ce souffle dans son cou... Que cet instant jamais ne s'arrête ! Un sentiment de déjà-vu la ramène à cette soirée de l'exercice d'alerte à la bombe. Il faisait nuit noire dans sa chambre lorsque Zéphirin... Elle avait aimé ses baisers, ses caresses. Puis, comme un vase qui se brise en mille fragments, le cours de sa vie avait éclaté. Un frisson parcourt son échine; elle pose sa tête sur l'épaule accueillante de René et se laisse bercer au son de la musique.

Au milieu de la nuit, éveillé par l'envie d'uriner, Michel descend l'escalier sous lequel un recoin abrite la *cath'rine*. Il se soulage puis, en passant devant la chambre de ses parents, il entend de drôles de bruits. Il est tenté d'aller voir ce qui s'y passe, mais il se souvient que son père est parti en voyage avec mononcle Lucien. Il se souvient aussi que René Berthelette était encore à la maison lorsqu'il est allé se coucher. Sans faire de bruit, du moins autant que le craquement des marches de l'escalier le lui permet, il remonte se coucher, une boule dans la gorge.

Le lendemain après-midi, les enfants jouent dehors devant la maison lorsqu'ils se mettent à pousser des cris de joie. « Mémère ! Mémère est là ! Moman, viens voir. » Pauline jubile. Sa mémère est venue la voir. Chaque fois que sa grand-mère se trouve près d'elle, un bonheur démesuré l'envahit.

Adrienne, pour sa part, a pensé qu'il valait mieux tenir compagnie à sa fille durant l'absence de son gendre. Bartine a un petit regain ces temps-ci et Mathilde a promis d'aller la visiter tous les jours durant son séjour à

Saint-Cuthbert. Elle a organisé son travail de façon à presser son lot de robes en travaillant tard le soir et très tôt le matin. Elle a gagné ainsi le temps nécessaire à son petit voyage. Ti-Jos est venu la conduire. Il entend retourner à Coteau-Rouge tout de suite après le dîner. Augustin les accompagne, histoire de se changer les idées et de tenir compagnie à Ti-Jos pour le voyage de retour. Rayonnante, Lucienne va à leur rencontre.

– Allô, la compagnie ! Ça fait longtemps qu'on s'est vus. Mononcle, comment va matante Bartine ?

L'œil rieur, Augustin prend la parole :

– Ta tante va ni mieux ni pire. Pis moé aussi, la santé est bonne ! Coudon, Phirin est parti s'trotter à c'qu'on dit ?

Augustin rit de sa boutade, entraînant dans sa bonne humeur sa belle-sœur et sa nièce. Soudain, Lucienne s'inquiète.

– M'man, qu'est-c'que tu fais icitte en pleine semaine ? T'as pas eu d'mauvaises nouvelles des hommes toujours ?

– Pantoute ! J'suis v'nue te t'nir compagnie pis voir les enfants. J'vas repartir samedi, pour pas laisser Bartine trop longtemps.

Lucienne a une petite idée de la raison qui amène sa mère chez elle. Sa déception est évidente, elle qui croyait passer quelques jours de rêve en tête-à-tête avec René. Elle ne se laissera pas faire. « Bah ! J'trouv'rai ben l'moyen de prendre le bord. »

Michel est inquiet. Il se sent bizarre depuis la nuit dernière. Il est d'autant plus content de voir arriver mémère, ça le rassure. Pourtant, une impression de pesanteur l'accable. Il ne comprend pas pourquoi et cela le rend nerveux. Tandis que les grandes personnes discutent, il décide de trouver quelque chose de drôle à faire.

– Pauline, viens icitte, j'veux te montrer quequ'chose.

Toujours curieuse, Pauline rejoint son frère qui se tient devant la prise électrique à côté du sofa.

– Tiens ça.

Michel lui tend un bout de broche de clôture trouvé dans le bric-à-brac de son père dans la grange.

– Glisse la broche là, dans l'trou.

Il lui montre la prise électrique. D'instinct, la fillette sait qu'elle ne doit pas le faire; elle retire sa petite main.

– Non, j'veux pas.

– Envoye, peureuse ! Ça fait pas mal, c'est jusse drôle. Mets la bro-che dans l'trou, pis enlève ta main. Tu vas voir, c'est l'fun.

À contrecœur, elle se laisse convaincre.

– Outch !

La pauvre Pauline retire vivement sa main en pleurant à tout rompre. Content de son coup, Michel s'enfuit à toute allure. Il enfourche sa bicy-clette et court raconter son fait à son ami Jean-Louis.

Chapitre 13

Noël chez les MacDonald

*L*a fête de Noël approche à grands pas. Les champs des campagnes environnantes ont endossé leur parure hivernale. La neige, comme un voile de communiante, scintille sous le soleil. Le village brille de tous ses feux. Tous les commerçants ont décoré, à qui mieux mieux, la façade de leur immeuble. Les élèves de l'école du village jouissent d'un long congé. Ils passeront leur temps à jouer dehors, à patiner à l'arrière de l'école ou à glisser sur l'immense amoncellement de neige qui se trouve à côté du cimetière. Trop pauvrement vêtues, Pauline et Odette ne vont pas souvent jouer dehors. Lorsqu'elles s'y aventurent, elles insistent pour entrer presque tout de suite à l'intérieur, le froid les traversant de part en part. Plus endurant, Michel ne revient souvent que pour l'heure du souper.

Depuis le retour de Zéphirin de l'Abitibi, le couple Laurier est en guerre froide. Lucienne est d'humeur massacrante tandis que Zéphirin accepte très mal que sa femme folâtre devant un bouc en chaleur. Maintenant, il est convaincu que Lucienne n'est pas aussi blanche que la neige qui recouvre les champs de Saint-Cuthbert. La rage l'habite, mais il ne sait de quelle façon réagir. Sa femme lui échappe.

La veille de Noël, toute la famille ainsi que plusieurs voisins du rang sont invités chez les MacDonald. Gens de plaisir, accueillants, ils aiment toujours fêter la Noël en compagnie de leurs amis et voisins. La soirée se déroule dans un esprit de fête traditionnelle. On mange, on chante, on danse et on prend un p'tit coup. Zéphirin en a d'ailleurs ingurgité plus que son quota. Ce soir, il veut oublier. Le p'tit blanc, ajouté à tout ce qu'il rumine depuis si longtemps, lui fait un très mauvais effet. Retiré dans un coin du salon, il observe sa femme et René. Ceux-ci parlent un langage compris d'eux seuls, du moins le croient-ils. Zéphirin fulmine. « Y vont pas rire de moé longtemps ces deux-là. » Il avance vers eux en titubant. À brûle-pourpoint, il somme sa femme de le suivre à la maison. Ahurie, Lucienne le regarde puis jette un coup d'œil autour d'elle. Embarrassée, elle fusille son mari du regard et lui dit :

— Phirin, t'as trop bu ! Va t'coucher à maison un bout d'temps, ça va t'faire du bien.

Zéphirin serre les poings. Les effets de l'alcool aidant, il évoque tous les agissements de sa femme depuis des mois. Il contient sa rage, car il ne tient pas à tempêter chez ses voisins.

— Bon. J'y vas pis j'ramène les enfants.

— T'es fou, tu tiens pas d'boute ! Laisse les enfants tranquilles.

René croit nécessaire d'intervenir.

— Viens, Phirin, j'vas te r'conduire.

— Toé, ôte-toé d'mon ch'min !

De sa main déjà en mouvement, il heurte Lucienne qui tente de s'interposer. René voit rouge.

— Heille, c'est une femme !

— Oui. Pis c'est « ma » femme, face de cochon !

Zéphirin pousse brutalement son rival. Ce faisant, il trébuche et s'étale de tout son long au pied de René et de Lucienne, suffoquée.

— Phirin, bout d'bon yeu…

— Laisse-moé tranquille !

Il se relève péniblement, aidé de l'hôte de la maison.

— Viens t'asseoir, Zéphirin. Jeanne va te servir un bon café.

Mais il ne l'entend pas ainsi. Humilié et fou de rage, il rétorque :

— J'sors d'icitte.

Zéphirin se jette à corps perdu dans le froid glacial. L'effet du p'tit blanc, de même que l'exaspération, annihile l'emprise du froid sur son corps. Il marche sans manteau dans la nuit, sans vraiment être conscient de la direction qu'il prend. Il arrive pourtant devant chez lui, essoufflé, loin de s'être apaisé. « Je f'rai pas rire de moé d'même ben longtemps ! » D'un pas incertain, Zéphirin se dirige vers la grange où une carabine de calibre 22 est suspendue au haut du mur, inaccessible aux enfants. Sans vraiment se rendre compte de son geste, il charge l'arme. Le chagrin, la rage et le gin ont raison de son entendement. Zéphirin porte son arme sous le bras et s'engage sur la route, guidé par son désarroi. Pour lui, cette nuit de Noël n'a plus aucun sens. L'étoile de l'amour divin s'est éteinte et le chant des anges se confond aux gémissements du vent du nord. Il ne reste plus rien que cette douleur cuisante, cette froidure mordante qui blesse son cœur et déchire son âme. Il en a assez de souffrir. Cette femme l'exaspère, rien ne la contente. Il fait pourtant de son mieux pour pourvoir aux besoins de sa famille. « Qu'est-c'qu'elle a d'affaire à folâtrer avec tout un chacun ? » Il se sent malheureux, trahi; d'ailleurs, il n'a jamais été heureux depuis qu'il est tout petit. Il aimerait tant en finir.

C'est dans cet état d'âme plutôt lugubre qu'il parvient au pied de la galerie des MacDonald. Debout, les pieds cloués au sol, Zéphirin imagine sa femme en train de larmoyer sur l'épaule de René. « Ah ! C't'écœurant-là, y va lâcher ma femme. Pis elle, à pas d'affaire à faire la chatte en chaleur, devant l'monde à part ça. » En proie à un frisson incontrôlé, sa main se raidit, son doigt se crispe sur la gâchette et le coup part.

À l'intérieur de la maison, la fête avait perdu de son allant. Au bruit du coup de feu, tout le monde s'affole. Les hommes sortent les premiers pour voir ce qui se passe. Tous sont médusés en apercevant Zéphirin debout sur la galerie, sa carabine en main pointée vers le sol. En moins de temps qu'il faut pour le dire, Arthur Brissette se rue sur l'arme en l'empoignant d'une main ferme. Zéphirin lâche facilement prise; il est fiché comme un poteau, l'œil hagard, hébété, sans trop savoir ce qui lui arrive. Il grelotte.

– Assis-toé icitte, Phirin, c'est fini.

Sachant les femmes regroupées dans l'encadrement de la porte, il dit à Jeanne, sa femme : « Demande à madame MacDonald d'apporter une couvarte de laine. »

Compatissant, Arthur Brissette essaie de rasséréner son voisin. Il connaît bien Zéphirin, un homme sans malice aucune. Le gin lui a monté à la tête, en plus de ce qu'il endure. Voisin de la famille Laurier, il a une idée de ce qui se passe de l'autre côté de la rue. Madame Laurier n'est pas, à son avis, une mauvaise personne, mais elle semble un peu frivole. Arthur se souvient avec reconnaissance qu'elle était venue aider sa femme à mettre au monde leur petite dernière. Il aime bien cette famille; il est d'autant plus peiné de ce qui leur arrive.

Lucienne s'avance sur la galerie et voit son mari assis sur les marches de l'escalier, le dos courbé comme un vieillard. À ses côtés, dans un geste de réconfort, Arthur Brissette entoure d'un bras ses épaules. Elle n'a pas fort à faire pour comprendre ce qui vient de se passer.

– Torrieu, Phirin, qu'est-c'qui t'a pris ? T'es dev'nu fou ? Une chance que les enfants dorment en haut !

Elle ne peut savoir que Michel, de la fenêtre de la chambre, observe ce qui se passe dehors. Il n'était pas allé se coucher en même temps que les autres enfants, pas plus que Jean-Louis et Philippe. Les garnements se plaisaient à surveiller les agissements des parents à travers le grillage par lequel la chaleur monte à l'étage. De cette façon, Michel avait été témoin de la querelle entre ses parents. Le calme étant revenu, la fête avait repris avec moins d'entrain, lorsque soudain le coup de fusil avait saisi tout le monde. Le cœur battant, apeurés, les garçons s'étaient précipités dans la chambre à l'avant de la maison. Le front collé à la vitre givrée, ils observaient le déroulement des événements après avoir déglacé un rond dans la fenêtre.

Toute la maisonnée est maintenant dehors. Ils discutent entre eux de ce qui vient de se produire, chacun ayant une opinion bien arrêtée sur le sujet.

— Pauvr'homme, faut-y qu'y soit désespéré !

— Ouan ! Y'est saoul ben dur... Pis y'aurait pu tuer du monde avec son fusil. C'est pas des affaires à faire, j'vous l'dis moé.

— Ouan ! Mais sa femme s'gêne pas pour s'afficher partout avec Berthelette.

— Moé, j'dis qu'il est pas commode, le Zéphirin. À part ça, y'est pas mal plus vieux qu'elle.

— Pis les enfants, là-d'dans ? Les pauv'p'tits, qu'est-c'qui va leur arriver ?

— J'sais pas, mais y fait pas mal frette. On devrait rentrer.

M. Brissette était déjà allé reconduire Zéphirin chez lui. Après l'avoir aidé à se coucher, il retourne chez les MacDonald où Lucienne s'apprête à partir avec les enfants. Jamais elle n'a eu aussi honte de sa vie. Ses pensées tourbillonnent dans sa tête. « C't'allure de faire du trouble comme ça chez des voisins qui sont assez fins pour nous r'cevoir ! Y'a ben choisi son temps pour faire sa crise. C'est la dernière fois qu'y s'saoule, crémoé ! » René se propose pour ramener Lucienne chez elle avec les enfants. Il refuse de les laisser partir à pied à cette heure-là. Olivette Berthelette ne le voit pas du même œil, elle qui a tout autant subi l'injure. Tout le monde a été à même de constater le petit manège entre son mari et la femme de Zéphirin. « Non, mon bonhomme, c'est fini si tu tiens encore à ta famille. À partir d'astheure, t'auras pus affaire à c'te femme-là ! »

— René, fais ça, pis tu r'mets pus les pieds dans'maison.

Tous les gens du coin connaissent Olivette Berthelette comme une personne effacée; jamais elle ne prononce un mot plus haut que l'autre. On dit d'elle qu'elle se confond au paysage. Pourtant, ce soir, c'en est trop. Elle sent que son mariage et sa vie de famille sont en jeu. Elle ferme souvent les yeux sur les frasques de son mari qui, elle en est consciente, plaît aux femmes avec sa guitare et ses yeux d'azur. Ses aventures n'allaient jamais bien loin, mais cette fois, il a vraiment l'air de s'être sérieusement entiché de cette femme. Lucienne Laurier est assez jolie, elle ne le nie pas. Lorsque Olivette se regarde dans le miroir, elle voit le reflet d'une femme sans attrait. Il y a de cela dix ans, lorsque René l'a demandée en mariage, elle était pourtant une assez jolie fille, gaie et charmante. Son gredin de mari devra s'en tenir à ses vœux de mariage.

L'hôte de la maison juge qu'il vaut mieux reconduire lui-même madame Laurier et ses enfants. Olivette Berthelette darde sa rivale droit dans les yeux, lui signifiant que c'en est fini de son p'tit jeu avec son mari. Penaud, vaincu, René baisse la tête. Lucienne y voit un signe de faiblesse. Du coup, il perd tout son prestige et sa fascination. Son prince charmant redevient un homme comme tous les autres.

Ce Noël, qui avait commencé dans la joie, aura été le plus triste de sa vie. Quant à Michel, cette nuit restera à jamais gravée dans sa mémoire. La peur et l'incertitude le couvent. Arrivés à la maison, le froid et l'humidité les étreignent. Le poêle est mort.

La rupture

Quelques instants plus tôt, aidé d'Arthur Brissette, Zéphirin était allé directement au lit sans se préoccuper ou même avoir conscience du froid et de l'humidité qui régnaient dans la maison.

Lucienne porte les enfants dans leur lit, les recouvre de couvertures de laine du pays et redescend à la cuisine vérifier s'il y a un peu de braise au fond du poêle. Étonnamment, il subsiste quelques tisons tièdes. Elle froisse du papier journal et prend quelques morceaux d'écorce de bouleau et des cocottes de pin au fond de la boîte à bois à l'arrière du poêle. Elle ajoute un ou deux morceaux de bois puis, debout devant le poêle, elle attend la chaleur bienfaisante qui réchauffera son corps transi. Elle réfléchit. Depuis combien de temps se tient-elle là, debout, sans bouger ? Le crépitement du bois d'érable l'éveille soudainement de l'état second dans lequel elle était plongée. Elle prend une bûche dans le carré à bois, soulève le rond et la place dans le feu déjà bien portant. Elle tourne ensuite sur elle-même pour exposer son dos à la chaleur. Après un moment, la jeune femme tire la berceuse — qui ne tiendra pas le coup très longtemps — tout près du poêle et s'y laisse tomber. Elle reprend sa réflexion. Elle est triste à l'idée de ne plus revoir René bien qu'il l'ait cruellement déçue ce soir, chez les MacDonald. Et la réaction d'Olivette était très révélatrice. Lucienne ne tient pas à briser une famille. Son aventure était exaltante tant qu'elle restait clandestine, mais là, c'était allé trop loin. Elle s'affole. Ses sentiments se bousculent. Puis, lentement, il devient de plus en plus clair dans son esprit qu'il lui est impossible d'envisager l'avenir avec Zéphirin, surtout après ce qui vient de se produire. Une certitude s'impose, elle ne l'aime pas. L'a-t-elle déjà aimé ? Elle ne peut plus continuer de vivre avec cet homme. Son mari est un être absent, perdu dans son monde intérieur, dépourvu de tendresse, ennuyeux et sans conversation. Oh ! il lui arrive de réagir avec colère, surtout lorsqu'il s'agit des frasques de Michel. Ce soir, il a d'ailleurs fait un étalage assez affolant de son emportement, pire que ce qu'elle aurait pu imaginer. Malgré qu'elle soit collée au poêle, le souvenir des événements lui donne des frissons dans le dos. Lucienne appréhende l'avenir pour elle-même et ses enfants. S'il lui arrivait de refaire usage de sa carabine... Une peur irrépressible l'envahit.

Tandis que les heures s'égrainent inlassablement sur le petit réveille-matin, les idées de Lucienne se bousculent puis, lentement, se mettent en place. Elle sait maintenant ce qu'elle doit faire. À l'évidence, Zéphirin supporte très mal la boisson. Il l'a prouvé ce soir de façon assez désastreuse. Elle ne lui donnera pas l'occasion de répéter ce geste et prendre le risque d'une conclusion irréparable. La décision s'impose d'elle-même. Cette nuit, elle dormira sur le petit sofa. Demain matin, elle partira en emmenant les enfants. C'est décidé, elle retourne à Coteau-Rouge.

Lorsque Zéphirin s'éveille vers la fin de la matinée, la maison est complètement silencieuse. Heureusement, parce qu'il a un mal de tête effroyable. Moyennant des gestes calculés, il met les pieds sur le plancher froid. À pas lents, il se dirige vers la cuisine. La table du déjeuner n'est pas déblayée et, curieusement, le poêle est pratiquement mort. « Veux-tu m'dire c'qu'à fait, à matin ? » Le silence environnant, qui lui était si bénéfique il y a un moment, l'alerte soudainement. « Pis ousqu'y sont passés ? »

Inquiet, il monte l'escalier. Rien. Personne ne s'y trouve. « Qu'est-c'qui s'passe icitte ? »

Zéphirin n'a aucun souvenir de la veille au soir. Il redescend l'escalier qui craque sous ses pieds. L'inquiétude fait place à l'amertume. Il remarque un bout de papier accroché au miroir sur le mur au pied de l'escalier. « Dis-moé pas qu'elle a encore pris l'bord avec son Berthelette. » Curieusement, cette pensée le rassure. Sur le papier, il est écrit d'une main pressée : « J'suis partie à Coteau-Rouge avec les enfants. » Sans autre explication. Ébranlé, il se refuse à admettre l'évidence; il entreprend le tour de la maison. Le linge des enfants a disparu, toutes les affaires de sa femme, volatilisées. Il s'assied au pied du lit, terrassé. Au fil de ses idées noires, Zéphirin réalise que ce matin, c'est Noël. Il se dirige vers la fenêtre à lucarnes. Un paysage de carte de Noël s'étale devant ses yeux. L'étendue blanche irradie sous le soleil hivernal. Au loin, dans les champs, une toiture de tôle brille. Ce panorama le laisse pourtant de glace. Il ne le voit même pas, une larme contenue brouille son regard. Zéphirin essaie de comprendre. Il rumine. Il se questionne. « Ça s'peut pas, à peut pas être partie. Hier soir, on veillait chez MacDonald... Berthelette... J'peux pas crère qu'est partie avec c'lui-là, l'maudit puant ! »

Il sort en trombe de la maison et arrive face à face avec le curé Béland. Le curé avait appris ce qui s'était passé la veille au soir chez les MacDonald par M. Brissette, qui était allé reconduire Lucienne et les enfants à Coteau-Rouge.

— Oh ! Bonjour, M. Laurier. Entrez un moment, on va jaser.

— M'sieur l'Curé, y faut que j'aille trouver ma femme. Heu ! Est partie avec les p'tits pis...

— Oui. J'suis au courant, mon pauvre ami ! Entrons. On va en parler, d'accord ?

Zéphirin se demande ce que le curé vient faire dans tout ça. Pourtant, après s'être assis, chacun d'un côté de la table, il lui confie son désarroi.

— Est partie. J'comprends pas c'qui y a pris ! Elle a tout emporté.

— M. Laurier, vous souvenez-vous de la soirée d'hier ?

— Ben oui ! On veillait chez les MacDonald. Y nous avaient invités.

— Vous souvenez-vous de toute la soirée ?

Honteux, Zéphirin avoue :

— Hum ! Astheure que j'y pense, j'me rappelle pas d'être rev'nu à maison.

– M. Brissette vous a ramené.

Le curé Béland entreprend de raconter cette triste veillée à son paroissien. Après avoir écouté sans dire un seul mot, le pauvre homme est stupéfait.

– Ça s'peut pas, ça s'peut pas, j'ai pas faite ça !

Zéphirin est ébranlé par ce qu'il vient d'entendre; la tête entre ses mains, il demeure silencieux.

———————————

Humiliée de se voir contrainte de faire cette démarche, mais devant la nécessité d'agir, Lucienne avait pris son courage à deux mains. Elle avait prié M. Brissette d'aller rencontrer le curé Béland; le prêtre était le mieux placé, à son avis, pour expliquer à Zéphirin qu'il ne lui servirait à rien de venir la chercher. Après ce qu'il avait fait, elle ne voulait plus le voir et lui interdisait de s'approcher des enfants.

UNE DÉCISION DRACONIENNE

À Coteau-Rouge, la surprise est totale. À l'arrivée de Lucienne, Adrienne est en train de rouler de la pâte à tourtières depuis deux bonnes heures; son rouleau à pâte lui glisse des mains.

– Qu'est-c'que tu fais icitte ? J'vous attendais la s'maine prochaine. Ti-Gars est pas avec vous autres ?

Le flot de questions ne cesse que lorsque Adrienne remarque les figures déconfites de ses petits-enfants.

– Lucienne… ?

– Non. Y'est rien arrivé de grave, mais t'es pas prête d'y r'voir la face !

– Bon. Qu'est-c'qui s'passe astheure ? Viens, on va dégreyer les p'tits pis tu me cont'ras ça. J'savais que tu r'viendrais à Coteau-Rouge, mais pas si vite. Pis pas sans Zéphirin.

Devant une tasse de thé bien chaude, Lucienne raconte à sa mère les événements de la veille, sans trop insister sur l'épisode René Berthelette. Adrienne n'en croit pas ses oreilles.

– Qu'est-c'que tu vas faire, ma pauv'p'tite fille ? Avec quatr'enfants sur les bras, tu peux pas laisser Zéphirin comme ça. C'est leur père après toute. Pis tu sais ben qu'y r'fra jamais ça ! Lucienne, prends su'toé pis pense aux enfants. Ti-Gars est pas si pire que ça, wéyons !

– M'man, c'est décidé. Je r'tourne pas avec Phirin. D'ailleurs, j'ai ma p'tite idée.

– Qu'est-c'que tu dis là, ma pauv'p'tite fille ? À part ça, j'ai pas d'place pour vous garder toute la gang icitt'dans.

– T'inquiète pas. On va s'tasser, mais pas pour longtemps !

Elle hésite avant de lâcher la grande nouvelle.

– Après les Fêtes, j'pars à Malartic avec les p'tits.

Lucienne avait élaboré ce plan pendant sa nuit sans sommeil, au retour de la veillée de Noël. Allongée sur le sofa, les ressorts lui meurtrissant le dos, elle avait eu une pensée pour le petit Jésus de la crèche. Elle ne le priait pas pour être éclairée ou pour lui demander pardon de quitter son foyer, car elle était absolument certaine du bien-fondé de sa décision. Au fait, elle ne savait pas trop ce qu'elle attendait du bon Dieu. Sa vie prenait un tournant assez particulier, un peu effarant, mais elle n'y pouvait rien.

Aux premières lueurs de l'aube, elle avait réveillé les enfants et avait écrit une note pour M. Brissette. Michel était allé la lui remettre en main propre. Deux heures plus tard, la petite famille s'engouffrait dans l'auto du voisin qui, bien que rongé par la curiosité, n'avait pas interrogé la mère. La voiture avait pris la route vers Coteau-Rouge. Là seulement les enfants avaient posé des questions au sujet de leur père. Sans ménagement, Lucienne avait répondu : « Laissez-le cuver son gin ! » Elle avait bien réfléchi à tout ça. Il n'était pas question de loger à long terme chez sa mère avec ses quatre enfants. Puis, l'idée lui était venue. Malartic. Pourquoi pas Malartic ? Oui. C'était ce qu'elle avait de mieux à faire. Cette solution répondait parfaitement à son très grand besoin de changer d'air.

En novembre, en revenant de son voyage en Abitibi, Lucien lui avait inspiré le désir de revoir son père. L'occasion s'y prêtait bien, les enfants y seraient heureux. Elle en rêve déjà : la nature sauvage, un lac à proximité, les grands espaces, l'air pur. Comme son père, ils se nourriront de légumes du jardin et de petit gibier... « Pis on verra ben ! »

– T'es dev'nue folle, ma pauv'fille. Ça fait vingt ans que Ti-Ouis t'a pas vu la face pis tu vas y mettre quatr'enfants dans les bras ? T'as complètement perdu la tête.

Cabocharde[59], Lucienne n'a rien à répondre. Son idée est faite et rien ni personne ne l'en fera changer. Adrienne se dit, devant l'entêtement de sa fille, qu'il vaut mieux laisser passer le temps des Fêtes. « Y s'ra encore temps d'y faire entendre raison. »

– Bon ! Pour astheure, on va voir comment on peut s'installer. Lucienne, tu couch'ras avec Michel pis Odette sur l'*hide-a-bed*, Pauline va coucher sur le *sleiding*[60] dans cuisine. J'vas emprunter une couchette pour Daniel. Ça devrait marcher comme ça en attendant.

Lucienne croit bon d'ajouter :

– De toute façon, j'te l'dis, c'est pas pour ben ben longtemps.

– Ouais ! On verra à ça plus tard.

Adrienne se fait du mauvais sang pour Ti-Jos. Que va-t-il penser de tout ça ? Elle lui en a beaucoup demandé en lui imposant de vivre à Coteau-Rouge. Comme si le manque de commodités ne suffisait pas à lui rendre la vie inconfortable, voilà que sa fille débarque, pour Dieu sait combien de temps, ses enfants à la traîne. Elle connaît son homme : il est bon et accommodant, mais il y a des limites à tout.

Un homme et son désespoir

Zéphirin est atterré. Que lui arrive-t-il ? La maison est vide, il est fin seul. C'est Noël, un jour où personne ne supporte la solitude. Mais voilà, il est seul, irrémédiablement seul. « J'ai faite un fou d'moé hier soir, mais à savait ben que j'étais pas dans mon assiette. C'est quoi son idée au jusse ? À veut-tu r'venir après les Fêtes ? » Ses pensées se mêlent, il a de la difficulté à réfléchir. Il n'a aucune idée de ce qu'il devrait faire. Jamais il n'aurait pu envisager qu'une telle chose lui tombe dessus. Malheureux comme les pierres, il est assis sur le sofa sur lequel Lucienne a passé une nuit blanche et il jongle et retourne la situation de toutes les façons imaginables. Le néant. Machinalement, ses yeux braquent l'armoire où, il le sait, le gros gin « De Kuyper » est rangé. Pourtant, il ne se lève pas. Tôt en après-midi, il s'était préparé un sandwich au baloné avec beaucoup de moutarde, qu'il avait avalé sans faim. La journée s'était ensuite écoulée, triste, longue, désespérante. Une grande fatigue l'envahit. Son regard s'attarde sur le petit réveille-matin Westclock sur la table basse à côté du sofa. Sept heures ! Il ferait mieux d'aller se coucher. De toute façon, il ne peut rien avaler. Il ne prend même pas la peine de se dévêtir pour s'étendre de tout son long sur le lit. Abruti de fatigue, d'incompréhension et de chagrin, il sombre dans un sommeil agité, meublé de mauvais rêves. Au matin, l'angoisse le reprend lorsqu'il réalise que son foyer est déserté; un vide immense l'envahit alors.

Il ne peut laisser les choses en rester là. Assis au bout de la table, les yeux hagards, les mains crispées l'une dans l'autre, il pousse un long soupir, comme un animal blessé. Il laissera à Lucienne quelques jours pour réfléchir. Si elle ne revient pas, il ira à Coteau-Rouge. Il saura la convaincre qu'elle est en train de faire la pire des bêtises. « À peut pas vivre tout seule avec quatr'p'tits à charge; pis qu'à s'imagine pas s'débarrasser d'moé comme ça. »

Lorsque les voisins apprennent le départ de la femme de Zéphirin, ils ne s'en étonnent pas outre mesure, compte tenu de l'incident de la veille de Noël et du caractère impulsif de cette femme. À cause de la gravité des événements, les conséquences sont imaginables. Malgré cela, ils plaignent Zéphirin qui est, malgré tout, un bon diable. Jamais il ne prononce un mot plus haut que l'autre, travailleur comme pas un et toujours à son affaire. Tous sont curieux de savoir si sa femme reviendra. Les voisins immédiats considèrent qu'il est compréhensible qu'elle veuille lui donner une petite leçon par rapport à la carabine. Tous espèrent toutefois son retour. « Le pauvr'homme s'en r'mettrait pas ! Une femme laisse pas son mari comme ça ! Après toute, ces enfants-là ont besoin d'leur père ! »

Ils se montrent bons voisins et consolent Zéphirin de leur mieux; certains l'encouragent à aller chercher sa femme au plus tôt. René Berthelette, quant à lui, se tient à l'écart. Il croit préférable de laisser retomber la poussière. De toute façon, sa femme a resserré les guides; elle n'entend plus laisser son étalon partir à l'épouvante. Le dimanche suivant, à la sortie de l'église, M. le curé prend des nouvelles de Zéphirin et se renseigne au sujet de ses intentions.

– J'sais pus quoi penser, M'sieur l'Curé. J'espère ben qu'à va r'venir.

Le prêtre le réconforte et lui conseille d'attendre peut-être un peu plus longtemps avant d'essayer de ramener sa femme à la maison.

– Comprenez-moi, M. Laurier; j'pense qu'il vaut mieux, malgré votre hâte de revoir vot'famille, de laisser réfléchir vot'femme. Elle a besoin de temps pour guérir son cœur... vous comprenez ? Elle a besoin d'y voir plus clair. Attendez encore quelque temps avant de la rejoindre. J'suis certain qu'elle va être alors très heureuse et soulagée d'vous revoir. Vot'femme aura compris son erreur et aura réalisé sa part de responsabilité dans cette situation difficile.

Au petit matin du premier samedi de février, le soleil brille de tous ses feux sur la neige cristalline. Une splendide journée d'hiver s'annonce. Plus tard dans la matinée, au volant de sa Pontiac, Zéphirin est partagé entre la joie de revoir les siens et l'angoisse d'être rejeté. Il connaît sa femme. Aussi fulminante qu'un volcan, elle crache sa colère et impose sa volonté sans possibilité de discussion. La vraie Bartine ! Zéphirin conduit son véhicule, le regard au loin, perdu dans ses pensées. Il passe en revue ce qu'a été sa vie durant les neuf premières années de leur mariage. Ce furent des années difficiles, sans grandes satisfactions, où le bonheur s'est dérobé plus souvent qu'à son tour. Pourtant, sa famille est toute sa vie, Lucienne ne peut la lui enlever. Sa femme n'est pas une ménagère accomplie, mais il s'en accommode. Puis l'image de ses enfants s'impose. Ses enfants. Il ne peut se faire à l'idée de ne plus les revoir.

Il arrive chez Adrienne, au « valet service », tôt en après-midi. Adrienne est contente de voir son gendre. Elle est certaine qu'elle n'a rien à craindre de cet homme malgré qu'il ait perdu la tête une fois. Elle sait très bien que Zéphirin supporte mal l'alcool. Les rares fois où il en a abusé ne lui ont rien valu de bon. Elle le lui fera comprendre s'il ne l'a pas réalisé de lui-même. Lucienne, quant à elle, est furieuse. Sa colère n'a pas baissé d'un cran depuis le jour de son arrivée à Coteau-Rouge.

— Qu'est-c'que tu viens faire icitte ? Après c'que t'as faite, penses tu que j'vas te laisser approcher les p'tits ?

Ces paroles ont l'effet d'une douche froide. L'exaspération le gagne, rien qu'à penser qu'il pourrait perdre sa famille.

— Wéyons, Lucienne, parle comme du monde !

Il frémit et s'affole. Il lui faut pourtant garder son calme, l'enjeu est trop important; mais la peur le tenaille et l'indignation lui ronge les sangs.

— Tu sais ben qu'tu peux pas faire vivre quatr'p'tits de l'air du temps. À part ça, oublie pas qu'y sont aussi mes enfants. T'as pas l'droit…

— J'ai les droits que j'prends, mon Phirin. T'as perdu les tiens quand t'as sorti ton fusil. Ces enfants-là n'ont pas besoin d'un père qui sait pas boire.

Un air de défi dans le regard, elle crache son fiel.

— Pis à part ça, si tu veux l'savoir, j'm'en vas en Abitibi.

— Quoi ? C'est quoi encore, c't'affaire-là ?

Zéphirin en perd le nord. Généralement pacifiste, là, il rugit.

— T'es folle à lier, ma parole ! Qu'est-c'que tu vas faire là ?

Voyant que rien ne s'arrange et que la discussion s'envenime, Adrienne envoie Michel chercher Lucien afin de calmer les esprits. Dès son arrivée, Lucien entraîne son beau-frère à la cuisine. Lucienne, qui ressent un besoin urgent de reprendre haleine, reste à l'avant avec sa mère. Elle allait sauter au visage de son mari.

Lucien est très mal à l'aise. Ce n'est pas de ses affaires et, même s'il affectionne beaucoup son beau-frère, il sait pertinemment combien sa sœur peut être bornée. Zéphirin aura beau faire ou dire, rien n'y changera.

– Phirin, faut pas t'mettre dans un état pareil. Tu la connais : à s'enflamme, pis l'vent tourne sur aut'chose.

– J'comprends pas, à dit qu'à veut partir en Abitibi. À part ça, mémère peut pas garder les p'tits ben longtemps. À va r'venir quand, de son voyage de fou ?

Lucien lui explique que sa sœur a décidé d'aller vivre avec les enfants chez son père à Malartic.

– Quoi ? Est dev'nue folle. C'est l'fond des bois, c'est pas une place pour él'ver des enfants.

– On y'a dit tout ça, mais tu la connais, elle va faire à sa tête. Phirin, j'pense que tu devrais la laisser faire. De toute façon, tu pourras pas la faire changer d'idée. J'suis certain que d'icitte six mois, elle va r'venir, le taquet bas.

Zéphirin baisse la tête. D'une voix rauque, il demande :

– Ouais ! À veut partir quand ?

– Dans une coupe de s'maines, j'pense.

Zéphirin est ébranlé, anéanti. C'est sans espoir. Sa famille s'en va et Dieu sait quand il les reverra. Il ne peut laisser faire ça, mais comment l'en empêcher ? Sa femme a perdu la tête.

Adrienne et Lucienne traversent à la cuisine.

– Ti-Gars, voulez-vous du thé ?

Il ne répond pas, perdu dans ses pensées les plus sombres.

Adrienne s'affaire à préparer le thé.

Zéphirin s'extirpe de sa torpeur. Lucienne est assise au bout de la table en train de discuter avec son frère. Il essaie encore une fois de raisonner sa femme.

– Penses-y, Lucienne. Tu t'en vas dans l'fin fond des bois. J'suis allé avec ton frère, c'est la misère noire !

– Dis c'que tu veux, mon idée est faite. On va rester avec le père. (Elle ajoute, comme pour lui river son clou :) Ça devrait pas être pire que d'vivre avec une carabine dans'face.

Lucien riposte :

— T'exagères, Lucienne. Tu sais ben qu'Phirin... ben que c'était un accident.

Atteint en plein cœur, sans plus aucun espoir, le mari éperdu crache son amertume.

— Tu veux partir, pars. Mais j't'avertis, t'auras pas une maudite cenne de moé; tu t'arrang'ras tout seule, maudit torrieu !

Jamais auparavant Zéphirin n'avait proféré de gros mots, mais la douleur lui enlève toute retenue.

— Tu m'enlèves mes enfants, tant pis pour toé !

Il se lève de table et, d'un geste rageur, repousse la chaise. Hors de lui, il se dirige prestement vers la porte. Lui, un homme honnête, un père de famille et un mari fidèle, sa femme le traite comme un chien. Il se sent dépourvu devant un tel malheur. Sur le seuil de la porte, Odette, Pauline et Michel se font tout petits. Ils ne saisissent pas la gravité de ce qui se déroule devant eux, mais ils sont effrayés. Adossés au mur, blottis l'un contre l'autre, ils attendent la fin de l'orage. Heureusement, Daniel fait sa sieste, il n'est donc pas témoin de l'empoignade. Zéphirin s'arrête devant ces petits visages bouleversés, en larmes. Il se penche pour les embrasser. Il pose un genou par terre, prend Michel dans ses bras et le serre fortement contre sa poitrine. Cet homme au cœur fermé comme une huître souffre. Cet abandon le bouleverse. Il ne peut refouler plus longtemps ses sentiments profonds. Les yeux noyés de larmes, la gorge nouée, il parvient à murmurer :

— J't'aime, mon gars.

Il allonge le bras, caresse d'un doigt la joue de Pauline et dit :

— J'vas m'ennuyer d'vous autres.

Le comportement inhabituel de leur père étonne et oppresse les fillettes. Zéphirin embrasse encore une fois leurs joues mouillées. Puis il se relève et se dirige prestement vers sa Pontiac, sans un regard ni un adieu pour sa belle-mère, son beau-frère, et certainement pas pour sa femme.

Plus tard, Adrienne adjure sa fille de reconsidérer ses positions en lui faisant voir les désavantages et les risques de cette entreprise. Rien n'y fait. Même Ti-Jos essaie de se faire persuasif et se met de la partie pour essayer de lui faire entendre raison. Son idée est faite, elle partira.

Chapitre 14

Le départ

Au début du mois de mars, le jour du départ approche à grands pas. Lucienne prend les renseignements concernant l'horaire et les tarifs du voyage pour elle-même et ses enfants. Un état d'excitation extrême l'habite à l'idée de voyager en train pour un si long trajet. Elle ne se contient plus, contrairement aux enfants pour qui les jours coulent, occupés à leurs jeux et à leurs querelles occasionnelles. Enveloppés de l'innocence de l'enfance, les petits se sentent en sécurité chez mémère et ont une notion abstraite de la séparation de leurs parents. Il n'en reste pas moins que la fébrilité de leur mère, contrastant avec la mine accablée de mémère et de Ti-Jos, déconcerte les fillettes. Même Michel est songeur et étrangement assagi. Pauline profite d'ailleurs de l'abattement de son frère depuis leur retour à Coteau-Rouge. Il semble avoir perdu le goût de la faire enrager. Lucienne, quant à elle, essaie de transmettre son enthousiasme à ses enfants, surtout à Michel, qu'elle sent tendu et inquiet.

– Tu vas voir, mon Miche, ça va être le fun. On va faire un grand voyage; ce s'ra comme une grande aventure.

Lucienne aime bien partager ses vues avec son grand garçon, qui aura 7 ans en avril. Michel est si intelligent et éveillé à ce qui l'entoure. Là, inconsciemment, elle cherche plutôt l'assurance que leur départ ne tient pas de la pure folie.

Adrienne, quant à elle, a désormais renoncé à convaincre sa fille de son erreur, incapable de l'en dissuader. Sa pauvre fille se jette dans la gueule du loup. Depuis son mariage, Lucienne n'en fait d'ailleurs qu'à sa tête. Adrienne est très inquiète, elle rabâche toujours les mêmes pensées. « Qu'est-c'qui vont dev'nir, ces enfants-là, si Ti-Ouis les met d'wors ? Ça fait si longtemps... Lucienne n'avait que 5 ans quand j'ai laissé Ti-Ouis en 1930. Une chance que Lucien est allé l'voir l'automne passé. En tout cas, l'bonhomme va avoir la surprise de sa vie, cré-moé ! Lui qui vit comme un ermite, j'le voé mal, encombré d'une femme pis quatr'enfants. »

Les préparatifs du départ pour Malartic occupent l'esprit de Lucienne. Ce qui l'attend à son arrivée ne la préoccupe pas plus que les milles qui la séparent de sa destination. Oh ! comme elle se voit, mère de quatre jeunes enfants, partis à l'aventure, vers l'inconnu, comme dans les films qu'elle a tant de fois visionnés avec son frère. Elle revoit les pionniers voyageant vers l'Ouest à la découverte d'autres horizons, d'une autre existence. Comme ces colonisateurs de grands espaces, elle craint un peu l'inconnu, mais elle est aussi exaltée devant la perspective d'une vie meilleure. Le train valant bien la caravane, Lucienne éprouve une joie extatique.

Ces jours derniers, elle a bourré tout le linge qu'ils possèdent dans deux valises de carton usées. Elle portera elle-même la plus grande, remplie au couvert. Michel portera l'autre, la valise de son voyage de noces. Ils ne transportent ni meubles, ni vaisselle. Pour leur nouvelle vie, leurs misérables loques, lavées, repassées et reprisées par Adrienne durant les deux dernières semaines, comportent tout leur trésor. Adrienne qui, contrairement à sa fille, ne manque pas d'organisation a aussi fait envoyer par le *fret*[61] des couvertures de laine, quelques serviettes, des débarbouillettes, des linges de vaisselle et autres utilités. Elle s'inquiète toujours de ce qui va leur arriver, mais elle a été incapable de contrecarrer le projet insensé de sa fille.

Comme les épreuves arrivent toutes en même temps, l'état de santé d'Albertine se détériore chaque jour. Ses jours sont maintenant comptés. En plus de tous les problèmes que lui cause sa fille, Adrienne prend soin de sa sœur malade. La pauvre Adrienne vit des heures très difficiles. Le départ prochain de sa fille l'accable, elle se sent aussi impuissante que devant la mort imminente de sœur. Lucienne, quant à elle, est assurément très triste devant la maladie de sa tante qu'elle chérit. Néanmoins, elle doit aller son chemin.

Au moment du départ, à l'aurore d'une journée grise pour la mère et exaltante pour la fille, Ti-Jos et Adrienne accompagnent la petite famille à la gare. Tous se tassent dans la voiture de Jos qu'il a conservée depuis sa retraite du CNR. En plus de payer les frais du voyage, Adrienne a préparé des sandwichs, des biscuits, des bouteilles de coke et de bière d'épinette, qu'ils devront boire tièdes. La pauvre femme est déchirée. Ses petits-enfants vont lui manquer sans bon sens, surtout sa petite Pauline qui aura 5 ans en mai; cette enfant a tellement besoin de tendresse. « Qu'est-c'qu'elle va dev'nir ? » Adrienne a très peur de ne plus jamais les revoir. Ils s'en vont si loin et sa fille n'aura vraisemblablement pas les moyens de revenir en ville de sitôt. Assise à côté de Jos, Adrienne est taraudée de chagrin et réprime ses pleurs. À sa droite, Lucienne exulte, impatiente de monter à bord du train. Même si elle comprend la peine et l'inquiétude infligées à sa mère, rien pourtant ne réussit à atténuer l'euphorie du départ. Toutefois, elle tourne la tête et dit :

– Wéyons, M'man, inquiète-toé pas. On va être corrects, pis j'vas t'écrire en arrivant pour te conter not'voyage. J'suis sûre qu'on va ben s'arranger. (Confiante, elle ajoute :) Pis l'père est là.

Il lui revient en mémoire qu'elle devait envoyer au gouvernement sa demande pour la pension des mères nécessiteuses, comme le lui avait recommandé sa mère.

Adrienne n'en revient tout simplement pas, c'est hors de son entendement. L'inconscience de sa fille est inouïe. « Elle s'imagine pouvoir vivre de quequ'maigres piastres du gouvernement, de lièvres, de perdrix, pis d'un carré d'patates. Ti-Ouis l'aidera. Ben oui ! C'te sans-allure-là, y'est ben capable de les j'ter d'wors aussitôt arrivés. C'est pas à 63 ans qu'y va s'occuper d'une famille ! » Elle se souvient trop bien que Louis lui avait avoué avoir eu une femme et des enfants alors qu'il vivait à Parry Sound en Ontario. À l'époque, il avait quitté cette famille, et en 1930, lors de leur séparation, il n'a pas trouvé mieux que de s'enfuir en Abitibi. « Pis Lucienne qui va r'tontir comme un ch'veu su'a soupe avec ses p'tits. Ben quiens ! » Toute cette histoire n'a aucun bon sens. Il n'est pas dit qu'elle en restera là, foi d'Adrienne ! Silencieuse, elle jongle. Une idée germe d'ailleurs tout doucement dans sa tête depuis leur départ vers la gare. Elle en parlera à Ti-Jos un peu plus tard.

Un long périple

Le train s'ébranle dans un fracas de roues crissant sur les rails. Le chef de gare claironne son signal de ralliement : « All aboard ! » L'enthousiasme de Lucienne a gagné les enfants qui ne réalisent pas pour autant qu'ils s'en vont très loin et pour très longtemps. Michel, plus déluré, a une bonne idée de ce qui se trame et, contrairement à ses sœurs et à son petit frère, il n'éprouve pas la fièvre du départ. Il garde en tête les innombrables discussions entre sa mère et sa grand-mère, discussions très révélatrices.

Par la fenêtre du train, la petite famille fait des *bye bye* de la main et envoie des baisers en direction de mémère et de Ti-Jos. La mort dans l'âme, Adrienne sourit courageusement pour ne pas attrister les enfants, tandis que Lucienne lui fait signe qu'elle va écrire.

Un peu plus tard, enfoncée dans la banquette, avec Daniel sur ses genoux, Lucienne jette un coup d'œil aux filles. Après l'excitation du départ, les fillettes se questionnent, chacune préoccupée pour des motifs différents. « Où on va ? Pourquoi popa est pas avec nous autres ? » Pauline et même Odette, qui n'a que 3 ans, sont soucieuses. Elles sont dépassées par ce qu'elles ignorent, autant leur destination que la raison de ce départ qui ressemble à une fuite. Les yeux rivés à la fenêtre, Michel regarde défiler le paysage des basses Laurentides. Lucienne décide de remonter le moral de sa *gang*. D'un ton de gaieté exagérée, elle s'exclame :

– Heille, c'est l'fun, hein ! On fait un beau voyage loin, loin, pis on va voir pépère Lecompte ! Y va être content d'vous connaître.

D'une voix à peine audible, Pauline risque une question.

– À quelle heure on arrive chez pépère ?

Lucienne continue son discours, ignorant l'interrogation de sa fille.

– On va être longtemps, longtemps dans l'train ! On va arriver seul'ment à l'heure du souper. Mais, avant ça, on va traverser le parc La Vérendrye; vous allez voir des lacs pis la forêt à perte de vue.

Lucien lui a parlé de ce parc interminable, mais elle se garde bien de faire mention de cette partie ennuyeuse du voyage.

Elle fait un clin d'œil à Michel.

– Si vous r'gardez comme y faut, peut-être que vous allez voir des chevreuils, des orignaux ou des Indiens.

Les Indiens, c'est pour piquer l'intérêt des filles qui ouvrent de grands yeux. Néanmoins, cela ne les distrait qu'un moment; elles doutent de la présence d'Indiens, car leur mère aime bien leur faire accroire des choses. Pour conclure, elle ajoute :

– Si vous êtes tranquilles, plus tard, j'vas vous am'ner au wagon-restaurant.

Elle leur offrira une petite collation, gracieuseté de Ti-Jos qui, à la toute dernière minute, a glissé quelques dollars dans sa main.

Il y a belle lurette que Michel a compris que son père ne ferait pas partie du voyage. Témoin des altercations entre ses parents, il convient que, cette fois-ci, c'est très sérieux. L'incident survenu à Noël chez les MacDonald à Saint-Cuthbert a déclenché toute l'affaire. Mémère et sa mère ont abordé le sujet très souvent sans se rendre compte qu'il épiait leur conversation.

De son côté, Pauline est très inquiète à propos de l'absence de son père. Il semblait si triste et fâché en même temps la dernière fois qu'elle l'a vu. Elle se demande s'il va les rejoindre. La petite fille n'ose cependant pas s'adresser à sa mère de peur d'être rabrouée. Elle interrogera Michel plus tard. Lucienne dépose Daniel par terre entre les deux banquettes et lui tend de petits blocs de bois de couleur. Odette se laisse glisser face à son petit frère et s'amuse avec la poupée de chiffon que matante Bartine a faite pour elle. Le tissu est usé à la corde et les traits de la figure, presque entièrement effacés. Pourtant, elle serre le jouet sur son cœur. La fillette a déjà hâte de revoir matante Bartine et, surtout, mémère. Plus tard dans la journée, épuisée par tant d'émotions et fatiguée du long trajet, Pauline dort profondément sur la banquette. Odette, la tête appuyée sur les genoux de sa mère, se relève.

– Moman, j'ai envie d'pipi.

– Viens, on va aller aux toilettes.

Lucienne se lève et prend Daniel dans ses bras. Michel essaie de réveiller sa sœur.

– Laisse-la dormir ! On r'vient dans deux minutes.

À peine s'étaient-ils éloignés que Pauline s'éveille. Elle ouvre ses paupières appesanties. L'enfant ne voit personne, ni sa mère, ni Daniel ou sa sœur, ni même Michel. Elle ne comprend pas. Ses yeux se brouillent tandis qu'elle ressent une grande frayeur. Elle est apeurée, convaincue d'avoir été abandonnée. Partout où elle pose les yeux, elle ne voit que des étrangers. Elle se rassoit sur la banquette, tout contre la fenêtre, et pleure doucement. Elle comprend pas que les siens l'ont laissée toute seule. Lorsque sa mère revient avec les autres, elle trouve Pauline recroquevillée sur elle-même au fond de la banquette, sanglotante et tremblante.

– Pour l'amour, qu'est-c'que t'as à brailler ? On était jusse partis aux toilettes.

Malgré cette remontrance, voyant sa mère, ses frères et sa sœur, Pauline ressent une grande joie, un soulagement extrême. Elle aurait aimé se jeter au cou de sa mère. Néanmoins, elle retient son élan. Penaude, elle se contente de sourire et laisse chanter son cœur. Michel lui donne un petit coup d'épaule.

— Tu savais ben qu'on r'viendrait. Veux-tu y'aller ?

Le voyage se poursuit au rythme du roulement tranquille du train. Les enfants ressentent la fatigue, mais ils s'ennuient surtout de ne pouvoir bouger à leur goût. Finalement, au milieu de l'après-midi, ils s'endorment les uns après les autres, non sans avoir montré des signes d'irritabilité qui, à quelques reprises, ont mis à l'épreuve la patience de leur mère. Comme Lucien le lui avait mentionné, le parc de La Vérendrye est interminable. Les conifères de toutes espèces, notamment de longues épinettes, courent à contresens du train, sur un grand tapis blanc.

Le train passe finalement à la hauteur de Louvicourt, au grand soulagement de Lucienne pour qui l'exaltation du départ a fait place à l'épuisement. Le contrôleur annonce la ville de Val-d'Or. Le voyage arrive à terme.

MALARTIC

La petite famille ne se trouve plus très loin de Malartic, localité boisée, juxtaposée contre son aînée, Roc-d'Or, née presque à la même heure dans les années 30.

Les quelques personnes qui circulent en tous sens dans la gare vieillotte examinent cette jeune femme aux traits tirés, portant un très jeune enfant dans ses bras, la tête appuyée mollement sur son épaule. Deux fillettes suivent non loin derrière la femme. L'aînée, aux cheveux brun foncé et au regard triste, transporte difficilement un genre de boîte cubique de similicuir noir, plus haute que large. La boîte est dotée d'une poignée sur le dessus. Adrienne a pensé qu'elle serait parfaite pour le lunch. La boîte semble lourde, causant un déhanchement et courbant le dos de la fillette. La petite inspire de la pitié aux voyageurs autour, bien que ces gens soient rompus à la misère. Une autre fillette, qu'on suppose être sa petite sœur, s'accroche à la jupe de sa mère. Ses mèches blondes sortent de son chapeau de laine et encadrent son visage pâle. Le cortège s'achève sur un garçon de 6 ou 7 ans transportant courageusement deux valises délabrées, manifestement bourrées de toute une vie de lassitude et de revers. Fatiguée du trop long voyage, n'ayant rien mangé depuis l'heure du dîner,

Lucienne se sent passablement désemparée. Ces étrangers qui la dévisagent, interrogateurs, ont l'air de dire : « D'où à vient comme ça, avec sa marmaille ? »

Elle s'arme de courage et se renseigne auprès de quelques passants. L'un d'eux connaît peut-être Louis Lecompte. Un vieux monsieur assis sur un long banc de bois, fumant sa pipe de plâtre, crache ses poumons dans un crachoir douteux de couleur incertaine. Il interpelle l'étrangère.

– Hey ! p'tite dame ! Paul, le frère de Ti-Ouis, vous allez l'trouver à l'hôtel Beauchêne, de l'aut'bord d'la rue. Y'est là la plupart du temps.

– Merci, Monsieur.

Lucienne rassemble ses enfants. Elle leur ordonne de rester près d'elle et de se tenir par la main. Daniel à cheval sur sa hanche, elle prend la main d'Odette, qui n'a jamais cessé de pleurnicher malgré les efforts de Michel pour lui changer les idées. La petite famille traverse la rue, beaucoup trop large au goût de la mère. Elle se croirait au *Far West*. La rue est embourbée de gadoue et de neige fondue. Le petit groupe se faufile entre les automobiles ou les voitures à cheval. De l'autre côté se dresse l'hôtel, achevé en 1936, dans les débuts de la ville, comme l'indique un écriteau. À l'intérieur, quelqu'un lui désigne Paul Lecompte. L'homme est assis dans un coin sombre de la salle en train de boire de la bière en compagnie de deux comparses. Les yeux de Lucienne s'habituent graduellement à la pénombre. Elle distingue maintenant les trois hommes vêtus de chemises à carreaux de flanelle grossière et de culottes de tweed. Ils sont chaussés de bottes lacées desquelles sortent des bas de laine à rayures rouges qui montent par-dessus la culotte.

– Restez icitte à l'entrée. Mon Miche, surveille tes sœurs.

Elle se dirige vers l'oncle Paul, qu'elle ne connaît pas. Au premier regard, il a l'air plutôt inquiétant. Elle soupire en murmurant : « Faut c'qui faut ! » Arrivée à sa hauteur, elle l'aborde avec aplomb.

– M'sieur Lecompte ?

L'homme lève des yeux rouges et humides. Il distingue une jolie brunette qu'il estime ne pas avoir plus de 26 ans, un gros bébé serré contre son corps fluet. « Qu'essé qu'à m'veut ? »

– Ouais... ?

– J'm'appelle Lucienne Laur... Lecompte, j'suis la fille de Louis Lecompte. On m'a dit qu'vous pouvez m'dire où le trouver.

– La fille de Ti-Ouis ? Ben oui. Viens-tu d'Ontario ?

Toute une journée à ingurgiter bière sur bière brouille ses idées.

– De l'Ontario ? Non. J'arrive de Montréal. Mon frère Lucien est v'nu l'automne passé avec mon… mari. Pis…

Paul Lecompte l'interrompt rudement.

– Y'est où ton mari ?

La jeune femme répond sur le même ton, afin d'éviter toutes autres questions.

– Mon mari est à Montréal. J'suis tout seule avec les p'tits.

Elle refuse aussi de mentionner qu'ils n'ont rien avalé depuis l'heure du midi. Malgré la faim qui la tenaille, il est hors de question de quémander la charité à un inconnu, soit-il son oncle.

– Mes enfants sont là. (Elle montre la porte d'un geste de la tête.) Y m'attendent. On est ben fatigués. Comment on s'rend chez mon père ?

Paul Lecompte et ses compagnons dirigent à l'unisson leurs regards vers la porte. Ils aperçoivent trois jeunes enfants d'allure délabrée, le visage étiré de fatigue, les yeux inquiets.

– Ti-Ouis reste dans l'rang 6 au lac Malartic. C'est à peu près à 6 milles d'icitte, mais moé, j'ai pas d'waguine[62] ni d'machine[63].

Monsieur Poisson, l'un des comparses de table de Paul Lecompte, chauffeur de taxi de son métier, s'interpose.

– Heu ! Moé j'peux vous conduire chez la famille Chrétien; c'est du ben bon monde. J'peux pas aller plus loin à soère, l'embouchure du rang 6 est encore fermée à c'temps'citte ! M. Chrétien va vous conduire chez vot'père en waguine. C'est tout c'que j'peux faire pour vous, ma p'tite dame.

Lucienne se sent soudainement très malheureuse et mal à l'aise. Elle n'avait pas imaginé déranger de purs étrangers. Elle répond :

– Y nous connaissent pas pantoute ! Qu'est-c'qui vont dire de nous autres, c'te monde-là ?

Le dénommé Poisson se dit qu'elle aurait dû prévoir ça avant de partir de Montréal avec sa trâlée d'enfants. Néanmoins, il veut bien présumer de sa bonne foi. D'ailleurs, il ne sait rien de cette jeune femme… courageuse, folle, hardie. Allez doňc savoir ! Il préfère reporter son opinion.

Lucienne, quant à elle, commence à prendre conscience du côté hasardeux de son entreprise. Se doutant un peu des états d'âme de la jeune dame, le chauffeur de taxi tient à la rassurer.

– Vous savez, la famille Chrétien, c'est du monde qui aime rendre service; y portent ben leur nom. Y vont être contents d'vous aider. Bon, partons, y'est déjà tard.

– Merci pour le trouble, M. Poisson. Bonsoir, mon… Heu ! Monsieur Lecompte. On va sûr'ment se r'voir.

L'oncle Paul ne se lève pas de sa chaise; il émet un grognement en plongeant le nez dans son verre de bière. Il se demande ce que la nièce vient faire par icitte. Il rit dans sa barbe à l'idée de ce que va dire son frère lorsque la p'tite famille débarquera devant son *shack*. « J'donn'rais cher pour zieuter ça ! » Lucienne se dirige vers la sortie de la salle sombre où l'odeur de tabac et les relents de boisson lui lèvent le cœur. Suivie de M. Poisson, la jeune femme presse ses enfants.

– V'nez-vous-en.

Michel, s'étant désigné chef de clan, interroge sa mère.

– Où on va ?

– M. Poisson nous emmène chez un monsieur qui va nous conduire chez pépère Lecompte.

Les entrailles tordues par un jeûne prolongé, Pauline ose une plainte.

– Moman, on a faim.

– Chut ! Pas si fort ! On mang'ra chez pépère.

La famille affamée s'engouffre dans le taxi de monsieur Poisson. Une quinzaine de minutes plus tard, l'auto s'arrête devant la maison située à un quart de mille de l'embouchure du rang 6. M. Poisson invite la jeune mère à rester à l'intérieur de l'auto avec les enfants, le temps qu'il explique la situation aux Chrétien. La jeune femme est gênée, totalement humiliée. Néanmoins, elle ne peut plus reculer. Elle se demande à quelle heure elle pourra coucher les enfants, il est déjà 9 heures passé. Elle se dit également que s'ils dorment, ils ne sentiront pas leur faim. Daniel est déjà endormi sur ses genoux. Elle jette un coup d'œil à sa petite Odette dont la tête pèse contre son bras. Elle aussi s'est endormie. Elle effleure doucement de sa main la joue fraîche de sa fillette. Elle espère pour sa poupée plus de bonheur qu'elle-même en a connu jusqu'à présent. M. Poisson sort de la maison suivi d'un homme de forte stature lui faisant signe d'entrer à l'intérieur. M. Poisson ouvre la porte de son taxi, une bouffée d'air glacial s'engouffre à l'intérieur. Odette, dans son sommeil, se serre encore plus contre sa mère. M. Poisson tend la main vers la jeune mère pour l'aider à sortir de la voiture. Il déclare avec un grand sourire :

– Venez, tout est réglé ! Vous verrez, y sont av'nants pis pas gênants !

Lucienne n'avait prononcé aucun mot durant le trajet, la faim et l'épuisement la privant de tous ses moyens. Une sourde inquiétude avait commencé à la tenailler. Et si sa mère avait raison et que son père refusait de les héberger ? Peut-être que son père ne sera pas enclin à l'accueillir avec sa trâlée. L'angoisse alourdit sa volonté autant que son optimisme. En cet instant, elle craint le pire. Elle avait pourtant cru que le pire était de devoir accepter la charité de parfaits étrangers.

– V'nez, Madame Lecompte, y vous attendent.

Pour le moment, Lucienne s'en tient à son nom de fille. Il sera toujours temps de rectifier la situation.

– Merci ben encore une fois, M. Poisson.

– C'est ben correct, j'suis content d'vous avoir rendu c'te p'tit service. Vous direz bonjour à Ti-Ouis.

Le froid mord le visage, on sent que la neige est imminente. Lucienne monte les marches du perron, tenant Daniel tout contre son cœur comme pour se donner du courage. Les autres suivent, harassés et affamés.

– Entrez ! Entrez vite ! Y fait frette à socre. Madame Lecompte, bienvenue chez nous. Enl'vez vite vot'manteau pis v'nez vous asseoir, on va jaser un peu.

Marthe, sa femme, s'affaire déjà à aider les enfants à se dévêtir.

– J'vous r'mercie, Monsieur, mais il est tard, j'aim'rais mieux partir tout d'suite chez mon père. Les enfants tiennent pus d'boutte. M. Poisson m'a dit qu'vous pourriez nous conduire.

– Ben sûr, j'vas vous conduire, mais comme vous dites, il est très tard. Ma femme est en train d'vous servir une bonne bolée d'soupe chaude. Les enfants ont certain'ment faim, pis vot'père vous attend pas, si j'ai ben compris. Écoutez, j'vous propose de manger un peu, ensuite, ben, on a d'la place en masse pour coucher. Vous arrivez d'un long voyage, pis vous m'semblez rendue au boutte du rouleau.

Il se penche vers la jeune femme et lui dit d'un ton paternel :

– R'posez-vous icitte, c'te nuite. D'main matin, vous nous racont'rez vot'aventure. Après on ira faire la surprise à Ti-Ouis, heu ! à vot'père. Qu'est-c'que vous dites de ça ?

Lucienne soupire, dépassée par les événements. La journée a vraiment été trop longue. Elle s'imagine déjà dans un bon lit.

– M. Poisson m'avait dit que vous étiez du bon monde. J'suis ben gênée d'vous déranger d'même.

– Là, là ! C'est not'plaisir à ma femme pis moé. Assoyez-vous. C'est à bonne franquette.

Reconnaissante, Lucienne s'assoit à table, face à ses enfants. Madame Chrétien leur a servi de la soupe aux pois et d'épaisses tranches de pain tartinées de tête fromagée. « C'est un repas assez consistant, étant donné l'heure tardive, mais ils ont l'air d'avoir tellement faim, ces pauv'petits. » Les enfants gobent goulûment tout ce qui leur est servi.

– Merci beaucoup, Madame Chrétien ! On vous donne ben d'l'ouvrage.

Une pensée furtive s'envole vers sa mère. Lucienne ajoute :

– Vot'soupe est très bonne.

– Merci à vous, Madame Lecompte. C'est pas grand-chose, mais c'est d'bon cœur.

Après le repas, la dame de la maison installe la petite famille dans une chambre où son mari a préalablement ajouté un petit lit pour ne pas séparer la famille.

Au matin, tous déclarent avoir dormi comme de petits chats. Madame Chrétien convie ses invités à s'asseoir pour le déjeuner. Lucienne est à la fois reconnaissante et embarrassée. Elle estime qu'elle doit satisfaire la curiosité naturelle de ces gens si généreux, mais elle ne consent pas à leur dévoiler les infortunes de sa vie conjugale. Elle révèle seulement que le père de ses enfants est un irresponsable et qu'elle l'a quitté. De plus, elle a pensé que l'Abitibi serait un bon endroit pour élever sa famille. En tout cas, c'est mieux qu'à Montréal. Elle désire également renouer avec son père, qu'elle n'a pas revu depuis très longtemps. Là se termine son histoire. Discrets, et pour le moins interloqués, les Chrétien n'insistent pas.

Reposés et le ventre plein, les enfants sont joyeux. Ils se sentent un peu dépaysés, mais la présence de leur mère les rassure. À l'extérieur, le soleil brille. Emmitouflés jusqu'aux oreilles, en attendant le départ, Michel et Pauline se font la guerre aux boules de neige tandis qu'Odette les regarde et rit en tapant des mains. Elle est contente de voir son frère et sa sœur jouer gaiement. Une joie tranquille l'envahit. Cependant, elle préfère les regarder plutôt que de se mêler au jeu.

Après avoir remercié madame Chrétien de son hospitalité, Lucienne s'installe sur le siège de la voiture à cheval, à côté du cocher. Elle presse les enfants de se calmer et de monter dans la voiture. D'épaisses couvertures de laine sont à leur disposition afin de les tenir au chaud. L'émotion l'étreint, cela est si… étrange. Revoir son père après tant d'années… Elle n'avait que 5 ans lors de la séparation de ses parents. Une foule de sentiments l'assaillent. Elle se sent à la fois émue, curieuse et effrayée. Perdue dans ses pensées, elle n'a pas entendu un mot de ce que son hôte est en train de lui raconter. Un soubresaut de la voiture la ramène à la réalité.

– … le rang 4 s'trouve être le prolong'ment du ch'min Malartic. Le rang 6 fourche à environ un quart de mille d'icitte. On accède à Rivière-Héva, soit par le rang 6 ou le rang 4.

Lucienne n'écoute que d'une oreille ces explications, vite retombée dans le désordre de ses pensées. À l'arrière de la voiture, les enfants chahutent, mais pour l'heure, cela ne la dérange pas.

– M. Chrétien, vous connaissez Ti-Ouis depuis longtemps… j'veux dire mon père ?

– Ma p'tite dame, vot'père est un homme sans histoire, mais tout l'monde d'icitte le connaît ou en a entendu parler. Y'est arrivé dans l'pays ben avant nous autres. On dit qu'y vit icitte depuis les années 30.

Chapitre 15

Louis Lecompte : l'ermite

*L*e premier hôtel construit à Amos a été le Continental, ainsi nommé à cause de la ligne de chemin de fer Transcontinental passant à ses pieds. Puis un jour, un nommé Ernest Lalonde achète une petite bâtisse du Canadien Pacific, le CPR. Ce monsieur avait roulé sa bosse plusieurs années en Ontario avant de finalement s'établir à Amos. Après avoir effectué quelques rénovations, il place à l'avant de son hôtel une affiche indiquant son nom : Château Inn. Au début, le petit hôtel ne possède que trois chambres. Lorsqu'il y amène des clients, le fier propriétaire se hâte de sortir par la porte arrière et de courir chez l'épicier afin d'acheter des provisions pour le repas. Plus tard, il agrandit l'hôtel de six chambres. Avec le temps, les deux hôteliers en viennent à se disputer la clientèle. À l'arrivée du train, chacun d'eux porte un bandeau sur sa casquette ou un chapeau à l'effigie de son établissement et hèle la clientèle fatiguée et affamée.

Au début de l'été 1930, un homme descend du train en provenance de Montréal. Il met le pied sur le quai de la gare de la petite ville d'Amos, affublé d'un lourd *pack-sack*[64]. Les gens du patelin surnomment fièrement leur localité « la petite Montréal », Amos étant l'agglomération la plus civilisée de la région.

Brisé de fatigue, l'homme loue une chambre à l'hôtel Château Inn. La lourdeur d'un autre échec de sa vie, en plus de ses 42 ans bien comptés, lui pèse. Les courbatures dues aux banquettes du train plus qu'inconfortables le font se hâter vers un bon lit. Quelques semaines auparavant, ce voyageur, Louis Lecompte, a quitté la femme avec qui il a vécu presque six ans. Ou n'est-ce pas elle qui l'a quitté ? « Bah ! Qu'est-c'que ça peut ben faire ? C'est faite, c'est faite ! » À cette étape de sa vie, il tend vers l'avenir. Il en a d'ailleurs toujours été ainsi à chaque transition où il lui aura fallu se détacher de quelqu'un ou de quelque chose. De temps à autre, ses pensées le ramènent à Ottawa, à Sarnia puis à Parry Sound. D'un geste impatient de la main, il éloigne ces pensées importunes.

La crise économique fait ses ravages un peu partout au pays et Louis a décidé de tenter sa chance en Abitibi, un pays neuf et rempli de promesses. En outre, les contrées sauvages lui ont toujours été d'un attrait irrésistible : héritage de son ascendance indienne.

Il ne s'attarde pas longtemps à Amos, le temps de faire des provisions qu'il entasse dans son *pack-sack*. Il emprunte une route ou plutôt un sentier récemment construit à l'usage des voitures à cheval. Ce sentier, considéré des habitants comme la fin de la civilisation, le conduit à La Motte. Pour atteindre les petits hameaux comme Rivière-Héva, puis Cadillac, le transport se fait par bateau ou à pied en suivant un layon longeant la rivière Cadillac. Des étapes sont situées à des endroits stratégiques. Les voyageurs trouvent à ces haltes une écurie et une bonne nourriture pour les charretiers qui transportent principalement du bois et, à l'occasion, des passagers. Les colons se déplacent soit en traîneaux à chiens en hiver, et à l'été, en charrettes tirées par des chevaux ou des bœufs, mais le plus souvent à pied. La colonisation attire beaucoup de pauvres bougres qui aspirent à faire vivre leurs familles sur un petit coin de terre bien à eux. La vie de ces familles tient de la survivance. Les gens triment dur pour parvenir à subsister en surmontant le froid glacial des hivers sans fin suivis de la saison estivale polluée de nuées de moustiques carnivores. L'isolement et la maladie finissent souvent par saper le moral des plus coriaces. Il faut être déterminé, passionné ou… désespéré pour accepter de vivre de telle façon !

Par ailleurs, le bois constitue l'industrie principale de la région. Le trajet entre Amos, La Motte, Rivière-Héva et Cadillac se fait par la voie des eaux ou sur rail. Une embarcation traverse le lac Malartic pour atteindre la rivière Harricana. À son embouchure, il y a un petit canal creusé entre les années 1917 et 1920. Les billots sont déchargés du bateau pour être rechargés sur les wagons du train.

Louis Lecompte, quant à lui, poursuit son épopée. Il entreprend un très long parcours en charrette. Le long du trajet, Louis entretient le charretier de toutes sortes d'histoires abracadabrantes, mêlées de fictions et d'anecdotes personnelles. Il poursuit à pied le dernier tronçon du trajet qui, finalement, le conduit à la petite bourgade de Val-d'Or. Roué de fatigue, il est pourtant heureux de se trouver face à une nouvelle existence. En peu de temps, il fait l'acquisition de terrains. Il se fait également bientôt connaître comme barbier. Ses clients s'installent sur un banc de bois au milieu de sa masure. Des mineurs, des bûcherons et les colons des alentours s'y présentent, aux grandes occasions, pour se faire couper les cheveux et raser la barbe. Il arrive qu'on lui donne des victuailles en règlement; il pourvoit tout de même, grâce à son métier, à ses besoins les plus pressants. Une réputation de joyeux violoneux ne tarde pas à le précéder. Pour son amusement, Louis joue du violon aussi souvent que les gens lui en font la requête. S'adonner à la musique lui est une seconde nature. Les rigodons, les gigues et les refrains de chansons constituent son répertoire. Son archet s'agite vivement entre ses doigts fébriles et fait danser les notes sur les cordes. Un jour, un client installé sur son banc demande à apprendre le violon. Puis d'autres, et parfois des enfants désirent s'initier à en jouer. Imbu de son art, Louis se plaît à transmettre son savoir. Il leur montre à tenir correctement l'instrument, à discerner la musicalité des notes et à savoir les reconnaître sur le parcours des cordes. Louis connaît tous les secrets du solfège; il joue cependant par oreille comme le faisait son père qui, lui, avait hérité ce talent de ses ancêtres.

Louis s'intéresse aussi aux discussions à teneur politique. Il se plaît à glisser ses idées ou même à imposer ses opinions. Les ciseaux aux doigts, il entretient ses amis sur tous les sujets. Il raconte des histoires fabuleuses ayant traversé les âges de génération en génération. Aussi, son entourage le considère-t-il comme un homme avenant. Instruit par sa volonté autant que par sa curiosité, Louis sait lire et écrire. Il rend ainsi de nombreux services à ses concitoyens. Par contre, le sens des affaires lui échappe. Patenteux invétéré, il n'a cependant jamais pu promouvoir ses inventions souvent ingénieuses. Son manque de persévérance ou son hésitation à entreprendre les actions nécessaires à la promotion de ses trouvailles ont annihilé toute chance de succès. Du temps où il vivait avec Adrienne, ce qu'elle appelait ses « bricoles », ses « cossins », aurait sans doute pu être breveté. Il en vantait souvent les mérites, mais là s'arrêtaient ses efforts. Plus tard, d'autres ont repris ses idées et quelques-unes de ses trouvailles se sont retrouvées sur le marché.

Après avoir roulé sa bosse quelques années dans Val-d'Or, Louis vend ses terrains pour une bouchée de pain. Toujours pas le sens des affaires, le Louis ! Tout ce qui lui importe est de partir ailleurs.

Comme un oiseau qui déploie ses ailes à la recherche d'horizons nouveaux, il se dirige allègrement vers l'ouest, à quelque 40 milles de son ancien bled. Une petite communauté d'immigrants nouvellement traversés d'Europe : des Irlandais, des Ukrainiens et des Polonais, à laquelle s'ajoutent des Canadiens français, est installée le long du chemin de fer. La prolifération des mines dans la région a intéressé certains de ces immigrants moins portés sur le défrichage et la culture de la terre. Ses connaissances de la langue anglaise lui permettent de fraterniser aisément. Chacun a défriché un petit lopin de terre d'environ 30 acres, acquis du gouvernement, sur lequel a été élevée une maison de rondins.

Louis fait de même et s'installe. Quelque temps après son arrivée, les pionniers décident qu'il est temps de délimiter chacun son emplacement. Ils utilisent pour ce faire une mesure appelée le pied-de-roi[65], le seul moyen d'arpentage à leur disposition. Les mois passent. D'autres familles provenant de tous les coins de l'Est du Québec ou d'ailleurs s'installent, faisant croître la bourgade. Les gens prénomment entre eux l'emplacement « Roc-d'Or », en raison des pépites d'or aperçues ici et là. Bientôt, la petite communauté souhaite se donner une charte pour officialiser le nom de sa collectivité, alors composée d'environ 350 habitants. Les gens apportent à Louis, nommé d'office pour son savoir, les documents, comme les états civils et autres, nécessaires à la réclamation de ladite charte. On lui demande de présenter le document au ministre Taschereau à Québec. Enthousiasmés et stimulés par l'entreprise, les gens promettent les honneurs à Louis. « Rapporte-nous la charte, pis tu s'ras not'maire ! »

Louis entreprend ce long périple vers Québec. À pied, en charrette et finalement en train, il refait à l'envers le trajet parcouru trois ans plus tôt. Il tire un certain orgueil d'avoir reçu un tel mandat. Confiant, les formalités requises sous le bras, il débarque dans la ville de Québec qui l'impressionne grandement. Mais il n'a pas le temps de faire du tourisme. Il se rend directement au parlement où une surprise de taille l'attend.

Après une longue attente, il est introduit devant le premier ministre de la province. Nullement impressionné par le faste de la pièce ou la prestance du personnage devant lui, il expose son projet comme s'il traitait d'une affaire. Le premier ministre le laisse parler, puis lui répond que cette même requête a déjà été déposée à peine deux jours auparavant. Consterné, n'y comprenant rien à rien, Louis n'a pas d'autre choix que de retourner devant ses pairs avec son p'tit bonheur et sa déconvenue d'avoir échoué sa mission. Par la suite, Louis apprend qu'il s'est fait damer le pion par un curé recruté par de riches prospecteurs qui avaient flairé le bon filon. Ces hommes d'affaires avaient compris que l'exploitation des mines nécessitait des habitations pour les mineurs et leurs familles et qu'elles devaient se situer à proximité de leur lieu de travail. Par conséquent, la communauté de Roc-d'Or répondait à leurs besoins. La petite bourgade devait par la suite s'étendre pour devenir, de l'autre côté du chemin de fer, la ville de Malartic.

Désillusionné, battu à plate couture, Louis retourne son capot de bord et décide qu'il est temps pour lui de continuer son chemin. Il se greye d'outils de prospecteur et part courir sa propre fortune. Muni de son *pack-sack*, de ses outils et de ses raquettes, dont il ne se sépare jamais, il amorce une longue marche en direction de la petite mine Bertrand située non loin du lac Malartic. Partant de Roc-d'Or, un sentier tortueux le conduit à environ huit milles de là. Il fourche vers la droite puis entreprend de défricher à la hache, à même une coulée, pour ne s'arrêter que deux milles plus loin. Travailler dans le bois redonne du fringant à l'homme alors âgé de 47 ans. Il a le souffle un peu court et se frotte les reins à l'occasion, mais il se sent heureux, en paix.

Une petite clairière s'ouvre devant ses yeux et le charme. Sa marche, tout comme ses ambitions de mineur, s'arrête là. Oh ! il ira bien, de temps à autre, aiguiser son pic sur la roche dure, mais se noircir le visage et les mains sous terre, à seule fin d'enrichir un propriétaire de mine, ne fait pas partie de ses ambitions. Louis est un homme de la nature, une réalité immuable. Il se tient droit, comme une épinette, les yeux rivés sur ce carré d'herbe soyeuse, de fleurs sauvages et d'arbustes pointant leur tête ici et là comme pour épier l'inconnu. C'est ici chez lui. Il en décide ainsi. Il dépose son *pack-sack* et s'affaire à préparer un abri temporaire pour la nuit qui s'annonce clémente. Louis respire un bon coup, un sourire béat au coin des lèvres. Il se dit que ce début du mois de juin rempli de promesses est le temps parfait pour s'atteler à une nouvelle vie. Demain, il se rendra au lac qu'il estime à une distance d'au moins 350 pieds de l'endroit où il se trouve. Au fil des jours, il bûche et défriche puis commence à construire une petite cabane de bois. Bientôt, Louis devra se préparer en vue de l'hiver, celui de 1935-1936.

Les saisons jouent à saute-mouton, les années passent. Le layon sinueux, tracé de sa hache, devient peu à peu un sentier carrossable.

Vers la même époque, au milieu des années 30, des familles affluent de tous les coins de la province. Ces gens sont appâtés par le travail aux mines pour les uns et par les terres agricoles bordant le lac Malartic pour les autres. Les moyens de transport peu ou pas existants compliquent considérablement l'existence de ces courageux colons.

La paroisse de Rivière-Héva voit le jour avec l'arrivée de ses toutes premières âmes vers 1935. Les colons ne tardent pas à bâtir une petite école. La construction de l'église est achevée au lendemain d'une tornade dévastatrice, le 11 novembre 1940. Cette tornade balaie granges et maisons pour ne laisser que désarroi et désolation. Les éléments en furie n'épargnent pas la petite église de bois; la toiture presque achevée est arrachée sous la force des vents. Au lendemain du désastre, affichant un courage à toute épreuve, les villageois se mettent hardiment à la tâche et les travaux reprennent leur cours. Les coffres de la fabrique presque à sec, ils s'en remettent à la Providence. Avant la fin des travaux, les fidèles, transportés de joie, assistent à la messe de minuit au sous-sol de leur église. Il n'y a pas de sièges, mais qu'à cela ne tienne, ils utilisent des rouleaux de papier à toiture sur lesquels ils placent des madriers recouverts de catalognes pour ne pas salir leurs vêtements. À la fête de l'Ascension, en 1941, l'église s'érige fièrement entre quelques habitations.

Louis fait régulièrement le trajet de pas moins de six milles qui le sépare de Malartic. L'hiver, il voyage en raquettes. Il fait ses provisions et récolte les loyers de sa maison de deux étages acquise avec l'argent de la vente de ses terrains de Val-d'Or. À l'étage du bas, un barbier loue tout l'emplacement tandis que le deuxième étage est divisé en deux logements. Louis y trouve son compte, mais après un certain temps, il préfère vendre. Il n'aime pas s'attarder en ville pour effectuer des réparations. Louis aime brasser des affaires à défaut d'y exceller. Plus tard, il fait l'acquisition d'une bande de terrain qui longe une petite baie au sud du lac Malartic. Un terrain qu'il vendra, encore une fois, pour presque rien. Beaucoup plus tard, des promoteurs futés procéderont au lotissement de ce terrain et des citadins aisés, désirant construire un chalet au bord du lac, s'y établiront.

Durant cette période, toute la contrée se développe. Amos, Val-d'Or, Malartic, Rouyn-Noranda, Senneterre, Barraute, La Sarre et de multiples villes et villages s'ajoutent et progressent. Ces agglomérations font de l'Abitibi une grande région qui ne cesse de se développer. Les mines, telles la mine O'Brien, Lapa à Cadillac, West Malartic, East Malartic,

Goldfield, Barnett, Sladen, la Canadian, Preissac, Lamaque ainsi que beaucoup d'autres attirent des gens de partout. Les grands moulins à scie contribuent tout autant à l'embauche. Encouragée par le gouvernement, la colonisation concourt également, même s'il faut suer sang et eau, à l'expansion de la région qui, encore hier, était pour ainsi dire vierge.

Les retrouvailles

À la fin de l'hiver 1951, plusieurs familles sont déjà établies dans le rang. Les Lafortune, Lebel, Belliveau, Normandin et plus tard les Gervais sont les voisins immédiats de Louis Lecompte.

Ce jour-là, vers la fin de la matinée, Louis s'affaire à scier du bois sur un chevalet branlant à l'aide d'une sciotte[66] (*bocksaw*, selon l'appellation populaire) ou godendard. Une voiture à cheval s'avance sur le ponceau de rondins et s'engage dans la cour. Il reconnaît l'homme. À ses côtés, une jeune femme, et quatre enfants assis à l'arrière. « Qu'est-c'qui m'veut à matin, pis qui c'est c'te monde-là ? »

— Allo, Ti-Ouis, je t'amène d'la belle visite.

Lucienne s'avance, le sourire aux lèvres. Elle tend la main à son père comme pour se donner du courage. En lui tendant la main, il ne peut que répondre à son geste et… l'accueillir.

— Bonjour ! Heu… j'suis Lucienne, ta fille. (Elle fait un geste, désignant les enfants.) C'est mes enfants. Pis, ben, j'ai pensé v'nir rester icitte. (Elle fait une pause en jetant un regard au-dessus de l'épaule de son père.) Ouan ! Le shack est pas ben grand, mais ça fait rien, on va s'tasser.

Son regard se reporte sur le rondin couché sur le chevalet et la sciotte que son père a toujours en main. « On va t'aider à faire le bois pis les p'tites jobs autour ! » Lucienne avait dégainé le tutoiement comme une arme de combat et tout débité d'une traite sans penser ni respirer, le cœur battant la chamade. M. Chrétien n'en croit pas ses oreilles. « Quel aplomb ! Pis pas barrée, la p'tite mère ! » De peur que Ti-Ouis sorte de son hébétude et jette tout le monde dehors, il se hâte de quitter les lieux.

— Ben moé, y faut que j'parte. J'vas à Malartic après-midi. Salut, Ti-Ouis, à la r'voyure ! Ben l'bonjour, ma p'tite dame ! Si vous avez besoin d'moé…

Interloqué, Louis n'a pas encore prononcé un traître mot. Sa fille. Oui, ben sûr, elle devait avoir 4 ou 5 ans quand… pis quatre flots. « Câlisse, qu'est-c'que j'vas faire d'eux autres ? »

– Ouan !

Louis ne sait trop que faire ou que dire. Découragé, il questionne, comme pour éloigner l'échéance : « Tu veux rester icitte ? Avec les p'tits ? J'ai rien icitte pour vous acc'moder pis... »

– T'inquiète pas, on va s'arranger. (Afin de bien faire comprendre la situation à son père, elle ajoute, d'une voix assurée :) De toute façon, j'peux pas r'tourner à Montréal, j'ai pas d'argent.

Pour se réchauffer, Michel et Pauline jouent à la tague. Odette est pendue au manteau de sa mère et Daniel se tient debout au pied de ce grand monsieur, qu'il ne connaît pas. Lucienne décide de faire diversion, elle présente les enfants à son père.

– Michel, viens voir pépère.

Michel et Pauline s'approchent; ils regardent leur grand-père, ne sachant comment se comporter. L'homme est grand, coiffé de cheveux fins, blancs comme neige. Il est vêtu d'une chemise à carreaux et d'un pantalon de lainage retenu par de larges bretelles. L'homme observe les petits, « ses petits-enfants », une lueur de contrariété logée au fond de ses yeux bleus. Encore sous le choc, il a toujours sa sciotte à la main. « Bonyeu, qu'est-c'qui m'arrive là ? » Il sursaute en entendant sa fille clamer avec un brin d'autorité :

– Son père, les p'tits ont frette ! On va entrer, si ça t'fait rien.

Louis a l'impression de s'éveiller d'un mauvais rêve. Il se sent troublé. Les enfants le dévisagent. Imprévisiblement ému devant ces regards remplis de curiosité et de timidité, il émet un grognement. Puis un sourire s'accroche au coin de ses lèvres à leur intention. D'un pas lourd, il les précède vers la porte du *shack*. Soulagée, Lucienne ajoute :

– J'suis contente de t'voir ! Lucien m'a parlé de sa visite à l'automne. Tu t'rappelles, y'était v'nu avec Zéphirin, mon mari. Zéphirin pis moé, on est séparés... pis j'ai pensé v'nir par icitte après ma séparation.

– Ouais ! Ton mari m'avait dit que vous aviez quat'p'tits, mais j'pensais pas les voir si vite. T'es séparée !

– Ben oui. J'te racont'rai ça plus tard, c'est une longue histoire.

L'unique pièce du *shack* est meublée d'un brancard recouvert d'une paillasse de foin, d'une table fruste, de quelques chaises et d'un poêle à bois sur lequel reposent en permanence un canard (bouilloire), un grand poêlon et une cafetière de granit. Une *pantry* sur laquelle est déposé un bol à main de granit blanc, et au-dessus de celle-ci, deux tablettes soutenant quelques morceaux de vaisselle en fer-blanc, voilà qui complète l'installation de la modeste habitation de son père.

En entrant, Lucienne constate l'exiguïté des lieux. Elle balaie cependant ce détail du revers de la main.

– Bah, on va s'arranger. Les p'tits, assoyez-vous sur le *bunk*[67] de pépère. Michel, déshabille Daniel pis aide Odette; après, r'tourne jouer d'wors avec Pauline en attendant l'dîner.

Les valises demeurées au bord de la porte attendent d'être déballées. Lucienne s'assoit sur l'une des chaises et regarde son père, cet homme, autant dire un étranger, debout, les bras ballants, dérouté. Néanmoins, elle se sent à l'aise comme si son père avait toujours fait partie de sa vie.

– Écoute, son père, c'qui presse pour aujourd'hui, c'est d'faire des littes[68] pour se coucher à soère. Pis y faut des bancs pour s'assir à table.

Lucienne est dès lors chez elle, elle vit chaque instant avec fascination. Elle voit à l'installation de sa famille comme le ferait une petite fille jouant à la poupée. L'étroitesse de l'unique pièce ne présente aucune difficulté. Au contraire, le défi se révèle à l'avenant de ses sentiments de liberté et d'indépendance. Ici, dans cette Abitibi, pour elle remplie de promesses, dans ce rang de campagne presque au fond des bois, personne ne lui dira ce qu'elle doit faire. Son père, qu'elle retrouve après une séparation de plus de vingt ans, n'est certainement pas en autorité sur elle, même si elle s'est implantée chez lui. Les enfants ne manqueront pas de place pour jouer, les quatre vents leur appartiennent; l'air pur et sec de la contrée leur sera bénéfique. À première vue, son père est un homme simple, voire sympathique; mieux encore, les enfants ne le rebutent pas. Lucienne se dit que le pire est passé, il ne reste qu'à s'installer. Elle respire d'aise. Puis elle pense à nourrir sa couvée.

– Son père, qu'est-c'que t'as à manger icitte ?

Résigné, Louis répond :

– Là, sur la tablette, y'a des cannages. Pis j'ai deux lièvres pendus dans shed. Y reste un morceau d'baloné à l'ail derrière la p'tite porte au mur, qui donne dans shed. C'est là que j'garde la mangeaille au frais. J'ai aussi des patates dans l'caveau. Pis y m'reste du pain, d'la graisse, d'la farine de sarrasin pis la moitié d'une canisse de m'lasse !

Avec humour, Lucienne s'exclame :

– Hey ! on est riches !

Satisfaite de l'inventaire, elle ajoute :

– Bon, on peut dîner pis souper avec ça. Pis pour coucher les p'tits…

– J'vas rentrer du foin pis en remplir des poches de jute; ça va faire une bonne paillasse. Y'a une coupe de couvartes de laine en d'sous du bunk. Pour c'te nuite, on va s'arranger comme ça. Plus tard, j'f'rai des littes.

<hr />

En laissant tout derrière elle à Coteau-Rouge, Lucienne n'a pas réfléchi aux détails domestiques pourtant incontournables, à commencer par les petits besoins de nuit. Le vieil homme est accoutumé à se rendre aux bécosses, de jour comme de nuit, même par les nuits froides de l'hiver. À l'intérieur, il n'y a aucune commodité, pas même un « pot d'chambre » pour les besoins les plus pressants. Lucienne n'a pas non plus réfléchi qu'il pourrait être éprouvant pour cet homme de 63 ans, vivant comme un ermite, de s'accommoder d'une famille de cinq personnes.

Pour le dîner, elle fait rôtir d'épaisses tranches de baloné. Louis lui jette un regard désapprobateur, mais ne dit rien. Elle réchauffe aussi le chaudron de *beans*. Un repas dans les limites de ses aptitudes, un régal avalé en gloutons par les enfants dont l'heure du repas est largement dépassée.

Dans un coin du *shack*, Louis entasse du foin qu'il a dû tailler à la hache à même le meulon gelé de part en part. Il se rend ensuite dans le hangar et en rapporte une dizaine de poches de jute de 100 livres qu'il laisse tomber à côté du tas de foin. Il retourne au hangar sans avoir adressé la parole à sa fille ou même aux enfants. Le vieil homme n'est pas habitué à avoir du monde autour de lui. Lucienne entend le mouvement du *bocksaw* et les coups répétés du marteau. Elle suppose que son père est en train de faire des bancs ou des montants de lits.

Songeur, Louis cesse de travailler. Il essaie d'analyser la situation tout en aiguisant son égoïne à l'aide d'une longue lime. « Ça pas d'maudit bon sens ! Comment qu'on va vivre ? »

Ses besoins personnels ne sont pas très grands, il s'organise avec ce qu'il a sous la main. Il lui suffit de petit gibier, et à l'été, de poissons du lac et de quelques légumes d'un maigre jardin, constamment en attente de sarclage. Il tire également profit de la vente de bois, halé de la montagne à l'aide de son vaillant cheval Paddy jusqu'au moulin à scie du bonhomme Cardinal, situé sur le lot 53.

Louis est un homme solitaire, heureux. Il se rend à Malartic au moins une fois par mois, où il achète ses provisions; il en profite pour jacasser avec les *chums* du *barber's shop*. De temps en temps, il se fait couper les cheveux contre quelques bonnes histoires de son cru. Il lui arrive de rendre visite à son frère Paul à l'hôtel Beauchêne. Le tenancier de l'hôtel ne manque jamais de l'inviter à jouer du violon. Les clients y prennent plaisir et cela lui fait un « p'tit v'lours » de s'exécuter devant un auditoire. Le lendemain, il retourne au rang 6 où il occupe ses journées à son rythme, sans contraintes.

Il achève d'aiguiser son égoïne. Des sentiments contraires, comme des vents impétueux, le déstabilisent. Certes, revoir sa fille lui fait plaisir. De toute façon, elle est là, il devra s'y faire. Envolée, sa précieuse solitude. Philosophe, il se dit : « Bof ! On verra ben. » L'année dernière, lorsque Lucien était venu, il avait été très heureux de revoir son garçon, d'avoir de ses nouvelles. Il avait même tenté de le convaincre de s'établir avec sa famille. « Tu t'bâtiras une maison sur ma terre ! », avait-il plaidé.

Louis avait perdu tout contact avec ses enfants lors de sa séparation d'avec Adrienne en 1930. S'il avait pensé à eux en certaines occasions, cela n'avait jamais été avec inquiétude, convaincu des qualités parentales d'Adrienne.

Là, il est impensable de renvoyer sa fille et ses enfants. De toute façon, Lucienne semble avoir l'idée bien arrêtée de rester là où elle est. Le vieil homme se sent piégé.

Les outils bien aiguisés, il commence à fabriquer deux longs bancs, un pour chaque côté de la table; ajoutés aux deux chaises, cela devrait suffire. Il fabrique aussi un grand lit à deux niveaux sur lequel des paillasses de foin seront étendues pour sa fille et les enfants.

Tôt le lendemain matin, il s'attelle à ses raquettes; le ciel est bleu et il n'y a pas d'apparence de neige. Louis en profite pour faire un aller-retour à Malartic afin de s'approvisionner. L'expérience acquise en tant qu'aide-cuisinier, au temps de sa jeunesse, au chantier en Ontario, lui sert bien. Il sait qu'il ne peut nourrir six personnes, dont quatre petits affamés, de ses maigres provisions. Sa fille n'en sait rien, mais il possède un peu d'argent caché dans une boîte à tabac. Cela devrait suffire jusqu'au printemps. Dès la semaine suivante, Louis se voit obligé de retourner en ville prendre les effets qu'Adrienne a fait envoyer par le fret.

Paul Normandin possède une ferme un peu plus haut dans le rang. Il n'est pas sans savoir que Ti-Ouis abrite, depuis quelques jours, sa fille et ses enfants, arrivés tout droit de Montréal. Il a appris seulement l'automne dernier, lors de la visite de son garçon Lucien, que son voisin est père de deux enfants.

Ce matin, il doit se rendre à Malartic pour affaires. En passant devant son voisin, il décide de faire un arrêt afin de s'enquérir si tout se passe pour le mieux. Louis est en train de chausser ses raquettes.

– Salut, Ti-Ouis. Y paraît que t'as d'la belle visite ! C'est toute une surprise, hien !

– Ouan !

– Si t'as besoin d'quequ'chose... entre voisins on peut s'aider. Où tu vas avec tes raquettes ?

– À Malartic. J'vas chercher des boîtes sur le train.

Paul Normandin en déduit que Ti-Ouis devra faire le trajet du retour en taxi.

– Moé aussi, j'vas en ville. J't'emmène. On r'viendra ensemble.

Ayant entendu des voix à l'extérieur, Lucienne s'appuie au cadrage de la porte et attend qu'on la remarque. Elle est heureuse de voir enfin un visage nouveau. Paul Normandin l'aperçoit. La fille de Ti-Ouis est à coup sûr un beau brin de femme, maigrichonne mais jolie.

– Bonjour, Madame. (Il tend la main.) Paul Normandin. J'ai une ferme un peu plus loin dans l'rang. Si jamais vous avez besoin d'quequ'chose, vous gênez pas. Pis v'nez faire un tour à maison, ma femme Cora s'ra ben contente d'vous rencontrer.

– Bonjour, M'sieur Normandin. Moé'si, j'suis contente de vous connaître. Merci pour l'invitation.

Elle aurait aimé être du voyage, mais elle ne peut laisser les enfants seuls. Elle se dit que, plus tard, elle aura le temps de visiter la ville.

Tout de suite après le départ de son père et du voisin, elle habille les enfants.

– V'nez-vous-en, on va explorer les alentours.

Autour du *shack*, tout n'est que neige et bois dénudé. Lucienne et les enfants marchent sur la neige croûtée. Leurs pieds s'enfoncent tous les deux pas. Les enfants s'amusent à soulever des morceaux de croûtes de neige et les lancent au loin. À environ 150 pieds de distance du *shack*, le petit groupe arrive devant une construction d'aspect pitoyable qui sert d'écurie pour le cheval. Le vent circule entre les planches dans un sifflement glacial, tant et si bien que le pauvre Paddy se montre content de sortir pour travailler. Les dimensions de la bâtisse ne permettant pas de garder le foin à l'intérieur, c'est pourquoi Louis monte, à chaque fin d'été, une gigantesque meule de foin juste à côté de l'écurie.

Une vache a déjà occupé les lieux aux côtés de Paddy. Lucienne, le bébé dans les bras et les aînés derrière, poursuit sa marche jusqu'à un autre bâtiment de deux étages, légèrement en retrait sur la droite. Le bâtiment est aussi piteux, sinon plus que l'écurie. Son père lui a dit qu'il l'utilisait, autrefois, comme poulailler et même comme soue à cochons. Le porc était tué pour en faire des grillades de lard, de la tête fromagée, des ragoûts de pattes et du lard pour les *beans*. Après un certain temps, Louis avait renoncé à s'occuper d'animaux, faute de temps...

Sans orifices, les murs extérieurs sont recouverts de papier goudronné noir, fixé par des planches clouées aux dix-huit pouces. Lucienne pénètre à l'intérieur, suivie des enfants. Ses yeux s'habituent lentement à la pénombre; elle remarque alors l'insalubrité des lieux. Des outils de toutes sortes, une faux à manche et de vieux attelages à chevaux sont suspendus à de longs clous. Au milieu de la place se trouvent aussi une herse rouillée et un gigantesque râteau muni d'énormes dents courbées en demi-cercle, servant à faire des rouleaux de foin. Elle reconnaît, par ce qu'elle en a vu au cinéma, l'équipement de prospecteur de mines, dont un pic à tête de marteau, un grand tamis et une espèce de sacoche de toile poussiéreuse. Des chaudières à lait rouillées entassées dans un coin, une auge à cochons et de longues échasses pour les poules complètent ce bric-à-brac. Michel est fasciné. Tous ces objets, qui ont déjà été utilisés et manipulés, stimulent son imagination. Sa mère, quant à elle, en a assez de ce fatras, qui lui rappelle un peu la grange de Saint-Cuthbert.

— Sortons d'icitte, c'est plein d'crottes de poules.

À l'extérieur, elle inspire profondément. Un sentiment de liberté s'imprègne en elle. Le ciel bleu d'une pureté céleste et la neige éclatante comme l'habit des anges font chanter son cœur gonflé de joie et d'espoir devant sa nouvelle existence. Les enfants courent en riant autour d'elle comme une couvée de poussins.

— V'nez, on va manger.

Michel réplique :

— Non, on veut jouer d'wors.

— J'veux pas d'chialage; c'est l'heure de manger.

La semaine suivante, leur installation dans le *shack* est acceptable aux yeux de la jeune mère. Le grand lit monté sur deux niveaux meuble le coin arrière. Son père a posé des étagères et des crochets pour le rangement des vêtements. Il a aussi acheté un « pot d'chambre » en plus de quelques morceaux de vaisselle en granit. Lucienne a écrit à sa mère, comme promis, pour lui donner des nouvelles. Elle a aussi écrit au gouvernement pour l'obtention d'une pension des mères nécessiteuses susceptible de lui allouer 6 $ par mois par enfant.

M. Normandin se rend à plusieurs reprises à Val-d'Or. Lucienne profite du voyage et se précipite à la poste pour en ressortir exaspérée, sinon déprimée. Toujours pas de chèque. La dernière fois qu'elle s'est adressée au Ministère, on lui a dit qu'il y avait eu erreur d'adresse postale et que tout rentrerait dans l'ordre sous peu. Paul Normandin se doute bien de la raison des fréquents voyages en ville de la fille de Louis. Il soupçonne qu'il ne s'agit pas de déplacements récréatifs. La mine abattue de la jeune femme le chagrine. Il compatit en la voyant si cruellement déçue de revenir bredouille. Il n'est pas sans savoir que les repas sont maigres sur la table de la famille. Ti-Ouis ne peut, à lui seul, subvenir aux besoins d'eux tous. La famille Normandin possède une ferme où les animaux : bœufs, porcs, poulets, vaches et chevaux ainsi que quelques moutons, sont une source de revenus importante. Un très grand potager aux rangées bien alignées de légumes divers est un régal pour l'œil et la panse. La famille garde pour sa consommation personnelle une partie de tout ce que la ferme produit et l'excédent est vendu aux voisins ou à la ville. Paul Normandin fait vivre sa famille de sept enfants avec beaucoup de satisfaction et une somme énorme de travail. Au lendemain d'un de ses retours de Val-d'Or, toujours en compagnie d'une Lucienne amère, il s'amène chez Ti-Ouis le sourire aux lèvres et, sous le bras, un quartier de bœuf et une poche de légumes.

– Bonjour, la compagnie.

– Bonjour, M. Normandin. Si vous v'nez voir le père, y'est parti lever ses collets. Mais qu'est-c'que vous avez là ? Ça l'air pesant en pas pour rire.

– Ça ? C'est jusse quequ'provisions. Moé, j'en ai en masse pis j'ai pensé que ça vous s'rait plus utile qu'à nous autres.

– Mais…

Lucienne rougit jusqu'aux oreilles.

– C'est sans façon, vous savez. Soyez pas mal à l'aise; j'ai des enfants moé aussi, ça mange comme des jouals. C'est d'bon cœur, pis ça nous prive pas.

La jeune mère a les larmes aux yeux. Humiliée, elle pense aux enfants. Elle aurait préféré ne pas accepter, pourtant elle sait qu'il serait déraisonnable de refuser l'aide qu'on lui offre si généreusement. Elle a cru pouvoir se débrouiller sans l'aide de qui que ce soit, et la voilà réduite à accepter la charité des voisins. La jeune femme ne s'est jamais sentie si démunie et mortifiée. Là, à cet instant, son ballon gonflé de rêves et d'indépendance lui éclate en plein visage. La gorge nouée d'émotions contradictoires, elle parvient à articuler quelques mots.

– Merçi ben, M. Normandin.

– Bon, y faut que j'm'en aille. Dites bonjour à Ti-Ouis, pis oubliez pas de v'nir visiter Cora.

– C'est ça, merçi encore.

Elle claque la porte derrière son visiteur. L'air froid de cette fin d'hiver la glace jusqu'au cœur. Elle a besoin de se retrouver seule et de ruminer son humiliation. À cause des enfants, elle n'a pas eu le choix de s'abaisser, sinon ils auraient été réduits à manger des *beans* et de la galette de sarrasin. Si son chèque des mères nécessiteuses lui parvient finalement, elle se débrouillera mieux. Son père apporte de temps à autre un lièvre ou une perdrix. Il achète quelques victuailles, comme de la farine, de la cassonade, de la graisse, du lard, du thé et du pain. Elle n'a pas appris à boulanger. Cela ne suffit pourtant pas à nourrir correctement la famille. Au fil des semaines, quelques autres voisins sont venus chacun leur tour, portant sous le bras soit des vêtements, soit des œufs, soit du lait, ou autre. M. Normandin est revenu un mois plus tard avec une fesse de porc. L'humiliation ravalée, Lucienne en est arrivée à voir d'un autre œil ces largesses. Elle aime penser être une brave femme qui élève toute seule ses enfants. On la croit veuve, elle laisse dire. Somme toute, elle s'auréole de la pauvreté et accepte les dons avec majesté. De son côté, Ti-Ouis ne voit aucun inconvénient à ce procédé. D'ailleurs, comment peut-il à lui seul nourrir six personnes ? La vente du bois, son seul revenu, est loin de suffire aux besoins. Son rythme de travail, « p'tit train va loin[69] », n'a pas changé depuis qu'une famille lui est tombée sur le dos. Louis Lecompte est un homme libre, libre de ses allées et venues, de ses faits et gestes et de ses idées. Mais voilà que l'arrivée inopinée de sa fille a drôlement changé sa vie. Maintenant, il n'a pas le choix de s'adapter. Louis n'a jamais compté sur la charité des voisins, mais aujourd'hui c'est différent, et il peut vivre avec ça.

Pendant ce temps à Coteau-Rouge...

À Coteau-Rouge, Adrienne se morfond d'inquiétude pour sa fille et les enfants. Lucienne lui écrit rarement et ne l'entretient que des bienfaits de la nature abitibienne et de la gentillesse des gens. Elle écrit très peu à propos de Ti-Ouis et de leur façon de vivre.

Le chagrin et les soucis la minent. La coupe est pleine. Albertine, dont l'état de santé n'a cessé de s'aggraver, est à l'article de la mort. Adrienne vit sa douleur jour après jour avec compassion et dévouement. Malgré sa charge de travail, tous les jours elle se rend chez sa sœur pour en prendre soin. Chacune leur tour, Alice, Anna et même Alma prennent la relève. De cette façon, il y a une présence constante auprès de la malade. Augustin, quant à lui, se réfugie dans son atelier et passe le moins de temps possible à la maison. La maladie de sa femme le laisse froid. Albertine lui a rendu la vie si misérable que sa compassion est éteinte comme une mèche sans huile. En revanche, Adrienne s'occupe du bien-être de sa sœur comme elle le ferait pour un nouveau-né. Elle fait sa toilette et change ses draps avec mille précautions pour ne pas la faire souffrir davantage. Elle lui administre vigilamment ses médicaments. Elle lui parle doucement et l'encourage à endurer ses souffrances pour le p'tit Jésus. Elle tente de lui prodiguer du réconfort en caressant son front et ses joues avec tendresse. Afin de lui faire oublier un tant soit peu ses terribles souffrances, elle l'entretient des bons moments qu'elles ont vécus ensemble. Jour après jour, impuissante, Adrienne regarde Bartine souffrir, tout comme avant elle sa mère, puis son père.

Albertine s'éteint un soir où Adrienne, épuisée, est assise auprès d'elle. La chaise collée au lit, sa tête posée sur l'oreiller, sa main couvre délicatement la main de sa sœur, laissée sur sa poitrine.

Quelques instants auparavant, inerte, la pauvre femme n'essayait même plus de parler, des rictus de souffrance faisant des traces sur la pâleur de son visage émacié. La gorge nouée, Adrienne s'était adressée à sa sœur très doucement, comme pour ne pas l'éveiller. « On est fatiguées, han, ma vieille ! T'es prête, pars en paix. Arrête de t'battre, t'as assez souffert comme ça. Pis moé, j'en peux pus de t'voir pâtir. Va, ma vieille. J'tiens ta main, aie pas peur. L'bon Dieu t'attend ! » Adrienne pleure doucement. Elle pleure sur elle-même parce qu'elle n'accepte pas de perdre sa sœur et elle pleure sur la trop longue agonie de Bartine. Elle prie tout bas. « Bonne Sainte Vierge, viens la chercher. » Albertine gémit très faiblement. Adrienne sent la poitrine de sa malade se gonfler sous sa main. Comme un papillon qui s'envole ailleurs, elle échappe un long soupir. Puis plus rien. Adrienne relève la tête, elle comprend alors que sa sœur n'est plus. Albertine semble dormir paisiblement, ses rictus de souffrance ont disparu; son visage exhale la sérénité. « Marçi, bonne Sainte Vierge. R'pose-toé, ma Bartine, c'est fini ! »

Couvrant son chagrin de dignité, elle se relève péniblement, embrasse sa très chère sœur sur le front, puis replace la courtepointe. D'un pas lourd, elle se dirige vers la cuisine où ses frères et sœurs sont réunis. Ti-Jos, présent dans la pièce, lève les yeux. D'emblée il comprend. Il tend les bras vers sa compagne. Adrienne s'y réfugie et pleure en silence au creux de son épaule.

Femme d'action, quelques jours ont suffi à Adrienne pour se reprendre en main après les funérailles. Elle n'a pas le temps de se vautrer dans son chagrin, bien qu'il soit déchirant. Sa sœur est partie pour un monde meilleur. Maintenant, elle a du monde à s'occuper et ça presse. Un après-midi, elle aborde son compagnon.

— Jos, tu t'souviens de c'que j't'ai parlé après le départ de Lucienne ?

— Yes, my dear ! Pis je sais c'qui t'trotte dans tête.

— Oh ! Ti-Jos, t'es si bon ! Tu l'sais, j'veux pas partir sans toé, mais y faut que j'aille voir comment ça s'passe.

— You know what I told you before : pourvu que je sois avec toé, anywhere is fine with me !

Jos avait pris une retraite anticipée du CNR à cause de problèmes de santé. Il avait gardé des séquelles de l'accident qu'il avait subi en 1936 alors qu'il effectuait le trajet Montréal – Toronto. Au moment de la tragédie, Jos avait cru ne jamais revoir Adrienne. Il avait subi de graves blessures, diminuant ses capacités. Sa famille l'avait retenu en Ontario, désespérant de le voir guérir. Il n'avait conservé qu'un souvenir flou des circonstances de l'accident. Adrienne aurait souhaité en apprendre plus sur ce qui avait tenu son homme éloigné si longtemps, mais Jos préférait éluder le sujet. L'effort d'essayer de se souvenir lui était trop pénible. Il avait préféré lui démontrer sa joie d'être de retour et de l'avoir retrouvée.

Au moment de prendre sa retraite, il a annoncé à Adrienne qu'il voulait profiter de tout son temps en sa compagnie. Aussi avait-il bien réfléchi au désir de sa compagne de vouloir voler au secours de sa fille lorsqu'elle lui en avait fait part. Maintenant, il est libre de la suivre au bout du monde si tel est son bon plaisir. Elle lui a exposé son projet environ deux semaines après le départ de Lucienne pour l'Abitibi. Elle pense tout quitter, se départir de son « valet service » et rejoindre sa fille et les enfants. Elle espère essayer de la convaincre de revenir à la civilisation. Elle craint que les enfants soient négligés, elle imagine le pire. Il faut qu'elle se rende compte par elle-même de la situation.

– Jos, t'es certain d'vouloir faire ça pour moé ? C'est loin, l'Abitibi ! Tiens, me v'là aussi folle que Lucienne !

– Yes, my love, j'y vas avec toé, and yes, you are crazy, but je t'aime.

À la mi-juin, les préparatifs sont terminés. Adrienne et Ti-Jos prennent le train tôt le matin pour l'Abitibi, comme l'a fait le père de ses enfants et, plus récemment, sa fille. Assis l'un près de l'autre, Jos fait la lecture d'un journal oublié sur la banquette tandis qu'Adrienne jongle, le regard perdu dans le paysage des Laurentides défilant à toute vitesse. Comme toute mère, elle aime sa fille bien qu'elle l'ait déçue à plusieurs reprises depuis son mariage avec Zéphirin. Néanmoins, elle s'interdit de penser que, si elle n'avait pas forcé ce mariage, peut-être la vie aurait été autrement plaisante pour sa fille qui n'avait que 16 ans à l'époque. Elle préfère se convaincre que Lucienne a contracté un mariage d'amour.

Elle soupire en tournant sa tête du côté de Jos qui a laissé tomber le journal sur ses genoux et la regarde depuis un petit moment. Il la sait anxieuse, il lui sourit gentiment. Adrienne répond à son sourire. Elle pose sa tête sur l'épaule de son homme pour retourner doucement à ses réflexions. Cela la dépasse que Lucienne, une fille pourtant intelligente, soit aussi irresponsable et attende d'avoir quatre enfants pour abandonner foyer et mari. Adrienne remonte le temps et se souvient du jour où elle-même a quitté Ti-Ouis. Il n'avait pas fallu longtemps avant qu'elle ne prenne sa décision. Être mère célibataire, proscrite de la société, ne l'avait pas effrayée. Cet aiglefin avait assez ri d'elle, elle devait le quitter. Revoir cet homme après tout ce temps est pour le moins déplaisant. Elle compte sur la présence de Ti-Jos pour amortir le choc.

La joie de retrouver sa fille et les petits est toutefois amoindrie, car elle laisse derrière elle Lucien et sa famille. Ses frères et ses sœurs, ses oncles et ses tantes et beaucoup d'amis chers à son cœur lui manqueront aussi. Plus tôt ce matin, elle a laissé sur le quai de la gare, comme une valise oubliée, un grand pan de sa vie. Adrienne n'a pas d'idée précise de la durée de son séjour en Abitibi. Cette femme désintéressée ignore totalement qu'une tranche de sa vie s'amorce, qui la blessera cruellement, à jamais. Souffrances, si possible, plus cuisantes que le récent décès de sa chère sœur Albertine.

UNE BONNE NOUVELLE

Dans le *shack* de Louis, la vie va bon train. Le printemps est arrivé comme un ami longtemps attendu avec son bagage de soleil, de pluie et de boue, qui fait le bonheur des enfants. Ils s'y galvaudent sans retenue. Lucienne et son père jouent aux cartes ou aux dames en attendant que la terre sèche pour semer le jardin (potager), entre autres. Le soir, lorsque les enfants sont couchés, ils discutent. Ils apprennent à se connaître. Louis redécouvre les plaisirs de la conversation. Il trouve sa fille curieuse, intéressée à la politique, à la musique et même à ce qui se passe dans la région. Ils ont de longues discussions passionnantes, se surprenant l'un l'autre de leurs connaissances autant que de leurs intérêts similaires.

Après quelques semaines de cohabitation dans la maison de son père, Lucienne se rend finalement compte qu'elle ne peut vivre de l'air du temps. Il lui est pénible de profiter plus longuement des largesses de ses voisins. Son amour-propre, comprimé pour un temps à cause de la misère, s'éveille à une réalité criante. Pendant ce temps, l'été quémande ses droits au printemps et laisse miroiter les beaux jours. La belle saison facilitera peut-être les choses. Le jardin emplira le caveau de patates, de carottes, de navets et de choux. La jeune femme rêve de beaux rangs de salade en feuilles, de radis et de petites fèves jaunes. Pourquoi pas des concombres ? Comble de bonheur, quelques plants de belles tomates rouges pourraient longer le bout du jardin.

Il reste que sa mère lui manque terriblement, autant qu'aux enfants. À certaines occasions, Lucienne pense à ses parents en tant que couple, à ce qu'a dû être leur vie commune, et ces pensées la dérangent. Elle hésite à aborder ce sujet avec son père, peut-être par pudeur. Aussi, elle ne tient pas à se faire reprocher sa propre désunion d'avec Zéphirin. Sa mère a toujours affirmé, sans ménagement d'ailleurs, que son père était un irresponsable et un paresseux. Cependant, plus Lucienne fait la connaissance de Louis, plus elle apprend à l'apprécier. Elle lui reconnaît bien quelques défauts mais, à sa décharge, elle concède que son père vit en ermite depuis très longtemps.

Même si le besoin se fait de plus en plus pressant, la jeune femme n'ose pas espérer que sa mère aurait l'idée de venir s'établir à Malartic. Il serait pourtant si bon de l'avoir auprès d'eux, elle qui aime tant les enfants, sans mentionner sa capacité à cuisiner avec pratiquement rien sous la main. Maintenant qu'elle en est privée, Lucienne est plus disposée à reconnaître les aptitudes innées de sa mère. Réfléchissant à la question, elle a la triste certitude que si, par miracle, sa mère décidait de venir les rejoindre, elle ne pourrait exiger de Ti-Jos de s'exiler si loin.

Par conséquent, et contre toute attente, lorsqu'elle reçoit, au début du mois de juin, la lettre d'Adrienne lui faisant part de son arrivée, elle pleure de joie… et de soulagement. Cela est trop beau pour être vrai. Elle réalise alors pleinement combien sa mère lui est indispensable. L'Abitibi, Malartic, la campagne, c'est parfait, mais sans sa mère, elle n'y arrive pas.

Lucienne préfère ne pas annoncer la nouvelle aux enfants tout de suite, elle leur réserve la surprise. Louis, par contre, réagit avec emportement, surtout lorsqu'il apprend que Jos Moore est dans le portrait. « Qui c'est ç'ui-là ? » Devoir renouer avec Adrienne le dérange passablement, sans qu'en plus il y ait ce Jos machin-chose. « Pis dis-moé don, où ça va coucher tout c'monde-là ? » Le *shack* à son comble, c'est impensable d'abriter deux personnes de plus. Le pauvre homme a beau se virer les sangs, son ex-concubine escortée de son amant sera là d'ici deux semaines. Ce soir-là, assis sur le bord de son brancard, Louis grille le bout de son *botche*[70] et réfléchit à tout ce qui lui arrive depuis la fin de l'hiver. Il s'interroge aussi à savoir comment une personne raisonnable comme Adrienne a pu imaginer débarquer chez lui sans savoir s'il y aurait de la place pour la recevoir. « Bonyeu ! c'est pas une maison d'pension icitte ! » Après avoir viré la situation dans tous les sens, l'idée lui vient de nettoyer l'ancien poulailler et de le rendre habitable. De dimensions plus grandes, la bâtisse devrait pouvoir loger la *gang*. Du coup, il va récupérer son *shack*. Il affectionne ses petits-enfants, pourtant ce petit monde turbulent et braillard l'épuise, sans parler de sa fille qui n'en fait qu'à sa tête. Depuis quelques mois, sa chère solitude en a pris pour son rhume. Sa décision prise, il s'endort comme un enfant dans les bras de sa mère. Il en parlera à Lucienne à la première heure, demain matin.

L'idée de cet aménagement est plutôt bizarre, voire irréaliste. Lucienne imagine mal ce poulailler puant en maison logeable pour sa famille. Par contre, la jeune femme est si heureuse de la venue de sa mère qu'elle est prête à tout pour accommoder son père. De toute façon, elle le sait très bien, le *shack* ne peut loger tout le monde. Le jour même, toute la famille s'attaque à la tâche. Lucienne présente la corvée aux enfants comme un jeu. Tous se mettent à l'œuvre. Même Daniel, gros bébé de 20 mois, essaie de transporter de menus objets. Au bout d'un moment, sa mère l'installe dans la brouette et court jusqu'au hangar où toutes sortes d'objets hétéroclites font antichambre. Daniel rit sans arrêt et crie « encore, encore » aussitôt que sa mère s'arrête pour reprendre son souffle ou vider le contenu de la brouette. Après plusieurs heures de travail, l'ancien poulailler est nettoyé de tout son outillage et de son ramassis de traîneries. Dès le lendemain, *crinqué*, Louis se met à la construction du plancher fait de larges planches clouées solidement.

Il élève ensuite une cloison pour séparer la chambre. Son « bas d'laine » a perdu quelques mailles pour la cause, mais il est satisfait. Le lendemain, Lucienne balaie murs et plafond; ensuite, aidée de son père, elle profite du beau temps pour déménager les articles nécessaires à l'installation de la famille : la table, une chaise et les deux longs bancs. Louis en fabriquera d'autres pour lui-même. Le lit à deux niveaux fera évidemment partie de l'ameublement. Quelques morceaux de vaisselle et des ustensiles complètent le gréement. Au début, Lucienne devra cuisiner dans le *shack*, ne possédant pas de poêle dans ce qui leur tiendra lieu d'habitation.

Depuis que sa fille vit chez lui, Louis a appris à connaître les enfants et à s'y attacher. Conteur, il prend plaisir à leur faire le récit d'histoires inventées de toutes pièces. Se mêlent les souvenirs des contes de sa mère lorsqu'il était tout petit, avant la mort de son père, Pierre. Les enfants affectionnent leur grand-père bien qu'ils se plaisent à lui jouer de vilains tours, particulièrement Michel. Il entraîne souvent Pauline dans ses malfaisances. Grand-père n'est cependant pas dupe, mais il les laisse s'amuser.

Il se souvient entre autres de ce soir du mois d'avril, il devait être 9 heures. Assis comme à son habitude sur le bord de son brancard, en train de jongler et de griller une dernière cigarette dans l'obscurité, il laissait errer ses pensées. Le poêle ronronnait doucement, les orifices de la porte répandant encore des rayons de lumière sur le plancher. Michel et Pauline dormaient depuis une mèche, c'est du moins ce que croyait leur grand-père. Le poêle s'était amorti. Toujours perdu dans ses jongleries, il laissait faire. Les deux chenapans s'étaient levés lentement, puis s'étaient dirigés furtivement vers la lueur produite par le bout de la cigarette. Leur plan était de faire sursauter pépère. Lorsqu'ils s'étaient retrouvés tout près de lui, certains de le surprendre, ils s'en étaient réjouis à l'avance. Soudain, Louis avait posé sa main sur une tête. Pauline, sentant la pression, avait hurlé de frayeur. Michel avait sursauté en criant lui aussi. Content d'avoir pris qui croyaient prendre, Louis avait ri avec eux de ce bon tour raté. Puis il les avait retournés au lit.

À peine trois semaines plus tard, Lucienne était partie tôt le matin pour Malartic et Louis gardait les enfants. Pour le dîner, il avait préparé du spaghetti dans une sauce composée de jus de tomates et d'oignons. Il avait servi le repas dans une grande assiette de granit en tendant à chacun une fourchette. Tous avaient mangé à même l'assiette. On s'était salis, on avait ri, une vraie fête ! À son retour, Lucienne avait été furieuse de constater le comportement paresseux de son père. Franchement, laisser manger les enfants dans la même assiette pour ne pas avoir à laver la vaisselle ! Cependant, au récit enthousiaste de ses petits tannants, elle avait ri de bon cœur. Après tout, ce n'était pas si grave.

À ces souvenirs et à tant d'autres, Louis se sent quelque peu nostalgique. Ce ne sera plus la même chose, même s'ils ne s'éloignent que de quelques pas.

Chapitre 16

L'arrivée d'Adrienne au rang 6

*M*onsieur Poisson avait été drôlement étonné d'apprendre l'identité de sa passagère. La voiture taxi franchit le petit pont de billots ballottant qui enjambe le fossé. À son bord, Adrienne et Ti-Jos sont soulagés d'être enfin arrivés; le voyage leur a paru interminable. Michel est le premier à voir l'automobile. Il avance lentement, avec curiosité. Le petit garçon essaie d'apercevoir la personne qui descend de la voiture. Puis il reconnaît sa grand-mère et il crie à tue-tête :

– Mémère ! C'est mémère ! Pauline, viens voir, mémère est là !

Fou de joie, Michel court en tous sens. Il oublie même d'aller embrasser mémère et Ti-Jos, descendu à son tour du taxi. Adrienne dépose sa valise à ses pieds; elle regarde autour et constate avec abattement l'état des lieux. C'est tristement conforme à ce qu'elle avait imaginé. Désolant ! Michel et Pauline s'approchent, le sourire fendu jusqu'aux oreilles.

– V'nez m'voir, mes p'tits sacarnas ! J'me suis ennuyée d'vous autres sans bon sens !

Elle couvre de baisers leurs petits visages, riant aux éclats.

– Où est ma p'tite Odette, pis mon Daniel ?

Les enfants entourent mémère de leurs petits bras, n'en croyant pas leurs yeux.

– T'es v'nue nous voir ? Restes-tu avec nous autres ?

Le regard rempli d'espoir, Michel désire de toutes ses forces que mémère demeure pour de bon, qu'ils vivront ici avec eux.

À l'arrivée du taxi, Odette s'amusait avec Pauline à se rouler dans le tas de foin près de l'écurie. Au cri de Michel, elle n'a pas bondi comme sa sœur. Elle a cru à une des mauvaises blagues de son frère. Puis voyant l'agitation autour des arrivants, la curiosité, l'espoir fait bondir son cœur. Elle approche lentement du groupe, timidement, un doigt dans l'oreille, l'œil curieux. Adrienne voit venir sa petite-fille, hésitante.

– Viens m'voir, ma p'tite catin.

Lucienne revient du petit jardin situé à l'arrière du *shack*. Elle aussi a entendu le cri de Michel. Voyant sa mère et Ti-Jos en train d'embrasser les enfants, une grande joie l'envahit.

– M'man, t'es enfin là !

Elle embrasse sa mère sur les joues puis la prend dans ses bras. Un flot de paroles déferle comme un orage de grêlons au mois de juillet.

– Comment a été l'voyage ? V'nez, j'vas vous montrer la place. T'as vu le beau lac là-bas ? V'nez voir mon p'tit jardin !

La fatigue se lit facilement sur ces visages aimés, alors Lucienne essaie de calmer son excitation. « Non. Avant, v'nez porter vos valises dans maison pis on va prendre une tasse de thé. »

Toute à sa joie, Lucienne ne tient pas compte de ses mains salies de terre; elle s'accroche au bras de sa mère après avoir chaleureusement embrassé Ti-Jos. Elle les dirige vers le « poulailler ». Daniel, les bras serrés très fort autour du cou de sa grand-mère, ne céderait pas sa place pour tout l'or du monde.

Mal à l'aise, Lucienne précise :

– L'père est chez l'bonhomme Massicotte. Y va r'venir pour le souper.

– Ouais ! Comment y'a pris ça que tu r'tontisses icitte avec tes quatr'p'tits ?

– Oh ! les bras y'ont tombé, mais y s'est faite à l'idée assez vite.

Adultes et enfants se dirigent vers la maison. Lucienne est embarrassée de montrer le poulailler à sa mère et surtout à Ti-Jos, même s'il a été retapé.

– Le shack est trop p'tit. On vit icitte, c'est plus grand, mais on mange au shack parce qu'on n'a pas encore de poêle.

Adrienne regarde la cambuse qui tient à peine debout. Renversée, elle n'imagine pas que du monde puisse vivre dans ce… trou à rats.

– T'es pas sérieuse, ma pauv'p'tite fille; vous restez pas là-d'dans !

Refusant de laisser paraître sa gêne, elle réplique :

– Ben oui ! On a tout nettoyé. T'aurais dû voir ça avant. L'père a refait le plancher. Y'a installé le litte à deux étages pis y nous a donné sa table pis les bancs.

Cynique, Adrienne ironise :

– Quel grand cœur !

Jos suit derrière et ne dit rien. Il se demande dans quoi sa Drienne s'est embarquée. Il faut aimer la misère pour venir vivre dans un endroit pareil. Il tient tout de même à l'encourager.

— Écoute, my love, c'est pas si pire; j'vas t'aider pis on va arranger ça un peu. Will be fine !

— C'est ça, m'man; on va s'organiser pis tu vas voir, ça s'ra pas si pire.

Adrienne n'a pas l'optimisme de sa fille; sa vie n'est pas basée sur le rêve, mais sur la réalité des choses, le concret. Elle est reconnaissante à Ti-Jos de vouloir l'encourager. Pourtant, comparé à ceci, Coteau-Rouge était « d'la p'tite bière ». Cependant, femme d'action et de courage, elle est venue dans ce bled perdu pour aider sa fille, c'est ce qu'elle va faire. Elle a d'ailleurs perdu ses illusions : Lucienne ne semble pas intéressée à retourner à Montréal. « Y reste pus qu'à s'cracher dans les mains. »

— Y'a ben d'l'ouvrage à faire, ma fille; faudra pas lambiner. Pour aujourd'hui, on va s'reposer du voyage; demain, on verra c'qu'y a à faire.

En sortant de la maison pour visiter les alentours, le groupe se re-trouve face à face avec Louis.

— Bonjour, Drienne ! Ça fait une mèche.

— Hum ! Oui. Bonjour, Ti-Ouis. J'te présente Jos. Jos Moore.

Les deux hommes se jaugent du regard. Louis se racle la gorge en faisant un léger mouvement de la tête en signe de salutation. Ti-Jos sourit aimablement.

Adrienne poursuit, comme si elle l'avait vu le mois précédent, un brin d'exaspération dans la voix.

— Veux-tu m'dire quelle idée t'as eue de v'nir rester dans c'te coin perdu ? À part ça, Lucienne m'dit que vous viviez toute la gang dans l'shack. J'en r'viens pas.

— Ouan ! C'est sûr que c'est pas grand, pis là, ben… ça s'complique.

Adrienne reconnaît bien là Ti-Ouis.

— J'suis v'nue pour Lucienne pis les p'tits. Astheure qu'on est là, c'est sûr qu'on va rester un bout d'temps.

Jos juge bon de s'interposer :

— Don't worry, Monsieur Lecompte, j'peux voir à mes affaires ! And I'll help Adrienne if necessary !

Louis dévisage l'étranger puis esquisse un sourire effronté.

— Bon. Si c'est comme ça, on va ben s'entendre.

Puis, d'un air jovial, il ajoute :

— Si vous avez faim, y reste des beans en masse...

— Merci ben. On a mangé sur le train pis on est ben fatigués; c'est mieux qu'on aille s'coucher.

Lucienne prend la parole.

— Pour coucher, tout est arrangé. Michel couche dans l'shack avec pépère. Odette, Pauline pis Daniel vont coucher icitte avec moé, dans l'litte du haut. Hum ! (Embarrassée, elle continue :) Vous autres, vous couchez au-dessous.

Dès le lendemain matin, après une nuit de sommeil parsemée de cauchemars, Adrienne décide du plus urgent à faire. Elle entreprend de nettoyer l'étage à fond. Aidée de Ti-Jos, elle installe des paillasses à même le plancher en attendant de construire d'autres montants de lits. Tout en travaillant, elle réfléchit. « Pour l'été, ça va être correct comme ça. Mais à l'hiver, y faudra s'arranger autrement. Y faut aussi un poêle à bois au plus vite. Je f'rai pas à manger chez Ti-Ouis, certain. » Elle espère en trouver un de seconde main. La brave femme s'attelle à dépoussiérer la cabane. Sans se décourager, elle essaie d'imaginer que cet endroit lui servira de foyer pour un temps qu'elle espère le plus court possible.

Le mardi suivant, Adrienne et sa fille se rendent à pied à Malartic. La chaleur rend la marche épuisante. Les femmes ne conversent guère, chacune gardant pour elle-même le sujet de ses pensées. La gorge asséchée par la poussière que soulèvent leurs pas sur le chemin gravelé les incommode. Que ne donneraient-elles pas pour un verre d'eau ! Heureusement, après le passage de la jonction du rang 4, à la hauteur de la maison de la famille Chrétien, un bon samaritain leur offre de terminer le trajet en auto. Craintive, Adrienne hésite; mais Lucienne, maintenant familiarisée avec ce genre de moyen de transport et qui ne craint pas les gens de la place, accepte volontiers. Constatant l'assurance de sa fille, Adrienne se carre dans le siège et se sent soulagée de ne pas avoir à marcher le reste du trajet. Arrivée en ville, Adrienne se rend chez l'épicier Turgeon pour faire provision des victuailles de base, nécessaires pour nourrir sa famille. Elle remarque les boîtes de carton entassées derrière le comptoir. Il lui vient alors une idée. Elle demande à parler au propriétaire.

— Bonjour, M. Turgeon. J'm'appelle... Madame Lecompte ! (Elle utilisera le nom de Ti-Ouis, surtout à cause de ses petits-enfants. Pour eux, elle a toujours été mémère Lecompte.) J'suis nouvell'ment arrivée dans l'boute. Heu ! J'ai besoin de grandes boîtes comme celles que vous avez là.

Elle pointe du doigt les boîtes en question.

– Certain'ment, ma bonn'dame. Prenez c'qui vous faut. (D'humeur badine, il ajoute :) Laissez-m'en quequ'unes.

Pour le trajet du retour, la mère et la fille s'offrent le taxi de M. Poisson. Les provisions et les boîtes de carton de l'épicier, en plus d'une grosse malle arrivée par le fret, ne leur laissent pas le choix. La malle contient des nécessités qu'Adrienne a fait envoyer par le train de Coteau-Rouge.

Les boîtes cartonnées de l'épicier avaient suggéré l'idée, à l'esprit pratique d'Adrienne, de tapisser les murs intérieurs de la « maison noire » — une appellation naturellement adoptée par la famille, en raison du papier goudronné qui en recouvre en permanence les murs extérieurs. Le recouvrement de cartonnage devrait donner un effet plus civilisé, tout au moins plus propre que ces vieilles planches rugueuses imprégnées de l'odeur des poules. D'ailleurs, elle entreprend de laver à fond à l'eau javellisée tous les murs avant de les tapisser de carton.

Deux jours plus tard, M. Normandin se présente fièrement devant la maison. Un poêle à bois en parfaite condition trône à l'arrière de sa camionnette. À l'affût de ce qui se passe dans la paroisse, il avait appris qu'un colon du rang 8 retournait habiter dans les Cantons-de-l'Est avec sa famille et ne voulait pas s'encombrer de ce gros poêle. Paul Normandin lui avait alors suggéré de s'en délester au profit d'une famille pauvre de la paroisse et le monsieur avait accepté avec joie.

Paul Normandin avait fait la connaissance de la mère de Lucienne quelques jours après son arrivée. Adrienne, qui ne manque pas de suite dans les idées, s'était informée s'il ne connaîtrait pas quelqu'un qui aurait un poêle de seconde main à vendre. Aujourd'hui, Paul Normandin est très heureux de lui apporter l'objet de sa requête en plus de lui annoncer qu'elle n'a rien à payer. Avec verve, il lui explique dans quelles circonstances il a obtenu son poêle. Tout sourire, Adrienne réplique :

– Merci ben pour vot'trouble. Ça fait ben mon affaire.

La pauvre femme fait face à une autre difficulté, et pas la moindre. Il n'y a pas d'eau courante dans la maison. Pour la cuisson ou la lessive, elle se sert de l'eau de pluie recueillie dans un grand tonneau ou de l'eau du crique[71]. Adrienne lave le linge dans la grande cuve carrée. Pour les vêtements souillés de taches rebelles, elle s'écorche les jointures sur la planche à laver. Elle regrette sa machine à laver, acquise pour sa mère à Saint-Henri et qu'elle utilisait aussi à Coteau-Rouge. Elle doit se faire une raison puisque, de toute façon, la maison noire, comme toutes les maisons du rang d'ailleurs, n'est pas branchée à l'électricité. Sa machine à laver ne lui serait donc d'aucune utilité. Pour les bains hebdomadaires qui se donnent aussi dans la grande cuve, et pour toutes autres utilités, Louis puise l'eau au crique, situé à quelque 500 pieds de la maison. Le vieil homme refuse obstinément l'aide que lui offre Jos. « J'ai besoin d'parsonne pour faire c'que j'ai toujours fait tout seul ! » Un tonneau de bois de 30 gallons est rempli à ras bord et transporté en voiture à cheval.

À l'hiver, le vieux Paddy tire vaillamment le traîneau. Louis perce un trou dans la glace, qu'il couvre d'une boîte de bois recouverte de poches de jute. De cette façon, la glace reste mince et facile à casser.

Cette année, en novembre, un tonneau sera gardé à l'intérieur afin d'éviter que l'eau gèle. Un autre tonneau, soit d'eau de pluie ou d'eau du ruisseau, sera placé à l'écurie.

Les jours où les besoins en eau sont moins pressants, Louis utilise un carcan fabriqué de bois adouci à la varlope qu'il installe en travers de ses épaules. Deux seaux d'eau sont suspendus au bout d'une corde, l'un à l'extrémité gauche du carcan et l'autre à son extrémité droite. Les cordes sont fixées à l'aide de nœuds passés dans les trous aux extrémités du carcan. Son cou et ses épaules supportent le poids et ses mains retiennent les seaux afin que l'eau ne se déverse pas le long de ses jambes. Michel, qui accompagne toujours son grand-père, l'a prié de lui fabriquer un petit carcan à sa mesure.

Le petit garçon aide à la corvée de l'eau, entre autres. C'est également lui qui nourrit et qui selle Paddy. Un matin, le cheval, rétif, l'a rué. Mal lui en prit. Pour se venger, Michel l'a privé de sa ration de foin pendant deux jours. Le troisième jour, lorsque Michel est entré dans l'écurie, Paddy s'est docilement rangé sur le côté et s'est laissé seller.

Au besoin, Michel fend le bois; il aide aussi à scier de petits arbres au *bocksaw*. Il entre les bûches dans la maison derrière le poêle. Matin et soir, il va vidanger la *cath'rine* aux bécosses. Le petit garçon accomplit sa besogne sans trop de réticence et mémère trouve son Michel « ben smatte ».

À 7 ans, il n'a rien perdu de son comportement de gripette qui le pousse à jouer de vilains tours, au détriment de pépère en particulier. Ce jour-là, le vieil homme sort du hangar avec une brassée de bois en main; Michel, flanqué de Pauline, complice passive de ses méfaits, attend pé-père à l'avant du *shack*. Dès que leur grand-père se présente devant eux, Michel lance le contenu du pot de chambre sur lui; heureusement, il ne contenait qu'une faible quantité d'urine. Les petits verrats n'attendent naturellement pas leur reste. Ils s'enfuient, les jambes à leur cou, vers l'arrière du *shack*. Interdit, Louis regarde ses vêtements, la brassée de bois toujours en main. Il rentre chez lui, dépose le bois derrière le poêle puis, à l'aide d'un chiffon, il essuie ses vêtements en marmonnant entre ses dents : « Les p'tits crisses ! » Sa colère ne va pas plus loin. Le frère et la sœur s'évanouissent dans la nature pour reparaître, peu avant l'heure du souper.

De son côté, Adrienne endure son lot de tracas. Une très mauvaise surprise l'attend peu après son installation dans la maison noire : sa *gang* a des poux. Le jour même, elle enduit leur chevelure d'huile à lampe puis utilise le peigne fin à deux et même trois reprises. Elle lave ensuite chacune des crinières plusieurs fois. Cependant, la vermine est coriace : Adrienne se rend compte après quelques jours qu'elle n'en est pas venue à bout. Elle entreprend alors de raser la tête des garçons et de faire une coupe garçonnière aux filles. Ces dernières protestent vigoureusement, car elles n'aiment pas du tout avoir l'allure de garçons. Adrienne, aidée de Ti-Jos, se charge ensuite de changer le foin des paillasses, puis elle lave les couvertures dans la grande cuve. Besogne astreignante, mais nécessaire.

Malgré ces contretemps, la vie s'organise au lac Malartic. Louis et Jos se partagent la tâche de scier le bois et de fendre les bûches pour les besoins journaliers et en vue du chauffage hivernal du *shack* et de la maison noire. Il revient à Michel de corder les bûches; Pauline, qui n'a que 5 ans, aide vaillamment son frère.

Secondé de son fidèle Paddy, Louis sort la pitoune[72] de la montagne située à l'extrémité de sa terre. Les arbres abattus, il les ébranche et les coupe en pitounes de 8, 10 ou 12 pieds de long qu'il câble à l'aide d'une chaîne à très gros maillons. Paddy les traîne ensuite jusqu'au bord de la route. La quantité nécessaire aux besoins de la famille est mise de côté, alors qu'un camion du moulin à scie vient prendre livraison du reste. Avant l'arrivée de Lucienne, Louis accomplissait cette tâche pour son compte et à son rythme, et cela, depuis son arrivée au lac Malartic en 1936.

Vêtue d'un pantalon d'homme et d'une chemise à manches longues, de façon à éviter de se faire dévorer par les moustiques, Lucienne accompagne son père en forêt. Il arrive que, pour s'amuser, Michel se joigne à eux. La jeune femme ébranche les arbres à la hache avec ardeur. Au retour vers la route, guides en mains, elle encourage le cheval en marchant à ses côtés. Un plaisir enfantin illumine alors son visage.

– Hue, Paddy ! Hue, mon Paddy !

La force et l'endurance du vieux Paddy l'étonnent. Quant à elle, suant et s'époumonant, elle travaille pourtant avec un courage mêlé d'un plaisir évident. Elle goûte les effluves de la forêt, elle emplit ses poumons de l'air pur et sec abitibien. La mousse humide qu'elle piétine de ses grandes bottes de caoutchouc adoucit ses pas. L'étrange bien-être qu'elle éprouve à se trouver auprès de son père, à travailler à ses côtés, à l'entendre geindre, marmonner ou jurer au moindre obstacle, lui procure une joie innommable. Sa chemise lui colle à la peau, insensible aux moustiques qui dévorent son cou et ses oreilles. Comme il est loin le temps de ses promenades romanesques en compagnie de René Berthelette ! Lorsque cette période de sa vie effleure son esprit, cela semble irréel, appartenant à un monde révolu.

En dépit de sa constitution fragile, rien n'arrête la jeune femme. Une énergie émergeant de ses entrailles la pousse et lui donne du chien. Elle n'hésite pas à aider les hommes à charger, à l'aide d'un grand crochet, la pitoune dans le camion. Orgueilleuse à outrance, cette créature gracile tient à montrer à ces mâles robustes qu'elle est aussi capable qu'eux. Les hommes, sourire en coin, la laissent faire et n'en pensent pas moins. Malgré son acharnement, après quelques jours de ce régime, son corps ne répond plus à ses idées chevaleresques d'élever ses enfants à la sueur de son front. Elle abdique.

Lors de son dernier déplacement à Val-d'Or, une idée prend forme et germe lentement dans son esprit. Travailler. Se trouver un emploi. Pourquoi pas ? Le seul fait d'y penser l'enthousiasme au plus haut point. Elle laisse germer l'idée.

D'autre part, depuis un certain temps, Ti-Jos montre des signes de fatigue. Il mange de moins en moins et fait fréquemment la sieste en aprèsmidi. Une douleur aiguë le surprend de temps à autre, mais il ne veut rien laisser paraître devant sa compagne. La semaine suivante, il se promet de l'accompagner à Malartic. Il consultera un médecin tandis qu'elle fera ses commissions.

Lucienne trouve un emploi

Adrienne est en peine. La maison n'est dotée d'aucune fenêtre et elle se sent encabanée, surtout lors des jours pluvieux et frais où la porte reste close. La lourde porte, fabriquée d'une double rangée de planches, ne laisse pénétrer aucune clarté. Avec réticence, elle affecte Louis à la tâche de percer une fenêtre du côté gauche de la porte, Ti-Jos n'étant pas au meilleur de sa forme. Par contre, Adrienne s'attelle elle-même à recouvrir les murs extérieurs de la maison avec du papier goudronné neuf. Le but est de garder un tant soit peu la chaleur à l'intérieur durant les longs mois d'hiver à venir. Pour le même motif, la trappe qui donne accès à l'étage restera rabattue. La famille couchera alors au rez-de-chaussée. Adrienne doute que ces précautions soient suffisantes pour les garder au chaud. Ce qui n'arrange rien, le bois dans le hangar est plus vert que sec.

Les quelques premières semaines passées, Adrienne essaie de garder le moral. Cependant, elle craint que Ti-Jos se sente dépaysé et qu'il s'ennuie à mourir. Son état de santé, qu'il tente de lui dissimuler, l'inquiète. Lorsqu'elle aborde le sujet, il affirme que ce n'est qu'un peu de fatigue. Elle lui sourit alors tristement et voit son univers très restreint. En plus, il lui est difficile d'être privée des commodités dont elle jouissait à Coteau-Rouge. Courageusement, elle offre ses misères au p'tit Jésus, le priant de lui donner la force de mener à bien ce qu'elle est venue accomplir dans ce pays perdu. En plus de ses nombreux soucis, la famille de Lucien lui manque grandement.

Tôt ce matin, Lucienne s'est rendue à Val-d'Or, conduite par Télesphore Massicotte. À son retour, sa mère la trouve fébrile, au paroxysme de l'excitation. Sans attendre, elle apprend à sa famille qu'elle a trouvé un emploi de préposée aux malades à l'hôpital. Elle commencera la semaine suivante. En apprenant la nouvelle, Adrienne reste de glace et lui rabat bien vite le taquet.

– C'est quoi c't'idée-là encore ? Comment tu penses voyager à toé'jours ?

Déçue de la réaction de sa mère, Lucienne n'en reste pas moins ferme dans ses propos.

– C'est sûr que j'peux pas voyager toé'jours. C'est pour ça que j'ai loué une chambre. J'vas prendre l'autobus le dimanche pis le vendredi soir pour rev'nir, à moins d'avoir une *ride*[73]. Penses-y, m'man : pour la première fois d'ma vie, j'vas avoir un salaire !

Adrienne n'en démord pas.

– C'est ben beau, mais pense aux dépenses : ta chambre, le billet d'autobus, tu devras t'habiller un peu, pis y faut ben qu'tu manges. Qu'est-c'qui va t'rester, ma pauv'p'tite fille ?

Maintenant irritée, Lucienne répond du tac au tac :

– C'est mieux que rien pantoute. C'que j'vas rapporter, ça f'ra ça.

Le dimanche suivant, elle part comme prévu, heureuse et enthousiaste. Demeurer à la ville après avoir vécu plusieurs mois dans le bois n'est pas pour lui déplaire. Elle se plaît toujours au lac, mais elle a faim de voir du monde, de jaser, de discuter, de flâner sur les trottoirs de la 3ᵉ Avenue. Elle se sent toute drôle de s'installer avec ses effets personnels dans sa chambrette meublée. Habituée à vivre dans un habitat exigu, elle ne trouve pas sa chambre si petite. Le vendredi suivant, elle revient à Malartic, ayant en poche un pécule de quelques malheureux dollars et… une très bonne nouvelle. Elle ne travaillera plus à l'hôpital mais sera vendeuse au magasin à rayons Kresge. Le salaire sera un peu supérieur, et l'ouvrage plus intéressant. La nouvelle ne réjouit pas Adrienne pour autant.

– En v'là une belle affaire !

Lucienne hausse les épaules et fait comme si elle n'avait rien entendu. Elle est trop heureuse pour se laisser décourager par sa mère aux idées défaitistes.

Cependant, un incident gâche sa joie chaque fois qu'elle s'apprête à quitter la maison : Odette, qui aura 4 ans au mois d'août, fait une terrible crise de larmes. Rien ni personne ne peut la consoler. La petite s'accroche à la jupe de sa mère et pleure à fendre l'âme. « Moman, j'veux aller avec toé ! » Émue et attristée, Lucienne n'a d'autre choix que de repousser sa petite fille. Mémère la prend alors dans ses bras et la cajole afin de laisser Lucienne sortir à la sauvette.

– Viens, ma catin ! Mémère va t'donner un bon biscuit.

Mais elle continue à pleurer en demandant sa mère.

Finalement, Michel prend sa petite sœur par la main et lui montre les images du livre de lecture de première année ou l'emmène se promener en brouette. La fillette finit par se calmer pour recommencer la même scène la semaine suivante. Odette est une enfant anxieuse, une crainte indéfinissable l'étreint lorsqu'elle est séparée de sa mère et elle s'y accroche comme à une bouée.

Cette matinée du début d'août s'annonce magnifique. Ti-Jos, qui sent un regain de vitalité, propose à Michel et à Pauline de faire une randonnée sur le lac. Odette hésite; elle aimerait bien les accompagner, mais elle opte finalement pour demeurer auprès de mémère. De toute façon, Jos juge qu'elle est trop petite, cela pourrait être dangereux. Adrienne prépare un pique-nique composé de sandwichs de graisse Crisco saupoudrée d'un peu de sucre et de biscuits au gingembre. Le petit groupe longe la clôture de broche, les pieds dans l'herbe humide, pour enfin arriver à destination.

Dès son arrivée au lac, au début des années 30, Louis avait défriché, à la hache et au sciotte, une piste qui conduisait jusqu'au bord du lac. Vingt ans plus tard, au moment de l'arrivée de sa fille et des enfants, le lac était visible au bout d'un grand champ maintenant tout défriché.

Louis garde sa chaloupe faite de bois vétuste sur la grève, amarrée à une branche d'arbuste. Jos la retrouve, dans un état assez discutable; la peinture gris délavé s'écaille et le fond est ajouré à plus d'un endroit. L'embarcation est très lourde; il la pousse pour finalement réussir à la déplacer légèrement. Assis sur les bancs, les enfants l'encouragent joyeusement.

– Pousse, Jos, t'es capable ! Pousse, tu vas l'avoir !

– OK, Kids ! Michel, why dont you help me ? Viens m'aider !

Michel obéit en ordonnant à sa sœur de faire de même. Les deux petits poussent de toutes leurs forces. Ils parviennent finalement à mettre l'embarcation à l'eau. Jos rame vers une petite île au large qu'ils atteignent au bout de dix minutes. Une plage sablonneuse s'étend devant eux. Jos accoste puis tous les trois prisent le plaisir d'imaginer s'aventurer sur une île déserte en quête de mystérieux trésors ou d'épopées fantastiques. Tout peut arriver lorsqu'on relâche la bride à son imagination, ce qui ne fait évidemment pas défaut à Michel. Pauline tient fermement la main de Ti-Jos. Plus loin, elle se penche et ramasse des cailloux magiques tandis que Michel court devant, en quête d'aventures. Le petit groupe marche et s'amuse quelque temps, puis retourne sur la plage. Ils s'installent sur une couverture pour manger leur goûter avec appétit et s'abreuver de l'eau du lac.

Après avoir bien mangé, Ti-Jos donne le signal du départ. Michel court vers l'embarcation et constate que le fond est recouvert d'eau. Le petit garçon utilise une vieille boîte de métal servant à garder les vers de terre et s'amuse à jeter l'eau par-dessus bord. Mais le jeu ne l'amuse pas longtemps. Inquiet, Jos se blâme de ne pas avoir été plus prudent; il n'aurait pas dû amener les enfants dans une embarcation aussi délabrée. À mi-chemin sur le lac, un vent sournois s'élève, obligeant Jos à ramer avec plus de force. Malgré ses efforts, la chaloupe dérive lentement mais sûrement vers la baie du rang chez Massicotte. Exténué, Jos rame avec difficulté. L'eau continue de s'infiltrer à l'intérieur tandis que la chaloupe s'éloigne toujours de la grève à Ti-Ouis. Il se surprend à penser à la chanson qu'Adrienne chante souvent : *Le marin breton*. La chanson raconte l'histoire d'un vieux marin dont la fille était partie en mer avec son fiancé par un bel après-midi ensoleillé. Une tempête subite et violente se lève. Les fiancés périssent. Depuis, debout sur le rocher les soirs d'orage, le vieux marin pleure, le regard perdu au large, attendant le retour de son enfant.

Jos frissonne malgré un soleil haut dans le ciel et la température chaude. Le vent gonfle la houle qui fait gîter dangereusement la chaloupe; le bruit des clapotis contre sa paroi l'affole grandement. Habité d'un sentiment de crainte, malgré son tempérament hardi, Michel est toujours à vider la chaloupe à l'aide de sa canette à vers de terre. Pauline, qui ressent aussi le danger, pleure doucement. A travers le voile de ses larmes, elle aperçoit des quenouilles à sa gauche et s'écrie :

– R'garde, Michel, y'a des quenouilles ! Donne-moé-z'en une.

Elle adore les quenouilles à la peau si douce. En les voyant, Michel réalise que le lac ne doit pas être profond à cet endroit, bien qu'ils se trouvent encore à quelque 200 pieds du rivage. Jos est très angoissé : il ne sait pas nager et il craint le pire. Comment pourra-t-il secourir les enfants si l'embarcation coule ? Puis, à son tour, il aperçoit les quenouilles et se fait la même réflexion que Michel. Malgré son appréhension, il saute par-dessus bord pour se rendre compte que l'eau lui arrive au niveau de la taille. Soulagé, il hale non sans peine la chaloupe jusqu'au rivage. Il aide ensuite les enfants à débarquer puis, à bout de force, il entreprend le retour vers la maison. Le groupe marche un demi-mille dans le rang de Massicotte pour ensuite poursuivre sa route sur plus de un mille dans le rang 6. Malgré ce long trajet à parcourir, Jos préfère marcher. Il a eu horriblement peur que la chaloupe coule avec les enfants à son bord. Courageux, il trouve assez de force pour porter une Pauline somnolente dans ses bras. Michel, quant à lui, marche devant, pimpant et heureux d'avoir quelque chose d'extraordinaire à raconter.

Inquiète du retard de son monde, en observation debout sur le ponceau de perches, Adrienne est visiblement soulagée de les voir arriver, mais aussi très curieuse. Elle se demande comment il se fait qu'ils reviennent par la route.

Les jours se ressemblent pour les habitants du lot 26. S'entremêlent petites joies, déceptions, inquiétudes, peurs, nostalgies et… surprises. Ce soir-là, après le souper, Louis revient d'un pas nonchalant des bécosses situées en retrait derrière le *shack* lorsque, de l'autre côté du chemin, il aperçoit deux magnifiques chevreuils.

– V'nez voir les chevreuils. Vite, dépêchez-vous avant qu'y s'en aillent !

Le linge de vaisselle à la main, mémère sort de la maison, suivie de Lucienne et Odette; elles regardent en direction du lac, là où pépère pointe le doigt. Elles aperçoivent les bêtes, magnifiques. Michel se tient près de son grand-père, fasciné, mais aussi un peu inquiet.

– Pépère, va chercher ta carabine.

– Ben non, p'tit snoreau. Faut pas les tuer.

Dès son arrivée en 36, Louis avait aperçu des chevreuils ou des orignaux rôdant autour. Depuis, les bêtes et l'homme se jaugent de loin. Elles, curieuses mais apeurées; lui, subjugué et admiratif devant ces forces de la nature. Après un moment, elles retournent lentement, comme elles sont venues, vers le bois pour ne revenir que quelques jours ou quelques semaines plus tard. Ce manège continue jusqu'à ce que les gelées du matin couvrent de poudre de diamants l'herbe des champs tandis que les bouleaux et les trembles se dénudent, recouvrant le sol de leurs feuilles roussies. Alors, comme à un signal donné, Louis ne revoit plus ses amis à moins qu'un imprudent, imbu de hardiesse, ne provoque son habileté au tir.

NE PARS PAS

Dans les semaines qui suivent, la santé de Jos décline significativement. Il se sait maintenant atteint d'un cancer. Pour ne pas l'accabler davantage, il s'était interdit d'en faire part à Adrienne. À sa dernière visite, le médecin de Malartic lui a fait connaître l'irréversibilité de sa condition, à la suite de son insistance à connaître la vérité. De jour en jour, la maladie lui vole une parcelle de sa vie et la douleur devient plus aiguë. Jos a pris une décision et maintenant, il se doit d'en parler à Adrienne malgré la douleur qu'il va lui causer. Il ne veut à aucun prix lui être un fardeau supplémentaire. Elle a assez de sa famille à s'occuper, il n'en rajoutera pas. Il est d'ailleurs conscient qu'il ne pourrait recevoir des soins adéquats en demeurant dans ce rang. Il est convaincu d'agir pour le mieux. Il devra partir, même si cela lui déchire le cœur, car non seulement il aime tendrement Adrienne, mais il adore tout autant Lucienne et les enfants. Il pense aussi à Lucien qu'il ne verra plus jamais. Pourquoi cela doit-il lui arriver ? En 1936, il avait été heureux, reconnaissant de s'être remis de son accident de train. Et voilà que la fatalité le rattrape et que tout s'écroule. Tout espoir de bonheur lui est à jamais dérobé. Cependant, ses pensées se tournent vers sa compagne. « Adrienne, my love, pardonne-moi de la douleur que j'vas te causer ! » Il refuse que sa chère Adrienne le voie dépérir pendant des mois pour, ensuite, mourir dans ses bras. Il vaut beaucoup mieux la quitter sur ses deux jambes.

Mais voilà, il a trop attendu, il s'affaiblit de jour en jour. La maladie gagne du terrain.

Adrienne n'a pas été dupe longtemps, elle sait à présent que son homme est malade. Au moment où la terrible réalité lui est apparue, elle a pleuré toutes les larmes de son corps. « Pas mon Jos ! S'il vous plaît, bonne Sainte Vierge, pas mon Jos ! » Elle connaît néanmoins cette horrible maladie; elle sait qu'il est trop tard pour tout espoir de guérison. Après en avoir discuté avec Jos, elle s'apprête à annoncer la terrible nouvelle à sa famille en Ontario. Ni l'un ni l'autre, jusqu'à présent, n'y avait songé. Un soir, après avoir replacé le couvercle sur son panier de boutons, Adrienne prend du papier à lettres et un bout de crayon à mine. Le cœur chaviré, la main tremblante, elle résume la situation en quelques mots. Assis au bout de la table, Jos allonge le bras et pose doucement sa main sur celle de sa bien-aimée.

– Drienne, my love, you have to tell them to come and get me. I won't be a burden to you.

– Jos, dis pas ça ! Tu sais ben que j'peux t'soigner, j'en ai soigné ben d'autres avant ça. Y manqu'rait pus que j'prenne pas soin d'toé.

– Listen to me, you sweat hard head ! Pense aux enfants. Pis on vit dans une cabane. Tu sais comme moé que… ben, que mon état va empirer. Les p'tits n'ont pas à voir ça. I love you all so much, but I have to go ! You know that, don't you ?

Adrienne regarde son homme, les lèvres tremblantes, le cœur à l'agonie.

– Jos, pourquoi ? Pourquoi ? C'est trop injuste !

– I know !

Un murmure inaudible s'échappe de l'âme consumée d'Adrienne. « Qu'est-c'que j'vas faire moé, icitte tout seule sans lui ? » Les semaines s'écoulent, tristes comme un dimanche de pluie. Toute la famille connaît à présent l'état de santé de Jos. Tous savent aussi qu'il doit retourner dans sa famille en Ontario. Le jour néfaste du départ arrive trop tôt. Le premier samedi de septembre, les frères de Jos, Larry et Ross, sont là pour l'emmener, sous le regard désespéré de toute la famille inconsolable. De gros nuages gris assombrissent le ciel, le temps est frisquet; la nature s'accorde au chagrin de ces gens frappés de détresse. Daniel serre très fort la main de son grand frère. Il pleure à chaudes larmes sans saisir le sens exact du départ de Ti-Jos. Adrienne est effondrée; le visage défait, inondé de larmes, elle ne trouve pas la force de sourire pour encourager son amour qui, lui, n'est plus qu'une loque humaine. La maladie, la douleur et le chagrin ont anéanti cet homme de cœur et de courage. Allongé sur la banquette arrière de l'automobile sous une couverture de laine, la tête appuyée sur un oreiller, il doute d'avoir la force pour entreprendre un si long voyage. Larry et Ross rassurent la famille en pleurs. Ils vont prendre bien soin de Jos, et ils leur enverront des nouvelles.

Jos Moore fait partie de cette famille depuis si longtemps. Lucienne et son frère le chérissent depuis l'enfance. Ils ont appris à l'aimer, à le respecter; ils en étaient même venus à le considérer comme leur père. Quant aux enfants de Lucienne, ils lui vouent une affection sans bornes. En retrait, Louis, qui s'était habitué à la présence de Jos, suit du regard la Buick, qui s'engage sur le chemin de gravier. Il avait même appris à estimer cet homme prisant la musique et les bonnes conversations, le soir au coin du poêle. Le départ de Ti-Jos laisse un vide immense dans le cœur de tous et chacun. À l'idée qu'ils ne le reverront jamais s'ajoute un sentiment de perte. Longtemps après que la poussière du chemin fut retombée et que la voiture eut disparu, Adrienne est restée debout sur le ponceau de rondins, le regard perdu sur la route, vers son compagnon, comme pour le retenir. Cette femme a conduit sa mère sur le palier de la mort, ensuite son père, puis Albertine; cette fois, on lui refuse de tenir son homme sur son cœur et de le guider vers son repos éternel.

Ti-Jos aura été et sera toujours le grand amour d'Adrienne. Aucun autre homme ne viendra réchauffer son lit. Le départ de celui qu'elle aime aura asséché son cœur comme un fruit oublié, délaissé sur le coin de la table.

GALANTERIE

À la fin du mois de septembre, l'automne empiète déjà sur l'été, qui a semblé à Adrienne trop bref et très éprouvant. Comme à son habitude, elle se lève à la barre du jour pour attiser le poêle. Elle met de l'eau à bouillir pour le thé et le cacao, boisson chaude et chocolatée prisée des enfants, puis elle brasse la pâte à galettes de sarrasin. Bientôt éveillés par les odeurs du bois qui brûle et des galettes qui cuisent, un à un, les enfants, à moitié éveillés, descendent l'escalier. À table, ils ne manquent jamais de se disputer à savoir lequel sera servi le premier.

Tous les vendredis soir, Lucienne revient de Val-d'Or et rejoint sa famille. Elle descend de l'autobus à la fourche des rangs 4 et 6. Elle entreprend alors deux milles de marche. Souvent, le froid est intense dans une nuit d'encre; des frissons la parcourent de la tête aux pieds.

Durant les mois d'été, elle fait le trajet à la brunante, entre chien et loup. À l'ouest, le ciel nuancé de tons orangés, mauves et gris guide ses pas, rendant la route moins oppressante par sa beauté. La présence possible des ours l'inquiète toujours. Elle chante pour se donner du courage et éloigner les bêtes. Néanmoins, malgré ces vendredis soir inquiétants, en y réfléchissant, elle ne regrette pas d'avoir emmené ses enfants vivre chez son père. Leur existence n'est pas plus misérable que lorsqu'ils vivaient à Coteau-Rouge ou à Saint-Cuthbert. Les grands champs qui s'étirent jusqu'au lac, la montagne à la limite de la terre et cette nature qu'elle aime hiver comme été la réconcilient avec la misère. Elle a aussi constaté, dès son arrivée, que l'air pur et sec de l'Abitibi lui faisait aisément oublier la lourdeur et l'humidité de la canicule de la région de Montréal.

Au Kresge, elle travaille au comptoir des parfums. Le salaire est moindre que ce qu'elle espérait, toutefois l'ambiance est agréable et les effluves capiteux la charment. Lucienne découvre, en peu de temps, ses capacités à s'impliquer et à prendre des décisions. L'étroitesse d'esprit de son superviseur, qui décline ses moindres suggestions, la déçoit et l'irrite passablement. Capable de juger de l'utilité et de l'efficacité d'une action, elle n'admet pas la contrariété, mais elle n'a pas d'autre choix que de se plier, avec dépit, aux exigences du chef de rayon. L'adage que lui répète souvent sa mère lui semble alors assez pertinent : « Quand t'es valet, t'es pas roi ! » Au début du mois de décembre, un homme se présente devant son comptoir. Le client s'exprime en anglais, ce qui ne lui cause aucune difficulté. La présence de Ti-Jos au sein de la famille lui a permis d'acquérir de très bonnes notions de la langue anglaise, un atout important lorsqu'elle avait postulé pour l'emploi. Le monsieur d'allure distinguée, d'une approche aimable, lui demande conseil. Il désire acheter un parfum discret pour femme. Étonnamment, le désappointement mordille le cœur de Lucienne. Elle lui offre toutefois un radieux sourire en lui désignant le parfum qu'elle-même préfère.

– Vot'femme aim'ra certainement celui-là.

L'homme, aux traits réguliers, de taille moyenne, le dos un peu voûté, au visage rond et jovial, arbore une moustache fournie, aux pointes légèrement retroussées. Plutôt séduisant, il reflète une personnalité marquante. Immigré du Nord de l'Italie, le monsieur s'exprime aussi en un français chaleureux et exotique pour toute femme rêveuse ou imbue de romantisme. Il a un regard franc et une belle prestance. En 1949, il a quitté son pays pour gagner le Canada. Il a choisi de s'établir avec sa mère, seule famille qu'il ait encore, dans la région de l'Abitibi comme bon nombre d'émigrants. En plus de ses charmes, Lucienne décèle de la chaleur humaine chez son client. D'un air mutin, l'œil taquin, il lui répond :

– C'est une gâterie de Noël pour ma bonne maman. Merci de votre aide, Mademoiselle.

Sourire aux lèvres, le client s'éloigne lentement. Cette jolie vendeuse aux yeux pétillants et au sourire engageant le trouble. Soudainement, il se retourne et lui dit :

– Lucienne ! (Il avait remarqué le nom sur son « badge ».) Je me nomme Frédo.

Il tourne les talons et laisse la vendeuse pantoise, le regard attaché à l'homme qui s'éloigne dans l'allée tandis qu'une cliente impatientée réclame son assistance.

Une visite inespérée

Adrienne est dans tous ses états. La boîte aux lettres campée au bord du chemin, à côté du ponceau de rondins recouverts de neige glacée, contient des nouvelles de Lucien. Son garçon lui annonce sa visite pour le temps des Fêtes. Il écrit cependant que Mathilde préfère demeurer à la maison avec les enfants et fêter Noël chez ses parents. L'Abitibi ne lui dit rien qui vaille. Adrienne, quant à elle, trépigne de joie et s'affaire à bien recevoir son fils. Une ombre à son bonheur : ses petits-enfants ne seront pas du voyage. Pourtant, il lui tarde tant de revoir les frimousses de sa belle petite Noëlla, de Bernard et du dernier-né, le petit Rémi.

Chaque année, au temps des Fêtes, M. Normandin offre généreuse-ment quelques quartiers de viande aux paroissiens dans le besoin. Tôt ce matin-là, il se présente devant la maison noire. Mal à l'aise, malgré sa répugnance, tout comme sa fille, à recevoir la charité, Adrienne accepte le don. Sur le chemin du retour, Paul Normandin réfléchit au courage de cette grand-mère qui vient de si loin à seule fin de porter secours à sa famille.

Tous et chacun dans la paroisse, ou du moins dans le rang, savent parfaitement que cette femme au solide caractère cohabite avec Louis, le père de ses enfants dont elle est séparée depuis des lunes. Bien qu'elle paraisse beaucoup plus jeune, elle a franchi le cap de la cinquantaine. Paul Normandin sait aussi que Jos Moore, son compagnon de vie, était aussi son soutien moral avant qu'il parte finir ses jours en Ontario. Sans se faire juge de ses comportements, plutôt inconvenants pour certains, il estime que la dame a souffert terriblement de ce départ. Heureusement, la visite de son fils arrive à point et lui sera d'un grand réconfort. M. Normandin en sait long sur la petite histoire de cette famille. Non qu'il soit curieux ou indiscret, mais au sein d'une si petite communauté, tout le monde connaît tout de tout le monde. La famille de Ti-Ouis fait peine à voir. Bon voisin, il se plaît à donner un coup de main, dans la mesure du possible.

À l'arrivée de Lucien, quelques jours avant Noël, sa mère le reçoit à bras ouverts. Louis n'est pas moins heureux de revoir son garçon. Il nour-rit d'ailleurs quelques petites idées à son sujet. Grâce au quartier de bœuf de Paul Normandin, Adrienne a cuisiné des tourtières ainsi qu'un ragoût de boulettes rehaussé de lièvre. Un soir de partie de cartes, Télesphore Massicotte avait apporté, dans une poche de jute, une poule bien grasse. Encore une fois, Adrienne avait ravalé son humiliation et mis la poule au caveau pour la cuire le lendemain. L'une des jarres de vitre est remplie de biscuits au gingembre et l'autre, de galettes à la mélasse. À la dernière minute, elle a cuisiné une fournée de petits gâteaux à l'essence de vanille glacés au sucre en poudre relevé d'une pincée de cacao. Adrienne s'est surpassée et a réussi un coup de maître pour la préparation d'un repas de Noël festif, pour huit personnes. Rien à voir avec les privations usuelles.

Le soir de la veille de Noël, toute la famille est réunie autour de la table de la maison noire. Fière et heureuse, Adrienne a servi un repas de « roi ». La fête bat son plein au milieu de la misérable cambuse qui, en cette soirée, revêt les couleurs de l'amour et de la joie.

Après le souper, tandis qu'Adrienne s'affaire à laver la vaisselle, Louis sort son violon et joue des airs du temps des Fêtes. Lucien souffle quelques notes dans sa musique à bouche puis s'accorde avec son père. Lucienne et les enfants chantent les chants traditionnels au son de la musique : *Les anges dans nos campagnes*, *Venez, divin Messie*, *Dans cette étable*, et beaucoup d'autres. Entre-temps, Adrienne est allée chercher une bombarde, jetée aux oubliettes au fond d'une valise. Elle entre dans la mêlée, pour la plus grande joie des enfants étonnés. Daniel, qui a tout juste 2 ans, s'émerveille de l'ambiance de gaieté. Assis sur le plancher fraîchement récuré, le bébé applaudit la *zizique* et les chansons. Les lueurs dansantes de la lampe à l'huile, la mèche haussée pour l'occasion, et celles projetées par les orifices de la porte du poêle ajoutent à sa joie tout enfantine. Son petit cœur d'enfant est tout chaud d'amour. Il tape des mains et rit aux larmes. Le *Minuit, Chrétiens !*, chant ancien, chant éternel, retentit sous l'archet du violon de Louis en une complainte venue du fond des âges. Sous le charme, Lucien écoute, le temps de quelques mesures, puis porte son harmonica à sa bouche. Émues et émerveillées de la musicalité des sons, Adrienne et Lucienne, de même que les enfants, se laissent bercer. La mère et la fille reconnaissent le talent musical indéniable du père comme du fils. D'ailleurs, Adrienne n'a jamais dénié la virtuosité de son ex-amant malgré tous les défauts qu'elle lui impute. Puis l'archet se déchaîne sur les cordes du violon afin de fêter joyeusement Noël et les retrouvailles. Les *reels* et les rigodons se succèdent. Vers huit heures, mémère envoie les enfants se coucher. Michel pourra veiller encore un peu. Les petits sont excités et heureux, ils ont eu droit à une soirée comme ils n'en avaient jamais vécue. Demain, ils auront la surprise d'une barre de chocolat que Lucienne, sans penser à la dépense, a rapportée de Val-d'Or pour chacun d'eux. Adrienne borde les enfants. Elle remet ensuite quelques bûches dans le poêle. Elle prépare une théière de thé puis prend son paquet de cartes sur le dessus du réchaud du poêle.

– Ça vous tente, une partie de 500 ?

Louis, Lucien, Lucienne et Adrienne s'installent pour une joyeuse partie de cartes. Content de veiller, Michel observe et apprend le jeu des grands.

Le lendemain matin, tout le monde s'entasse dans le gros Hudson de Lucien pour se rendre à la messe de Noël à la petite église de Rivière-Héva. Le curé Lalande, qui soutient la paroisse depuis sa fondation, préside la cérémonie. Même Louis, qui n'a pas mis les pieds à l'église depuis belle lurette, se joint au groupe. Tout au long de la messe, les pensées d'Adrienne errent entre le bon Dieu, la Sainte Vierge et Ti-Jos; sa famille lui a annoncé, en novembre dernier, le décès de son cher amour par une lettre aussi froide que la mort, comme un fait divers. Évidemment, il lui avait été impensable de se rendre là-bas pour les funérailles, ce qui lui avait infligé une blessure sanglante, une cicatrice de plus sur un cœur déjà tant meurtri. Cette journée-là, les enfants s'étaient interrogés à propos de l'humeur maussade et intraitable de leur grand-mère.

Lucienne, quant à elle, a le nom de Frédo sur les lèvres comme une note de musique. Tandis que le prêtre officie de façon solennelle, Louis se surprend à évoquer un petit village près du chemin de fer de Parry Sound en Ontario. Là, il s'est marié avec une Indienne, tout comme son père avant lui. Des enfants, maintenant adultes, sont nés de cette union. Il n'a jamais fait mention à quiconque de cette famille, sinon à sa concubine Adrienne, peu avant leur séparation en 1930. D'un geste de la main, il balaie ces pensées dérangeantes. Ses enfants, Lucienne et Lucien, retrouvés après tant d'années compensent... et suffisent à son bien-être.

La messe terminée, sur le perron de l'église, quelques paroissiens entourent Louis et sa famille. Ils discutent de température, de chemins pas très carrossables et de misère causée, il va sans dire, par l'irresponsabilité du gouvernement. Les plus curieux cherchent à savoir comment Ti-Ouis s'accommode de tout son monde. Au retour, Michel insiste pour être assis sur la banquette avant, entre son oncle et son grand-père. Sur la banquette arrière, mémère porte Daniel sur ses genoux, Odette est blottie contre sa mère et Pauline se retrouve pressée entre elles. Chacun réfléchit à ce Noël pas comme les autres. Mémère nage dans la joie, son Lucien est à la maison pour Noël. Michel, de son côté, a une petite pensée pour son père.

Après le repas du midi, Louis selle Paddy pour aller chercher l'eau au ruisseau et Lucien l'accompagne. Chemin faisant, au son des sabots du cheval clopinant sur le chemin glacé, il l'entretient de ses enfants : Noëlla, Bernard et le petit Rémi. Il parle aussi de son emploi au CNR et de tout autre sujet qui le concerne.

— Mathilde veut avoir au moins douze enfants; elle a toujours voulu une grosse famille.

Louis l'écoute distraitement.

— Lucien, t'aim'rais pas v'nir rester icitte avec nous autres ? J'suis prêt à t'donner ma terre.

L'œil conspirateur, il ajoute :

– Y'a d'l'argent à faire avec le bois dans montagne. Le p'tit gibier court partout. En automne, des orignaux pis des chevreuils rôdent autour. Tu peux vendre ton foin, ach'ter des animaux, faire un jardin. Penses-y. La place manque pas pour él'ver ta famille. Ta Mathilde pourrait avoir ses douze flots si à veut !

Louis détourne le regard vers le lac.

– Pis r'garde c'te beau lac, drette-là, sous tes yeux.

– Ouan. C'est beau tout ça, mais j'sais pas comment j'pourrais décider ma femme à v'nir rester icitte. Mathilde, c'est une fille d'la ville, à tient à rester proche de sa famille. Hum ! L'idée m'tente. À part ça, les p'tits aim'raient ça icitte, y r'trouv'raient leurs cousins.

– Ouan ! Pis tu vivrais pas riche, mais tu s'rais chez vous, proche de ta mère pis ta sœur.

– Batèche, Ti-gris s'rait folle braque !

Pour la taquiner, depuis son arrivée à Malartic, Lucien surnomme sa mère « Ti-gris ». Mais elle se défend bien de n'avoir que quelques fils argentés dans sa chevelure.

– Tu m'tentes, le père. Oui. J'vas en parler à Mathilde.

Le surlendemain, Lucien retourne à Montréal, le cœur joyeux, enthousiasmé à l'idée de venir s'installer sur sa terre avec sa famille. Au volant de son Hudson, il imagine les enfants s'épivarder joyeusement au grand air, et lui, cultivant sa terre et bûchant du bois. Plus tard, il bâtira une grande maison. Il possédera des vaches, des cochons, des poules, un *team de ch'vaux*[74] et plein d'instruments aratoires. « J'vas être chez nous, comme dit l'père. J'vas en parler à Mathilde. Y faudra qu'à s'fasse une raison, parce que c'est décidé, on s'en va vivre en Abitibi. » Il devra d'abord donner sa démission au CNR. Le beau-père risque de ne pas apprécier et d'être déçu de son gendre. Après tout, c'est lui qui lui avait obtenu cet emploi. Mais son idée est faite et cela le fait sourire. « J'suis aussi fou que ma damnée sœur ! »

Lucien s'installe à Malartic

Dès la fin du mois de mai, Lucien revient à Malartic, femme, enfants et bagages à sa suite. Avant de partir, il a vendu son Hudson et a fait l'acquisition d'un camion deux tonnes de couleur rouge, nécessaire au déménagement. Quelques jours avant son départ, il a écrit à sa mère, lui annonçant son arrivée.

Adrienne ne se tient plus de contentement. D'un air narquois, elle se demande comment son garçon a réussi à convaincre Mathilde de le suivre.

À son arrivée, la petite famille s'installe dans le *shack* de Louis, comme l'avait fait Lucienne le printemps précédent. Devant l'humeur furibonde de sa femme, Lucien essaie de lui faire comprendre la situation temporaire de leur installation, en attendant la construction de leur propre maison. Contrairement aux attentes de son mari, Mathilde n'a jamais accepté la décision de déménager en Abitibi, ce pays perdu au fond des bois. C'est du moins l'opinion qu'elle s'était faite de l'endroit où il l'emmenait vivre, et rien ni personne ne lui ferait changer d'avis. Toutefois, ne jouissant pas du caractère indomptable de sa belle-sœur, à contrecœur, elle a dû suivre son mari, qu'elle aime pourtant au-delà des hasards épineux de la vie.

Au terme d'un voyage interminable sur des chemins infernaux, ce coin de terre à quelque six milles de l'agglomération la plus rapprochée devient son lieu de résidence. Pire, elle se voit contrainte de vivre dans l'exiguïté d'une seule pièce. Elle réprime à peine son indignation et son dégoût. Pour comble, elle devra vivre auprès de ce beau-père qu'elle n'a jamais connu.

Cependant, surprenant tout le monde, quelques semaines après l'arrivée de Lucien et de sa famille, Louis part travailler au barrage Dozois dans le parc La Vérendrye.

L'hiver précédent, lorsqu'il avait incité son garçon à venir s'installer chez lui, le vieil homme n'avait pas prévu se sentir aussi à l'étroit dans son *shack*, ni envisagé les désagréments de la vie commune.

Sa belle-fille semble toujours écumer de fureur et ces disputes quotidiennes le rendent mal à l'aise. Lui qui a vécu si longtemps en ermite, il tolère difficilement ce tapage constant. C'était différent avec Lucienne; les enfants se montraient souvent dérangeants, mais en général, la vie de famille se déroulait sans problèmes. Après avoir bien réfléchi à la situation, assis sur son *bunk*, un bout de cigarette entre les doigts, il a pensé que changer d'air était la solution et que ça lui ferait le plus grand bien. Même si c'est sa propre décision, il n'en reste pas moins qu'il a la détestable impression d'être poussé hors de chez lui.

Au cours de sa vie, Louis a souvent trouvé un ailleurs où se réfugier, où s'enfuir. Alors, sans vraiment y avoir réfléchi et malgré son âge, Louis se sent apte à entreprendre un travail régulier. Et, puisqu'il ne se sent plus chez lui, il préfère lever le camp.

Lucien et Mathilde éprouvent de réelles difficultés et la sérénité familiale s'en ressent. Depuis leur arrivée, Lucien use de violence, notamment verbale. Le mécontentement de sa femme en est la principale cause. À ces moments-là, en pleurs, la petite Noëlla court se réfugier à la maison noire dans les bras de mémère en lui disant sa peur de voir ses parents se chicaner et se lancer des objets à la tête.

Mémère console du mieux qu'elle peut la pauvre enfant. Elle caresse ses beaux cheveux blonds et la couvre de baisers. « Viens, Noëlla, mémère va te donner un biscuit à m'lasse. » Les biscuits de mémère sont source de consolations pour tant de maux. Adrienne ne tient pas à s'interposer, mais si ces disputes ne cessent pas, elle devra s'en mêler pour le bien des enfants.

Au printemps, Adrienne fouille dans son « bas d'laine » pour le bien de toute la famille. Il est parti ! Adrienne n'est pas moins étonnée de cette largesse… inattendue. Elle marchande alors une vache et un porcelet, qui se joindront à Paddy dans la petite étable. Ainsi, la famille aura du lait frais, du beurre, de la crème et, à l'automne, de la viande de porc. Une douzaine de poulettes et un coq picorent aussi librement autour de la maison.

Un soir après le souper, les moucherons exaspèrent hommes et animaux. Afin de détendre la famille et de s'amuser un peu, Lucien, d'humeur polissonne, fait la chasse au coq. Besogne hasardeuse et compliquée ! Il parvient toutefois à attraper la pauvre volaille qui a perdu quelques plumes dans l'aventure. Très fier de son exploit, Lucien s'assoit dans la brouette, tenant le coq à bout de bras. Mémère court chercher son vieux « Kodak » et immortalise, sur pellicule, la prouesse infantile de son garçon. Le coq avait sûrement un avis différent sur le sujet. Assis auprès de son oncle, Michel pose, riant aux éclats.

Michel apprend vite à traire la vache qu'on a surnommée *Belle-belle*. La première fois qu'il a dû la traire, l'enfant a souri, se remémorant la visite chez le cousin de son père à Saint-Norbert. Ce jour-là, il avait cru pouvoir traire le veau. Le petit garçon adore aussi ramasser les œufs tout chauds sous les poules vexées.

Ce dimanche, Lucien, Mathilde et les enfants sont invités à la maison noire pour le souper. Michel a la mission de tuer deux poules qui seront cuites au four, malgré la chaleur de cette journée de juin. Lucien, qui a vraisemblablement déjà oublié son petit jeu avec le coq, observe son neveu courant derrière les poules. Il croit que le garnement s'amuse à les apeurer. « P'tit crisse d'écervelé ! » Après une course folle, Michel en attrape une, puis une autre qu'il tient fermement par les pattes. Avec humeur, Lucien interpelle son neveu.

– Où tu vas avec ces poules-là ?

Surpris, Michel réplique :

– C'est pour souper !

– Tiens don ! Pis c'est toé, l'ti-cul, qui va les tuer ? Laisse-moé faire ça.

– Non, non, mononcle, j'suis capable tout seul.

Dans les mains de Michel, les poules se débattent et caquettent comme de vraies diablesses. L'oncle est sceptique, mais curieux de voir comment un p'tit morveux de 8 ans arrivera à tuer ces poules. Il se lève du chevalet sur lequel il était assis, occupé à aiguiser l'égoïne. Il suit son neveu, qui se dirige vers la grosse buche qui sert à fendre le bois. Comme un vieil habitué — ce n'est pas la première fois que mémère le charge de tuer des poules —, Michel saisit la hache de sa main droite. Il dépose sans ménagement, pour les assommer un peu, les volailles sur la bûche. Sans hésitation... vlan ! Et vlan ! Le cou coupé, les volailles s'agitent de plus belle. Il explique à son oncle que c'est à cause des nerfs. « Ben quiens ! » Une dans chaque main, il les tient ferme, sinon même sans tête, elles courraient partout. Le sang gicle de tous côtés. Fier comme un paon, Michel toise son oncle, l'air de dire : « Hein ! qu'est-c'que tu dis d'ça ? » Lucien rit de bon cœur. Son neveu le surprendra toujours. « Mon p'tit bon gueux ! » D'un geste évasif, comme si de rien n'était, Michel rétorque :

– Y'a rien là, j'fais ça souvent.

Lucien s'amuse de la vantardise de son neveu.

– Fais pas ton smatte.

D'un pas léger, le petit garçon apporte les poules à mémère et l'aide à les déplumer.

Le souper se déroule dans la gaieté, tout le monde est d'humeur badine. Mathilde profite de l'occasion pour annoncer qu'elle est enceinte. Lucien se montre surpris, et très content, si cela peut rendre sa femme heureuse. Elle jouit de ce petit moment d'attention tandis qu'elle reçoit les félicitations de tous. Adrienne, quant à elle, garde ses inquiétudes pour elle-même. Lorsque le calme revient, Lucienne raconte ses mésaventures avec son chef de service et les clientes déplaisantes. Elle leur parle aussi du Polish Hall, un endroit familial où les gens dansent et s'amusent. Un orchestre joue de la musique de danse, genre Glenn Miller, Lawrence Welk et autres. Mathilde écarquille les yeux qui brillent de convoitise. Adrienne regarde sa fille d'un œil soupçonneux. « Où qu'à trouve l'argent pour sortir ? Y'en a déjà pas assez pour la maison ! » Lucienne omet de mentionner Frédo, cet homme au charme indéniable et irrésistible qu'elle fréquente de plus en plus. Cela demeure son secret. Elle tient à garder pour elle, encore un moment, l'intimité de cette relation exaltante. Plus tard, après le souper, la jeune femme part pour Val-d'Or. Télesphore Massicotte, qui doit se rendre à Malartic, lui a proposé, en après-midi, de l'y conduire. De là, elle prendra l'autobus qui la conduira à Val-d'Or. Elle préfère partir le soir lorsqu'elle en a la possibilité, même si elle doit attraper le dernier autobus. Cela lui évite la crise de larmes d'Odette déjà au lit.

Au terme de cette première année à Malartic, sans y avoir trouvé la joie de vivre, Adrienne s'accommode du quotidien. Elle connaît maintenant ses voisins : les Lebel, Belliveau, Gervais, messieurs Massicotte et Lafortune, et naturellement Paul Normandin et sa dame, Cora. À l'occasion, elle côtoie ces gens qui la font se sentir un peu moins seule.

Son incapacité à cesser de fumer lui est très pénible. La pauvre femme étire autant que possible sa boîte de tabac mensuelle. Après avoir fumé sa cigarette, elle garde ses mégots et les réutilise en déchirant le papier puis en remettant le tabac sec dans sa boîte à tabac. Il arrive qu'en désespoir de cause, le dimanche, à l'heure où la messe prend fin à l'église de Rivière-Héva, Michel et Pauline aient la tâche de stopper les autos circulant devant la maison pour quêter quelques cigarettes pour leur grand-mère. Même si elle a honte, Adrienne ne peut se résoudre à se passer de son seul plaisir.

Certains jours, elle se demande ce qu'elle peut bien faire là. Heureusement, Lucien est sa consolation. De ses drôleries, il atténue souvent sa morosité. De plus, il lui est d'un grand secours pour certains travaux. Les tensions familiales qui prévalent chez son garçon l'affligent et lui causent du souci. Malgré cela, leur présence est réconfortante.

Enceinte de son quatrième enfant, Mathilde n'accepte toujours pas sa condition misérable. Elle étouffe à l'intérieur de cette cabane aux dimensions de boîte à savon. Il n'y a aucun rangement utilisable pour les vêtements; quelques crochets ou étagères au mur ne suffisent pas. Elle pense souvent à la maison de sa jeunesse chez ses parents. Ce n'était pas le grand luxe, cependant les appartements étaient vastes et le rangement ne faisait pas défaut. Montréal lui manque cruellement alors que, dans ce patelin, elle a l'impression de tourner en rond comme une lapine dans sa cage. Mathilde ose à peine envisager la longue saison hivernale, emmurée dans ce coqueron. Elle a encore sur le cœur le goût amer de ces misérables mois passés, malgré la serviabilité de sa belle-mère. Il arrive d'ailleurs que celle-ci fasse parvenir, par Michel ou Pauline, soit une assiette de biscuits à la mélasse ou un gâteau renversé aux fruits des champs. Lorsque Adrienne se rend compte que les enfants ne mangent pas à leur faim, elle prépare une chaudronnée de soupe de légumes enrichie d'un os de jambon ou de bœuf. L'épicier Turgeon, à l'œil gaillard, lui réserve toujours les plus charnus. La soupe cuite, elle envoie chercher son garçon. Elle lui donne la moitié du chaudron en lui affirmant qu'elle en a trop fait et que la soupe va sûrir, mais Lucien n'est pas dupe. Malgré son embarras, il accepte, d'autant plus qu'il ne peut résister à la soupe de sa mère.

Ce jour-là, Michel voit son oncle sortir de la maison, la soupière de soupe en main. Il sourcille. Alarmé, le petit garçon refuse le partage. Malgré l'affection profonde qu'il voue à son oncle, un sentiment d'insécurité viscérale le pousse à intervenir. Il interpelle sa grand-mère.

– Comment ça que mononcle vient chercher la soupe ?

Et vlan ! Michel reçoit une taloche derrière la tête. Admonestation tranchante pour l'impertinence du neveu. Faire le quêteux chez sa mère est suffisamment dégradant sans se faire rembarrer par c'te p'tit morveux-là.

Chapitre 17

Un été éprouvant

*L*e teint clair et sans rides, Adrienne défie ses 54 ans. Les enfants se plaisent à caresser de leurs petites mains ses joues douces aux effluves de crème Noxema. Pauline, surtout, aime dorloter sa grand-mère. Utilisant le peigne à grosses dents, elle coiffe longuement sa chevelure abondante qu'Adrienne qualifie de vailloche[75] de foin et qu'elle ne prend pas toujours le temps de bien coiffer. Elle adore aussi lorsqu'on lui gratouille le dos, qui la démange constamment. Odette satisfait ce petit caprice avec tendresse. La pauvre femme accueille ces courts moments de gâterie comme un délassement dans ses journées accablantes. Elle jouit de si peu de divertissements qui se limitent à ses promenades au lac, à ses déplacements de fin de mois à Malartic ou, à l'occasion, la messe du dimanche. Quelquefois, particulièrement les dimanches soir, elle tire une partie de 500 ou une partie de dame de pique avec Lucien, Mathilde et Télesphore Massicotte. La mère Gervais ou le bonhomme Lafortune se pointent occasionnellement. Lorsqu'elle se sent « en bras », elle s'enorgueillit de battre Lucien au tir aux poignets. Elle rit alors avec cœur : « Han ! mon Lucien, ta mère est encore capable ! » Une théière siège sur le poêle du matin au soir. À tout moment de la journée, elle se sert une tasse de thé et fume un bout de cigarette, une détente prisée.

Cette femme ne recule devant aucune tâche. Elle y met toute l'énergie de sa petite taille et s'échine autant que son garçon et sa belle-fille à effardocher le sous-bois ou à empiler les roches nuisibles aux labours. La corvée des foins ne lui épargne aucun ménagement. De ses bras forts, elle élève les vailloches à sécher au soleil. Montrant autant de vigueur, elle les tassera sur la charrette à foin, au jour déterminé. Le soir, avant que la brunante survienne, elle sarcle le jardin (potager), chassant d'une main agacée une nuée de moustiques. Sueur au front, Adrienne travaille d'arrache-pied, sans négliger son ordinaire : laver et repriser les vêtements de toute la famille et cuisiner devant le poêle par des chaleurs étouffantes.

Les soirs d'été, la lampe à l'huile tarde à ouvrir l'œil. Adrienne veille alors un peu et va au lit vers 9 h 30, à peine avant que la lune ombre les alentours de sa triste demeure. Un peu de lecture sous l'éclairage vacillant de la lampe occupe ses fins de soirée, à moins qu'elle s'occupe à rédiger quelques lettres pour ses parents et amis.

Les moustiques gâchent le plaisir de profiter de la fraîcheur des soirées abitibiennes. Les moucherons noirs, d'un appétit d'ogre, mordent jusqu'au sang la moindre parcelle de chair. Arrivent ensuite les maringouins, non moins voraces, qui piquent et sucent le sang sans pitié. Un peu plus tard dans la saison, les mouches, sans gêne, envahissent la maison. L'irritant et incessant *ziz-ziz* porte sur les nerfs, principalement ceux d'Adrienne. Les enfants, couchés plus tôt, ont peine à s'endormir, dérangés autant par les moustiques que par la chaleur accablante générée par le papier goudron recouvrant la maison.

Vers la fin de ce mois d'août, après les foins et avant les labours d'automne, Adrienne demande l'aide de Lucien, même s'il lui est désagréable de quémander. La corvée consiste à bourrer de bran de scie les murs de l'étage, comme le lui a conseillé M. Normandin. Ce travail requiert au moins deux paires de bras, l'a-t-il assurée. Les murs du rez-de-chaussée ont déjà été bourrés, mais il faut en rajouter. Pour ce faire, déclouer quelques planches ici et là sera nécessaire. Cette besogne de rembourrage est obligatoire à cause du froid hivernal qui s'infiltre par les moindres petits orifices entre les vieilles planches. Le papier goudron, souvent déchiré par les vents, ne suffit pas à conserver la chaleur à l'intérieur de la maison. En revanche, Pauline et Odette se sont accommodées tout l'été de ces murs ajourés, surtout à l'heure de la sieste. Les après-midi de grande chaleur, étendues sur leur couchette, elles regardaient à travers les fentes et guettaient Michel qui, souvent, se promenait sur sa vieille bicyclette devant la maison. Les fillettes enviaient leur frère. Elles auraient aimé le rejoindre, mais elles n'osaient défier l'autorité de mémère et se lever avant son autorisation.

Très tôt, le lendemain, certain du plaisir qu'il fera aux enfants, Lucien propose :

– Qui veut v'nir au moulin à scie ?

La réponse ne se fait pas attendre : ils veulent tous y aller.

Daniel cherche à parler plus fort que les autres, de peur que son oncle le trouve trop petit pour les accompagner.

– Pis moé, mononcle Lucien, j'peux-tu y aller ?

– Embarque. Mais j'veux pas t'entendre chialer.

Cette apostrophe surprend les autres enfants, car Daniel ne dit jamais un mot plus haut que l'autre. Odette, quant à elle, est tiraillée; elle aimerait aller en promenade, mais elle choisit de rester auprès de mémère. Mathilde garde auprès d'elle son bébé, Rémi.

Michel et Pauline se sont accroupis à l'arrière du camion, condition sévèrement imposée par mémère. Daniel est assis à côté de Noëlla, lovée contre son père. Le petit Bernard, qui n'a pas encore ses 2 ans, tient fièrement le volant, assis sur les genoux de son père. Le voyage jusqu'à Barraute se déroule dans la bonne humeur. Lucien fredonne de petits bouts de chansons de la Bolduc ou raconte des histoires hilarantes ponctuées de mimiques risibles. À l'arrière, Pauline et Michel se sont relevés lentement pour voir le paysage et sentir le vent fouetter leur visage. Une joie indescriptible les envahit. Ils se sentent comme des oiseaux en plein vol. Exaltés, négligeant les directives de mémère, ils offrent leur visage à la caresse du soleil. Vers la fin de la journée, tout ce beau monde revient à la maison fatigué, excité et affamé. Adrienne se hâte de servir à sa *gang* une bonne assiettée de *beans* et un morceau de gâteau à l'essence d'érable pour le dessert.

Dès le lendemain, Lucien s'attelle à bourrer les murs de bran de scie, épaulé de Télesphore Massicotte. Ayant cédé sa place, mémère emmène les enfants cueillir des bleuets avec Mathilde; comme ça, les hommes pourront travailler en paix. Mathilde aime cueillir les petits fruits saisonniers, soit les fraises des champs, les framboises, les bleuets ou les atocas[76]. C'est d'ailleurs la seule chose qui lui donne un tant soit peu de plaisir. Elle aime tout autant cueillir les fruits que déguster les savoureux desserts qu'elle-même et sa belle-mère apprêtent. Son énorme ventre la gêne un peu pour la cueillette, mais aujourd'hui, elle est d'humeur à s'accommoder de tout. En dépit des conditions de vie auxquelles elle doit faire face tous les jours, la venue de son quatrième enfant lui procure une joie muette. Le nouveau-né est attendu en décembre. Sa famille grandit, son mari se complaît comme cultivateur, et il lui a promis une grande maison pour bientôt. De toute façon, la femme de Lucien sait parfaitement qu'elle n'a d'autre choix que de s'adapter et de prendre le meilleur du pire.

La visite de Zéphirin

Le 10 août, jour où Odette fête ses 5 ans, Adrienne reçoit une lettre de Zéphirin. Il lui annonce sa visite, déterminé qu'il est à voir ses enfants. Adrienne est contente pour eux. Enfin, ils vont revoir leur père. L'esprit pratique comme toujours, elle pense à leurs besoins, à ce que Zéphirin pourrait leur apporter. Le soir même, elle répond à sa lettre sans dire aux enfants que leur père vient les visiter, de peur qu'il ait un empêchement. Dans sa lettre, elle insiste auprès de son gendre pour qu'il leur apporte des vêtements neufs. Elle soulève le fait que ses enfants sont habillés comme des « guenillous ».

Zéphirin arrive vers 10 h un lundi soir, le premier jour du mois de septembre. Adrienne est déjà couchée, elle ne l'attendait pas si tard. Éveillée par le bruit des pneus d'une automobile sur le gravier de la cour, elle sait que c'est lui. « Tu parles d'une heure pour arriver ! » Zéphirin s'excuse et explique qu'il a eu des problèmes en chemin. Pourtant, il insiste pour voir ses enfants tout de suite, prétextant qu'il s'est ennuyé d'eux sans bon sens. Adrienne désapprouve l'idée de les réveiller au meilleur de leur sommeil. Cependant, elle comprend les sentiments de son gendre et n'ose pas le désappointer après un si long voyage. Elle réveille Michel le premier. La surprise est totale, le garçon fige sur place. Il se sent intimidé devant ce père qu'il n'a pas vu depuis plus d'un an. Ému plus qu'il ne l'aurait cru, Zéphirin regarde son garçon sans oser faire un geste. Michel s'approche tandis que le souvenir des dernières paroles prononcées par son père, sur le palier de la porte à Coteau-Rouge, lui revient en mémoire. Comme un homme, il tend la main. Mais soudainement, Zéphirin l'agrippe et le tient contre son cœur, laissant déferler un torrent d'amour dans son âme asséchée d'ennui et de solitude.

Pas moins surprise de voir son père, les paupières lourdes, Pauline le reconnaît. Il lui sourit timidement et lui tend les bras. Intimidée, elle accepte, après avoir jeté un coup d'œil en direction de mémère, de s'asseoir sur ses genoux et de lui faire la bise. La petite fille ressent une grande joie. « Popa est rev'nu. » Elle se délecte de la force des bras qui l'entourent; elle espère de toutes ses forces que son père restera parmi eux pour de bon. Un flot de paroles contenues tourbillonne dans la tête de ce père sans mots, l'âme au bout des lèvres. Il aimerait tant exprimer à ses enfants combien il les aime, mais il ne peut qu'étreindre sa fillette et la couvrir de baisers. Les yeux voilés par les larmes, rougis de fatigue, sous le coup de vives émotions, Zéphirin laisse descendre de ses genoux la petite pour la renvoyer vers mémère. Avec regret, celle-ci envoie Michel éveiller Odette et elle prend Pauline par la main :

— Monte te r'coucher, ma catin.

Odette refuse de descendre, beaucoup trop intimidée, impressionnée par son père dont elle n'a qu'un souvenir assez flou.

— Laisse-moé tranquille, j'veux pas y aller. Laisse-moé dormir.

— Viens, popa veut t'voir. Y'est v'nu de Montréal jusse pour nous autres. Mémère fait dire de descendre.

Odette obéit. Arrivée en bas, elle court se réfugier dans les bras rassurants de sa grand-mère.

— R'garde, Odette, c'est ton père. Donnes-y un beau bec.

La fillette n'avait que 3 ans et demi lors du départ de Coteau-Rouge. Collée tout contre sa grand-mère, elle ne tient pas du tout à aller vers cet homme, son père. Encore ensommeillée, elle masse son œil de son petit poing fermé tandis que sa main gauche s'appuie fermement sur le genou de mémère. Il s'agit bien de son père, assis en face d'elle. Pourtant, ses jambes sont paralysées. Elle voudrait l'embrasser… surtout pour ne pas lui faire de peine, mais un sentiment indéfinissable l'empêche de poser un geste spontané.

— Vas-y, ma catin. Ton père attend.

La petite pleurniche.

— J'veux aller m'coucher.

Devant l'air navré de Zéphirin, Adrienne tente d'excuser la fillette.

— Not'Odette est un peu sauvageonne, pis est trop endormie. Vous en faites pas, d'main, à va vous r'connaître. Ramène ta sœur en haut, mon Miche.

Déçu, Zéphirin ne comprend pas l'embarras de sa petite fille. Il sait seulement que la longue séparation lui a meurtri le cœur et qu'il désire tant la serrer tout contre lui. Il se résigne. « Réveillez pas Daniel. J'vas avoir le temps d'le voir en masse. »

— Voulez-vous une tasse de thé ou aimez-vous mieux vous coucher drette là ?

D'un commun accord, Adrienne et son gendre décident qu'il est préférable d'aller dormir. Elle sait bien que ses petits tannants se lèvent à la barre du jour.

Sous les couvertures, Adrienne réfléchit à la déception et à la peine de son gendre. En un tour de cœur, elle prend conscience de ce qu'a dû être le désarroi de Ti-Ouis le jour où elle l'a quitté en emmenant ses enfants alors âgés de 5 et 3 ans. Néanmoins, elle digère mal le fait qu'il ne soit jamais venu les voir ni même demander de leurs nouvelles. Aurait-il eu moins de cœur que Zéphirin ? Aurait-il préféré les oublier pour ne pas souffrir ? Et qu'en est-il des enfants qu'il a avoué avoir eus avec son Indienne en Ontario ? Le sommeil la surprend avant qu'elle trouve réponse à ces questions troublantes.

À son réveil, Odette hésite à descendre. Elle se souvient de la présence de son père, d'ailleurs elle l'entend rire avec mémère. Rongée de timidité, elle donnerait n'importe quoi pour rester en haut; elle doit pourtant se résoudre à descendre. Lorsque Zéphirin aperçoit sa fillette, elle lui semble si délicate. Un air boudeur durcit son petit visage tandis qu'un large sourire éclaire les traits de Zéphirin. « Viens voir ton popa, ma belle Odette. » L'enfant s'approche lentement de son père, jetant de petits coups d'œil en direction de sa grand-mère qui l'encourage d'un regard bienveillant. Arrivée à la hauteur de son père, il l'attrape et l'assoit sur ses genoux, l'enlaçant. « Ma p'tite fifille, j'me suis ennuyé. Donne un beau bec à ton popa. » La petite se tortille sous les chatouilles qu'il lui fait, mais elle hésite encore; puis elle l'embrasse à la sauvette. Michel, quant à lui, est content et très à l'aise de retrouver ce père qui, il s'en souvient, se montrait assez sévère à son endroit, mais il préfère ne pas lui en tenir rigueur. Manifestement, il ne s'agit, il en est certain, que d'une courte visite. Perspicace, il comprend d'instinct, même s'il n'a que 8 ans, que son père et sa mère ne sont pas… compatibles. Le petit garçon a déjà une bonne idée des raisons du désaccord entre ses parents, mais il lui est difficile d'accepter et de comprendre totalement leur séparation. Les parents de tous ses amis vivent ensemble. Michel a mal, sans toutefois reconnaître la source de sa douleur. Pauline, pour sa part, accueille la présence de son père comme un grand panier d'amour. Il la cajole, il la fait sauter sur ses genoux, il lui murmure à l'oreille combien il s'est ennuyé de sa fifille. Pour ajouter au plaisir, les bagages de leur père sont remplis de friandises. Les enfants sont émerveillés de trouver des bonbons, un sac de guimauves toutes moelleuses et plus encore.

Merveille des merveilles, une grande boîte de carton offre aux yeux éblouis des enfants un tas de beaux vêtements tout neufs. Pauline y trouve une jolie robe bleu pâle, ornée d'un large collet blanc brodé et assortie d'un petit sac à main, un petit chapeau blanc, genre capeline, aux rebords étroits et de beaux souliers à courroie. Pour Odette, il y a une jupe rose, agrémentée d'une petite poche décorée d'un nid d'oiseaux. Une blouse blanche, un petit sac à main et un chapeau blanc, semblable à celui de sa sœur, et bien sûr des souliers complètent l'ensemble. Pour Daniel, son père a apporté une salopette bleu foncé, une chemisette à manches courtes bleu pâle parée de petits dessins, une casquette assortie et une paire de *running shoes* noir et blanc. Adrienne constate avec regret que ces vêtements ne sont pas très pratiques pour la campagne. Néanmoins, l'enthousiasme de ses petits devant tant de belles choses lui fait chaud au cœur. Tout au fond de la boîte de carton, Michel trouve un pantalon, une chemise blanche et une paire de souliers bruns. Adrienne remercie son gendre et ne manque pas de lui suggérer d'envoyer des vêtements plus chauds pour l'hiver.

Zéphirin possède un « kodak », un nouveau modèle, un genre de petite boîte carrée recouverte de similicuir. L'appareil est maintenu au niveau de la taille tandis que l'utilisateur regarde dans le viseur situé sur le dessus pour ensuite cliquer. Il est fier de prendre en photo ses enfants vêtus de leurs beaux vêtements tout neufs. Joyeusement, il propose une balade en « machine ». Excités, les enfants gambadent tout autour de leur père en criant : « Oui ! Oui ! » Après avoir fortement recommandé aux enfants de ne pas se salir, Adrienne rentre à l'intérieur pour passer un peigne dans ses cheveux et se mettre un peu de rouge à lèvres. Michel, l'éternel petit diable, suggère :

– On va jouer à la tague en attendant.

Il glisse quelques mots à l'oreille de sa sœur. Sceptique, elle fronce les sourcils. Les plaisanteries de son frère sont, dans certains cas, de très mauvais goût. Comme par hasard, c'est Daniel qui est le dernier touché au jeu de la tague. Le bébé, qui atteindra ses 3 ans dans quelques jours, est tout mignon habillé de son petit ensemble et de ses souliers neufs. L'enfant est loin de se douter des manigances de son frère. Michel court autour de lui et le taquine.

– Viens, Daniel, attrape-moé.

Pauline et Odette se laissent prendre au jeu. Elles incitent leur petit frère à courir et à essayer de les attraper afin qu'il leur donne la tague. L'inévitable se produit, pour le plaisir de Michel et le plus grand désarroi de Daniel. Figé sur place, le pauvre enfant pleure comme un veau. Mémère qui sort à l'instant de la maison aperçoit Daniel, les pieds plantés dans une bouse de vache. Maintenant inquiets de la réaction de mémère, les aînés observent la scène. Rebuté par l'odeur et l'aspect de la bouse de vache, Zéphirin n'ose s'approcher. De toute manière, sa belle-mère ne lui en laisse pas le temps, elle accourt déjà. Elle lève carrément Daniel du sol et lui enlève ses beaux souliers neufs enduits de merde de vache. Elle est dans une telle colère qu'elle ne pense pas à consoler le bébé; elle le dépose auprès de Michel.

— Vous pouviez pas l'surveiller ! J'vous avais dit d'pas vous salir, mes espèces de palas blancs !

Les enfants ont rarement vu leur grand-mère aussi fâchée. Habituellement, un regard torve suffit à redresser leur comportement. Lorsqu'ils se disputent ou chahutent un peu trop, elle les envoie à genoux dans le coin. Cette fois-ci, elle ne veut surtout pas risquer l'annulation de la balade en voiture, les divertissements étant rares. Il n'en reste pas moins qu'aller se mettre les pieds dans une bouse de vache juste au moment de partir a de quoi lui virer les sens à l'envers. Pour les brasser un peu, et punir les aînés de ne pas avoir surveillé le bébé, elle les invective sévèrement.

— J'entre nettoyer le gâchis ! D'abord qu'y sait pas où s'mettre les pieds, Daniel reste icitte.

À l'écart, Zéphirin n'est pas dupe de la petite leçon que sa belle-mère entend donner aux enfants. Ils ouvrent de grands yeux, en particulier Michel, qui maintenant regrette amèrement sa bêtise. Il se promet d'ailleurs de ne plus recommencer. Daniel pleure de plus belle; il ne veut pas rester tout seul à la maison. Les quatre petits se tournent vers leur père, espérant une aide de sa part. Zéphirin observe ses enfants, l'air désolé; il hausse les épaules :

— C'est mémère qui décide; moé, j'suis jusse en visite.

Cela l'attriste que ses enfants le croient indifférent à leur sort. Leurs petits visages suppliants le peinent, mais sa belle-mère a raison, les p'tits malcommodes ont besoin d'une leçon dont ils se souviendront. Michel et Pauline profitent du fait que mémère est à l'intérieur pour faire passer Daniel de l'autre côté de la voiture. D'un commun accord, ils vont cacher Daniel à leurs pieds. Une couverture est négligemment étendue sur le siège; Michel la fait glisser sur le plancher de la voiture, puis il prend son frère par la main.

– Viens icitte. Couche-toé là, pis cache-toé en d'sous d'la couvarte; mémère te verra pas. Chiale pas, à va t'entendre. Quand on s'ra partis, tu pourras sortir. T'as ben compris ? Reste tranquille si tu veux v'nir avec nous autres !

Michel et ses sœurs s'assoient sagement sur le siège arrière, Daniel à leurs pieds. Leur père attend en fumant sa pipe, un pied appuyé sur la perche du bas de la barrière. Il attend que mémère ait assez fait mijoter les enfants. Lorsque finalement elle s'assoit à l'avant du véhicule, faisant comme si de rien n'était, les enfants sont excessivement calmes à l'arrière. Ils espèrent candidement qu'elle n'a rien vu de leur manège. Ils respirent d'aise lorsque, passant devant les Normandin, elle semble avoir oublié jusqu'à l'existence de leur petit frère. Adrienne se tourne vers son gendre avec un petit air de connivence, un sourire au coin des lèvres, puis elle tourne la tête vers Michel. Le garçon regarde sa grand-mère d'un air de petit chien battu.

– Astheure, tu peux sortir Daniel de sa cachette.

Étonnés, soulagés puis hilares, les enfants s'exclament :

– Tu l'savais !

Arrivé à Rivière-Héva, Zéphirin s'attarde pour prendre des « portraits » du village, surtout de l'église et du presbytère. Il discute un moment avec le curé Lalande qu'il a rencontré en 1950 lorsqu'il est venu en Abitibi avec Lucien. Les enfants en profitent pour se dégourdir les jambes en prenant grand soin de leurs nouveaux habits. Un peu pour se faire pardonner sa sévérité de la matinée, mémère câline son gros bébé Daniel, qui refuse obstinément de descendre de l'automobile.

Sur le chemin du retour, une voiture en panne entrave la route. Zéphirin s'arrête et offre son aide au conducteur. L'automobile du malheureux est embourbée dans une grande mare d'eau. L'orage violent de la nuit a laissé les chemins dans un état pitoyable. Zéphirin contourne la voiture de l'inconnu, par le bas-côté du chemin, puis fait marche arrière. Il l'arrime au pare-chocs de sa voiture afin de la dégager de sa fâcheuse position. Daniel se tient debout sur la banquette et il observe le déroulement de la manœuvre par la lunette arrière. Voyant l'auto de son père reculer, l'enfant a l'impression qu'elle va s'engloutir dans le trou d'eau qui, à ses yeux, a une très grande profondeur. Affolé, il se met à pleurer, surprenant tous et chacun. Entre ses spasmes, il essaie d'avertir son père.

– Arrête, Popa. Hi… Hi... tomber... l'eau. Tomber. Popa, arrête !

– Wéyons, qu'est-c'qu'y a à brailler comme ça ?

Adrienne jette un coup d'œil à l'arrière. Sans comprendre ce qui effraie le bébé, elle l'invite à venir à l'avant.

– Pleure pas, mon Daniel. Viens t'asseoir avec mémère.

Daniel piétine sur le siège, pleurant de plus belle. Apeuré, il est convaincu que la voiture va s'engouffrer dans ce grand trou sans fond.

– Michel, aide ton frère. Viens icitte, mon p'tit sacarna !

Adrienne assoit fermement l'enfant sur ses genoux. Pour le calmer, elle chantonne *Partons, la mer est belle*. Comme les enfants connaissent bien ce refrain, ils chantent en chœur avec leur grand-mère et la bonne humeur se réinstalle dans le véhicule. Zéphirin sourit, il a le cœur heureux. Ce petit intermède familial lui fait oublier sa solitude des dernières années. Et d'être venu en aide à cet inconnu le remplit de satisfaction, d'autant plus que le monsieur lui a tendu un billet d'une piastre malgré son refus poli.

En après-midi, la fatigue du voyage se faisant sentir, Zéphirin décide de faire un somme. Il se dirige vers le deuxième étage; une chaleur étouffante l'assomme dès l'instant où il passe le niveau de la trappe y accédant. Odette dort déjà sur sa paillasse. Son père la regarde avec tendresse, son joli petit minois l'émeut. Le surlendemain, il repartira pour Saint-Didace où un travail l'attend au moulin à scie. La tristesse ne le quitte pas malgré cet élément favorable de sa vie. Zéphirin se demande quand il pourra revoir ses enfants. Étendu sur la même paillasse que sa fillette, il jongle à sa vie gâchée et l'avenir le tourmente. Lucienne n'acceptera jamais de reprendre la vie commune. D'ailleurs, le désire-t-il vraiment après le mal qu'elle lui a fait ? Pourtant, ses enfants lui manquent désespérément. Il n'entrevoit pas de solution. Fatigué, triste à mourir, le sommeil l'enveloppe et l'arrache à ses souvenirs douloureux. Plus tard, lorsque sa conscience reprend tout doucement le fil de ses pensées sans joie, il ressent comme une chaleur humide dans son dos; une odeur qu'il reconnaît facilement agace son odorat. Il allonge sa main derrière lui et reconnaît le petit corps toujours endormi de sa fille. Sa robe mouillée confirme la provenance de l'humidité et de l'odeur. Il consulte sa montre, qui indique 4 h. Il se lève, contrarié de l'heure tardive. Odette s'éveille en pleurnichant, agacée par sa petite culotte et sa robe mouillées. Elle aperçoit son père, assis au pied du lit, en train de lacer ses chaussures. La fillette est mal à l'aise, elle se sent honteuse. Elle ne tient pas à ce que son père sache qu'elle s'est « échappée ».

– Viens, Odette, on va aller voir mémère. Ma p'tite bougrèse, t'as fait pipi dans mon dos !

Odette rougit jusqu'aux oreilles, profondément blessée. Son père prend sa main et l'amène vers l'escalier.

– Pleure pas, mémère va t'arranger ça. Moé aussi, j'suis mouillé, pis j'chiale pas.

La fillette regarde son père, interloquée, croyant que lui aussi a fait pipi au lit. Adrienne, qui les regarde descendre l'escalier, se demande pourquoi la p'tite a un air si piteux.

– Vous avez ben dormi, Ti-Gars ?

– Oui, mais y fait chaud en haut !

Soulevant la fillette dans ses bras en la chatouillant sur le ventre, il ajoute :

– Pis ma p'tite crapaude m'a mouillé l'dos.

Maintenant, Adrienne comprend la mine renfrognée d'Odette.

– Ça m'surprend, ça lui arrive pas souvent; Pauline est plus sujette à ça. Donnez-moé vot'ch'mise, j'vas la laver.

Dans le but de s'éveiller pour de bon et de se dégourdir, Zéphirin s'emploie à fendre du bois jusqu'à l'heure du souper. Adrienne a l'habitude de servir le repas entre 4 h 30 et 4 h 45, mais pour accommoder son gendre, le souper sera servi à 5 h 30.

Le lendemain, le petit jour se lève, étirant à l'horizon sa luminosité. Les enfants s'éveillent les uns après les autres. Ils descendent rejoindre mémère qui, comme chaque matin, est à mélanger un grand bol de galettes de sarrasin après avoir attisé le poêle. Après le déjeuner, avant que la chaleur soit trop écrasante dans la maison, elle aura préparé un pouding aux bleuets et quelques tartes tandis que les fruits sont encore bons. Zéphirin, elle le sait, adore les desserts, particulièrement sa tarte aux œufs, recette de Théonile. La recette comprend des œufs battus, du sucre, de la muscade, du lait et un peu de farine pour donner de la consistance au mélange qui est ensuite versé dans une croûte à tarte. Le tout est cuit au four jusqu'à ce que la croûte devienne bien dorée. Un délice nourrissant à souhait ! Avec les retailles de pâte, elle forme une boule et fait des « trous d'culs », une autre recette ancienne. Pour les préparer, elle étend la boule de pâte puis la roule sur la table enfarinée. Elle dispose ici et là de petits morceaux de beurre, son beurre baratté à la main, puis elle recouvre la pâte de cassonade saupoudrée de cannelle. La préparation est ensuite enroulée, en prenant soin de ne pas trop serrer, puis disposée en demi-cercle dans une assiette à tarte et cuite au four. Ce petit régal dégage un arôme divin. Adrienne possède ce don de cuisiner à bon marché, et les enfants se gavent.

Une promenade au lac

Après le déjeuner, Michel suggère de faire voir le lac à son père. Le petit garçon oublie évidemment que, deux ans auparavant, son père a visité la région avec son oncle Lucien. Pauline se cramponne à son père et y attache son regard, comme pour en garder le souvenir. Il repartira; elle le sait maintenant, mémère le lui a dit. Elle engrange les marques d'affection qu'il lui témoigne : ses sourires tendres, ses caresses délicates dans ses cheveux ou sur sa joue, qu'elle reçoit avec timidité. Pauline refuse de le laisser s'éloigner d'elle, ne serait-ce que pour un instant. Alors, aussitôt que Michel propose d'aller au lac, elle se hâte d'enfiler ses bottines qui lui donnent une allure de clocharde.

– Moé'si, j'vas au lac.

La belle visite de son père donne le goût à Odette de profiter de la promenade. Peut-être la prendra-t-il dans ses bras lorsqu'elle sera fatiguée de marcher.

– Moé'si, j'veux y aller.

Adrienne s'étonne. « Tiens, not'Odette qui sort de d'sous mes jupes. » Elle prend Daniel et le dépose dans les bras de son père.

– Tant qu'à y'être, am'nez le p'tit avec vous autres. Y'a pas souvent l'occasion d'voir le lac.

Après leur départ, elle respire d'aise et commence à faire son ordinaire.

Septembre refuse de laisser aller les attraits de l'été et promet une journée magnifique aux promeneurs. Aux abords du lac, une vision d'irréalité éblouit l'âme, notamment des adultes, par sa magnificence. Le soleil du petit matin miroite sur l'étendue du lac, comme l'éclat de diamants à mille facettes. Au loin, une brume fluide glisse sur l'eau, dénudant la nuit de son habillement sombre. Lucien, qui s'est joint à l'expédition avec Noëlla, observe son beau-frère.

– Qu'est-c'que t'en dis, mon Zef ? R'garde-moé c'te beau grand lac, pis y'a du poisson en masse là-d'dans. Ti-Ouis l'avait l'affaire. Pour nous autres, c'est plus dur, mais j'ai pas de loyer à payer pis j'dois rien à parsonne.

– Ouan ! C'est ben beau, mais j'vivrais pas icitte, c'est trop creux pour moé.

Les enfants s'en donnent à cœur joie. Les pieds dans l'eau, ils papotent et s'éclaboussent l'un l'autre. À cet endroit, le fond du lac est vaseux, mais plus au large, à environ 150 pieds, il devient sablonneux et plus dur. Michel s'amuse à vider l'eau accumulée au fond de la chaloupe, effet de l'orage de l'avant-veille. Celle-ci a été réparée après l'expédition de Ti-Jos sur l'île avec Michel et Pauline. Assis sur un tronc d'arbre, Lucien et Zéphirin discutent et se remémorent le bon vieux temps. Zéphirin omet délibérément de parler de Lucienne et de leur séparation, une cause de souffrance toujours vive. Il mentionne plutôt son bonheur d'être venu voir ses enfants. La décision a pourtant été difficile à prendre, sachant qu'il repartirait sans eux. C'est comme s'ils lui étaient enlevés une seconde fois. Le regard perdu quelque part au milieu du lac, il se sent terriblement triste. Lucien l'épie, sans oser le déranger, comprenant son désarroi.

Odette se met soudain à pleurer rageusement. Sa sœur vient de lui enlever des mains sa belle branche qu'elle avait réussi à casser du petit arbuste tout près de la grève. Du coup, Zéphirin sort de ses pensées ténébreuses et interpelle sa fille d'un ton bourru.

– Braille pas pour rien !

Ébranlée par la remontrance de son père, l'enfant s'assoit sur la roche. Elle se fait toute petite et pleurniche en douce. Pauline regarde sa petite sœur et éprouve maintenant de la peine pour elle. Elle lui redonne la branchette, mais Odette la lance loin d'elle.

– J'en veux pas. J'veux r'tourner avec mémère.

Michel est toujours à vider la chaloupe à l'aide d'une petite chaudière que pépère garde au fond. Irrité des caprices de sa sœur cadette, d'un geste irréfléchi, il lui lance le contenu de la chaudière à la figure. « Là au moins, à va chialer pour quequ'chose ! » Odette tourne la tête et reçoit l'eau qui cingle le côté de son visage. La stupéfaction augmente sa colère. La fillette se lève d'un bond et piétine sur place en pleurant de plus belle. Lucien secoue la tête, témoin du geste pour le moins écervelé de son neveu. « P'tit crisse de pas d'allure ! » Zéphirin décide qu'il est temps de partir. Il soulève sa fille et la pose à cheval sur ses épaules, ce qui a pour effet de la consoler de tous ses malheurs.

– Michel, occupe-toé de Daniel.

Michel essaie de prendre son petit frère, mais celui-ci se débat; il veut jouer encore dans l'eau. La petite Noëlla émet des cris de joie : son père court devant en la faisant sauter sur ses épaules. À mi-chemin, Zéphirin dépose Odette sur l'herbe piquante; elle se promet que c'est la dernière fois qu'elle se fait prendre à sortir de la maison. Zéphirin porte ensuite Daniel, trop pesant pour son frère. De plus, le bébé n'est pas habitué à marcher pieds nus dans l'herbe fraîchement coupée. Au moment où le groupe atteint la clôture de perches, les effluves alléchants du bouilli en train de mijoter, malgré la chaleur du milieu de la journée, redonnent de l'entrain à tout le monde. Adrienne a profité de ce que le poêle était chaud après la cuisson des tartes pour préparer un bouilli de légumes, le potager ayant produit une bonne récolte tenue en réserve dans le caveau. Adrienne estime que sa réserve durera jusqu'au temps des Fêtes. Lucien et sa famille sont invités à partager le repas en compagnie de la visite.

Plus tard dans la journée, toujours une bêtise en tête, Michel incite Daniel à fumer une cigarette, juste pour rire. Il en prend une dans le paquet de son père et quelques allumettes de bois sur le réchaud du poêle. Sans se faire voir, il entraîne Daniel à l'arrière des bécosses, suivi de Pauline et d'Odette, puis il allume la cigarette en faisant bien attention de ne pas tousser.

— Tiens, asseye ça. T'es un homme astheure, comme popa pis moé.

Mal à l'aise, les filles s'observent. Michel a de ces idées parfois, mais il doit savoir ce qu'il fait. De toute façon, leur frère les avertit sévèrement :

— Vous autres, si vous dites ça à mémère, vous allez avoir affaire à moé !

Les yeux braqués sur la cigarette, Daniel refuse de la porter à sa bouche.

— J'veux pas !

— T'as pas besoin d'avoir peur. R'garde-moé faire.

Michel prend une petite bouffée puis place la cigarette entre les lèvres de son petit frère.

— Pompe ! Y faut qu'tu pompes.

Daniel essaie d'aspirer en imitant Michel.

— Oui, c'est ça !

Bouche bée, les fillettes guettent leur petit frère. Un filet de fumée s'infiltre au fond de sa gorge. Le garçonnet se met à tousser; les larmes lui montent aux yeux et il tousse de plus belle. Apeuré, Daniel pleure en pestant contre son frère.

– Chiale pas pour rien, bébé lala ! Respire, tu vas être correct.

Bien que l'expérience ait été amusante, Michel s'en veut. Il n'aurait pas dû faire ça, Daniel n'est encore qu'un bébé. Pourtant, il n'y peut rien, c'est dans sa nature d'être toujours à l'affût de plaisirs insolites. Sans malignité, néanmoins, une curiosité insatiable le porte vers des excès, malheureusement au détriment de ceux qu'il aime pourtant de tout son cœur.

D'ailleurs, Daniel a fait les frais d'une autre espièglerie de son frère. Au début de l'été, l'indomptable Michel a essayé de pratiquer une dilatation sur la partie intime de son corps. Il l'a entraîné aux bécosses afin de procéder à l'opération. Mémère, qui ne se doutait de rien, était à frotter, au détriment de ses genoux, le plancher de la maison. Évidemment, sitôt l'opération en cours, Daniel a hurlé à tue-tête. Surpris, apeuré, Michel a cessé immédiatement son manège de peur que mémère accoure, mais aussi parce qu'il n'avait pas réalisé que l'expérience causerait autant de douleur. « Braille pas, j'arrête. Pis dis rien à mémère, à va s'fâcher pour rien ! »

Le retour vers la solitude

Le jeudi matin, après un déjeuner composé de galettes de sarrasin pour les enfants et de grillades de lard et de *beans* pour les adultes, le cœur lourd, Zéphirin se prépare à repartir pour Saint-Didace. Là l'attendent sa solitude et son nouveau gagne-pain. La gorge nouée, debout devant la portière ouverte de l'auto, il ébouriffe les cheveux de Michel et effleure d'un baiser le front de sa petite Odette, pâlotte et maigrichonne. Il embrasse ensuite les joues rondes de Daniel, son bébé. Puis, hésitant, il jette un regard chagriné en direction de Pauline avant de s'engouffrer devant son volant. De la main, il salue rapidement Lucien et Mathilde, ne désirant pas afficher son bouleversement. La veille au soir, accoudés sur la clôture de perches, les beaux-frères avaient eu une longue conversation. Il était aux environs de 8 h 30. Au loin, le soleil, boule orangée coupée de langes lilas, gris tendre et rose saumoné, se glissait doucement sous le drap vaporeux du lac. La quiétude du moment avait doucement délié l'âme de Zéphirin, captive de peine, de souffrance et d'amertume.

Adrienne s'approche de la voiture pour lui dire quelques mots : « Vous savez, Ti-Gars, Lucienne est pas une mauvaise fille, mais c'est une tête de cochon. J'ai pas à vous dire que les enfants ont quand même besoin de vous ! » Zéphirin glisse quelques billets froissés dans la main de sa belle-mère. Surprise, Adrienne accepte l'argent. Elle l'enfouit discrètement dans sa poche de tablier, un sourire satisfait sur les lèvres. Pauline se tient à l'écart, le cœur et la gorge noués. La fillette ne comprend pas que son père ne l'ait pas embrassée comme les autres. Elle pense avec amertume qu'il ne l'aime pas. Déjà victime de la quasi-indifférence de sa mère, elle en déduit qu'elle doit être très mauvaise. Heureusement, mémère l'aime. Elle pleure doucement et se réfugie derrière le pan de la robe de sa grand-mère. « Pourvu qu'à parte pas, elle aussi ! »

Pauline s'était réjouie, comme ses frères et sa sœur, de la venue de son père. Elle s'en était même gavée. Là, bouleversée, elle ne sait quoi penser. À cet instant, ce n'est pas tant l'appréhension de ne plus jamais le revoir qui la perturbe, mais plutôt sa façon de la quitter.

L'incident survenu la veille en est peut-être la cause.

Dès son arrivée, Zéphirin avait contraint les enfants à prendre des capsules de vitamine *Wampole*, apportées dans ses bagages à la demande de mémère. Pauline avait eu en horreur ces capsules au goût si détestable. Au moment d'avaler sa capsule, sans réfléchir, elle avait dit pour elle-même, vraisemblablement un peu trop fort : « Si y peut s'en aller, j'en prendrai pus d'ces maudites pilules-là ! » Zéphirin avait entendu les propos de sa fille et en avait été meurtri. Lorsqu'il souffre et que le dépit l'étreint, tout comme un animal blessé, tapi afin de soigner sa blessure, sans autre compagnie que sa douleur, Zéphirin se terre sous un mutisme désolant. Quoiqu'il aime de tout son cœur sa petite fille, il ne lui a plus adressé la parole.

Odette, quant à elle, se sent angoissée. Personne ne le lui a dit, mais elle sait que son père ne reviendra pas avant très longtemps. Elle pleurni-che, serrant la main de mémère comme pour la retenir.

– Moman s'en vient-tu ? J'veux moman. À s'en vient-tu ?

– Ben non, Odette ! Moman arrive pas avant d'main soir. Pleure pas pour rien, t'es grande astheure.

Adrienne soupire tristement. « Que c'est don d'valeur ! » Comme à son habitude, elle ne s'attarde pas sur les larmoiements. D'un ton décidé, elle interpelle les enfants :

– V'nez, mes p'tits sacarnas ! V'nez m'aider à ramasser les légumes qui restent dans l'jardin.

Michel n'a pas le goût de se plier en deux pour cueillir des légumes. Il prend ses jambes à son cou en criant à sa grand-mère :

– Moé, j'vas aider mononcle Lucien dans l'champ.

– Moé'si.

Pauline choisit de lâcher la bride à son amertume. Elle court derrière son frère, la plupart du temps à ses trousses de toute façon. Et, tout comme son frère, elle aime mieux les légumes dans son assiette que de devoir les cueillir. Daniel et Odette suivent sagement mémère et picorent soit une fève jaune oubliée, soit une carotte. En les invitant au jardin, Adrienne n'a cherché qu'à distraire ses protégés du départ de leur père, se doutant bien qu'elle aurait à faire toute seule la cueillette des légumes.

CHAPITRE 18

Maux d'enfant

Ce samedi, comme toutes les fins de semaine, Lucienne se réjouit de revoir sa famille. Elle a beaucoup de choses à raconter. Son existence à Val-d'Or est si différente et captivante, surtout depuis qu'elle a rencontré Frédo, son « ami », un homme agréable, attentionné. Elle parle de lui sans retenue maintenant.

Elle consulte l'heure sur le réveille-matin. 7 h 5. La journée est encore passée trop vite entre les jeux des enfants, les prises de bec avec sa mère, son petit lavage à la main et de menus travaux autour de la maison. Être à l'extérieur lui permet de prendre un peu l'air et de côtoyer Lucien, dont la compagnie lui est toujours aussi agréable. Fatiguée, elle s'affaisse sur une chaise, puis demande une cigarette à sa mère; il lui semble que ce serait plaisant. Adrienne craint toujours de manquer de tabac, ses « rouleuses » sont comptées. Il lui faut les étirer jusqu'à la fin du mois. Elle dévisage sa fille. « Dis-moé pas qu'tu fumes astheure ? » Lucienne répond sèchement : « Ben non, c'est jusse un caprice ! » La curiosité la démange; elle aimerait bien questionner sa mère à propos de la visite de Zéphirin. Elle ne pose toutefois pas de questions, craignant les sempiternels reproches. Elle laisse sa mère décider du moment d'en faire mention. Assise au bout de la table, la lampe à l'huile tout près de son panier à boutons, Adrienne déplace ses doigts entre les boutons, comme elle faisait autrefois, dans le sable doux de la plage de Pointe-Calumet. Elle se remémore ses parties de pêche avec Patrick Anderson, son beau-frère, et Albert. Comme elle jouissait de ces journées ensoleillées et si joyeuses ! Elle écoute le bavardage de sa fille tandis que son esprit s'évade vers une autre époque. Lui revient alors en mémoire un jour où elle était en visite chez Albert à Châteauguay. Comme son frère lui manque !

Tard ce soir-là, les enfants étaient couchés depuis longtemps et Anna, tombant de sommeil, s'était excusée auprès de son mari et de sa belle-sœur et avait regagné sa chambre. Adrienne était demeurée seule à la cuisine avec Albert. Ils avaient discuté de choses et d'autres, heureux de se retrouver dans une intimité aussi précieuse que rare. Une réelle complicité s'était installée entre le frère et la sœur dès leur tendre jeunesse. Ce soir-là, ils avaient parlé gaiement de leur enfance, de la famille, de politique, de religion. Puis, tout doucement, sans vraiment s'en rendre compte, Albert avait entretenu sa sœur de ses mois de guerre atroces. Adrienne l'avait écouté sans le questionner, pendant des heures. Seuls tous les deux, jusqu'aux petites heures du matin, assis près du poêle, une bière à la main, il avait parlé, elle avait écouté. Un moment privilégié. Ils avaient beaucoup ri parce qu'Albert, malgré le tragique des événements, narrait avec un sens de l'humour peu commun. Pourtant, au tournant de ces évocations, ensemble, ils avaient pleuré.

Adrienne n'oubliera jamais ces récits d'un monde inepte, cauchemardesque, auquel son frère et des millions d'hommes et de femmes ont voué une partie de leur vie et de leur jeunesse.

– M'man, t'es dans lune.

Depuis un moment, Lucienne observe sa mère; elle lui paraît fatiguée. « Tiens, je l'ai. » Adrienne tient en main un petit bouton blanc à quatre trous pour la blouse blanche de sa fille.

Couchée de l'autre côté de la cloison, Odette geint doucement, puis pleure de plus en plus. Lucienne se lève et va trouver sa fillette. Elle s'assoit sur le bord du lit, la soulève et la serre sur sa poitrine.

– Qu'est-c'que t'as, ma poupée, tu fais un mauvais rêve ?

En pleurant, elle se plaint qu'elle a mal aux oreilles. Lucienne se rend compte que sa fille est brûlante de fièvre. Elle la transporte sur le petit lit pliant au fond de la cuisine et lui fait avaler une aspirine. Mémère prend une débarbouillette propre qu'elle réchauffe sur le poêle, puis elle l'applique sur l'oreille souffrante de l'enfant. Elle répète la manœuvre à plusieurs reprises afin de soulager sa douleur. Mais Odette se plaint de plus belle que ça élance dans son oreille.

Adrienne se souvient maintenant des propos qu'avait tenus sa petite-fille au retour de leur promenade au lac avec leur père et Lucien. Elle avait raconté que Michel lui avait lancé l'eau d'une chaudière qu'elle avait reçue sur le côté du visage.

Lucien arrive sur les entrefaites. Il vient faire un brin de jasette avec sa mère et sa sœur. Il aperçoit sa nièce allongée sur le petit lit, pleurant et geignant.

– Qu'est-c'qu'elle a encore à brailler ?

Lucien est habitué à entendre pleurer sa nièce plus souvent qu'à son tour et, de toute évidence, sans raison. Outragée, Lucienne apostrophe son frère.

– Heille, tu vois pas qu'elle a mal aux oreilles !

Contrit, Lucien dit :

– Heu ! Excuse-moé, la sœur. Mathilde a des gouttes pour les p'tits. J'vas les chercher.

Plus tard en soirée, sous l'effet de l'aspirine, des gouttes et de la débarbouillette chaude, l'oreille d'Odette évacue un liquide aqueux et jaunâtre. La douleur s'atténue et Adrienne et sa fille peuvent enfin se coucher. Lucienne s'étend auprès de sa fillette afin de surveiller sa température.

La petite école du rang 4

À cause du départ hâtif de sa famille pour Saint-Cuthbert, Michel avait dû interrompre sa première année de scolarité entreprise à Coteau-Rouge. Maintenant inscrit à la petite école du rang 4 de Malartic, même s'il n'a pu encore achever sa première année, Michel refuse catégoriquement de tout recommencer. Déterminé, le petit garçon insiste même pour être inscrit en troisième année, ce qui, pour lui, est normal, étant donné ses 8 ans. Digne fils de sa mère, il insiste tant et si bien qu'on lui accorde le droit de passer des examens afin de déterminer son degré d'aptitudes. Étonnamment, il est admis. Espiègle, petit diable et dissipé, il en fera voir de toutes les couleurs à ses instituteurs de tous les niveaux. Pourtant, Michel possède une facilité d'apprendre inouïe. Le petit « snoreau », surnom qu'il porte avec une certaine fierté, absorbe les connaissances sans effort. Ses aptitudes intellectuelles lui laissent amplement de temps pour s'amuser et déranger les autres écoliers, en particulier les petites filles. L'école, une maisonnette de bois à pignon, peinte en blanc, a été construite sur le lot 21 du rang 4 en août 1942.

Dix ans après sa construction, lorsque Michel y est admis, l'école est chauffée au bois. Madame Anthime Légaré a été la première enseignante de Michel. Elle sera remplacée par madame Elvine Lachance (Tessier Roch). Le 23 août 1953 exactement, l'électricité de 30 ampères y est installée. L'institutrice réclame et obtient un lit, des stores pour les fenêtres et une armoire.

Pour se rendre à l'école, Michel parcourt à pied le rang 6 jusqu'à la fourche, puis emprunte le rang 4. Tout compte fait, l'enfant franchit une distance d'environ quatre milles. Un matin, il découvre un raccourci, un sentier non loin de la maison du père Lafortune, lui épargnant pour ainsi dire un mille de marche. À l'occasion, mononcle Lucien le conduit dans son gros camion rouge. Dès les premières bordées de neige, Michel se voit pourtant contraint de marcher, le rang n'étant plus carrossable.

En décembre, tout n'est que blancheur et froidure. Le lac prend l'aspect d'un grand lit sur lequel on aurait jeté un édredon blanc. Seuls les conifères colorent de divers tons de vert le paysage autour du *shack* et de la maison noire. À mesure que la température baisse, le froid griffant s'infiltre sans gêne à travers les murs bourrés de bran de scie de l'ancien poulailler.

Deux fois par semaine, la lourde porte à doubles rangs de planches s'ouvre sur Lucien et Michel qui lancent au milieu de la place des brassées de bois givré et enneigé. Une buée de froidure court le long du plancher, glaçant la pièce. Mémère, Pauline et même Odette se hâtent de corder le bois derrière le poêle et dans la boîte à bois, juste à côté.

LOUIS REVIENT CHEZ LUI

Louis était revenu du barrage Dozois tard à l'automne.

La famille de Lucien, qui attend son quatrième enfant, occupe toujours le *shack*. En cédant sa terre à son garçon, du coup, Louis lui avait cédé son domicile. Avec réticence, Adrienne accepte donc que son ex-amant cohabite avec la famille dans la maison noire. Elle pile sur son orgueil et ses sentiments pour l'amour des enfants, qui adorent leur grand-père. Et, il faut le dire, la famille n'a-t-elle pas envahi son territoire ?

Un *bunk* — brancard fait de perches de chêne sur lequel est déposée une épaisse paillasse de foin — est installé sous l'escalier. L'*hide-a-bed* est déplacé du fond de la cuisine vers l'intérieur de la cloison séparant la chambre de la cuisine. Les fins de semaine, Lucienne se presse contre les filles dans le grand lit.

À l'heure où mémère est à préparer le souper, les enfants réclament souvent une histoire à leur grand-père. La plupart du temps, celui-ci leur sert la même histoire mais de façon différente. Fin conteur, il façonne son récit au gré de son imagination, chaque fois plus terrifiant, ce qui passionne toujours les enfants. Adrienne s'irrite. D'un regard courroucé, elle dit : « Arrête don d'leur conter tes ment'ries[77]. » Louis ne se laisse pas distraire, il continue son récit comme si de rien n'était.

— … la belle jeune fille… possédée du y'able…

L'héroïne, pour des raisons mystérieuses et compliquées, doit se faire attacher sur un lit et être fouettée au sang jusqu'à ce que le diable sorte de son corps. Selon l'inspiration du moment, des tournures d'événements et des conjectures abracadabrantes accusent puis justifient la princesse. La fin du récit proclame néanmoins la très jolie princesse blanche comme neige, lavée de tout mal et heureuse à tout jamais. D'autres soirs, pépère amuse les enfants en leur faisant le jeu des p'tits oiseaux. Il applique alors un petit morceau de papier à cigarette sur son majeur, puis il le leur fait voir.

— R'gardez comme y faut. Le tit'oiseau est su'mon doigt, pis y va s'envoler.

Louis balance son bras dans les airs et, lorsqu'il le ramène, il replie son doigt dans sa main en ne montrant que trois doigts et le pouce. Évidemment, le « tit'oiseau » a disparu.

— Astheure, r'gardez encore comme y faut. Y va r'venir su'mon doigt.

Pépère balance encore une fois son bras en l'air puis le ramène aussitôt, mais cette fois, il fait voir tous ses doigts. Les enfants, médusés, retrouvent le « tit'oiseau ». Ensemble, Pauline, Odette et Daniel s'exclament :

— Hey, pépère, comment tu fais ça ? Où y va le tit'oiseau ?

Après quelques présentations de ce petit manège, Michel ne se laisse plus avoir, mais il laisse aux autres leurs illusions. Quant à lui, il préfère le jeu du pendu, un jeu d'adresse avec les doigts et une ficelle.

De nombreux autres jeux et histoires font la joie des petits-enfants de Louis qui, pourtant, exaspèrent Adrienne singulièrement. Les enfants portent trop d'intérêt à ses niaiseries. Alors, elle critique les improvisations extravagantes de ses contes.

— Heille, bonhomme ! — Depuis que Louis s'est établi à la maison noire, elle l'affuble de ce sobriquet.— Vas-tu finir d'leur conter tes histoires de fou ?

Oh ! que cet homme l'agace !

MÉLANCOLIE...

Chaque fin de mois, Louis chausse ses raquettes et marche vers Malartic, son *pack-sack* accroché au dos. En ville, il cueille au bureau de poste le chèque d'allocation et achète des provisions à l'épicerie Turgeon. À l'occasion, il fait une courte escale à l'hôtel Beauchêne pour rencontrer son frère Paul. Il se rend ensuite à pied jusqu'au stand de taxi où il prend plaisir à discuter avec Alfred Poisson. Lorsque le temps est moins clément, il arrive au chauffeur de taxi de reconduire le vieux Louis chez lui, gratuitement. Autrement, Louis retourne au rang 6 en raquettes, alourdi des victuailles gonflant son *pack-sack*.

Les mois de février et mars grugent, petit à petit, la résistance des colons; ils s'étirent, interminables, comme une nuit sans sommeil. Louis et son clan se sentent engourdis par un hiver de vents, de tempêtes et de privations. Chacun aspire au baume des promesses printanières. Le retour de Lucienne à la maison, chaque vendredi soir, amoindrit la grisaille de cet hiver sans fin, à moins que le mauvais temps ne la retienne en ville. Les travaux ménagers, héroïques par leur caractère grossier, occupent les journées, écourtées en cette saison. Adrienne tient bon, indépendamment de la présence irritante de Ti-Ouis dans la maison. Tolérer cet homme dans son entourage fait partie de ce qu'elle offre au p'tit Jésus en pénitence pour ses péchés. Malgré tout, elle est forcée d'admettre qu'en général, il tient très bien son rôle de grand-père. Il entretient les enfants de son savoir, les charme de ses contes ou les amuse de petits jeux de son invention. Elle s'y est habituée. Le soir après le souper, il fait réciter les leçons de Pauline. Il lui a aussi appris à lire l'heure sur le petit Westclock aux chiffres fluorescents placé sur le haut de l'étagère de coin, au dessus de la *pantry*. Louis s'impatiente lorsque Pauline tarde à retenir ses leçons ou ne montre pas assez d'intérêt. Sans ménagement, il la réprimande. « Va étudier. Tu r'viendras m'voir plus tard ! » Pauline reprend alors son cahier d'un geste rageur, lorgnant mémère du coin de l'œil et espérant que celle-ci réprouve son grand-père. Mais Adrienne garde le nez dans son panier de boutons et agit comme si de rien n'était. L'instruction, c'est primordial.

L'épaisse couche de neige entourant la maison noire, le *shack* et tout le paysage restreint les travaux extérieurs. Lucien et Louis s'emploient à scier de longs billots au *bocksaw* ou à fendre les bûches qu'ils cordent par la suite dans le hangar. Par temps perdu, ils travaillent à aiguiser les égoïnes, les sciottes et les haches.

Les veillées se déroulent toujours de la même façon. Adrienne se morfond, elle a déjà lu et relu ses deux romans : *Les Misérables* et *Les Saltimbanques*. La grisaille de ses jours glace son âme déjà noyée dans l'amertume. Alors, elle va au lit de plus en plus tôt, espérant s'engourdir dans le sommeil et laisser le temps se fondre aux rêves, aux faux-semblants. L'aube venue, il n'y a pas de coq qui chante. Le froid recouvre de givre les clous. Une sensation d'humidité sous les couvertures l'éveille implacablement pour la plonger dans son univers d'abnégation. La plupart du temps, elle se lève plus tôt que Louis et attise le feu. S'amorce alors une longue journée de besogne coupée de trop rares distractions et moins encore de sujets de joies. Malgré un cœur lourd et l'âme à la dérive, Adrienne, qui tient lieu à la fois de mère et de père, s'emploie, en chantant pour ne pas pleurer, à la lessive et au repassage deux fois par semaine. Tous les soirs, elle redonne un coup de fer aux larges plis du jumper de Pauline. Selon ses critères, le plancher doit être nettoyé à la brosse et à l'eau de Javel au moins une fois la semaine. Elle a pour son dire que ce n'est pas parce qu'elle vit dans un ancien poulailler qu'elle le laissera devenir une « soue à cochons »[78]. L'ordre et la propreté ont d'ailleurs toujours été une priorité pour cette femme. Désintéressée et dévouée, elle s'ingénie à nourrir, jour après jour, sa maisonnée malgré le manque flagrant de ressources.

Ce soir, Louis veille chez Lucien et Mathilde. Les enfants sont au lit. Assise au bout de la table, le panier de boutons sous les yeux, Adrienne écoute le silence, rompu par les légers crépitements du poêle. Ses pensées errent dans le néant trouble de ses sentiments. Les boutons de tailles, de couleurs, de textures et de formes variées sont transposés en autant d'années, de mois et de jours. Le cœur imbibé de nostalgie, elle plonge et replonge la main dans son panier, les boutons glissent entre ses doigts, image des jours anciens ou à venir, de bonheur ou de tristesse, d'épreuves et de bouleversements.

Adrienne se demande ce qui la retient encore dans ce coin de pays. Si ce n'était des enfants, il y a belle lurette qu'elle aurait fait son *pack-sack*. C'est Lucienne qui a décidé de tout quitter et de venir s'installer chez son père; ni les enfants ni elle ne devraient avoir à en souffrir. Si seulement sa fille recouvrait la raison et acceptait de revenir en ville, tout serait plus simple. Combien de temps devra-t-elle encore vivre éloignée des siens et être privée de l'essentiel ? L'idée de devoir demeurer ici toute sa vie lui est insupportable. C'est peut-être valable pour Lucien : il aime la terre, il est endurant et travaillant. Son garçon a choisi, comme sa sœur, de s'établir à cet endroit, mais pas elle. Oh ! comme l'avenir lui semble incertain et morose ! À 54 ans, bien de sa personne et en santé, que pourrait-elle espérer de la vie, ailleurs ?

Pourtant, elle s'accroche à l'espoir de jours meilleurs. En attendant, demain, elle continuera son petit train-train. « Quant t'es né pour un p'tit pain… » Mais un jour, oui, un jour…

à suivre…

Certains personnages de ce récit ne sont plus aujourd'hui; ils sont décédés de la maladie nommée autrefois « le grand mal ». Depuis, la science a donné un nom à ce terrible fléau : cancer. La recherche étant primordiale pour contrer cette funeste maladie, un pourcentage sera prélevé sur chaque livre vendu et le montant ainsi perçu sera versé à la Société canadienne du cancer.

Remerciements

$\mathcal{J}$e tiens à remercier ma famille, dont le soutien et les encouragements m'ont été si précieux.

Je remercie mes frères et ma sœur d'avoir bien voulu partager avec moi leurs bons comme leurs mauvais souvenirs.

Merci à mes collègues de travail et amies, également mes premières lectrices : Cécile Lavallée et Johanne Beauchemin.

Merci à Lucille Defoy, Lise Gravel, Johanne Buron, Francine Clairoux et Mimi Clément.

Merci à Annette Noël de Rivière-Héva de qui j'ai obtenu le livre du cinquantième anniversaire de la paroisse, un précieux outil de travail.

Merci à la chaîne de télévision Historia; j'ai puisé de nombreux renseignements à l'intérieur de sa programmation.

Merci à Henri-Paul Bergeron, C.S.C., auteur du livre biographique *Le frère André, apôtre de saint Joseph*.

Merci à mes aides à la correction : Lise Chaput et Claire Michaud.

Lexique

1   manufactures
2   réservoir à même le poêle, servant à chauffer l'eau
3   petit chaudron
4   arithmétique
5   contremaître
6   gruau
7   tramway
8   musique pour danse folklorique jouée au violon
9   picorer, grignoter
10 cigarette roulée à la main
11 C'est trop horrible ! (allemand)
12 p'tit coup (alcool)
13 vêtements, parures de femmes
14 salaires
15 magasin de bric-à-brac
16 salon de barbier
17 Kanawake
18 personne qui aime faire la fête
19 veste ou manteau de laine
20 chantier
21 sous-vêtements à manches et à jambes longues
22 personne extravagante, écervelée
23 prise au piège
24 mal disposé
25 remise, hangar
26 humide, froid
27 faire du lèche-vitrine, magasiner
28 regarder, inspecter
29 propriétaire
30 le volume de travail constitue le salaire
31 voyou, délinquant
32 déféquer, faire des crottes
33 fenêtre conique à même la toiture
34 canapé-lit, sofa
35 petite table de toilette

36	parc d'attraction dès 1923 à Cartierville
37	accord à l'amiable
38	babioles, machins
39	auteur français inconnu
40	curieuse, indiscrète
41	avenant, gentil
42	bavardage
43	fainéant (de flancs mous)
44	excercice militaire
45	pauvreté
46	pressage et légères réparations à domicile
47	caisse de bois
48	série de petits pas de danse
49	Canadian National Railway
50	cylindre de béton ou de métal
51	fesses
52	personne qui se mêle des affaires des autres
53	flacon plat
54	groseilles à grappe
55	comptoir de cuisine
56	se tirailler
57	sieste
58	automobile
59	entêtée
60	petit lit pliant
61	transport de marchandises par train
62	voiture à cheval
63	automobile
64	sac à dos
65	règle de bois pliante
66	scie à main tibulaire (vocabulaire familial) métallique ou de bois
67	couchette
68	lits
69	nonchalant
70	bout de cigarette
71	petit ruisseau
72	tronc d'arbres
73	transport gratuit
74	attelage de deux chevaux
75	mini mulon
76	airelles des marais, canneberges
77	mensonges
78	porcherie

Titres publiés à La Plume d'Oie depuis 2004

BIOGRAPHIE

AUBÉ SAVOY, Christine. *Hommage à ma p'tite Isabelle*, 2004, 23,95 $
MOREL, Jean-Paul. *Chronique d'un monde révolu*, 2004, 19,95 $

CONTE

DE FOREST, Ariadnë. *Les guimbardes échotières*, 2005, 21,95 $
DUFORT, Pierre. *Les contes du cordonnier*, 2007, 22,95 $
GAGNON, Claire. *Le secret des étoiles*, 2004, 8,95 $

CROISSANCE PERSONNELLE

BERNIER, Danièle. *Un jeudi pas comme les autres*, 2004, 19,95 $
CARIGNAN, Jacques. *J'ai rencontré quelqu'un d'important*, 2007, 15,95 $
VEILLEUX, Paule. *Les secrets cachés dans ma vallée*, 2007, 19,95 $

DOCUMENTAIRE

BERNIER, Francis. *Guide des oiseaux de la forêt du Québec*, 2005, 19,95 $
CÔTÉ, Isabelle. *La relation d'aide sécuritaire*, 2007, 22,95 $
DANCAUSE, Judith. *La mort aux pieds d'argile Soins de réconfort*, 2004, 24,95 $
LAVALLÉE, sœur Odette (r.h.s.j.). *Traverser les obstacles d'un chemin difficile*, 2004, 17,95 $
LAVALLÉE, sœur Odette (r.h.s.j.). *Ouvrir les yeux autrement*, 2004, 17,95 $
LAVALLÉE, sœur Odette (r.h.s.j.). *Voyager vers l'Infini*, 2005, 17,95 $
SAINT-PIERRE, Angéline. *Hommage aux bâtisseurs*, 2003, 25 $
SAINT-PIERRE, Angéline. *Saint-Jean-Port-Joli, Les paroissiens et l'église*, 2004, 19,95 $
SAINT-PIERRE, Angéline. *Noël et le temps des Fêtes*, 2006, 22,95 $

ESSAI

DESROCHERS, Curl. *La vie avant tout*, 2007, 2 $
LAGACÉ, Rodrigue. *Raconte-moi une histoire*, 2005, 18,95 $
LATREILLE, Yvon et Suzanne ST-JEAN. *Que dis-tu sur toi-même ?*, 2006, 17,95 $

GÉNÉALOGIE

BUSQUE, Maurice et ROBERTSON, Carmen. *Sur la trace des Busque*, 2005, 40 $
CARON D'AMÉRIQUE, Familles. *20 ans – une fierté à partager*, 2004, 20 $
GAGNÉ, Onil. *Louis Gasnier dit Bellavance, Sieur de Lafresnaye*, 2003, 25 $

NOUVELLES

LAPRISE, Jean-Noël. *Coups de cœur avec les autres et avec Lui*, 2006, 13,95 $

POÉSIE ET RÉFLEXION

BOLDUC-RAINVILLE, Michelle. *Arbre de source divine*, 2004, 16,95 $
BOUCHER, Paul. *Promenade musicale*, 2004, 14,95 $
CHÂON, France. *Les dessous d'un cœur*, 2004, 16,95 $
COLJON, Jean-Pierre. *Avec et sans amour - Randonneur et rêveur*, 2005, 17,95 $
DESBESSEL, Jean-Pierre. *Le cycle de la vie*, 2005, 17,95 $
DÉSILETS, Guy. *Désir équinoxe*, 2005, 14,95 $
DÉSILETS, Guy. *Solstice désir*, 2006, 14,95 $
LAMARRE, abbé Martin. *Je rêve*, 2003, 19,95 $
LANDRY, Charles. *Si j'écrivais comme je t'aime*, 2005, 15,95 $
LAPRISE, Jean-Noël. *Coups de cœur Grandeur Nature*, 2003, 19,95 $
MICHAUD VAILLANCOURT, Claudette. *Retour vers la Lumière*, 2006, 16,95 $
MÉNARD, Jean-Sébastien. *Les marées de l'âme*, 2005, 18,95 $
RIOUX, Daniel. *De la vague à l'âme*, 2006, 16,95 $
TURCOTTE, Line. *Vogue vogue ma vie*, 2004, 16,95 $

RÉCIT

ALEXANDRE, Nathalie. *J'entends le silence*, 2006, 23,95 $

BOURDAGES, Gaston. *J'ai mal à ma liberté, j'ai tué, sur le chemin du pardon*, 2007, 21,95 $

BOIVIN, Jean-Louis M.D. *Vécu d'un endormeur — propos d'anesthésiste*, 2006, 21,95 $

BRUNET, Jocelyne. *Vicky mon ange, princesse du sourire*, 2007, 19,95 $

CARON, Christiane. *Le grand mal*, 2003, 17,95 $

CHABOT, Léandre. *Léandre se raconte — avant de dire adieu*, 2005, 25 $

DUPONT, Paulette. *La mémoire brisée* (Alzheimer), 2003, 17,95 $

ÉMOND, Johanne. *D'une femme à propos d'une autre*, 2003, 18,95 $

GAUDREAU-MAROIS, Émérentienne. *Émé... Une vie simple*, 2003, 19,95 $

GAUDREAU, Yvonne. *Graines de soleil*, 2005, 19,95 $

LEBLANC SAVOIE, Angèla. *Le Psaume de la Vie d'une ex-religieuse*, 2005, 14,95 $

LEBLANC SAVOIE, Angèla. *L'Odyssée du bonheur*, 2006, 18,95 $

LÉGARÉ-LESMERISES, Diane. *Plus de 64 000 pas*, 2003, 17,95 $

LEGENDRE, Marie-Victoire Renée. *L'alarme à l'œil*, 2005, 18,95 $

LESAGE-VÉZINA, Thérèse. *Un château moyenâgeux*, 2003, 18,95 $

MAKAREWICZ, Ina. *Hommage à Basile*, 2005, 14,95 $

MORIN, Charles-Léon. *Les enfants de Floridor*, 2005, 19,95 $

NADEAU, Louis-Georges. *Osez la vie*, 2004, 34,95 $

NICOLE, France. *La Bête et la Belle : le cadeau derrière le cancer*, 2005, 23,95 $

OUELLET, Jacques S. *Hector Desforêts*, 2006, 23,95 $

OUELLETTE, Léo. *Guérison par le frère André*, 2006, 19,95 $

PAQUET, Julie. *En phase pré-terminale d'un cancer, j'ai dansé avec un dauphin par imagerie mentale et j'ai guéri*, 2007, 19,95 $

PAQUIN, Annette. *Fallait-il que je devienne sourde pour entendre*, 2007, 19,95 $

ROMAN

BEAUCHEMIN, Alain. *Le chant des étoiles*, 2005, 22,95 $

BELLEVANCE-LABRECQUE, Éva. *Évelyne — Les chemins ardus de l'existence* tome 1, 2004, 19,95 $

BELLEVANCE-LABRECQUE, Éva. *Évelyne — Les chemins ardus de l'existence* tome 2, 2005, 19,95 $

CHARRON, Lucie. *Le rêveur ailé*, 2006, 16,95 $

CHARRON, Lucie. *L'éléphant d'argent*, 2007, 18,95 $

CARRIER SIMARD, Ginette. *Le panier de boutons*, 2007, 21,95 $

COFSKY, Louise. *Mal de père*, 2005, 19,95 $

COFSKY, Louise. *Betty*, 2007, 21,95 $

DELORME, Jean. *Le vieux coq qui pond*, 2005, 27,00 $

DESCARY, Thérèse. *1095 jours, L'Ange-Gardien,* tome 1, 2004, 19,95 $

DESCARY, Thérèse. *1095 jours, Notre-Dame,* tome 2, 2004, 19,95 $

DESCARY, Thérèse. *1095 jours, Je promets...,* tome 3, 2005, 19,95 $

DESROCHERS, Carl. *Le thaumaturge*, 2004, 18,95 $

DESROCHERS, Carl. *Imparfait*, 2006, 21,95 $

DUGUAY, Christian et Serge FITZBACK. *L'Empire perdu*, 2006, 39,95 $

GAGNON, Claire. *Le 409*, 2007, 14,95 $

GAUTHIER, Pierre-Jacques. *Le grand voyage du cœur*, 2005, 19,95 $

GIROUX, Monique T. *Les versions de la vérité,* roman jeunesse, 2003, 19,95 $

LABBÉ, Michel. *Le boomerang du temps*, 2005, 21,95 $

LACROIX, Florence. *À l'assaut de la vie — Le courage de Martin face aux intempéries*, 2005, 22,95 $

LALANDE, Daniel. *Sur les épaules d'un gnome*, 2005, 16,95 $

LANGLOIS CHÊNEVERT, Denyse. *Tant qu'il y aura du sable — Véronique*, 2005, 22,95 $

LANGLOIS, Jeannine. *Passion de septuagénaires*, 2003, 14,95 $

LAPORTE, Patricia. *Le châtaignier*, 2006, 18,95 $

OLIVIER, Nicki. *Tout commença une nuit,* roman jeunesse, 2004, 19,95$